浅碧深红色 何须

邵丽 著

河南文艺出版社
·郑州·

图书在版编目(CIP)数据

何须浅碧深红色／邵丽著. --郑州:河南文艺出版社,2024.6

ISBN 978-7-5559-1269-9

Ⅰ.①何… Ⅱ.①邵… Ⅲ.①中国文学-当代文学-文学评论-文集 Ⅳ.①I206.7-53

中国国家版本馆 CIP 数据核字(2023)第 234647 号

选题策划	陈 静
责任编辑	俞 芸 张 娟
责任校对	丁 香
书籍设计	刘婉君

出版发行	河南文艺出版社	印 张	21.5
社 址	郑州市郑东新区祥盛街27号C座5楼	字 数	284 000
承印单位	郑州印之星印务有限公司	版 次	2024年6月第1版
经销单位	新华书店	印 次	2024年6月第1次印刷
开 本	700毫米×1000毫米 1/16	定 价	68.00元

版权所有 盗版必究

图书如有印装错误,请寄回印厂调换。

印厂地址 郑州市高新区冬青西街101号

邮政编码 450000 电话 0371-63330696

目录

第一辑
我说

003　我的父亲母亲　/　邵丽

008　说不尽的父亲　/　邵丽

012　不死的父亲　/　邵丽

014　写作和婚恋都是一门手艺活　/　邵丽

016　父亲的历史　/　邵丽

018　大河上下的碎碎念　/　邵丽

033　始于土地，归于土地　/　邵丽

036　在石头上开出花来　/　邵丽

041　我看现实主义　/　邵丽

第二辑
他说

047	父之名：前世今生辨金枝	/ 程德培
069	谁是金枝玉叶	/ 陈晓明
074	"精神的"气候	/ 潘凯雄
079	回归土地和亲情	/ 贺绍俊
088	重建家族叙事的情感内核	/ 孟繁华 毕文君
093	家族故事中的审父与自审以及革命的沉思	/ 王春林
098	金色的叛逆与荣光	/ 杨新岚
108	广为人知的神秘	/ 计文君
123	枝枝相覆盖	/ 金仁顺
128	读邵丽《金枝》	/ 李洱
130	飘荡着独属于小说的智慧之声	/ 李浩
134	女性叙事下的家族史诗	/ 胡平
141	认清生活的真相后依然热爱生活	/ 徐刚
154	奔向恢廓的情感，返垦温厚的土地	/ 丁茜菡
166	坚毅和"苦熬"的背后之光	/ 张菁
169	家族秘密与家族密码	/ 钟媛
173	耐心的中年或艰难的成长	/ 黄德海
185	中原家族写作新篇章	/ 吴越
192	下半场的母亲	/ 刘琼
197	爱与输赢，黄河知道	/ 叶弥
203	城乡交界地带的另类母亲	/ 鄢莉

207	走过生命的万水千山 / 谢有顺
212	邵丽的酒和茶 / 张楚
216	《九重葛》与邵丽的"中年变法" / 杨毅
220	绽出的那一个 / 聂梦

第三辑
我们说

227	何须浅碧深红色,自是花中第一流 / 张莉+邵丽
244	晋瑜夜话 / 舒晋瑜+邵丽
268	与杨毅漫谈 / 杨毅+邵丽
293	张楚十问,邵丽十答 / 张楚+邵丽
298	《金枝》:"虚置的父权",使父亲的角色无比尴尬 / 澎湃新闻+邵丽
305	与陈曦聊天 / 陈曦+邵丽
312	书写女性,不是我的初衷 / 潮新闻+邵丽
321	作家比别人背负的苦难更重 / 李勇+邵丽
330	与任晓雯的姑妄言 / 邵丽+任晓雯

第一辑

我说

我的父亲母亲

创作《金枝》的构想已经有很长一段时间了，在一次采风的路途中，我和一个朋友聊到我的家庭。在我母亲之前，父亲曾经奉父母之命娶过一个小脚女人。那时他也就是十几岁的年纪，婚姻维系了极为短暂的时间。他后来投身革命，便与那个女人解除了婚约。十多年后父亲相识我的母亲，对于父亲前面的婚史母亲并不知情。几年后父亲前妻的女儿却找上门来，而那个已经和父亲分开的前妻坚持离婚不离家，在父亲的老宅独守了一辈子。我母亲承受了几十年被仇恨的日子，既不抱怨也从不反抗。我父亲和他的那个前妻相继去世后，两个女人所生的子女之间的矛盾仍然暗流涌动。朋友听了我的讲述，说这个故事太好啦，你一定要把它写下来。这个想法一直拖了好几年。疫情期间我创作的《黄河故事》在《人民文学》发表后，引起了广泛关注。《收获》的责编吴越老师一直腻着我再写一个黄河故事。我想起这档子事儿，便用了两个月的时间写完了这部长篇，最初的构想只是个中篇，后来提起笔来便一发不可收。感谢吴越老师，也感谢我自己，我是个可塑性较强的写作者，常常在编辑老师的逼迫下完成作品。原稿书名叫《阶级》，一个家庭的两个阶级，城市和乡村的两种阶级。生命来自母体形成的天然阶级，时间转换所产生的新的阶级。后来编辑老师们否定了这个题目，经历了一场"文革"，阶级已经被异化成一个十足

邵丽

泛政治化的词语，估计通不过。金枝玉叶是每一个女孩子的梦想，我的生命的前半时坎坷不平，就把期望寄托在下一代身上。孩子们被金枝玉叶地捧着，娇嫩的生命却恰恰最容易被损伤。金枝是我的期许，也是我心底挥之不去的恐惧。

"写"已经成为我生命中不可或缺的一部分，一种日常习惯。无论生活中出现多么过不去的烦恼，我都能通过书写开解，进入写作状态，所有的烦恼都会烟消云散。写作是一个学习的过程，是一次次超越自己的过程。我始终觉得，让自己满意的作品永远是下一部。张爱玲说："成名要趁早。"我的写作拼的不是青春，而是生活在我心中斑斑驳驳的积累。我有信心，生命有多长，书写就会有多长。

《金枝》是一部有关父亲的作品，父亲却只是一个引子、一个家庭的权力符号。但也仅仅是一个符号，是一个躲闪的影子。今年（即2021年）写了不计其数的创作谈，而大部分都是关于父亲的。我对父亲的言说，几乎成了一种病，是那种被焦虑加持的强迫症。而那个被我说道的父亲，却离我越来越远。的确如此，我觉得与其说父爱如山，倒还不如说父亲如山。不管他表达出来的是爱、沉默、冷漠或者怨怼，都因为父权的赋权而被格外放大，有时沉重，有时庄重。当然，也可能有更为复杂的意涵。真是个剪不断理还乱的话题。

我也越来越密集地涉足有关父亲话题的创作，尤其是父亲去世之后，我觉得梳理我们的关系成为一种写作使命。他生活的那个时代，和我生活的时代重叠了很多年，而重叠的那部分，是构成中国历史厚度和难度的一个重要阶段，有突如其来的天灾，也有绵延不绝的人祸，更有欲言又止的难言之隐。所以讲述父亲于我而言有了一种向历史致敬的意味。

我曾经在有关的创作中谈到，在现实生活中，可能也不仅仅是我，仅就我的有限接触而言，恰如其分地处理父子关系对很多人来说是一个非常大的难题。因为其一，这个问题在一个人的成长过程中是不可忽略的。记得好像是王蒙老师说过,一个人如果没有母亲,最多没有裤子穿;而如果没有父亲,则是没人穿的裤子。其二,父子关系的疏密好坏甚至可以决定一个人一生的走向。这个问题如果往深处想是非常令人纠结,也是非常令人沮丧的。就问题的本质而言,父亲既是真实的存在,又是极具象征性的一个符号。人类社会是一个男权社会,无论在公共领域还是家庭这个私密领域,父亲都代表着权威。但父亲的权威因为过于程式化,实际上反而被虚置了,就像那些名义上的国王。说起来父亲是权力的化身,或者是权力本身。但在一个家庭的实际生活中,真正组织和管理家庭的基本上都是母亲。一方面,父亲无处不在;另一方面,父亲永远都是缺失的。

　　青少年时期,我们对父亲的反叛仿佛是成长的标志。这也许是我与父亲内在紧张关系的根源。过去我始终以为,在我们家只有我和父亲的关系不好。后来我与两个哥哥谈起这个话题,他们也深有同感,甚至比我更甚。而我们与父亲关系的可言说性,对于母亲是不存在的。也就是说,当你说起父亲的时候,可以置身事外,把他作为一个独立的个体来讨论,他就是"他"。而母亲则不行,母亲是形而下的,是与你不可分割的整体,是"我们"。所以,对于一个成长中的孩子而言,父亲是用来被打倒的,甚至可以说,我们对社会的抗争其实就是对父权的抵抗。这往往使我们与父亲的相互融入困难重重。当我们为人父母之后,用一个父辈的心态去打量父亲,却发现我们愈是想更清楚地看清他,他反而变得愈加模糊。我觉得更多的因素是,如果想看清楚父亲,必须先看清楚那个时代。如果那个时代语焉不详,我们在此情况下获得的那个"父亲",更是一个概念化的存在。当然与父亲的对立也不唯独出现在东方,在西方也是如此。在希腊神话中,即使是神也不能免俗,父子关系一直是个死结。弑父情结,即俄狄浦斯情结,也是人类的悲剧根源之一。

　　如果说我过去的作品比较侧重于从父亲的角度看问题的话——比如

说《天台上的父亲》——那么这篇《金枝》，更多的是从家庭伦理方面，或者说是从家族历史方面讨论他。他从青年时期开始，自婚姻到事业都发生了"革命"，这样的人生在他那一代人中极具代表性。如果从乡村的、功利主义的角度看，像他那一代许多革命者一样，他是一个成功的旧社会的脱逃者。但脱离开功利导向去审视他，作为一个职业革命者，虽然他一生谨慎，但是因为家庭关系的影响，他几乎没有逃脱任何一次政治运动的冲击。可以想见他在政治和家庭的双重压力下所承受的心理折磨。他所勉力维护的，比如他身后的两个家庭，后来都成为他巨大的精神包袱。于是他选择了躲避，把更多的家庭责任和矛盾抛给了妻子，甚至还包括"我"在内的孩子们。然而他在其中的转圜，如果卡在政治的轮盘上，很难用对错来评价。但是父亲的躲闪，客观上直接将"我"毫无遮挡地暴露在"枪口"下，其中的恩恩怨怨，真是一言难尽。"我"心灵深处也未必不是以维护家庭、拒绝闯入者的方式，强调自己的存在和力量。而对拴妮子和穗子强烈的恨意，不幸成为"我"成长的主要养分。如果说，拴妮子心中的恶之花是由穗子浇灌，她们母女在这一问题上达成一致，站在同一阵营的话，那么"我"睚眦必报的隐秘仇恨，则是来自父亲对我的"刻意"忽略，只不过是几十年来我孤军奋战而已。即使后来所谓的理解、放下和宽容，也难免不会有终于雪耻的痛快。这就使原本高尚的情感，变得面目可疑。

　　父亲身后历史的纵深，即使我再怎么努力呈现，也只是冰山之一角。从"我"的曾祖父到女儿及侄女辈，涉及的时间跨度长达百余年。这一百余年恰与新中国的发展历程大致平行。时代风云瞬息万变，曾祖父周同尧、祖父周秉正和父亲周启明，都因各种缘由离开了家乡与原配妻子。除却祖父下落未明，曾祖父与父亲皆是无可訾议的忠诚的革命者，一生的命运与政治相关联，也被政治所左右。但我无意作历史的宏大叙述，对于父辈们的选择与坚持也只做冷眼旁观。然而，毕竟我身处其中，枝枝蔓蔓的梳理总是让我难以独善其身。虽然我足以冷静到以既在故事之外，又在故事之中的视角观察个人与家族命运，但在爱与恨、生与死的两个维度之间，很难有客观的取舍。可以聊以自慰的是，至少我对人性的观察和人生的反省，还是以最大的诚意和善意做出了努力。

家族矛盾在"我"这一代持续酝酿，最后达到高潮。以"我"的视角看来，那些说不清道不明的伤害，经由岁月的蒸馏和记忆的过滤，在心中反复酝酿，早已以一种平稳沉静的方式改变了它们原本的面目。这恰恰才是我最纠结的心理矛盾之所在，很难以简单的"悲剧"二字来定义。而真正的原谅、诚恳的和解，在作品中却迟迟未到。也许"我"只是想以公开寻求某种公正，而不是真正的原谅和救赎。毕竟认真说来，爱与恨是情感的两个极端，一切贪嗔痴慢疑皆在其中，游离转化变幻万千，一时的亲情冲动就握手言和，难免显得草率。生与死则是生命的两个极端，人生短暂，云烟过眼，时间最是残酷也最是公平。不管愿不愿意，最终只能放下——其实仔细想来，这也是我写作的一大障碍：对苦难津津乐道，而对快乐却一笔带过。"欢愉之辞难工，穷苦之音易好"，诚哉斯言！

抛却家庭和个人的情感，我觉得唯一不应该遗忘的是个人在时代中的沉浮，那种走投无路的悲怆和艰难，才最值得一大哭。

说不尽的父亲

邵丽

一

没有隐喻，也没有隐藏。父亲的历史大白于天下，像大段大段的对白，也像若有若无的哼唱，在喉头紧处，又似一声断喝。

所谓历史清白，怎么听起来都像一句谎言。即使简单清楚如父亲的历史，在关键的地方亦有隐曲，像一小片怎么也擦不干净的灰渍。

父亲死了并不是看点，尽管父亲是怎么死的似乎贯穿始终，但我觉得那不是这个故事的关键。父亲死犹未死，才能配得上"黄河故事"这么宏大的叙事框架吧！但我写父亲的初衷却远不止于此，他的故事在我心里活了十好几年，甚至有可能更长。

一个时期以来我热衷于写父亲，我的父亲和我父亲以外的父亲。但他们不是一个群体，也毫无相似之处。他们鱼贯而入，又鱼贯而出，在光明之处缄默不言，又在遁入黑暗后喋喋不休，像极了胡安·鲁尔福的小说里那种人鬼之间的窃窃私语。我从时间的深处把他们打捞出来，他们的灵魂和骸骨钙化在一起，期待我们"自将磨洗认前朝"。那是他们不死的原因。我看到了在历史熹微的光芒之下，他们卑微如草芥的人生逐渐被放大，再放大，直至覆盖了整个宇宙。

二

几千年来，在关于父亲的故事里，母亲的面目总是模糊不清。即使我们把母亲作为主角放在故事的中央来述说，她也倾其一生只是为了证明不亚于父亲。这是一个双重的悲哀，在东西方文化里概莫能外。即使跨入新时代，虽然有人提倡真正的女性主义不是女性与男性之间的对决，而是男性和女性站在同一阵线上去对抗性别歧视。但也仅仅是一个说法而已，并不能真正改变女性的地位，有时候反而适得其反，让女性的面目变得更加狰狞。

像大多数父母都是把自己的梦想托付给孩子一样，绝大多数女人也需要通过男人来实现自己的追求。故事里的母亲就是这样一个主角。她是一个见过世面、有主见有担当的女人。她的梦想远远比父亲的梦想更高远，却也因此更悲哀。她从不向命运低头，家族曾经的荣光一直成为她追逐的目标，她觉得父辈们跌宕起伏的人生才值得一过。虽然她见过的世面未必比丈夫大，但她对成功的体认远比丈夫来得迫切，所以开始的时候她一心一意想扶助丈夫活得体面些，但一腔热情总是在坚硬的现实面前灰飞烟灭。作为一个女人，她所能做的也仅此而已，尽管"从我记事起，我就知道我们家是母亲当家，满屋满院都是母亲。父亲像是一个影子，悄没声儿地回来，悄没声儿地走"，但母亲依然不能活成她自己。她的理想在丈夫身上得不到实现，在儿女身上也是如此。所以她的幻灭之深、她对丈夫由爱到恨的转折以及把那种恨延续到孩子身上的无奈，有着情理之外却是意料之中的合理性。丈夫的死即使不是她故意为之，她也难辞其咎。同时她也是自己执念的牺牲品，说是同归于尽，也不能算是刻薄。

流转的历史岁月，变迁的地理空间。回到彼时彼地，回到文中人物心灵隐秘幽微之处，那种爱和怨恨的复杂交织，一旦被提及触碰便永远都是痛。其实当我们置身其中，能够深深地感受到的是爱不起来、恨不彻底、痛不完全的无奈。毋庸讳言，像很多家庭一样，曾经有某些事情发生了，但那只是一家人生活的一部分。如果不是放在小说里，它就像没有发生过一样，或者说，我们宁愿相信什么都没有发生。

爱会在代与代之间传递，恨也一样会。父母之间的张力和博弈，给孩子们的心灵带来了长久的伤害，也对他们今后的成长形成了某种暗示。他们凹凸不平的性格里，却不都是善良。不管是大姐的自私、二姐的隐忍，还是"我"的无奈和弟弟的懦弱，都是嫁接在恨的母本上，有着父母投下的浓重的阴影。尤其是孩子们不约而同地从事餐饮工作，构成一幅疼痛而真实的人间烟火图景。这的确令人唏嘘不已，但对于母亲之外的人而言，这未必是伤痛，还可能是安慰。

三

看见最卑微的人的梦想之光，我觉得是一个作家的职责所在。往大里说，其实是一种使命。毕竟，那梦想之光如果没有足够的慈悲和耐心，是很难发现的。我斗胆说，那种光芒唯其卑微，才更纯粹更纯洁。我知道从逻辑上讲这种说法未必能够自洽，但这的确就是我写《黄河故事》的初衷。也可能我几岁的时候因为和父亲形成的隔膜几十年没有得到化解，让我理解父亲的角度更加挑剔和刁钻。但自我为人妻为人母，尤其是父亲去世后，当我沿着历史的轨迹一程一程地回溯往事时，才体味到父亲作为一家之长的苦衷、妥协和悲哀。他生活在一个动辄得咎的环境里，小心侍奉的工作和生活危如累卵，稍有闪失便可能鸡飞蛋打。这是一个懵懂少年所不能理解的，她哪里知道她对父亲爱的渴求是一种竭泽而渔的贪婪？除了给妻子和子女安全的庇护，父亲也应该有自己的光荣和梦想。但是没有，终其一生，他得到的无非是追求，幻灭；再追求，再幻灭。那循环往复的击打，让父亲终于像一个父亲了，他不再抗争，从善如流。也许说起年轻时候的追求来，他自己都会哑然失笑。但我相信，我以及很多仁慈的读者不会笑，毕竟，我们也要像父亲那样活一辈子。

不死的父亲

邵丽

回头仔细想想，关于父亲这个话题我已经说了太多。在我的许多作品里，他要么是主角，要么是配角。直到在《天台上的父亲》里，他自天台上"如一只笨鸟般从上面飞了下来"，我以为可以做一个了结了。

其实没有，关于父亲的故事远远没有结束。他总是不经意间像一个飘浮者，不远不近地出现在我的生活里，让我欲罢不能。我突然想到在《挂职笔记》里写的那个伙夫"老三"。用平常的眼光看，他身上几乎找不到多少优点，但是有一条，就做饭这件事，他看得比自己的命都金贵，做饭是他人生最崇高的事业。有一次一个人跟他开玩笑，说在他洁净的菜案上发现了一粒老鼠屎。他掂着菜刀撵了人家半条街，非要那个人把那粒老鼠屎找出来，否则真跟他玩命！

即使最卑微的人，也有自己的梦想。也许那梦想如风中之烛，捧在手心里小心地呵护着还难以为继。但唯其卑微，那光才更纯粹更纯洁。寻找那光，不应该成为我们作家的探索之旅吗？毕竟，作家的使命不仅仅在于波澜壮阔的宏大叙事，还在于微茫之中，能看见细小的光晕。

我写《黄河故事》就是为了给"老三"一个交代。他一辈子的梦想就是把菜做好。但是逼仄的社会和家庭环境，让他的梦想看起来既可笑又可怜。他一生唯一的一次绽放，就是当三轮车夫给人送菜的时候，在路边一个小饭店死乞白赖地当了一次大厨，那是他第一次也是最后一次在饭店做菜，"在父亲的操持下，一时之间只见勺子翻飞，碗盘叮当。平时蔫不拉唧的父亲，好像突然间换了一个人，简直像个演奏家，把各种乐器调拨得如行云流水，荡气回肠"。

父亲身边的母亲也是一个可歌可泣的女人，她也有自己的梦想。她从不向命运低头，家族曾经的荣光在她血液里隆隆作响。她见过大世面，一心一意想扶助丈夫活得更体面些，但一腔热情总是在坚硬的现实面前灰飞烟灭。一直到老，即使她享受着儿女因子承父志带来的各种便利，也始终觉得"靠吃都能活一辈子，养活一家人，到底是个啥世道呢？"

的确，母亲的梦想更适合儒家文化的主流，她"羡慕我们的老邻居周四常，孩子个个有出息，不是县长就是局长，逢年过节家里跟赶集似的不断人，还都拎着大包小包的。我们家可好，不管谁回来都是浑身油渍麻花的，头发里都有一股子哈喇味儿"。

反正我是说不清楚到底是谁逼死了父亲。是人还是环境？是他人还是自己？历史和个人，都有自己的运行逻辑。但人的追求和梦想不能尽情挥发的时候，肯定不是一个好时候。

父母之间的张力和博弈，也给孩子们的成长蒙上了阴影。大姐的自私，二姐的隐忍，"我"的无奈和弟弟的懦弱，构成一幅疼痛而真实的人间烟火图景。其中的爱恨情仇与真假对错，真的很难一言以蔽之。

《黄河故事》的确是一个故事，距我第一次听到它，已经十几年过去了。但这十几年里，父亲一直活在我的周遭，因此这部作品看起来好像跟我亲历的一样。此事说起来，竟有万般的无奈，最近我在写另一个父亲，我自己的父亲，但是它读起来，真的像是一个故事。人生有诸多面相，是横看成岭侧成峰，还是无人相、无我相、无众生相？这的确是一个问题。

写作和婚恋都是一门手艺活

邵丽

有人说写短篇小说是个手艺活。我觉得现在这门手艺正承受着古往今来最大的压力。我这样说，倒不是因为对小说技术日新月异的更新感到紧迫，或者因为互联网的发达而导致小说作者群体的突然壮大，而是当我们焦虑得像无路可逃的兔子一样惶惶不可终日的时候，很难在一篇几千字的小说里，准确地截取一段真实的心情。

而婚姻和爱情，更是如此。

长久以来，我陷入极大的焦虑之中，这一方面来自繁重的行政事务的牵扯，另一方面则是对于写作的绝望。晚间外出散步的时候，每当想到我还是一个作家，便会不由自主地出一身冷汗。我真的不知道我该写什么，还能写什么。很久很久，我没有动笔写过一个字。那么作家这个名头，是说一个人的身份呢，还是他的生活方式？

好在有了"十一"和春节这么两个较长的假期，让我有了一段相对完整的时间，认真地写了两篇小说。其实这些小说在我心里早就扎下了根，只是它们在周而复始的疲累里变得模糊不清。我很想写写婚姻，写写爱情。自从我开始写"挂职系列"小说，就很少再写这些细碎的小情调了。所以当我坐下来，认真地回首自己的婚姻和爱情的时候，突然被某种情绪打动了，热泪盈眶。有一天，我跟女儿说，人家都说老来伴老来伴，我跟你爸摩擦了一辈子，回头不还是只有我俩相依为命吗？

我女儿她们还在怒马鲜衣的年龄，可能对于婚姻只有浅层次的认知。她们可以认真地生活，也会认真地生气。尤其是作为独生子女，她们不知道妥协，更不懂忍耐。她们比我们活得自我，也比我们自在。但归根结底，最终她们会明白，婚姻和爱情，也是一门手艺活。所谓经营婚姻，当有此意吧。

　　一篇不足四千字的小说《节日》，我不到一天时间就写完了。写完之后基本没怎么改动，因为写的就是我自己的生活、我自己的感受。当我重拾自己的历史，竟然对婚姻和爱情，有了更多新的感受。当然那些感受，不是这四千字所能够承载的。但这四千字，却像酵母一样，酝酿了我一个节日的好心情。我想，这种真实的感受、温暖的抚慰和向上的力量，才是对一个作家最好、最大的安慰吧！

父亲的历史

这个父亲并不是我的父亲，是我书写父亲角色中的一个。当然，我一直试图寻找各种角度思考我与父亲的关系，而且这个问题过去我已经说了很多。我想，今后依然是。我总觉得我欠父亲很多，况且现在他在另一个世界。对于重新认识父亲，我更具主动性。

我常常认为，父女关系对于我来说恐怕不是一个话头，而是一个庞大的话题。我曾经在一篇文章里讲过，我小的时候，大概有五六岁吧，随手划破了一张领袖像。父亲因此受到了牵连，他动手打了我，因此造成我们父女关系的疏离。一直到他去世，我们的关系也没有真正和解。

现实生活中，也不仅仅是我，仅就我的有限接触而言，我觉得恰如其分地处理父女或者父子关系，是一个非常大的难题。其实，如果这个问题往深处想，是非常令人纠结，也是非常令人伤感的。就问题的本质而言，父亲既是真实的存在，又是极具象征性的一个符号。人类社会是一个男权社会，无论在公共领域还是家庭这个私密领域，父亲都代表着权威。但父亲的权威因为过于程式化，实际上反而被虚置了。说起来父亲是权力的化身，或者是权力本身。但在一个家庭的实际生活中，真正组织和管理家庭的基本上都是母亲。一方面，是父亲无处不在；另一方面，父亲永远都是缺失的。

对于一个成长中的孩子而言，父亲是用来被

邵丽

打倒的，甚至可以说，我们对社会的抗争其实就是对父权的抵抗。这往往成为我们与父亲的隔膜。

也不唯独东方，这个问题在西方也是如此。在希腊神话中，即使是神，也不能免俗，父子关系一直是个死结。弑父情结，即俄狄浦斯情结，也是人类的悲剧根源之一。

在《天台上的父亲》这部作品里，我试图通过一个极端事件——患了抑郁症的父亲想自杀，一家人便以爱的名义开始监督他——来剖析父子、父女，当然还包括夫妻关系中存在的问题。他们可能认为，为了防止父亲自杀而监督他的行为，具有极大的正当性。只要动机是出于爱，不管怎么做都是对的。因此他们义无反顾，也是理所应当地做出了这个决定。他们认为不惜代价保护父亲的生命，是一个值得肯定的壮举。然而，很多时候对亲情造成伤害的，往往就是所谓的爱，而不是理解。他们从来没有想着要走进父亲的内心世界，试图去理解他。

像大多数情感悖论一样，爱的背面就是怨或恨。时间一久，事情慢慢就发生了变化。不容置疑的爱，变成了疲惫，甚至是埋怨和逃离，到后来以至于发展到"你怎么还不死啊"这样的诅咒。

有一句俗语"床前百日无孝子"，我觉得是最好的一个注脚。中国传统文化的亲亲之道，只构成尊卑有序的社会关系，而这种关系，只是一种服从和敬畏，而不是真正的理解、宽容和爱。

所以，从某种意义上说，我们的父亲都在"天台"上，我们从来没有试图靠近过父亲。这个结结了这么久，它背负着历史、文化、习俗和习惯的包袱，需要我们慢慢把它解开，从而把父亲从"天台"上找回来。

大河上下的碎碎念

邵丽

一

与许多年后看黄河、写黄河成为我职业生涯的一部分相比,第一次看见黄河简直觉得非常寒碜。那时候还不知道"体面"这个词,其实即使知道了也不晓得该怎么用——圣人说,体面是吃饱喝足之后才能得到的经验。总体来说,20世纪70年代初仍是一个饥馑的年景,黄河两岸的人民大多衣衫暗淡,面容黧黑,神情惶恐。那样的姿态是挂不住体面的。

我们居住的那个小城距黄河有一百多公里。那一年我只有四五岁的年纪吧,不知道什么原因,父亲到豫北某地出差要带着我,或许那年月出一趟远差太激动了,特别是要过黄河,他希望能有人和他分享。这期望对我来说显然过于宏大。我父亲后来说,我细小而且轻省,可以坐在他的腿上,也不占地儿。我们坐的是那种老式吉普车,后来父亲所说的一车熟悉的人我自然是完全记不得了。车过黄河的时候很有可能我睡着了,反正没有任何记忆。那时候我和父亲关系甚好,他中年得女,视我为掌上明珠。有父母溺爱,让我的童年生活宽绰了许多。因此在很多事情上我是大意的、松懈的,也许可以奢侈地说是颓废的,比如看一条河,哪怕是黄河。一条河流对一个幼童来说,比一枝花骨朵、一尾养在空罐头瓶子里的小鱼小蟹重要不到哪儿去。

我恍惚记得起,那时候路上的汽车并不是很多,但是在归途中再过黄河桥的时候却被堵在河北岸,滞留了将近三小时。我又冷又饿,有附近村庄的妇女叫卖烧饼和茶叶蛋。我吃了两个鸡蛋和半拉烧饼。开始父亲还逗我,安慰我,后来他自己也等得有点不耐烦了,点了一支烟夹在手上,木着脸看着车窗外。所以车子重新颠簸着走上黄河桥的时候,我已经蜷在父亲的怀里对外部世界失去了兴致。在半睡半醒之间,父亲摇着我说:"快看快看,我们过黄河大桥了!"我揉揉眼,扭过头去看窗外,在昏暗的天空下,瞧见那大平原一样安静的河道中,几支瘦弱得像快要断气的水流。偶尔有大片的水鸟掠过,也不能在水里投下影子,那河水细弱得盛不住庞大的鸟儿。现在想来,橙黄的夕阳下,水面波光粼粼,那景致该是极美,可我的记忆里全是萧索。对于一个幼童,狭长的桥梁坚硬而无趣。大桥之上尚没交通管制,车辆可以靠边停下来看风景。风很大,父亲紧紧地拉住我的手,稍有疏忽,我就有可能飞出去。其实那时候我已经跟着父亲和哥哥们认识了很多很多字,因为要看黄河,父亲提前几天教了我几句顺口溜儿:"黄河绿水三三转,碧海青山六六湾。黄河浊水三三曲,青草流沙六六湾。千山红叶千山树,万里黄河万里沙。"很多年里我只以为是父亲编的词逗我玩儿,有一天发现这顺溜溜的言语,竟有着内政外交的很多故事。我估计也有杜撰的因素,而后人如何狗尾续貂,父亲又是从哪里得来传给我,已不可考。反正不管如何,这个样子的黄河突然迎面而来,让我猝不及防,而且与我背的这些东西又有什么关联呢?真让我有一种说不出来的失望,抑或是完全不感兴趣。甚至,它远远没有我姥姥家门口的那条河看起来更像一条河。儿时记忆里的每一条河都是水草丰沛,河水清澈见底,大鱼小虾自由自在地穿梭其间。所以,等我回去见到满脸向往的两个哥哥,只赌气似的说了一句,黄河不好看!反正我就是觉得,河得有河的样子,何况是被父亲大肆渲染的黄河呢！

　　关于黄河的记忆与父亲，是我在写这篇文章时才突然想到的。因为第二次看黄河仍然是和父亲一起去的。那年我要去郑州读大学，报到的时候父亲母亲一起跟车送我。我第一次离开家到省城念书，还是让父亲有点郑重其事。办完入学手续，父亲说，郑州新黄河桥建好了，咱们一起去看看吧！我读书的那个学校，离新黄河桥倒也不甚远，只半小时的车程。我急于摆脱他们，而且，想起幼年的记忆，我并不想跟着他们去。母亲不由分说把我拉上了车，对于她来说，省会的一切都是新鲜的。除了幼年逃荒，她是个没到过县城以外的女人，尽管说起来她亦是很早就投身革命。也许因为心情，也许因为天气，那次站在崭新的、刚刚通车的黄河桥上，我痛痛快快地看了一次黄河。真是出乎意料，眼前的黄河虽然河水并未如期望的那么多，但它那阔大的身躯、奔涌的气势和一望无际的辽阔，还真是让我感到了震撼。我母亲动情地说："黄河黄河，水是真黄啊！"父亲也莫名其妙地说了一句："打破砂锅问到底，跳下黄河洗不清。"我有点替他害羞，哪儿和哪儿啊！多年之后查阅，竟然又是一副名人撰下的对联，我着实应该替自己的无知而害羞。

　　不过父母亲之所以要说点什么，我觉得肯定跟看见黄河的满心激动有关。其实，当我再次面对黄河的时候，难道没有心潮澎湃吗？我觉得眼前的黄河，才是她至少应该具有的模样和阵仗啊！

　　时光荏苒，在两次看黄河中间，我度过了十几年青少年时期。很多年之后，我觉得我最应该书写的就是我的童年和少年时期。后来我也的确写了一些关于儿时记忆的文章，但每当我再读它们的时候，却感到异常的陌生。我不知道写的是谁，怎么看都不像我。我孤独而忧郁，清高而固执。我对自己历史的认知更多的是形而上的偏执，就像后来我与父亲的关系一样，几十年里都没打破那种内在的紧张，冰冷而坚硬。其实也未必真的如此，但没办法，在叛逆的内心里，我与世界横亘着一条大河。但那还不是最重要的，重要的是我的那段历史，还没开始述说就已经见底儿了。它怎么会那么短呢？无论如何它不该那么短啊！

可是，当我在讲述黄河、用百度搜索黄河时，看到这条有着一百多万年历史的母亲河的介绍，只有不足区区两万字时，才突然觉得自己的历史已经太长了！

二

有那么些年，我在豫南城市漯河生活。沙颍河的最大支流沙河自漯河穿城而过，与澧河交汇，故在此称为沙澧河。再往下走，至周口段，又与颍河交汇，改称沙颍河。有一年为了给这个城市写一部传记，我曾经沿着沙河溯流而上，在朋友们的帮助下找到了它的源头。它藏在尧山的半山腰一个凹陷的洞穴里，是个看起来只有拳头粗细的泉眼。如果不是跟前立着一块一人高的牌子，我丝毫也不会觉得这条六百多公里长的大河竟出自这样一个不但谈不上体面，甚至还有点龌龊的地方。

直到很多年后我参加走黄河采风团，一路走过了黄淮平原、关中平原，跨越了壶口和河套平原、银川平原、河湟谷地……走过了九曲十八道弯，在巴颜喀拉山上看到黄河的源头也不过只有碗口般粗细，心里方才有点释然。秦丞相李斯在《谏逐客书》里说："泰山不让土壤，故能成其大；河海不择细流，故能就其深。"由此想来，古人之怀抱胸襟，竟是沿着微尘细流而装得下高山大河的。

在中国的历史和文学史上，"颍水"是一个亲昵的名字，相传许由洗耳便是发生在颍水之滨。不过，与沙颍河比起来，黄河的历史要长得多。在史前时期，一百多万年前就诞生成长。开始的时候，她的名字只有一个字——河。这是一个婴儿的名字，也是一个母亲的名字，要有怎样的温情和热爱才能这样轻轻地喊出来！她之所以被称为中华民族的母亲河，那可是自传说中的三皇五帝到夏商周三代王朝，都是紧紧地抱着这条母亲河，把根基全部稳稳地扎进黄土里的，甚至一直到宋，中国的历史大部分是沿着黄河筚路蓝缕一路走来的。

世界上几乎所有的文明都发源于大河，也几乎所有的民族都诞生在诗歌的摇篮里。在中国第一部诗歌总集《诗经》里，有人说秦风的《蒹葭》就是写的黄河。"蒹葭苍苍，白露为霜。所谓伊人，在水一方。溯洄从之，道阻且长。溯游从之，宛在水中央。"此说颇有争议，反对者认为，这首诗只写到水，并没有写"河"。在先秦文学中，一般的河不称河，只有黄河才称河。也有一说此诗写的是甘肃天水。那么由此看来，《诗经》开篇第一首《关雎》肯定就是写的黄河："关关雎鸠，在河之洲。窈窕淑女，君子好逑。"因为这里的"河"，在当时只能指黄河。

而当我读到《卫风·河广》时，真真有一种五味杂陈的感觉。也许我不能与诗人强烈的思乡盼望之情共情，但"谁谓河广？一苇杭之……谁谓河广？曾不容刀"，突然让我有一种与历史久别重逢的悲欣交集，我想起第一次跟随父亲跨越黄河，当时我眼里的黄河，岂不就是那么孱弱细小、间不容刀吗？

把黄河作为中华文明的图腾，怎么说都不为过。岂止如此呢？作为农耕文明的代表，我们先祖的历史就是一部治水史，而因为治水形成的集体主义观念，于今犹盛。黄河的清浊几乎就是国运和统治者德行的象征，人民"俟河之清，人寿几何"的绝望，到庾信《哀江南赋》时，已经变成见惯不惊的平淡："阿胶不能止黄河之浊。"而到了唐代罗隐的诗中，则成为一个死结："才出昆仑便不清……三千年后知谁在？何必劳君报太平！"作为一代才子，罗隐一直怀才不遇，至京师十几年应进士试，十多次不第，最终还是铩羽而归，史称"十上不第"。他把自己的满腹牢骚和悲愤灌入黄河，也是当时知识分子的惯常作为。黄河皆默默吞下，忍辱负重，以待"圣人出，黄河清"。

盛唐时期，黄河并未变清，可唐人的胸怀因为国门洞开，接受八面来风一变而阔大，因此，黄河也成为文人骚客寄托怀抱最好的载体。前有李白"黄河落天走东海，万里写入胸怀间"的豪迈，后有刘禹锡"九曲黄河万里沙"的浪漫。那种"九天阊阖开宫殿，万国衣冠拜冕旒"的大唐气象，着实让后来者始终充满了文化自信：

> 九曲黄河万里沙，
> 浪淘风簸自天涯。
> 如今直上银河去，
> 同到牵牛织女家。

三

从小我就听大人念叨，黄河是面善心恶，长江是面恶心善。对长江我无从了解，虽然去过几次，也曾经自武汉乘船沿江去过重庆，但毕竟匆匆而过，不甚了了。因为工作后迁移至郑州，饮了这许多年的黄河水，对黄河就理解得相对深了些，所谓一方水土养一方人，不仅是物质的，同时也是文化的。

后来长大了我才明白，为什么周围的老人们说起黄河来，熟悉得好像是自己的玩伴似的。黄河虽然离父亲的家乡还有一段距离，但他们与她的关系太紧密了。我父亲的老家在周口市西华县，这个县的整个西部就是黄泛区。其实，黄河迫近我们家族的历史，还是晚近几十年的事，也就是从有黄泛区的时候开始，他们才真正知道黄河的善恶吧。关于那一段历史，父亲因为亲历过，常常会给我们讲起。作为一个新中国成立前参加革命的老同志，他的讲解只是让我们更好地理解了教科书里所写的，蒋介石不抗日，为了逃跑方便，阻止日军的进攻，炸开了花园口，造成了近百万老百姓的死亡和一千多万人的流离失所。

2015年,近百岁高龄的国民党高级将领、台湾前"行政院长"郝柏村受邀到北京人民大会堂出席中国人民抗日战争暨反法西斯战争胜利七十周年纪念大会后,到大陆各地探访抗战遗迹。在郑州,当他谈到花园口决堤时,面对镜头不假思索地侃侃而谈:"如果不是黄河决口,以水代兵,徐州到西安一路都是平原,日军的重机部队可一路长驱南下,另一路可直打到西安……"对这段历史,郝柏村先生是有备而来还是念兹在兹,我们不得而知。他也不是亲历者,花园口被炸时他还远在湖南零陵炮兵学校读书。不过,后来他有在郑州驻防三年多的经历,对此事也许会有所用心吧。

历史未必真的能够任人打扮,但真实的历史虽未走远,甚至即使见证人还在,只是因为解读的角度不一样,其呈现还是让我们觉得有云泥之别。我们的母亲河虽然承受了如此之大的磨难和屈辱,但到最后她仍然需要担承到底是恶还是善的褒贬。说恶,她却养育了中华五千年农耕文明;说善,因黄河泛滥而造成的灾祸不绝于书,据说有记录的灾祸将近两千次。

发生在1938年的那次炸堤,按照当时国民政府的解读,如果不是6月7日中国军队炸开黄河花园口大堤形成千里泽国,终于挡住了日军机械化兵团,为中国军队主力西撤赢得了时间,当时的中国军队主力在武汉地区会被日军合围歼灭,中国在短期之内就很难再组织大规模的武装抵抗。说白了,那就是亡国之祸。因此才不得不出此下策。其实这跟蒋介石开始就下决心的焦土抗战是一脉相承的,中国政府也想以此举昭示天下,无论要付出多大的牺牲,中国都会把抗战进行到底。毒蛇噬其指,壮士断其臂,历史的生死抉择毕竟不是我们在键盘上拣选文字这么轻而易举。

然而,一将功成万骨枯。对于普通百姓而言,个体的命运始终不能掌握在自己手里,总是被绑缚在国家的战车上,遭受着兴,百姓苦,亡,百姓也苦的政治蹂躏，也不能不引以为憾。

据说当时在炸堤之前，国民政府也曾经对花园口附近的百姓进行了疏散。但由于没有考虑后来的天气原因，疏散的范围很小。而花园口决堤前后，已经遭受持续的暴雨浸淫，所以决堤的洪水前后袭击了44个县区。由于上游洪水的不断侵袭，再加之战争的蹂躏，花园口决堤处再也难以堵上，对下游造成的伤害长达十年之久。黄水肆虐，污坑遍地，蚊子多，死尸多。难民们又经常露宿在外，遂致瘟疫流行，尤其是随后发生的霍乱，致使死亡者众多。"花园口事件"造成1250多万人受灾，390万人外逃，89万人死亡，经济损失折合银圆超过10亿元。后来我想，身处重灾区的我父亲和我叔叔，以及他们的祖辈早年投身革命，肯定跟这次黄河决口有很大的关系。

20世纪70年代末，河南小说家李凖先生创作《黄河东流去》就是以"花园口事件"为背景的。李凖先生是一个高产作家，也是一个极为认真的作家。为了这部巨著的创作，他用了一年多的时间沿着黄河采访，又花了一年多时间搜集花园口决堤时河南逃荒难民的情况。书稿写好，刚好赶上粉碎"四人帮"，80年代初，根据这部作品改编的电影《大河奔流》在全国上映后曾经引起不小的轰动。

与电影不同，在这部作品里，李凖想表达的东西更多，也更深刻，而不仅仅是花园口决堤给人民带来的苦难。据他自己坦言，他想通过这场灾难，表达中国文化以及中国人在灾难面前的态度，往更深处说，他思考的是如何从苦难里挖掘出中华民族百折不挠的文化根脉，在生死攸关的历史事件中寻找民族的精神内核，以此寻找激活中国人民蓬勃旺盛生命力的动力之源，并为当下提供精神图腾和栖息之地。从这个意义上说，这部作品又具有不可替代的时代意义和文化价值。

李凖对黄河以及黄河历史文化的思考是非常深刻的，黄河也是他写作的内在驱动力，他认为那是他的文化血脉。1997年在北京举办的《河南新文学大系》座谈会上,李凖以"揭开河南作家群产生的秘密"为题作即席发言。他动情地说道:"河南过去那么穷,那么落后,但是作家却一群一群产生,为什么?我看,这和黄河大有关系。黄河,对河南害处很大,但我还要歌颂它。黄河带来了无数苦难,但却给了河南人乐观与大气……是黄河给了我们热烈的性格。谢天谢地!这是第一条。热烈的情感,是创作的基本条件。"然后他振臂一挥,激动地说:"河南还要出大作家!"

二十年后,另一个出生在黄河故道的河南作家刘震云写出了《温故1942》。第一次读这部作品我就被震撼了,后来我在创作一部小说时,引用了其中的一些细节。那些细节就像深埋在地下的这段历史一样,被"自将磨洗认前朝"后,突然发出了闪闪的寒光。那光芒阴郁而持久,像一把达摩克利斯之剑,始终高悬在苦难的中华民族头上。我不得不沮丧地说,那是某种文化基因,并没有因为时间而改变。

其实发生在1942年,也就是老百姓口中民国三十一年的那场灾难,也与黄河有关,更与花园口被炸有关。花园口被炸后造成黄河改道,形成了一片5.4万平方公里的黄泛区,致使河南东部平原的万顷良田变成了沙滩河汊。黄泛区内河淤沟塞,水系紊乱,芦苇丛生,无法耕种,成为水、旱、蝗等各种灾害的发源地。其中危害最大的除了水灾就是蝗灾。1942年开始的大旱,使得黄泛区土地经过大旱炙晒后,蝗虫大量孳生,吞噬了大片大片的庄稼。

当年的一个记者曾经这样痛心地写道:"那些蝗虫看着是在吃庄稼,其实,是在吃人!"

四

那一次走黄河,一口气走了二十三天,最长的一天坐了十五个小时的汽车。我们自郑州出发,行走了安阳、开封、洛阳、西安、太原、银川、兰州、西宁……在历史上的"八大古都"中，由黄河哺育的古都有西安、洛阳、郑州、开封、安阳五座。除西安外，其余四座都在河南。以黄河中下游地区为中心出现的"文景之治""贞观之治"和"开元盛世"等，曾经长久地烛照着中国古代史，让灿烂的中华文明更加丰腴饱满。从幼年形成的执念里，有个偏见一直延续到现在，那是一种文化霸道：黄河是我们的，黄河的儿女指的就是我们。可是，我后来竟发现还有那么多诗人在说，黄河是我们的呀！是啊，这条全长5400多公里、流域总面积达80万平方公里的浩荡大河，涉及9个省、66个地市、340个县，总人口接近2个亿。

河南诗人马新朝在他著名的《幻河》中写道：

> 我在河源上站成黑漆漆的村庄
> 黑漆漆的屋顶鸡鸣狗叫　沐浴着你的圣光
> 鹰翅　走兽　紫色的太阳　骨镞　西风
> 浇铸着我的姓氏　原始的背景　峨岩的信条
> 黑白相间的细节
> 在流水的深处马蹄声碎　使一个人沉默　战栗
> 像交错的根须
> 万里的血结在时间的树杈上
> 结在生殖上　水面上开出神秘的灯影　颂歌不绝
> 岸花撩人　地平线撤退到
> 时间与意识的外围　护身的香草的外围
> 高原扭动的符号　众灵在走
> 十二座雪峰守口如瓶
> 万种音响在裸原的深处悄无声息
> …………

我写下这些的此刻，英年早逝的马新朝先生已经离开我们五个年头了。那样一个平凡却又不凡、温和而又自负、朴素而又高傲的人，现在肯定在他时间的幻河里载浮载沉。我与他同事多年，我们谈及过家乡，谈及过贫瘠岁月村庄里的一棵桃树，谈及过他百吃不厌的白面馒头可以不就菜就津津有味，为什么从不曾与他谈谈黄河呢？新朝先生是南阳人，吃丹江水成长，受的应是楚文化滋润。而他对黄河炽热的情结，是来自何处？我未来得及问起这些，他终是实现了十二座雪峰守口如瓶的诺言。

2004年随作家采风团去鄂尔多斯，十几个人在郊外的草原上喝地产宴酒，欢声笑语间大家都微醉了。远离了灯光的天空迷人心窍，天很蓝很蓝，稠密的星星好像要坠落下来，低到伸手可及。子夜时分，有人借着酒意吵嚷着要去夜看黄河，响应者云集。越野车上了公路，却不知方向。作家刘亮程下了车，很诡异地用鼻子嗅了嗅，指了一个方向。将信将疑地朝他手指的方向驶去，行了二十几分钟，司机打开车窗听了听，说是到了，他听到了河的声音。哪里有河的声音？空旷寂寥的黑暗中，偶尔有一两声虫鸣。因此愕然，莫非那一晚我们都变成了神？打开车门大家纷纷跳下车去，在黑暗中向河的声音处摸去，就那样一个接一个上了河岸。黄河长什么样自然是看不清了，岸上水里一片漆黑。那时是春天，河非常安静，水流像一个默默赶路的人那样，几乎没有一点声响。风吹过河滩，发出折纸般的沙沙响，因为是春天，并不显得凄凉。几位男士扎在一堆抽烟，女士则说些零星的闲话。我一个人顺着河岸向东走去，万籁俱寂，我的脑袋仿佛被微凉的空气彻底清空，思维里只剩下苍穹和大地。举目尽是荒凉，可那荒凉来得多么好，来得正是时候。我变成了一个完全自我的人，这天地都是我的，我与世界的种种关联清晰而冷冽。一时间我坚定而沉着，不再惧怕旷野和黑暗，若就这么一直走下去，我会走到一个叫郑州的中原都市，那里有我的家。一股暖流涌上心头,突然而至的眼泪纷纷跌落,就像那滚滚东去的大河之水,我对着深夜里大象希形的黄河"啊啊啊"地哭出声来。那是我几十载最彻底的一次宣泄,我的爱,我的恨,我的欢乐,我的悲切……那一瞬间,我与生命里的世事全部和解了。不管过去经历了多少,欢乐和悲苦,光荣和耻辱,在这个夜晚,在阔大的黄河之滨,一切都显得如此可笑和微不足道,尽管它可能成为我越热闹越孤独的灵魂的识别标记,但是,我不在乎了,真的不在乎了!

2004年春天的那个夜晚,就在黄河岸边的那个夜晚,我突然开了天眼,即使我做不了我自己,我也已经看到了我该做怎样的自己。我宽容一切,包括苦难和恶毒。总之是,时间不是一切,但是时间决定一切。到了最后,在上帝的流水账上,时间终会把痛苦兑换成快乐。其实,幸福也好,痛苦也罢,都是我们这个庞大的人生布局的一部分,我们并不是被命运算计了,所有我们经历的一切,都是我们的人生配额,我们必须毫无理由地接受并完成它,就像这条宠辱不惊、忍辱负重的大河一样。不管过去生活曾经怎样逼仄和残酷,当你挣脱它之后,再回首用遥远的语气讨论它时,即使你痛心疾首,其实都不像是在谴责,而更像是赞美。

在远离家乡的地方,在他乡的黄河岸上,在几千年无休无止、一脉相承的水流里,我仿佛得到遥远的启示。

1997年6月1日,距香港回归前一个月,台湾特技演员柯受良驾车成功飞跃壶口瀑布,一时间整个中国都沸腾了,可谓举世瞩目。而早在五年前,柯受良已成功飞跃了金山岭长城烽火台,飞跃黄河是他生命的又一个宏大目标。许多知道内情的人都明白,壶口亦是虎口,面对汹涌险恶的水流和犬牙交错的岩石,稍有闪失便是粉身碎骨。柯受良从容淡定地面对十数亿关注者,他微笑着,执意将生命泼洒出去。心意已决,不飞黄河心不死,这是他人生的再一次跨越,更是对自己生命的一次超越。超越自己,是人类最原始的愿望,我们大多数人成就不了传奇,但我们可以成就自身。我家先生喜好摄影，常常挎个偌大的相机"周游列国"，拍到一张自己满意的照片禁不住欣喜若狂。我有时讥讽他，网上随意一点，美景美图数不胜数，何劳你这般辛苦？他也回讽道，世上的好文章浩若烟海，读半辈子书，名著都未曾读完，你又何苦劳心劳力爬格子写作？我顿时无言，的确是这个道理，似乎再怎么写也写不过诸多前辈，更写不出一部世界名著。但我又为什么不自此放弃呢？我的努力或许真的微不足道，可我来过，我做过，我感受过，这才是真正的人生啊！

当年我站在陕西宜川壶口瀑布前思绪万千。黄河至此才一展雄姿，那闪跃腾挪的姿态令人百感交集。石壁鬼斧神工，瀑布惊心动魄，其奔腾雀跃的气势让人热泪盈眶，中华民族不屈不挠的精神根脉在这里得到最好最畅快的诠释。

2016年中国作家重走长征路，我们从四川成都出发，前往甘肃会宁。行至四川北部阿坝州若尔盖县唐克乡与甘肃省甘南州交界之处，初见黄河九曲十八弯，大家都被那巨月般的弯绕惊呆了。浩渺的水面并无浪花翻涌，平坦而宽阔的河水静静地流动。此时此地，她还是一个青春明媚的母亲，张着丰盈的怀抱拥抱世界和万物。她的广阔和华美的气派，她的温柔安静，使你无法大声呼吸，你只想扑进她温软的怀抱，与她无尽地亲热和缠绵。这是谁的黄河？是我的黄河吗？你又怎会想到，黄河从这里的第一弯开始，怎么突然就有了磅礴的气势？怎么形成了惊天动地的壶口瀑布？怎么就变得黄沙翻涌、浊浪滔天？

我们无从了解黄河的性情，即使她不会瞬息万变，但也是率性而为。她一路奔走，一路歌吟，一万个故事，一万种想象，一万种可能。

近日观看河南剧作家陈涌泉先生的新剧《义薄云天》，该剧选取了关羽一生中的重大典型事件，紧扣"义"字，突出"情"字，热情讴歌了关羽"玉可碎不改其白，竹可焚不毁其节"的高贵品质。关羽大意失了荆州，在麦城弹尽粮绝被孙权俘获。孙权劝其归顺，关羽断然回绝：

"要让我降,除非黄河倒流!"虽然故事并未发生在黄河岸边,但关公心里装的依然是黄河。他生于山西运城,葬于河南洛阳关林,生死不离黄河南北岸,其生命中浸润着黄河文化的滋养,他的气节自然犹如黄河一样不屈不挠。

五

黄河不仅仅是黄河,更是一条怀抱历史的大河,也是一条孕育文明和文学的大河。

记得莫言曾经说过,文学使他胆大。他说初学写作时,为了寻找灵感,曾经多次深夜出门,沿着河堤,迎着月光,一直往前走。河水银光闪闪,万籁俱寂,让他突然感到占了很大的便宜。那时候他才知道一个文学家应该是一个不同寻常的人,许多文学家都曾经干过常人不敢干或者不愿意干的事。那么,他感到占了便宜,是因为一条大河吗?

我想是的,当你懂得了一条大河,你就懂得了世事和人生。河是哲学,也是宗教。

即使我们没有见过黄河,没有吟唱过黄河,但几乎每一个人都能够从灵魂上感觉到她。是的,不管如何,黄河就在那儿,不管是平静或者喧嚣,她都是一个巨大到超越河流本身的存在。不管发生什么事情,即使天倾西北,地陷东南,都不能改变这个巨大的存在。在有文字记载的历史里,黄河大的改道就有二十六次,但数千年来她依然奔腾不息。她所经见的历史,不管曾经如何辉煌,于她而言,只是一朵小小的浪花而已。浪花淘尽英雄。而我们个人,在历史的黄河中不过是漂流的沙粒。但即便如此,如果我们想通过平常人不敢干或者不愿意干的事而成为一个不同寻常的人,岂是顺流而下所能为?

1988 年,中央电视台的春晚舞台上出现了一首歌——《龙的传人》。

之所以两岸人民都喜欢这首歌曲，还是歌词中"遥远的东方有一条河/它的名字就叫黄河/古老的东方有一条龙/它的名字就叫中国/古老的东方有一群人/他们全都是龙的传人"拨动了我们心中隐秘的那根弦——龙形象的源头就是黄河，我们都是龙的传人，也是黄河的传人。

黄河是中国历史永不谢幕的舞台，其流域有着数不清的折戟沉沙。从炎黄时代开始这里就硝烟弥漫，二十四史在此轮番上演，英雄圣贤层出不穷。自先秦至北宋，共有四十一个朝代建都于黄河流域。有人说，黄河构成北方人的血统。其实此说甚谬，所谓的南方人，绝大部分不都是北方人南迁？所以，林语堂认为中国的历史不过是北方人的征服史："所有伟大王朝的创业者都来自一个相当狭窄的地区，即陇海铁路周围，包括河南东部、河北南部、山东西部，以及安徽北部。如果我们以陇海铁路的某一个点为中心画一个方圆若干里的圆圈，并不是没有可能，圈内就是那些帝王的出生地。"

英雄创造历史的时代已经沉沉远去，"渐行渐远渐无书，水阔鱼沉何处问"。而黄河两岸人民的生活还在继续，与那些英雄圣贤比起来，他们的生活虽然说不上波澜壮阔，但也依然活色生香。这，也算是我写黄河故事的缘起吧！

始于土地，归于土地

邵丽

2021年我出版了《金枝》上半部，为此写了不少的创作谈，可是每次谈都有不一样的感受。为什么会有这种差异？我自己都很诧异。可能因为我写创作谈时既有写作的初心，也有出版后回望作品时那种复杂的心态吧！总之，很难一言以蔽之。

源自中原千年故土的颍河岸边，有一个古老的村庄——上周村。一个家族五代人的梦想与现实、根系与枝叶、缘起与当下，活生生地呈现在这部小说之中。周氏家族亲人间的逃离、刺痛、隔膜和融合，令人动容。家族精英从乡村汇集到城市，又从城市返回到乡村的历史轮回里，真实展现了城市和乡村的巨大差异和变迁，写出从隔阂到交融的人生悲欢。通过城市和乡村两个女儿的叛逆、较量和理解，殊途同归，从而表露出家族女性在传统文化下的恪守与抗争、挣扎与奋斗，撑起了这片故土的魂魄与新生。

其实在内心里，我知道有一些东西梗在那里，它会持续发酵，让我寝食难安——有些事情我没全面表达出来，或者犹豫是否要说出来。最主要的就是整个源自上周村的这个周氏家族，在肉眼可见的几十年里，尽管出了不少的官员、干部、艺术家，却是靠一个大字不识的女人黏合在一起的，她就是作品的女二号拴妮子。所以踌躇再三，我写了作品的下半部。上部发表在《收获》，下部在《当代》发表，起名《当归》。在这部作品里，终究是让拴妮子站了起来，还她地位和尊严——尽管"地位"这个词于她而言是一个奢侈品，但我觉得她配得上。

写家族历史是一件吃力不讨好的事情，毕竟很多人容易对号入座，很多事情因为禁忌而被刻意收敛。曹雪芹所谓的"满纸荒唐言，一把辛酸泪。都云作者痴，谁解其中味"，道尽了其中的酸甜苦辣，但远远不是全部。比如我五六岁的时候被父亲扇那一巴掌，他的那只手一辈子都没从我脸上挪开过，我们俩从来也没真正和解过。那是一个人的痛，一个家庭的痛，也是一个时代的痛。再一个，穗子离婚不离家的坚守，是插在两个家庭之间的一根刺，几十年都拔不掉。可当物是人非，我们回首再去打量这段历史的时候，却发现她无非是延续和传承了家族女人的这种宿命，也正是因为这种延续，让周家人的"家族"概念有了真实而具体的物理形态，也让他们最后对土地的回归有了明确而温暖的指向。

也可能因为年龄的原因，我这些年的创作更多地深入到家庭话题，父亲、母亲、祖母……这主要源于父母和我们所处的时代。他们生活的那个时代和我生活的时代重叠了很多年，而重叠的那部分，是构成中国历史厚度的一个重要阶段。那个时代既翻云覆雨又波澜壮阔。我在那个时代里出生、成长、恋爱、结婚。那是一个密不透风的时代，也是一个大开大合的时代。当我们回望那一段岁月，不管曾经怎样伤痕累累，也依然有难能可贵的温馨和失而复得的理解。我想，这也是文学的功能之一，它既帮助我们恢复了记忆，同时也让我们变得更加阔大和宽容。所以讲述父亲、母亲，还有祖母以及这个家族，于我而言有了一种打探历史的隐秘快感，也有一种直面历史的痛感，也许这就是向历史致敬的真实含义吧。我们在这个大的历史背景下看待父亲母亲以及各色人等，就会有一种全新的视角和油然而生的悲悯。

每当我写父亲这个人物的时候，总觉得他是一个指代，其实从更广泛的意义上来看，他更是一个象征。那个时代大部分家庭的父亲都跟他差不多，嵌在时代的夹缝里，谨小慎微，动辄得咎。

作品里的两个母亲——朱珠和穗子，我觉得给予她们的笔墨太少。但母爱就是这样，它其大无外，其小无内；既无所不在，无时不在，又无从谈起。但它又是世俗的、具体的。朱珠自从嫁给丈夫，就心无旁骛，任劳任怨，一心一意地维持着这个家庭的日常。即使在她知道他还有一个前妻和女儿，而前妻还固守在老家离婚不离家时，也只能顺从现实，按照丈夫的意图一丝不苟地打理这个家庭与那个家庭的关系，一生都不曾抱怨过。但恰恰是这种平静所造成的欹侧，让我们心里格外难以平衡。而穗子的悲剧更令人欲言又止，她从嫁给丈夫的那一天起就在抗争，而命运不公给她带来的苦果，虽然在岁月的流逝中并非触目惊心，但也需要极大的耐心和勇气承受。她都默默吞下了。坚韧和煎熬是中国传统女性的命运标签，但最后的功德圆满也未必是对她们的馈赠和赞许。

其实说到底，我和拴妮子不过是一体两面。所有的进退得失在水落石出之后，更让被岁月过滤纯净的亲情具有了永恒的意味。面对着汹涌而至的命运洪流，艰难的泅渡也是以各自的方式渡劫，会有侥幸逃脱的欣喜，也有灭顶之灾的哀鸣。

在作品里，我试图通过对家族历史的梳理寻找生命的原乡，但兜兜转转，最终发现一切都始于土地，也归于土地。我的先辈们那么义无反顾地冲出家庭，走出故土，但最终，他们的后人却以另一种自觉的方式重新回归土地——土地是中国人的文化乡愁，也是他们牵牵绊绊、始终难以真正打开的心结。所谓乡土中国，此之谓也！

在石头上开出花来

邵丽

最近一个时期，我一直为《金枝》续篇的创作而焦虑，似乎找不到一个合适的入口。有一次参加一个艺术展，看到工匠们在一块块普通的石头上雕出精美的花来，我突然有所触动。周启明这个家族，不正是在石头上开出花来吗？他们欣逢一个波澜壮阔的时代，为故事的发展提供了各种可能性：周启明和朱珠可以安享晚年，拴妮子的孩子也能一个个进入高等学府，甚至漂洋过海，过上他们曾经梦寐以求的城里人日子。这一切虽然和家族的奋斗分不开，但也要拜时代所赐。

对于为什么要续写《金枝》，好像我在过去的创作谈里有过暗示。我所谓的"念兹在兹"，早就表露了对此文本的执念。但当我再一次进入"现场"，却突然发现这是一桩非常艰难的工作。历史和人心不堪打量，经过粗粝的时代和现实摩擦的灵魂，却有着执拗而细腻的力量。当我再一次审视父亲、母亲、穗子、拴妮子以及她的丈夫、孩子时，常常被一种久违的亲情和温暖感动包裹，我整个写作的过程，眼睛始终湿润着。他们各有所好，也各有所难，但无论如何，都是在扎扎实实过好自己的每一天。他们细小似草芥，却也伟大如英雄。

当我试图设身处地理解穗子和拴妮子的时候，忽然发现真正推动故事发展的，并不是我的父母亲，而是她们。即使最后有了所谓的"和解"，其基础正是穗子和拴妮子多年来的不离不弃。也可以说，《金枝》的续篇《当归》，是一部"拴妮子正传"。

我试图理解拴妮子的母亲穗子。也许从更广泛的意义上说，穗子是我的另一个母亲。我母亲一生靠忠贞坚守，她又何尝不是？她是时代的悲剧，怀揣着不能实现的梦想，一心一意等待着结发丈夫周启明回来，义无反顾地替他守着老家的宅院。所以，不管她的悲剧来自何处，她始终如一的坚守依然是构筑这个家族故事不可或缺的力量。她让拴妮子盯紧周启明，因为这是这个世界上她与他唯一的维系；在得知周启明挨斗的消息后，她毫不犹豫地做好接纳他们全家的准备。她有很大的私心，但从未将这种私心化为自己的享受和获得；她对周启明有着极大的怨恨，但又从未做出任何有损他利益的事情。一直到死，她都守着周家的老屋老宅。也许她从嫁给周启明那一天起就在抗争，而命运不公给她带来的苦果，她要在以后孤苦无依的几十年里靠极大的耐心和勇气承受。但她都默默吞下了，把拴妮子的孩子抚育成人。她所做的一切与朱珠比丝毫也不逊色。

正如穗子就是我母亲，我又何尝不是拴妮子呢？她对父爱的追逐（或者是父女关系的体认），与我对她的排斥其指向是共同的，仅仅因为父亲和我们生活在一起，且与母亲有一纸婚约保护，便剥夺她接受父爱的权利，对于一个未知世事的孩童来说无疑是最残酷的。我的父亲也是她不折不扣的父亲，她当然有权利要求父爱。道义与情感的大幅度错位，人性本身不可避免的缺点，都让这种爱看起来比恨更令人痛心。而这背后最大的悲哀，是被我们的爱所指向和绑架的父亲。一方面，我们没人懂得他除了背负着两个家庭的包袱，同时也背负着巨大的家族历史包袱。可能他面临的所有问题都比家庭关系大，只是我们仅仅从父女这种天然的关系出发看不到罢了。政治斗争的残酷性被我们轻易用亲情给遮盖和冲淡了。父亲的苦恼就在于，自小便投身革命的他正在被革命反噬，他所面临的革命的入口随时就是他的出口，这使他处在进退失据、动辄得咎的尴尬位置上。这种位置决定了他患得患失的态度，以及对于两个家庭问题的取舍。

拴妮子对亲情的不舍，甚至可以看作是"愚孝"。但无论如何，她的努力最终让两个家庭的融合看起来具有喜剧意义。事实上，她承担了两个家庭之间的互联互通。如果没有她的坚持，很难有后面的结果。其间的曲折和委屈，我们是很难设身处地感同身受的。拴妮子是个心地纯净的人，也是一个处处与人为善的人。自小到大所受到的委屈和屈辱，并没有喂养出她的仇恨，这才是真正值得称道的。正像她母亲穗子所担心的那样，她会像她一样用情太深、太专一。果然，当她"嫁"到一个男人时，她对他是如此的俯首帖耳、忠诚不贰。所幸刘复来不是第二个周启明，即使进城之后他也没有甩掉结发妻。除了孩子们，他认同了自己最热爱的土地和土地上的女人。这也许就是"当归"的题中应有之义吧——时代赋予坚守以意义。刘复来的坚守，让孩子们考上大学，自己也终于进城；拴妮子的坚守，让土地彰显孕育和吸纳的力量，也让土地成为他们的应许之地。各有所守，也各有所获。

父亲为时代所伤，也为时代所养。对他的评价我有着先入为主的臆想，觉得无论如何，即使仅仅是形式上，他也是两个家庭的精神支柱。事实上，也许正是基于此，才给了他更大的选择空间以及逃避和撤退的迂回之地。其实，对于这两个家庭而言，他更多的只是象征意义，形式大于本质。或者从另外一个角度说，恰恰是因为没有他精神的介入，才使得后来这两个家庭的相互接纳成为可能。首先，对我们和穗子这两个家庭，他始终没有明确的态度。虽然他的选择已经证明了态度，但对于被传统婚姻和伦理道德淹没的家庭而言，他的作为实则是一种轻慢和伤害。其次，作为城市的解放者和地方长官，他原本可以成为一个拿得起放得下，至少是在关键时候可以有所担当的父亲，但他没有。因为政治和家族历史的羁绊，让他患得患失，所以他选择了逃避。也许从更深的层面上看，恰恰是他的逃避保护了自己，也得以保全两个家庭，但也因此使他失去父亲所应该具有的责任担当。他对孩子们的抚育和教育也是粗放的、武断的，从学习、工作到婚姻。正像他不会处理家庭关系一样，他也不怎么会处理与子女之间的关系。他身上巨大的精神空洞和怯懦，既有个人性格的原因，也有时代绑缚的痕迹。他把这些重负一样一样地卸给母亲和家庭，成为一个懦弱的被保护者。然而，我必须承认，在那个时代，这样的父亲具有很大的普遍性。也就是说，父亲普遍缺失，这恰恰是它的悲剧性之所在。以他的善良、忠诚和能力，在一个好的时代，他依然会成为一个合格的好父亲。

母亲朱珠是一个十分复杂的角色，这是由她的家庭出身、受教育程度和工作经历所决定的。对于父亲过往的婚姻和孩子，母亲由开始的抵触，到后来的忍让、麻木和接纳，有一个相当迂回曲折的心路历程。她是一个做妇女工作的领导干部，也是一个有着传统婚姻观念的女人，更是一个在饥馑的年代拉扯四个孩子的母亲。父亲几乎把家庭管理以及孩子的抚育责任全都卸给了母亲，他回家除了喝茶看报纸，真正是"油瓶倒了都不知道扶"的主儿。但对这一切，母亲都默默地承受。首先，她从开始知道父亲曾经有过一次婚姻并且还有一个女儿，便试着理解"那个女人也不容易"，进而对拴妮子五次三番的挑衅置若罔闻，甚至满足她所有的要求。她做这些，当然与她从小所受的"三从四德"的家庭教育有关。而后来，她对拴妮子的接纳甚至欣赏，除了有拴妮子那么多年的行走，还有她自己的认知。她甚至觉得自己作为一个领导干部，在很多方面对不起拴妮子。我很多时候认为她这种平静和忍让是装出来的，觉得这才格外可怕。当然，后来的故事发展，消解了所有阴谋论的猜测，自始至终母亲都没有爆发，也没有发生"谁笑到最后便笑得最好"的预想结局。她靠心地的善良和高度的自觉意识，赢得了拴妮子对她的尊重。

也可以说她是最后的胜利者，但她的胜利并没有以牺牲或者惩罚拴妮子作为代价，对于两个家庭而言是双赢，并进而维护了父亲的完美形象和尊严。她是一个典型的贤妻良母。她和穗子一分为二，又合二为一。

时代为人所创造，人也在时代里载沉载浮。一个家族五代人的梦想与现实、根系与枝叶、缘起与当下，活生生地在跌宕起伏的历史中呈现。周氏家族亲人间的逃离、刺痛、隔膜和融合，家族精英从乡村汇集到城市，又从城市返回到乡村的历史轮回，在城市和乡村的巨大差异和变迁中展现人生的悲欢。正是穗子、拴妮子和朱珠们的恪守与抗争、挣扎与奋斗，撑起了这片故土的魂魄与新生。

金枝玉叶是我们对生活的期许和高攀。虽然客观世界给予我们的逼仄，往往令最美好的梦想灰飞烟灭，但即使最严酷的环境，依然能孕育和容留向善向上的力量。我对这种善良的追逐和赞美，以最大的诚意和善意做出了努力。我觉得这就是一个作家的立场之所在。

我看现实主义

我始终坚持并承认自己是一个现实主义作家，这可能跟我的经历和写作习惯有关系。而我对现实主义的喜爱，因为贴近基层的现实，更有了一种正相关。尤其是我挂职锻炼那两年，当你沉在生活的最底层，你才会真正明白一个作家的责任和使命到底意味着什么。从《挂职笔记》《刘万福案件》到《第四十圈》，那些深埋在地下的愤怒和悲哀，会突然击中你，让你因猝不及防而更加绝望。对于这些触目惊心的现实，我们给不出答案，也开不出药方——虽然那些的确都是生活中确确实实发生的故事，我也都见过当事人或者他们的亲属。当我和他们一起，陷入对历史的追忆，把那些故事从被生活碾压的尘埃里捡拾出来的时候，那种写作的欲望、冲动甚或是恐惧，深深地攫住了我。没有现实中的触碰，根本无法带来内心的震荡，从而使文字产生饱满的张力。

由于历史的原因，我们这个年龄段的作家受影响最深的还是俄罗斯文学，甚至可以说正是因为教育和政治需要，俄罗斯文化也曾经成为中国文化的一部分，甚至这种影响到现在还有，而且也不仅仅存在于文学领域。俄罗斯那些烛照着我们思想和灵魂的伟大的名字，如叶赛宁、屠格涅夫、帕斯捷尔纳克、陀思妥耶夫斯基、勃洛克、柴可夫斯基、列宾、普希金、鲁宾斯坦，都曾经深刻地影响着我们，影响着我们的文学和生活。

邵丽

不过，虽然俄罗斯作家的那种弥赛亚情结，与中国传统文化"先天下之忧而忧"的担当意识是如此地契合，但又因为宗教的原因，他们比我们更有情怀。他们述说苦难和社会的不公，除了设身处地的怜悯和同情，没有置身事外的怨怼和骂街式的暴跳如雷，更没有那种冷冰冰的仇恨——这恰恰是我们的文化所缺少的——反而是那些被侮辱与被损害的人，在苦难里锤炼了信念，在打击面前挺住了尊严，甚至在罪恶里升华了境界。所以俄罗斯作家们在一百多年前所遵循的现实主义创作态度，即使现在对我们都有指导意义，因为他们给我们的不仅仅是粗粝的现实，还有"整个原野——有纵横的阡陌、不息的河流、巍峨的高山和手足般的人们"。所以，从这个角度来看，我觉得这也是当下展开关于现实主义大讨论的意义所在。

其实，对现实主义文学的争论始终没停止过，尤其是在文学界以及批评界，也有很多人对现实主义文学持一种批评或者否定的态度。但最终，这种争论还是在坚硬的现实面前不了了之，毕竟，即使是再先锋的文学，也都植根在现实主义的泥土里。虽然这"现实"与那"现实"是如此的不同，但也只是看待问题的角度有异而已。其实这又涉及一个十分重要的问题，也就是作家与现实生活的关系问题。离生活太近，作家往往会成为现实生活的代言人，这样就会削弱作品的文学意趣；离生活太远，也就意味着作家抛弃了社会责任感，让写作成为纯粹的白日梦呓。当然，对于"现实"我们既不能静止，也不能过于功利地去讨论。在不同的时代，它会呈现出不同的样貌，存在不同的主要矛盾，也必然对文学提出不同的要求。生活是变动不居的，这看上去是常识，但是我们一旦进入对"现实"的讨论时，却常常忘记这一点，忘记随着现实生活发生变化，我们的文学认识和观念也难免要发生变化：从 20 世纪 50 年代的生活中总结出的现实主义创作理念，固然很难适应 80 年代生活的需求；从 20 世纪 80 年代生活中催生的现实主义观念，自然面对今天的生活也要做出调整。所以，现实主义文学创作的探索之路，也是没有止境、历久弥新的。但唯一不变，或者非常难变的，是人性和文化。这也就是我们认识和寻找现实主义创作态度时最合适的路径。

作为生活在河南的作家，对现实主义创作有着更深刻的认识。中原作家群是在全国有广泛影响的一个创作群体，多年来，河南作家之所以能长期保持旺盛的创作力和影响力，其中一个重要原因就是河南作家具有关注现实的文学创作传统。从老一代作家张一弓、李佩甫，到我们这一代的乔叶、计文君，包括我自己，基本上走的都是现实主义创作路线。著名评论家胡平对河南作家的现实主义创作理念大加赞赏，他觉得这是一种大气。他曾经在一篇评论文章里写道："可能源于中原文化深厚的传统，河南作家有一种自然的大气。与文学界的一些求新变成追求怪异的情况不同，在艺术创作中，河南作家坚持追求思想的深度、厚度，但同时也坚持同样可贵的创新意识。河南作家对新与厚的追求是融在一起的，这种新与厚的融合表现为一种大气。"当然，这种大气来自对现实的观照和关注，河南作家对现实主义的坚守和创新也是显而易见的，因为"河南文学最为明显的特征之一是乡土意识与乡土形态。但是今天，现实与乡土在河南作家的笔下已经不是传统意义上的凝固封闭的'现实'与'乡土'，而是全球化视野下处于流动性开放性之中的现实与乡土，作家们基本完成了乡土社会的现代性或后现代性表达。值得肯定的是，在对于乡土社会的现代表达中，河南作家没有迎合西方汉学家与读者对于中国的想象，他们既在现代语境中审视当下的现实，又坚持了真实性与复杂性的表达，这使河南作家在新的坐标系中能有自我稳实的立足点，后劲充足"。

总之，中国的文学创作有着悠久的现实主义传统，在新时代，如何继续弘扬现实主义创作精神，推进现实主义文学创作，是个重大课题。现实主义文学创作如何实现新突破，更加鲜明地反映时代生活，抒写民族精神，展现人民风貌，让现实主义真正成为文艺创作的主流，值得探索和思考。而《长篇小说选刊》推出"现实主义大讨论"恰逢其时。

第二辑

他说

父之名：前世今生辨金枝

程德培

一

两年时间，邵丽的小说都涉及父亲母亲的故事。从《天台上的父亲》《黄河故事》《风中的母亲》，一直到眼下的《金枝》，长、中、短篇皆有。轮番轰炸，从不同角度演绎讲述同类的母题，这绝非偶尔为之所能解释的。如同那篇创作谈《说不尽的父亲》中所言："一个时期以来我热衷于写父亲，我的父亲和父亲以外的父亲。但他们不是一个群体，也毫无相似之处。他们鱼贯而入，又鱼贯而出，在光明之处缄默不言，又在遁入黑暗后喋喋不休，像极了胡安·鲁尔福的小说里那种人鬼之间的窃窃私语。"

其实，"说不尽的父亲"可以追溯得更远：《瓦全》（2006 年，原名《水星与凰》）中，"我"的父亲是一位市级领导，在外雷厉风行，脾气暴躁，做报告滔滔不绝，回到家里后立马就变成了一只温顺的羊；《城外的小秋》（2011 年）写的是"小秋初中毕业没考上高中，而且，她拒绝了随爸妈到城里生活。反复做工作无效，妈就生气地骂她，命贱，天生不争气。看着女儿一脸纯净地站在那里，爸说，算了吧，考不上咱不上，不来城里就在乡下待着"，于是，两代之间，关于是留在城里继承祖传的手艺还是到乡下陪奶奶的故事上演了；《河边的钟子》（2011 年）讲述在钟子很小的时候，就知道爸爸不要他和妈妈了，他很早就开始仇恨爸爸；《我的生存质量》（2013 年）讲道：她六岁之前，一直都是父亲的宝贝，但是在六岁那年，生活中的一切都改变了。最亲密的父女关系在一场风波之后突然变得冷淡，于是，一直无法忘记这一创伤的女儿在很长时间内不能原谅父亲……作者甚至在小说《糖果》（2012 年）中写下这样的感慨："每当我叙述父母故事的时候，我会常常陷入漫无头绪的回忆里。那回忆虽然是因为父母而起，但是过程中往往没有他们，他们是主角，但更像是背景，模糊的、懵懵懂懂、若有若无，或者说是可有可无的。他们的身影被那个时代冲洗和稀释得日渐稀薄，然而又非常沉重，他们虽然生活在历史里，但真正的历史又往往与他们擦肩而过。"

不只小说，就是跨文本的诗歌、散文，邵丽也有不少对父亲母亲的追忆笔墨。散文如《你的母亲还剩多少》《姥爷的渔网》《我的父亲母亲》《三代人》等；诗歌则有《父亲的稼穑》《父亲四周年祭》《给父亲上坟》等。所有这些文字无不穿越被遗忘所淹没的真情与假象、怨恨与挚爱，作者用严厉的眼光俯向记忆的万花筒，看到那斑斓的色彩无一不是稍纵即逝，那片刻的深刻则是永恒的铭刻，血缘和亲情无一不是在岁月的颠簸中被碾碎得真假难辨。

仿佛是一种提前预告似的，《三代人》中作者告知我们，"我一直试图分析我们家三代人。我觉得这项工作有标本意义，因为这样的三代人，不但与我，可能与很多家庭有相似之处。第一代人是我的父亲，他生在万恶的旧社会，活在崭新的中国。第三代人是我的孩子，她生在 20 世纪80 年代末，活在全球一体化的互联网时代。第二代人就是夹在他们中间的我——出生在'十年动乱'期间，经历了中国历史过山车般的起起伏伏"。这不，快十年时间过去了，长篇小说《金枝》就放在我们眼前，这部小说在世代上追溯得更远，何止三代人，可谓是四世同堂、五代同书。

二

《金枝》开首:"整个葬礼……"父亲之死,这既是人生的终结,又是小说的开始。临终前的父亲异常平静,既出人意料又谋划许久地要求回到河南老家,颍口是他工作和生活了一辈子的地方,"这里四季分明,热天也是干爽的,不像深圳那么潮腻腻的"。父亲更是有点未卜先知,早早地问村里要回了老宅的半亩地造了屋子,以便回归故土有个停尸的地方。对父亲来说,老宅既是他的出生之地,也是其当年逃离被逼成婚的地方。从老家出逃参加革命,历经磨难到最终的回归落葬,其命运可谓回到原点。起点和终点本身并没有多少故事,重要的是人生艰辛的旅途。现象学的基本原理告诉我们,对象在某种事实状况下被给予我们,因此我们在定义对象时,必须把这种事实状况包括在内。正如去度假地的旅途是度假的一部分一样,通往对象的道路也是对象的一部分。

这不禁让我们联想到古老神话《奥德赛》,奥德修斯是一个终归成功的受苦受难者的形象,而正因为如此,他才遭到了柏拉图主义者、但丁以及大多数蔑视"大团圆结局"的现代人的诟病和修正,认为他的漫游就是一个可能神圣完美世界的征兆,而应该间接地看到"西西弗斯的幸福生活"。奥德修斯叶落归根,返回故园伊色佳,显然再也无法同他自己遭受的无穷痛苦相称;人生在世的基本运动已经成为逃离世俗使命安排意义的举动之一,所以不言而喻的是,同回归出发地的意义相比,这种世俗的意义几乎毫无意义。但是,这个形象依然如故奋力飞往目的地,恰恰在更崇高的意义上被公认是他的出发点。因此,远游也仍然是还乡。为了回避那喀索斯的凄惨命运,即误认为水面的倒影就是现实生命而纵身深渊的自溺身亡,他就必须逃离阴影,却不得不追求荫护。

和《黄河故事》有所不同,《金枝》不再以记忆父母为主旨,以身心内外安葬父亲为完整剧情。记忆和安葬父亲仅仅是《金枝》的前半部分,全书十六个章节分为上、下两部分,结构上的用意是明确的。更不同的是,此次人物关系呈开放状态,前后上下都有所延伸,角力的重心伸展为因父亲的两次婚姻而造成的两个家庭子女的分分合合,互为怨恨的对立又有着割舍不断的血缘亲情。他们都是些尊严被冒犯的人,彼此间都拥有一个共同的父亲是其前因后果,怨恨又产生了心灵的自我毒害。过去的历史事件所产生的残像余韵像发芽的种子,培育了各自不同的爱恨情仇。其间不乏父女间留下的童年创伤,也有因父亲缺失所产生的仇恨情绪。无法回避的机遇和荒诞,难以忘却的记忆和历史支配,叙事者清楚地知道这一点,知道混杂是现实的另一种说法,明白父亲的默认是最明白无误的回答。子女们的情感与动机是复杂的,他们对所谓故乡、家族、血缘的认知受到局限,是相对的,彼此间各据优势但只能隔岸相望。沉默失语的父亲更是此一时彼一时,"父亲的人生,生生活成了两截,前半截风云激荡威严有加,后半截波澜不兴俯首帖耳"。两边的亲人阵营分明,水火难容,而唯一的父亲则分身乏术,有时难免身在曹营心在汉。"像过往一样,我父亲始终还是没有态度。对待穗子,像对待穗子的女儿一样,他不与穗子搭言,也不干预她的任何行为,他不想为她们多说一个字一句话。他一辈子都不曾爱过她们,但他一辈子都欠着她们、怕着她们。"

几近沉默而又无处不在的父亲真不好说。根据心理分析的基本原则,我们在谈论"父亲"或"父权"的时候,尽管与现实中的父亲息息相关,却已经超越了具体的父亲本身,进入了父亲意象的范畴。因而,我们所寻找的,也并非仅仅是个体的父亲,而是父亲的意象、父亲的象征意义。倘若我们根本就不理解父亲的真正含义,那么,我们就无法满足我们孩子的期待,尤其是内在心理上的期待。这也让人想起在《黄河故事》中,我听了二姨言说起父亲后感慨道:"我在她的叙述里慢慢地、小心翼翼地还原父亲，真害怕稍微多用一点力，父亲就消失了。"

<h2 style="text-align:center">三</h2>

"整个葬礼，她自始至终如影随形地跟着我，吃饭坐主桌，夜晚守灵也是。我守，她就在不远处的地铺上斜拢着身子，用半个屁股着地，木愣愣地盯着我。我去宾馆休息，她立刻紧紧跟上，亦步亦趋。她根本不看我的脸色，也不听从管事人的安排。仿佛她不是来参加葬礼，而是要实现一种特殊的权力。这让我心中十分恼怒，不过也只是侧目而视，仅此而已。"这才是《金枝》完整的开头。同一个父亲的两个女儿的对峙，一个是"笨拙的乡村妇女，臃肿、肥胖、衣着邋里邋遢"；另一个则是"沉稳、得体、腰板挺得笔直，哀伤有度。我是父亲的长女，是个在艺术界有影响的知名人士"。她们分属两个母亲，分别来自农村和城市两个阵营，为争夺父性的权力而积怨已久。其实，这才是贯穿全书的主轴。

值得关注的是后者周语同，作为叙事者的"我"，占据着叙述的高度和出发点，也即小说的视角。视角构成小说，它使现实发生了变化，它本身就是小说。当小说发展时，视角需要不断更新。视角是一种难以界定为主体或客体的事物，它以客体为焦点，却以表达主体为目的。一个主体对另一个主体说话时，同时也是对自己说话，重要的并非是信息，而是"我"与"你"这种位置的结构，"我"与"你"可以是同一的人，也可以是不同的人，但任何情况下都可以通过语言塑造成型。视角就不能被看成是感知主体观察感知对象的一个角度，而是对象本身的一个性质；视角对"我"来说，并不是对物的一种主观歪曲，相反，是它们本身的一个性质，或许是它们最根本的性质。正是由于它，被感知者才在它自身中拥有隐藏着的不可穷尽的丰富性，它才是一个"物"。父亲既是对象，也是一种视角的视角："我"记忆父亲，同时也唤起父亲对"我"

的记忆;"我"看父亲,父亲也在那里看"我";"我"诉说过去,父亲也在沉默中诉说。死去的父亲如同幽灵般地活着,他是两个家庭同一支血脉的节点,一个既存在又缺失的节点。何况,作者的惯性思维经常构筑的是二元组合,诸如两个时代、两代人、两座城市、父亲与母亲、"我"作为女儿总还拖着个妹妹,等等。

"我"不仅是叙事者,而且也是叙述的对象。从父亲的女儿到为人父母的周语同才是那个承上启下、夹在中间的人物。将过去从遗忘中拯救出来使我们能够从过去读出现在,呼唤我们身在家庭走入历史。这种被唤醒的意识就像酣睡的特洛伊人群的希腊士兵一样巍然屹立。这位叙事者不但观察对手也观察自身;她的叙述既是他者的观察分析师,又是自供状的提示者。总之,她是携带自传契约的叙事者,既描摹他人的人生,又演绎自身的成长史。从这个意义上说,她才是小说的时间节点。

"我"的形象来自"我"的叙述,而"我"的内省和记忆则源自父亲之死。一个人在父亲死后将焦点集中于自身的做法是常有的事。弗洛伊德在父亲过世后,开始了《梦的解析》一书的写作。弗洛伊德说,这本书具有"一部分自我分析,我对父亲之死——也就是说,对一个最重要的事件,人生最痛苦的损失的反应",因此,当弗洛伊德的父亲去世后,他自己对人生的探索正式开始了。同样,罗兰·巴特也是深有同感地联想到了马塞尔·普鲁斯特。他在《文学杂志》上指出:"毫无疑问是母亲的死奠定了《追忆逝水年华》的基础。"普鲁斯特在四年中犹豫着是写成论著还是小说。他是从论著《驳圣伯夫》开始的。1909 年 7 月,他把手稿交付出版社,一个月后手稿被拒绝了,9 月,他开始进行他伟大的创作了。对于这一作品,他付出了他的全部,直至 1922 年去世。

四

　　一个缺少男性的周家，女性开始登上舞台，祖母当家，实则行使的是父权。为了延续香火，才有了那段父母之命的婚姻，才有了十八岁的周启明夜晚翻墙出逃，才有了新婚之夜遗留腹中的女儿。参加革命后的周启明追随新思想新时代，依据新律法与旧婚姻作了切割，组成新家庭的子女中便有了叙事者的"我"。而在祖母主持下的家乡老宅，穗子连同"三寸金莲"和女儿拴妮子留守周家，凭着一丝血缘关系，凭那名存实亡的祖制家规，凭着业已消亡的信念，渴望着没用的东西，坚守在那已没有男性的残缺家庭。应当承认，这是一个常见的家庭悲剧，但由于其紧扣时代变革的历史语境，从而为虚构提供了坚实的基石和支撑点。就像希利斯·米勒所说的："在我看来，这意味着，一部自称是小说的小说，不是化为一片云烟就是堕入深不可测的深渊，就像一个人丧失了自己的立足点、自己的基础和自己确认的地位。'最严肃的讲故事的人'的实质在于，他必须有'某个地方'，也就是有一个假定的历史真实性来作为背景或场景，只有在这样的语境之下，作为叙事基础的各种换喻都能转换；也只有在这样的语境下，才能使特定叙事的故事具有连续性，才能使人们对叙事所讲的故事的阐释具有完整性。"这是米勒针对亨利·詹姆斯一段言论的解释，他坚持说："恰恰因为小说不是历史，所以它必须小心谨慎地保持它虚构的本质。尽管奥兰治的威廉和阿拉瓦公爵确有其人，巴尔扎克笔下的人物并不真实，但小说家必须坚持虚构，只有这样他的人物才具有真实性，否则他就'一事无成'。"

　　邵丽的小说擅长家庭婚姻的叙事伦理，最近以来更强调代际之间的情感纠葛及个人的教育成长的反省，注重语境的时代特色和历史影响。《金枝》往上走甚至延伸至祖孙四代，无论是新旧冲突、时代变迁、伦理纠葛和历史机缘上，也无论是言说和空白的层面上都留有了足够丰富的想象空间。许多地方如果脱离历史的语境都是难以阐释的，无论是穗子的婚嫁信念，还是周启明和其祖父离家出走；无论是周启明父亲的离奇"失踪"，还是那不管家事、一心信佛的母亲。他们都是时代的产物，不是存活于明处就是隐匿于深处。一方面，在昔日的背后隐藏着某种结构化的东西，它抗拒着我们；另一方面，一种结构化的东西隐藏在我们自己的成见或者现实意愿里，并决定我们最初对他们投去的好奇目光。

女性叙事，尤其是以父亲为名所开启的几代母亲形象都是《金枝》得以立足的基石。无论是满含深情与怨恨，在修辞上掌控着叙事进程的"我"，还是"我"的母亲，父亲的母亲和祖母；抑或是另一个母亲穗子以及穗子的女儿等，她们为人子女都是金枝玉叶，为人父母却又承担养育下一代的职责，所谓一种天然的道德承诺。从这个意义上说，代际关系与生命传承无疑是《金枝》的时间线索。为了找出生命的意义，尼采提出了来世轮回的存在主义神话，人生便是你目前所过或往昔所过的生活，将来会不断重演，绝无任何新鲜之处。然而，每一样痛苦、欢乐、念头、叹息以及生活中许多大大小小无法言传的事情皆会再度出现，而所有结局也都一样——同样的日夜、枯树和蜘蛛，同样的这个时刻以及我，那存在的永恒之沙漏将不断反复转动，而你在沙漏的眼中不过是一粒灰尘罢了。

人终有一死，代际传承更是与死亡休戚与共、密不可分。这也是为什么"我"的祖母和父亲回归故里下葬是那么重要的缘故。周启明的祖母是旧家族的守护人，也是这场旧式婚姻的监护人。"孙子离了婚，像要了祖母的命。她守了一辈子活寡，又亲手把穗子娶回来陪她守活寡，自己心里无论如何都过不去这个坎儿……从此，祖母晨昏颠倒，茶饭不思，很快就油尽灯枯。"命运成就的总是囚禁和远去的意象，在来世和今生之间充斥着紧张的气氛，就像在不息的历史传统和不确定的未来之间的喘息。一代又一代人的成长和角色轮替，是一个暧昧的地方，一种来回的摆动，一头通往无奈的屈从，另一头则通往持续不断的反叛。

五

《金枝》的组合结构不只是表面上的人工制品，更为重要的是它试图揭示出人类情感难以摆脱的爱恨情仇。如同小说中所言，"爱会在代与代之间传递，恨也一样会"。和解是暂时的，或者只是内心旋涡的迂回；变化是永恒的，抑或前世今生的差异则是必然的。一种差异在缩小，另一种叛离必然会放大。这也是书写为什么存在下去的理由。面具是他者给戴上去的，在人生的舞台上，我们不是角色又是什么呢？我们无法离开自身的阴影去面对它。叙事总是努力揭示出种种征兆，但时不时地也会陷入一己的幻象之中。征兆是一个意指构成，可以说，它"追赶"其阐释，这就是说它是可以分析的；幻象是一个不能分析的惰性建构，它抵制阐释。父性的缺失是家族的不幸，是妻子的忧患，是孩子的创伤，也是社会的忧郁。如今布鲁姆那套世代交替的"影响的焦虑"已转换为身份的焦虑，父性的缺失已沦为父性的迷失。所谓返老还童，既可以看作一种浪漫的乐观，也可以看作是人生轮回和倒行。这也是为什么父亲离休之后，越来越怕我，我总是呵斥他的种种不良习惯，"就像小时候我怕他"；这也是为什么把女儿交给父母，让"我"心生焦虑的缘由。

人的自我在其认知功能上并不是一面透明的镜子，可以把现实原则直接传达给本我；它具有一种更为积极主动的歪曲变形作用，而这是由于它无力接受当前的人生现实所造成的。人的认识活动在形式上的出发点是失去所爱的现实。建立起检验现实的制度，其基本的先决条件是：从前给人以现实满足的那个对象现在已经丧失。因此，人的意识从根本上讲有一种回忆过去的目标。如同莱昂内尔·特里林一贯假定"敌对的意向，客观颠覆的意向，它构成了现代写作的特色"，他信奉的是"艺术和思想的一个初步作用就是把个人从他所处的文化专制之中解放出来"，还有诗人非得破坏无穷的"金玉其外的善"。特里林认为，"如果说该小说一方面信任世界，另一方面又不愿给出赞成的态度，那么它就确立了道德或精神成功的现实；而这是通过排斥世界价值观而得到界定。""一方面给予信任，另一方面又拒绝赞成：在一段时期里，小说与世界之间形成了一种非常有趣的对峙局面。在小说相对较为短暂的历史中，具体来说，是21世纪最初的二十五年时间里，我们突然意识到小说曾取得的成就是多么伟大，小说所发挥的功能是多么重要。"特里林这里所指的文学的黄金时段距今已一百多年，但其新意依然如故。爱恨矛盾的情感并非仅局限于叙述对象世界的某人某事，它更是涉及小说艺术与世界认知的关系。弗洛伊德曾完全同意W. H. 奥登的俏皮话，奥登认为道德法则是毫无价值的，它只观察人类的天性，而后塞进一个"不"字，我们所拥有的道德处于一种永恒的自我异化的状态；每个人类主体都受到外来的统治者亦即自身内的第五纵队的殖民统治。为了战胜自我，文明通过扼杀本我的倾向来复制自己，通过处于如无意识的生活那般的毫无节制的压抑状态中的自我的替代物，文明使得那些内驱力缩回自身。

"现在"自以为驱逐了"过去"并欲取而代之，在这种"过去"里，有令人不安的熟悉的身影。《金枝》告诉我们的是，死者令生者挥之不去、悔恨不已，这是一种暗自不断的咬啮；由此，历史变得可以吞食一切，记忆变成了封闭的场所，此间发生着双方的对立：一方是遗忘，它并不意味着被动或损失，而是对过去的一种抗衡；另一方是记忆的留痕，它是被重新唤起的曾经遗忘了的东西，从此往事不得不改头换面而发生作用。《金枝》分上、下两部分的结构，除了代际的分隔和传递，重要的还是这两方面的角力和争斗。爱恨矛盾如同心理分析般展开了明暗双方在同一位置上的矛盾纠葛，它还可以诊断同一方位的歧义和多义性。说到底心理分析就是一种小说类型,《金枝》当属其中之一。

六

家庭和教育成长小说密不可分,它几乎就是最为重要的来源之一。特里林曾经尖锐地指出:"我们可以肯定,19世纪的家庭是一种精致的谎言,违背了自然规律。的确,几乎所有的二流小说都会表现一位优秀的人物形象,表达对幸福家庭的向往:宁静的家园、可爱而令人心满意足的孩子;的确,家庭位于我们社会和经济生活的神话的中心,成为我们积累和消费的良好而充分的理由,而保持家庭的和睦也成了我们心理学的研究对象,但是在我们的文学作品中,家庭却只是一种理想,一种有关宁静、秩序和连续性的,可望而不可即的象征,它并不存在于现实生活中。"热衷于思考我们的物质生活和生存质量的小说家邵丽也许更乐意听一下特里林下面的议论:"我们失去了受条件制约的现实性,事物的真实,以及纯粹具有外延物质的事物所具有的特殊可靠和权威性。关于这一点并非意味着失去一种物质事实,而意味着失去一种精神事实,因为精神具有这样一种事实意义,即它必须存在于一个连找房子这样一种令人沮丧的事情都需要精神参与的世界里,对精神和受制约的事物之间的矛盾关系的了解可能在文学作品中引发巨大的喜悦,因为它如此罕见,如此难以理解;与它相比,关于纯粹精神的了解就相对容易了。"

危险来自外部亦来自内部,而从这些危险中便产生了恐惧,使儿童修正他最初的、原始质朴的内驱力。从自我与对象的分化中产生了防御与适应。它们像一把"双刃剑",既可以使人成熟并获得个性,亦可以造成病态与愁苦。艺术与生活、病症与逻辑推理、笑话与哀诉、爱与恨,几乎我们生活的一切都由内驱力与防御这两个强大的对立面的某种妥协对立术语统一成盛大的辩证法舞会,在舞会中,倘若没有伙伴的舞步,任何舞台都是毫无意义的。

　　来自同一血缘家族的两个家庭便是这样的舞台。虽然他们各自的生活相差甚远：成长环境、城乡差别，甚至所受的教育也各不相同，连历次运动所受的冲击和苦难也是各具特色。差异让他们彼此形同陌路，唯一联系的血缘关系又让他们彼此仇怨。"我"的童年创伤来自记忆和自我审视，而拴妮子的创伤则来自缺失，我们难以走进她的内心，她的存在来自被他人审视、评价和少得可怜的转述。两个家庭的对立，在"我"的审视下延续至下一代，或许是风水轮回和机缘巧合，结果是远离故土一家的子女，皆"不争气"地纷纷回到家中固守；而原本留守老家的拴妮子的四个子女，皆纷纷远离故土而变得有"出息"。在现象学领域内，视角即反讽，是以行动、情境或事件来体现的。反讽就是看待同一事物不同侧面的不同视角相冲突而生的，也许隐藏在黑暗之中的画眉鸟能看到你看不见的东西，这时你要当心将自己的盲视绝对化。我们必须意识到我们最美的希望中埋藏着危险，强扭的瓜会令人大失所望。对《金枝》来说，人生的微妙之处在于，"我"的每一步满怀希望都夹持着"出息"的标准，带着"争气"的欲望，去渴望"一己"传承的抱负，去实现所谓的真实可呈现的理想实现时，而事实上往往事与愿违，离充满生机的现实渐行渐远。

　　应当明白的是，艰难写作的背后是失落感和变迁感，最终"我"总是被拽到了自己的情感极限。还是特里林说的："小说从来不是一种完美的形式，它的缺点和失败比比皆是。但是它的伟大之处和实际效用在于其孜孜不倦的努力，将读者本人引入道德生活中去，去邀请他审视自己的动机，并暗示现实并不是传统教导引导他时所理解的一切。小说教会我们认识人类多样化的程度，以及多样化的价值，这是其他文学体裁所不能取得的效果。"

七

我注意到,《金枝》中的某些细节,在作者的其他文本中也有重复出现,比如,讲到从不管家务事的父亲,"父亲的自行车,我母亲骑不了,只好推着去粮店买面粉。她只有一米六多点的身高,一袋五十斤重的面粉怎么放到车架子上都是个事。她推着车子摇摇晃晃地走在路上,我父亲迎面走来,夹着公文包,若无其事地过去了。其实,再走不远就到了家门口,他可以回身帮她一把。他不是不帮,是完全没有帮她的意识";又比如,五岁多点的"我",在父亲办公室用蘸水笔在报纸上涂鸦差点连累父亲,结果夜晚睡梦中招来父亲一顿暴揍,从此以后很长一段时间里父亲的掌上明珠便失去宠爱,"我"的幸福生活戛然而止,加上幼年时期不断"运动",父亲挨批,使得小时候的我特别害怕别人家的小孩知道自己父母的名字,经常生活在恐惧与屈辱之中,"我们甚至以父亲的名字为耻",以致"很长一个时期,我做梦都会吓得惊叫起来,我一次次被丢在荒无人烟之处,找不到回家的路。对我而言,那是一个极不安定的童年,严重缺乏安全感"。

童年时期的创伤性记忆是无法抹去的,它不断地重复出现以至暗含着隐喻和转喻,成就是意象和象征。就像小说中所明示的,"儿时的恐惧和无助影响一个孩子的一生,甚至改变孩子的性格";轮到"我的女儿上学以后,我最忧心的事情就是校园暴力,害怕她在学校会被别的孩子欺负,甚至受人威胁"。《金枝》夹忆夹叙夹分析的叙事很有特色,它既让人有身临其境之感,又给人以冷峻的距离感,避免落入第一人称叙事过于主观的陷阱。

按照拉康所揭示的拓扑学原理,真相就附着在事物之上。在事物与真实之间,或者在"实际"与"真际"之间,只有一层薄薄的纸,因为一旦捅开，真相的恐怖就显现了：人们一直在寻觅的东西，只是人们早就知道的东西，或者说，人们总是在掩耳盗铃、自欺欺人。就此而言，真相是个纸枷锁，一个可及不可触的纸枷锁。纸枷锁是不能撕碎的，撕碎它就是撕碎人们自欺的面纱，就是否认他们的实际和毁灭他们的生活意义。实际上心生恐惧夜有噩梦，心存孤独而依赖纸枷锁的状况人皆有之。小说中周氏家族中也并非作为女儿的"我"一个人所有。

弗洛伊德发现了人性中的另一个方面，那就是破坏的本能，不光是对外部的破坏，而且还有对自身的破坏。当然，这种破坏并不是一般意义的罪行，而是对文明的苛刻要求做出的反应。文学有时会记录自我的破坏性行为，即在自身的毁灭中发现自我的确定。"晚期弗洛伊德最主要的关切点是文化如何约束侵犯性，一个最值得注意的方法，是通过内化，把攻击情绪导回心灵之中，回到它们的起源之处。这个行动，或一连串的行动是弗洛伊德称为'文化超我'的基础。起初，孩童害怕权威，并且只会在他们估算到会被父亲施以什么样的处罚的情况下才乖乖表现。一旦当他们把大人行为标准化之后，外在的权威变得不再需要，儿童自身的超我会让他们的行为保持规矩。爱与恨之间的挣扎，是超我的基础，如同它们在文明中的作用，个体的心理发展常常会复制社会的历史。这是非常矛盾的状况，被宽大对待的小孩往往成就严酷的超我，一个可以从想象的侵犯就得到罪恶感，并且不亚于实际表现出来的侵犯后果。不论这些侵犯的起源是什么，罪恶感，尤其是潜意识的变化，即是一种焦虑的类型。更有甚者，弗洛伊德再一次为他说过的一个论调辩护，这个论调认为并非所有的经验都是来自外面的世界。内在的禀赋，包括种亲的遗传，都在伊底帕斯情结作乱过程中占有特殊地位。这个过程在于建立内在的警察制度，借以规范这个个体以及他的文化表现出什么样子。因此，他在文化分析里引入焦虑，如同在个体中引入超我。他说明，攻击的作用如同爱的作用，再一次反映心灵在成长过程中，内在天性以及环境对心灵共同的作用。弗洛伊德在《文明及其缺憾》中，把他的思想轴线交织在一起，这本书由此可以看作一部集其一生思想大成的著作。"需要说明的是，《金枝》虽写的是父亲，但其塑造一系列不同时代女性的心路历程也是有目共睹的。我在这里重点讨论晚年弗洛伊德的见解，无意依附弗洛伊德关于两性心理的观点："阉割焦虑"和"伊底帕斯情结"都已招致其他心理学家和女性主义者的质疑、抵制和不满；而"黑暗大陆"和"神秘夏娃"之类也大有附会历史上惯用的陈词滥调之嫌。

八

在两组家庭之间没完没了的恩怨情仇的缠斗之中，《金枝》塑造了各个不同时期的女性形象，波及城市和乡村，从旧时代的裹脚女人到革命时代的新女性，一直沿袭至改革开放年代。随着代际之间的交替，随着时间的推移，任何激进的情感都会转移和淡化，岁月无疑是和解的亲善大使，这如同"我"终有一天的大彻大悟一样，"我的母亲，她和穗子不过是一体两面的同一个人。她们的争与不争，就像白天和黑夜的轮回，就像负阴抱阳的事物，不过是角度不同而已"，"而我和拴妮子，不也是一样吗？我虚张声势的强大，她无所畏惧的坚韧。她不屈不挠地跋涉，我无可奈何地退让。一个父亲衍生出的两个家庭，高低贵贱，谁胜谁负，最终的成败又有多少意义。"值得指出的是，用"一个父亲"和"最终的成败"来抵御这个没完没了、出尔反尔、变化不断的现实多少有点乏力。如同隐喻和真实的世界所在依然是一个非常大的问题，其界限似乎永远有待确定；就像德行和伦理貌似同一，其实还是有所区别的一样，德行属于个性的一种内在品格，而伦理则是发生在人与他人间的关系的规范。如果颠倒是从正转到负，那么抑制和否认就会取消它们的作用对象，这种内心现象好比逃跑，它能使焦虑的对象变小、变远，如果可能的话，化为乌有。回归取代另一种逃跑，通过时间来逃跑，这也可以颠倒为一种行进，或正常的，或是病理的。

　　世上不是每个人物都说得清楚的，但这并不妨碍他们能让我过目难忘。哪怕他们留下的只是一个背影或阴影，甚至是一闪而过的瞬间，比如"我"的那位信佛的祖母，消失得不知所终、身份都不明的祖父，还有父亲的祖父与花奶奶的传奇故事；等等。这些人物以瞬间的留影，让我们终生难忘，他们生活的年代离我们是那么远，但作为人物形象又是那么鲜明，仿佛就在眼前似的，哪怕他们的故事就像神话与传说。

　　同逃跑的命运相反，穗子的命运则是囚禁。"在漫长的几十年里，她蜗居在这里，就是为了她那永远无法得到的名分。"她活到九十多岁，依然住在不远处的老宅子。女儿拴妮子已经盖了二层小楼，穗子都拒绝搬迁。"她二十出头进入周家，七十多年里坚守着一个执念，其实是妄念。为了守住她户主的地位，她给唯一的女儿招了一个上门女婿，坚决让女儿的孩子都姓周。她恨了老周家一辈子，可也极为忠诚地守护了一辈子。""她像一棵河边的老树，紧紧地抓住身下的泥土，但还是免不了被生活的洪流冲得载浮载沉。"穗子的人生，简直就是中国版的"阁楼里的疯女人"。她等待了一生，等一个永远也等不回来的男人，唯有来世，来世也只是一场虚幻。曾经也是金枝玉叶的她，如今也成了整天日天骂地的怨妇，好像谁都欠她似的。但在整部小说中，我们能听到的也就是那有限的三五句话。"她的生命空间越来越小，满世界只有自己的女儿拴妮子，她是她活着的理由。可拴妮子并没有少挨娘的打骂。她常常把拴妮子身上掐得紫一块青一块的。她责骂为什么你不托生个儿呢？然后又搂着她哭，说苦命的儿啊！"这些文字真让人沮丧，但绝不影响文学形象的吸引力，我们对穗子的人生充满着好奇心，希望能多聆听她的故事。

　　第四章中那一段周庆凡阻止穗子打拴妮子和婆婆的故事让人撕心裂肺，典型的邵丽叙述是无法概述和转述的。"庆凡刚好从地里干活儿回来,他上前夺过笤帚,一手掂着笤帚,一手掂着这个疯子走到了院子里,把她和笤帚都丢在地上。他恨恨地指着穗子的脸说,你也作够了!我真受够了!从此以后,你要是再打拴妮子一下,再碰婶子一下,我就揍扁你!他回到屋子里,找到穗子缝的小布人,扯得稀碎,说,我兄弟离开你十多年才找的朱珠,他不找朱珠还会找牛珠马珠,你个死脑壳女人,就会往死里作,他找谁都不会找你这样的!说完,他自己蹲在院子里大哭。一个大男人号得像杀猪一样。"

"从此以后,穗子再也不打拴妮子,也不骂了。她头也不梳脸也不洗,有一点布就给拴妮子做新衣服新鞋,四十岁不到就活活像个老太太,举止怪异,目光凶狠,孩子们看见她像看见了鬼。这反倒让庆凡后悔不迭,他知道穗子心里有多苦。她活得任性一点,才能化解那苦。现在她这样一蹶不振,让庆凡有了双重的愧疚,毕竟她是他接回来的女人。只有他庆凡记得,当年那个八抬大轿抬来的新媳妇,一身大红衣裳,钗环满头,粉面桃腮,小脚扭得一摇三晃,把个人心都晃得地动山摇。"

全书中最让人悲戚揪心的一个人无疑是周庆凡,这个和老家周姓家族中唯一没有血缘关系的人,是仅剩下的唯一男人。他的童年创伤和母亲的"牺牲"有关:母亲为了让周家能收留他而投河自尽。小说中周庆凡的话语几近沉默,上面的摘引可算是他讲话最多的一次。周庆凡"他原本不姓周,但我们都叫他大大,两个人的坟墓相距一步之遥(指和穗子),周庆凡一辈子未娶,他的心思在上周村无人不晓,但也许没一个人能够晓得。拴妮子为人妻为人母后,她能懂吗?庆凡一辈子除了种自家的几亩地,就是牲口一样为那母女俩卖命。后来拴妮子有了孩子,都喊庆凡大姥爷"。还有,"拴妮子对庆凡的感情,远远超出了父女感情。村里人说,庆凡死时,她哭得地动山摇。棺材下墓坑那会儿,她往墓坑里跳,几个人都拉不住。她还逼着自己的丈夫给庆凡大大当孝子摔老盆——拴妮子为丈夫生了四个孩子,在丈夫跟前,她说一不二"。为报养育之恩，周庆凡一生可谓力行了"仁义"二字。但他的一生也是"替罪羊"的一生，也许，从一开始替代周启明去迎亲就预示他一生的角色。作为周姓老家唯一的男性，他什么责任义务都承担，甚至包括那顶地主的帽子，独独身份是缺失的。他的一生是付出和承担的局外人，是进入生活的被驱逐者。就身份而言，他的一生就是一种"留白"的艺术，尽管支撑他的并不是什么新思想，承继的反倒是传统的痼疾，而我们喝下的则是一碗碗苦涩的汤药。

身份危机一直伴随着我们，而且可以看作是"斗争方式"的一个很普遍的特征。身份危机的焦虑，给我们提供了研究动态文化的最佳体会。认同与身份是两个不同的概念，认同是指在意识到意象与事实、自我与被模仿对象之间的区别的条件下的思想活力，而身份则是指本能存在的一种不把意象与事实加以区别的现象。幻想本质上是退行性的，它不仅是一种记忆，而且是对记忆的幻觉式的复活，是一种用过去来取代现在的自我认同。幻想的世界乃是一个不透明的盾牌，自我凭借这一盾牌来保护自己和避开现实，与此同时又透过它来观察现实。父亲的缺失既是众多人物身份焦虑之根，又是幻想这一盾牌之源。这些人物既是命运的囚徒，也是作品情节的囚徒，他们几乎没有自己的台词，他们又是言辞的他者，是沉默的信徒，是两个时代夹缝中的失踪者。

九

《金枝》分为上、下两部，全书以周语同为人子女到为人父母为转折点。就叙事视角而言，上、下部都有一个对称性的变化。上部以第一人称作为支撑，个别章节有摆脱第一人称叙事之嫌，比如第二章；下部则以第三人称为主，其中又有第十一章和第十六章分别以第一人称叙事。如此看来，重心转移和视角轮替构筑了全书的结构模块。我们不是结构主义者，但结构又是我们无法回避的。我们注意到，最近一个时期，不少长篇创作均引入了人称视角的转换机制，这是个有趣的现象，其中的成败得失，需另外撰文研究才行，这里暂时搁置。

一部长篇小说，如果在视角上呈现出重大转折时，其有意的或无奈的情势必然作为逻辑支柱而嵌入其中。随着代际推移，两个家庭的子女增加，上部那种因"父亲缺失"所造成的家庭对峙，也会随着"人去楼空"而得以减缓。司汤达曾认为，他之所以用第一人称的方法，不是出于自私，而是因为第一人称是快速叙事的最好方式。我过去对这一说法不以为然，现在对比上、下两部分的节奏，还觉得真有道理。《金枝》的下部按序将两个家庭的八个子女平行铺陈，一一道来，犹如"散点透视"般地回拢到周语同残存的执念中。"我"的成长史变成了对子女们的教育史，"我活成了过去的父亲，而林树苗活成了我。也许，人生就是如此的轮回吧！""对周家后代的提携，是周语同站稳脚跟后心中最大的执念，她恨不得把所有周家的后代都收拢到自己手下。没有来由的，她觉得应该对自己的祖辈有一个交代。"

而子女们各有自己的天地和"出息"观：无论是周河开的独立和孤独，林树苗的叛逆和傲娇，还是给周语同带来失望的周雁来和"心死"的周小语；无论是中看不中用的周天牧，还是具有超强适应能力的周鹏程等，他们都有自己的不幸和幸福，运用各自不同的评估体系在互联网时代进行着无差别交流。岁月冲淡了两个家庭间的怨恨，血缘亲情展示了无法阻挡的亲和力，也模糊了周语同心底的分界线。除了感叹世事轮回、冥冥之中的认同，还有什么设计和自尊能抵御子女们的前程和自主呢？

还有周鹏程的老婆，那个粗枝大叶的胡楠也充满好奇心跻身于周姓家族的微信群里。当胡楠和写小说的林树苗探讨真相时，一种借机的元叙事便诞生了。胡楠问道："我看你写的小说里，有这个家族的影子。你是想全方位地探索这个家庭吗?""全方位?我的天!"林树苗说,"这个家庭的复杂程度,我们是无法想象的,我觉得没有任何人可以全方位地描述。但是,我怀念我的姥爷,我真是想多写写他。其实讲真的,把他写出来了,也就基本上说清楚了这个家族。他留给这个家族的是一个背影,在每个家族成员眼里都是不同的人设。我妈妈、鹏程的妈妈、我的舅舅们,甚至周家的这些亲戚,他们每个人叙述的我姥爷都不一样。我想了解姥爷的过去和现在,然后将这些故事写出来,我想用这种方式表达对姥爷的怀念。"胡楠说:"这个家族确实值得一写,它的所有故事都是基于婚姻展开的。好和坏,都是基于婚姻。那么你仔细想想看,我们追逐婚姻,依赖婚姻,到最后却因为婚姻恨了一辈子。这样的人生,有着怎样的复杂和怨叹啊!"

第十四章是一次重要的镶嵌。"几乎不在群里露脸的会计师周雁来突然发了一篇网文",题目叫"穗子"。它以另一种视角,讲述了穗子家庭的故事;以穗子家的上门女婿刘复来的爱情悲剧为重心,掀开了这拉拉扯扯的血缘亲情,说不清理还乱的婚姻家庭、养儿育女、成分边界和阶级关系的层层迷雾。生活中暗藏着一种秩序,在线索杂乱无章的纠缠中暗藏着一种结构性的东西是我们难以摆脱的,但这是一种难以名状的网络和纹理,要解释它的意义是不可能的,但要放弃解释更不可能;由混乱的线索所组成的整个关系,似乎都在期待着一句会让它变得清楚、明确和直白的话语,这句一锤定音的话似乎就在嘴边,但却从未有人宣之于口。刘复来无疑是周家老宅中的另一个周庆凡,后者没有身份却承担了一切,前者则是承受了超越身份的重压,"这些年养儿育女的劳作,让他彻底变成了一个乡下老汉,年轻时白白净净的一个人,老了皮肤都变成了酱紫色"。网文的出现是对叙事者话语霸权的一次挑战,是对过度主观视角的一次矫正,它以对立的视角使得《金枝》产生了结构性的重组,也许,这种视角的转换便造成了小说的事件性时刻。它同时告诉我们,视角如同情感一般也是充斥着悖逆的，只有不同视角的矛盾对立，才能给生活本身加冕。

小说的最后一个章节又回到了第一人称叙事，完成首尾的呼应。小说结尾的审视和思考，又回到了作者曾经用过的小说题目："生活质量"和"生存质量"，体现了书写的一脉相承，当然也包含了其中令人惊叹的变异。《金枝》的意义并不止于纪念，纪念可能是启动虚构的部分缘由而非全部。卢卡奇曾在讨论悲剧时说过："悲剧主人公总是幸福地死去，并在死亡中仍然活着；然而在这里，死亡并非是对生命的纯粹提升，并非是沿着生命的正确方向将之笔直地延长，而是从现实的压抑和杂质中被折取出来的东西，是心灵从陌生的生活向自身的回归。"从这个意义上说，前世今生是一体的。它鼓励我们去承认这个世界的真实时间那令人畏惧不可逆转的连续性。换句话说，自我意识在希冀与现实中画了一条线，并以此将人性那令人渴望的品质传递给了我们。不论真相和现实多么可怕，它们在某种程度上还是令人欣慰的。正如虚构所昭示的那样，时刻作为永恒意义的历史时刻，要逃避过去的我并不是现在的我的基础，正如现在的我也不是将来的我的基础，要做到这一点，就势必要沉入自欺的虚构之中。

总的说来，《金枝》的优势在于，其故事总是如火如荼地展开，情绪的对峙呈现剑拔弩张之势，可惜的是让人喘息的机会少了一些。能否在风风火火的叙事中，增加些和风细雨的委婉？能否在直率的倾诉间，有些迂回的策应？这些都是可以考虑的。当然，此类大而无当的提醒，总是说说容易，实践起来又谈何容易。

最后，我想对小说首尾呼应来一个笨拙的模仿，辩解一下文本题目中的"父之名"，因为有朋友提醒我"父之名"的语法问题。这一说法的借用，还得回到拉康。吴琼在其颇具影响的著作《雅克·拉康——阅读你的症状》一书中解释道："父亲对母子关系的介入其实就是父法的介入，拉康把这称为'父之名'。熟悉西方文化的人看到这个术语可能会立即想到基督教中常说的'以圣父、圣子、圣灵的名义'，拉康曾在某个地方提到他的用法是受了宗教的启发。'父之名'这个短语的首次使用是在1953年的《罗马报告》中，在讲到象征界和主体的象征性认同时，拉康说：'象征认同的这同一功能——它使原始人相信自己是某个同名先辈的再世，而在现代人身上，它甚至决定了某些性格的交替重现——在遭受父子关系紊乱的主体身上可导致俄狄浦斯情结的解体，在那里，必定可以看到其致病效果的持久源头。确实，父亲的功能甚至在由某个人来代表的时候，其本身也集中了想象的和实际的关系，这些关系总是或多或少无法应对于本质上的构成它的那种象征关系。'"吴琼甚至还进一步指出："要注意，在拉康那里，'父亲''父之名''父性功能''父法'这些说法大约是等义的，它们都意指一切权力，一种功能或律令，一种社会的象征法则和象征秩序。它们都是以父亲的名义宣讲出来的。"于我而言，题目中引用"父之名"也只是一个大概的引义而非照搬，因为拉康的东西，其晦涩难懂是出了名的，也难怪吴琼提醒我们："菲勒斯和父之名，而其幽隐的逻辑行进，尚需我们以超乎经验的'野性思维'方能明了。"

谁是金枝玉叶

陈晓明

2021年，邵丽的《金枝》由人民文学出版社出版。"金枝"作为书名显然富有诗意，似乎也暗示着某种鲜妍美好。然而，就是这么一个富有诗意的书名背后却晃动着那么多的阴影和苦痛。"金枝玉叶"是我们非常熟悉的一个成语，谁是"金枝玉叶"？谁的"金枝玉叶"？这部小说是写了一大群人物，写了一群女性，可以说至少是三代女性。同出于周家，但是她们的命运、性格如此迥异。

当然这是一部关于女人的小说。关于女人的书写已经很多了，但是女人的故事千变万化，她是文学永恒的人物。我们在文学作品中经常会读到两类女性的形象：一类是大地母亲的形象，不管你是多么强大的神之子，你总是在母亲的怀抱里成长的。大地母亲给予生命，象征着永恒的善和美好。另一类就是红颜祸水，女性一方面被理想化了、神圣化了、浪漫化了，另一方面又被妖魔化了。那么怎么去书写女性的故事？应该说我们百年来的中国新文学，确实是做出了不懈的努力。特别是女性作家在书写女性故事方面有天然的优势，就像当年张洁在她的小说《方舟》中说的那样，"你将格外地不幸，因为你是女人"。男人们看到的都是女性的靓丽，只有女性自身方能体味作为女性的不易。《方舟》开启了新时期文学以女性作为性别存在的文学写作，此后我们可以看到女性的书写有着漫长的谱系，残雪、王安忆、铁凝、徐小斌、林白、陈染、海男、虹影等，邵丽当然也属于这个谱系。她们笔下的女性千姿百态，各自表达了对女性生命的关注。

邵丽创作多年，已经是非常成熟的作家。早先的作品《我的生活质量》出手不凡，让人刮目相看。随后的作品越来越多，波澜跌宕，不断给人惊喜。长年担任事务性工作的邵丽，想来她是何等勤奋阅读和写作，才有如此成就。邵丽的小说贴着生活写，总是一笔一画去摹写生活本来的面目，刻画人物性格，特别是那些女人的心性命运。《金枝》无疑是邵丽创作中的一个不容忽视的高潮，也是近年长篇小说创作的重要收获。

小说从父亲之死开始叙述。父亲生命的终结，开场似乎是讲述"我"与父亲之间的故事，或者面对死亡的思绪。以死亡开篇，这会让我们想起卡缪的《局外人》中的母亲之死。但"我"不是局外人，"我"恰恰是故事中的人物，而且是一个中心人物。与其说父亲作为中心，不如说是"我"作为叙述人占据了一个中心。小说由此去揭开父亲的一生，揭开了周家的史实。当年号称十八岁的父亲成婚，却不肯去迎亲，由周家捡来的孩子周庆凡代为迎娶新娘穗子。实际上只有十五岁的父亲，还不谙世事。数天之后，周启明翻墙逃离家庭，南下寻找闹革命的爷爷。从此，十五岁的周启明参加了革命队伍，他在革命队伍中成长。故事进展快速，目的是把父亲的故事变成背景，"金枝玉叶"们要悉数登场。然而，被男人抛弃独守空房的穗子已经被注定了苦命，家里的"金枝玉叶"，陪嫁一百亩土地，丈夫不知去向，青春的生命只能在漫长的等待中消耗变质。看看周家的女人都是苦命，奶奶的丈夫——也就是那个闹革命的爷爷丢下了奶奶，让她守活寡，现在轮到穗子。临近解放，奶奶把穗子和庆凡拉在一起，家里的土地一人一半，对于奶奶来说，这是恩德。但对于穗子和庆凡，却被划了地主成分。世道变了，穗子虽然与周启明离婚，但她岿然不动独守周家老宅，庆凡像长工一样照看穗子母女。周启明当了县委书记，与英姿勃发的朱珠结为革命伴侣。

这样的故事无疑在中国 20 世纪的革命变迁中屡见不鲜，受伤最重的当然是穗子这样的女人。她坚守在周家老宅里，坚持不懈等着周启明。生是周家的人，死是周家的鬼。这是封建时代最后一代人的婚姻，他们不幸与革命的激进历史联系在一起。投身革命的周启明并没有那么大的力量扛住家乡留存的历史，穗子像一块坚硬的石头压在周启明的肩上，甚至压在作为女儿的"我"周语同的心上。拴妮子把家乡秘密带到了城里，让周启明为那段历史承担起重负。革命的道理碰到传统的伦理，却未必势均力敌，穗子是一块坚硬的石头，她不声不响，保持缄默，她从未发声，她存在那里就是一种力量，就是一片阴影，投放在周启明和周语同的生活进程中。

实际上，这样的故事，还有可能往另外的方向发展，但是，没有另一种选择，对于穗子和庆凡，他们本来可以改变故事，改变命运。奶奶知晓周启明已经无可挽回，她把庆凡和穗子拉在一起的时刻，奶奶一定有别的想法。然而，在昏暗的油灯下，奶奶只是给他们分了地契，奶奶那时是抱有另一种希望的，希望他们自己能为自己的命运做主。但是穗子和庆凡都没有，他们都死守住自己的命运，他们都封存在自己的性格中。小说的笔法厉害在这里，它让人的心性命运不可改变，使它无声无息地成为一种内在的决定力量。小说叙述的动力，都可以来自这岿然不变的源头。真正的源头并没有开端，我们不知其始，但它延续至终点，真正的源头在终点会再次显灵。

这是中国进入现代的故事，阶级身份、伦理归属、性别认同，它们以撕裂的无法整合的方式，全面介入叙述人"我"（周语同）的家庭里，父亲的故事、"我"和父亲的故事，现在全部改变为"我"和历史纠缠的故事。与其说"金枝玉叶"被历史风吹雨打去，不如说"金枝玉叶"下掩盖着人生的千姿百态。众生芸芸，"金枝玉叶"们又何尝不是如此呢？

小说必须富有情感，富有饱满而丰富的情感，并且它们有着切实的真实性，而这一点邵丽的《金枝》做到了。穗子内心的苦，她的坚硬不屈在岁月的磨砺中变得锋利甚至疯狂；拴妮子一脸蠢相掩盖下的，谁又能说不是在生长着一种争口气的决心呢？她的女儿们为她做到了。周开河的孤傲背后藏着多少洗刷家庭耻辱的痛楚和执念呢？以至于她对导师的爱和婚姻，既有填补父亲缺席的爱的渴望，又有弑父的断然无情；周语同是叙述人"我"，占据着文本的中心，当然也是作者用笔最多的人物。也因为此，《金枝》里的"我"有比较朦胧的邵丽自己的形象投射于其中。当然，毕竟是小说，虚构还是主导方面。那个叙述人"我"并非只是观看其他人物，她不断地感受她周围的人，不断返回到内心世界，这种反思性几乎带着忏悔和赎罪，不再给予"我"以道德上的豁免权。英国小说家伊芙林·沃曾经讥讽毛姆说，以第一人称写小说是不道德的。这不只是把虚构混淆为自传的问题，我以为可能还有第一人称中的那个"我"很少会受到道义的威胁，这对于小说中其他人物是不公平的。甚至有极端的观点认为，"自传"具有不可能性。不过，我们在邵丽的《金枝》这部小说中，看到她对第一人称处理得恰当和准确（虽然有几处还可斟酌），总体上看她不断地打开"我"的那个"小我"，周语同的心理矛盾经常被揭示得伤痕累累。

小说对林树苗这一代人的描写比较理想化，也许事实如此。他们能从历史中挣脱出来，他们能活得不设防，没有心计，得失无所谓，因为机会确实很多。

美国诗人奥登曾说："一本书具有文学价值的标志之一是，它能够以各种不同的方式被阅读。"我想《金枝》是这样一本书，我们可以从它的故事中读出历史剧变给予传统家庭伦理留下的伤痕；可以看到以"金枝玉叶"之名掩盖的苦痛艰难的女性生活之书；可以从中读出一个知识女性如何认识父辈的历史；可以看到现代社会进程中城乡的鸿沟——它既是深渊，也有可能搭建起自强不息的未来之桥。这部作品给予人们的启示是如此之多，它让分崩离析的往事富有诗意，又如同挽歌，歌咏那消逝的历史和乡村。

"精神的"气候

潘凯雄

邵丽的新长篇《金枝》，我在正式出版前就已经拜读，那时的作品名还叫《阶级》。说实话，当时仅看这个命名内心就有些冲击感。"阶级"二字对我这个年龄段的人来说，本能地会触发许多回想，而且多是那种梦魇般的。邵丽当时以此为名是因为在她看来，这"是我们如何一个台阶、一个台阶地攀登，努力向我们所希望的生活靠近的过程。特别是'父亲'先后有过两任妻子，留下了两个家庭。我们代表城市这一支，穗子代表的是乡村那一支。几十年来，两个家庭不停地斗争，就像站在各自的台阶上，互相牵制着上升的脚步"，成书后见书名改成了《金枝》，我自然能够想象最终弃用原名的一些顾虑，但对"金枝"二字的第一反应，便是联想到英国著名文化人类学家 J. G. 弗雷泽那部同名的原型批评名著，也是文化人类学研究的经典之一。"金枝"源于一个古老的地方习俗，弗雷泽在《金枝》中由此提出了"相似律"与"触染律"。而在作品中出现与"金枝"二字有关的则是第十二节中，周语同将自己的一幅画作命名为"金枝玉叶"，因为"她渴望周家的女儿实现自己不曾实现的，完成自己不曾完成的，拥有自己不曾拥有的一切，真的活成金枝玉叶"。照此看来，两者至少在字面上多少还有一点点关联。

《金枝》全书十五万字，分上、下两部，每部八个小节，涉及周氏家族五代老小（其实还有四个第六代，但这四人基本只是交代性的闪现，姑且忽略），有名有姓者近三十人，平均到每人身上也就五千字左右。作者当然不会平均用笔，但这样的篇幅即使是用于主要人物身上，显然也还是有限的。尽管如此，这些人物的前世今生、命运起伏和性格特征总体上还是十分清晰和特色鲜明的。这种效果的取得，既有赖于作者简洁明快的叙述，又得益于作者巧妙设计的树状结构。《金枝》以周氏家族第三代中的周语同，也就是作品的主要叙述者"我"为中枢，这个"我"既是作品的主要人物之一，也在叙述上起着承上启下的作用。如果将《金枝》的整体结构比喻为树状，那么，它往下一直扎根到"我"的曾祖父周同尧那儿，往上即生长到"我"的女儿与侄子侄女们。其中"我"与父亲周启明是支撑整个故事的主干，其他一众人等都是围绕着这条主干轮番出场上阵。在十六个小节中，绝大部分小节都是以周氏家族中某一位成员的成长及命运为主角，另外几个小节则是以这个家族中的某个事件串起周氏家族成员的联系。这样一种主次分明又互为联系照应的树状结构，使得作品整体虽枝蔓繁杂，但又井然有序。

《金枝》的故事既可以说是周氏家族的故事，在一定意义上也可以说是"我"与周启明父女间或两代人之间从爱到"恨"到和解的历史，而且这样的影响还程度不同地沿袭到了"我"的下一代。正是周语同在作品中所居的承上启下的特殊位置，以及她在作品中所承担的既是叙述者又是被叙述对象之一这个特殊的角色，故而周氏父女间的那种爱"恨"交加的拧巴关系，自然就成为《金枝》面世后被关注的焦点，所谓审父、代际矛盾、女性意识、家族寻根等话题，也随之成为评价与研究《金枝》的若干焦点。对此，我都不存异议，也认同这些的确都是《金枝》的重要特点，但我同时又以为，在这些散点的背后还存有另一种强大的统筹力将它们归集成一体。在这里我姑且借用19世纪法国史学家和批评家丹纳著名的"'精神的'气候"这五个字，来概括《金枝》中所表现出的那种强大统筹力，而这也恰是《金枝》的重要特色及文学贡献之所在。

19世纪，历史文化学派的奠基者和领袖人物、被誉为"批评家心目中的拿破仑"的丹纳在《艺术哲学》中提出，艺术的发展取决于种族、环境和时代三要素，并以此为原则考察分析了意大利绘画、尼德兰绘画和希腊雕塑。他强调"要了解一件艺术品、一个艺术家、一群艺术家，必须正确地设想他们所属时代的精神和风俗概况"，"作品的产生取决于时代精神和周围的风俗"。在丹纳心目中，这一切就是"'精神的'气候"。站在今天的立场回望丹纳的艺术主张和批评实践，固然也存有机械与绝对、对作家艺术家艺术个性尊重不够等不足，但总体上却为人们理解文学作品提供了一个更开阔的视野，打开了一扇更宽广的窗口。如果以此来审视《金枝》，那么除去审父、代际矛盾、家族寻根、女性意识这些具体的冲突，是否更有一种强大而丰盈的"'精神的'气候"？或者也可以说，在那些具体的冲突和矛盾背后，总是能够发现"'精神的'气候"之种种挥之不去的影子。

尽管《金枝》上演的是一场五世同书的大戏，但戏份的轴心显然是"我"即周语同，戏码最足者则是由"我"这个轴心延伸开去的上下两代。在这个意义上，与其说《金枝》是五世同书，倒不如说是三代同堂更为贴切。"我"的上三辈曾祖父周同尧、祖父周秉正和父亲周启明尽管是血亲意义上的三代嫡传，但在社会学的意义上仍可视为同一代；"我"的下一代无论是亲生的还是姑表姨表是一代；"我"和"我"的兄弟姐妹们虽是血亲上的同代人，但在社会学的意义上则是介乎"我"的上三辈和下一代之间的过渡代。这里所说的社会学意义，包括他们生活的时代、所处的环境以及彼时彼处的风俗习性、人情世故等与社会现状及社会发展息息相关的诸元素。以这样的标准反观，将其中的周氏家族五世概括成三个代际就绝对不是主观上的随意为之。"我"的上辈们无论是曾祖父还是祖父抑或父亲，他们所处的时代大抵就是中国从半封建半殖民地向旧民主主义革命至新民主主义革命至社会主义初期这样一个历经激烈动荡变化的时代；"我"的下一代则生长于中国进入了改革开放和社会主义市场经济的新时期；至于"我"和"我"兄弟姐妹们的主要经历则是从中国特色社会主义的初创到新时期。这三个大的时代，我们所处的时代背景、生存环境及风俗习性莫不发生了或地覆天翻或静悄悄的变化，存在着多少天壤之别自然不言而喻。置身这样的视域中反观三代人迥异的生活态度、生活方式和冲突碰撞，就一点都不会感到新奇和惊诧了。从周同尧到周秉正到周启明，这祖孙三代的婚变史何以如出一辙？从老祖母到裳到穗子这三位弃妇那种生是周家媳死是周家鬼的生活态度又何以惊人一致？从周河开、周鹏程、周雁来到林树苗到周小语这些周氏家族第五代的人生态度又何以各自卓尔不同？周雁来笔下的穗子和拴妮子与周语同叙述中的这两位何以迥然有异？周启明与周语同父女间那种既爱且疏的微妙关系何以形成？将《金枝》中设置的这一连串问号置于他们各自所处时代的语境之中，答案至少是有了一个影影绰绰的指向与轮廓。

鉴于以上辨析，我固然也会为《金枝》中那奇异的代际矛盾、父女冲突感到心动，但更为作者不动声色地展示出"'精神的'气候"的力量和复杂感到震撼。的确，在《金枝》中，邵丽只是在借"我"之口讲述一个家族的家长里短，几乎没有正面刻意书写时代、环境和种族这些社会的、历史的元素，但它们却无时无处、无声无息地存在于作品的不同角落，为每个人物的行为与心理提供着强大的内在逻辑。因此，与其说这是一部特色卓著的家族小说，倒不如说这是一部充盈着丰满的"'精神的'气候"的现实主义佳作。现在人们总是呼唤文学创作要关注现实、体现时代，殊不知现实与时代之于文学创作从来就不是直不愣登地用文字来书写，而是悄无声息地灌注于作品人物与故事之中，《金枝》

的成功亦正在于此。

　　《金枝》是一部十分紧凑的长篇，或许也适应当下数字化时代匆忙而碎片化的阅读节奏。但我个人还是以为，就《金枝》这样五世同书的内容，且又是以展现"'精神的'气候"为显著特色的长篇小说而言，现在这样的篇幅多少还是显得有点拘束。现在作品基本只有"我"这唯一的叙述，这样无异于在视角、手段和语言等方面给自己戴上了一具枷锁，倘能适度调动一些其他的呈现手段，整部作品或许会更加丰满深入一些。当然，这只是我作为一个阅读者的主观感受，未必对，直录于此，仅供邵丽参考吧。

回归土地和亲情

贺绍俊

邵丽的《金枝》出版后引起大家关注，评论文章有不少。我读到计文君的评论文章，觉得她对《金枝》的判断十分准确，她认为邵丽写《金枝》是非常诚实的写作。所谓诚实，是指诚实于自己的经验和体验。因为诚实于经验和体验，邵丽就不会为了理性去讲故事，她的故事基本上不是遵循于理性或逻辑的要求，而是遵循着生活本身。生活本身是复杂的，不是按照人为的理性逻辑而进行的，当邵丽基本上遵循生活本身来写《金枝》时，这就决定了小说主题的复杂性，我们既然能从生活本身发现不同的关注点，理所当然地也能从《金枝》中找到不同的解读角度。放在文学版图中来校正的话，说《金枝》是家族叙事，或革命叙事，或女性叙事，或其他等等，都是正确的，但当我们只是把它作为一种叙事来对待的话，就有可能忽略了其他叙事所赋予小说的价值。我们期待有批评家能够兼顾各种叙事，全面地解读这部小说。我自愧没有这种能力，就想从邵丽以家族故事中的一个构思说起。

弃家的父亲

《金枝》当然可以看作是一部家族小说。邵丽写了周家五代人的故事，五代人就像是一株一百多年的大树，枝繁叶茂。邵丽把这株大树的根系交代得风吹雨打,这是家族小说的基本构成。但邵丽所讲述的这个家族故事却有一个非常特别之处,即这个家族的男人几乎都采取了舍弃家庭的行为。第一代周同尧是叙述者的太祖父,他与太祖母生了个儿子周秉正,因为不满这是包办婚姻,便舍弃家庭跑出去参加革命了。第二代周秉正则为周家留下了两个儿子周启明和周启善,但这照样挡不住他要逃离家庭的愿望,他的逃离自然也是奔着革命去的,但他最终与家族彻底失去联系,有传说他在战斗中牺牲了,也有传说他去了海外。第三代周启明和周启善都是各自在十几岁的青春年华里悄悄从家庭出走,去追寻在革命队伍里的爷爷周同尧了,其中周启明逃离家庭时才十五岁,正在县城的中学读书,家里的长辈迫不及待地为他许下一门亲事,并连哄带骗地让他完婚,他是在根本还不知道他已经成为父亲的情形下逃离家庭的。尽管父亲出走在家族叙事中并不是一个新鲜事,许多家族小说,特别是反映革命历史的家族小说,经常会有一个逃离封建家庭投奔革命的年轻人形象,但是,像邵丽这样干脆将一个家族在某一时段里的父亲们全都写成是舍弃家庭的父亲,还是引起我极大的惊奇。我相信,这一构思本身就值得我们讨论。

父亲是男子的一种特定身份,有了子女的男子被称为其子女的父亲,父亲与子女具有血缘关系,这也决定了父亲在家庭中的身份定位和职责。中国传统的农耕文化特别有赖于家庭的稳固性,社会的稳定和发展是建立在家庭稳定的基础之上的,为了维持家庭的稳固性,便强化了父亲的权威,并由此建立起以父权为中心、以伦理原则为核心的宗法制度。中国的历史文化传统就是建立在宗法、人伦的基础之上的"君君,臣臣,父父,子子"。人伦关系扩大为维系社会秩序的最高准则,父亲因此具备了超血缘的意义,父亲代表着历史,也代表着威权。可以说,中国的社会制度就是一种父权制度,在社会的最小单位"家庭"里,父亲是最高的主宰者;而在国家层面,皇帝则是一个最大的"父亲",主宰着国家的一切。父权主宰的历史延续了上千年，也曾有过辉煌，但到了清末便陷入衰落的颓境之中，它将中国带到了灭亡的边缘。革命的风暴摧毁了封建旧王朝，但新社会的建立仍然有一条漫长的道路要走，在这个过程中，批判以父权制为中心的旧文化便成为新文学的首要任务。作家们的批判矛头自然对准了封建旧家庭中的父亲，父亲成为专制的符号，如巴金笔下的高老太爷，他要求高家所有人都要绝对服从他的意志，他逼着自己的孩子读"四书""五经"，把家庭变成了一个封建专制的堡垒。高老太爷是《家》中的父亲，他成了现代文学中的一个典型形象。类似的父亲形象，还有曹禺《雷雨》中的周朴园、路翎《财主底儿女们》中的蒋捷三，等等。但是在新思潮的影响下，年轻的一代不愿成为包办婚姻的牺牲品，更不愿成为"高老太爷"式的父亲，他们为了摆脱旧家庭的束缚，便毅然逃离家庭，投奔革命。在现代文学中同样有着大量的离家出走的年轻人形象，这些年轻人形象多半成了代表新时代的革命者。他们在革命中自由恋爱，组建起新的家庭。于是，我们在革命叙事中看到了另一种父亲形象，即代表革命时代的新的父亲形象。父亲成为英雄的化身。父亲作为革命历史的象征，这构成了20世纪五六十年代革命历史题材和战争题材的主旋律。当然，在新中国成立后的相当一段时期内，由于革命政治理念对个人家庭的忽略，当时的文学作品相应地也忽略了对父亲的具体身份的书写，而是强调作为革命事业的父辈们。只是到了20世纪80年代后，由于家族小说的兴起，才有了非常具体的英雄父亲形象，如邓一光的《我是太阳》中的关山林。

这样，我们就在以往的文学作品中看到了两种类型的父亲形象，一类是代表封建旧家庭的父亲形象，一类是代表革命的充满英雄主义精神的父亲形象。这两类父亲形象并没有关联。但邵丽的《金枝》却通过三代弃家的父亲，反复提醒人们注意，这两类父亲形象是有关联的，他们来自同一个家族，他们有着同样的文化血脉。

周启明十五岁就逃离旧家庭参加了革命，可是他不能像当年众多的热血青年那样干净利落地与旧家庭决裂，因为他在旧家庭里还留下一段短暂的婚姻。但他决裂之心很坚定，革命胜利后仍不回家，只将要离婚的信不断往家寄，终于他离婚了，他重新在革命队伍里自由恋爱，组成了新的家庭。他以为这样就与旧家庭了断了，哪承想，就是这段短暂的婚姻，他在家里留下了一个孩子，从此他再也甩不开家族的羁绊。周启明是邵丽所塑造的一个具有新的认识价值的父亲形象。20世纪80年代以来，我们对父亲的认识经历了一个不断审视的过程，从"审父"到"弑父"，到"无父"，到"祭父"，我们通过父亲，不断地深化了对历史和传统文化的理解。周启明便是这一认识链条中延伸出来的又一环节。周启明这一形象特别凸显了父亲与家族割舍不断的关系，这种关系不仅是血缘上的，也是文化上的。血缘上的关系更多涉及父亲的伦理和情感，而文化上的关系则深深影响到父亲的思想言行乃至世界观。尽管邵丽主要是从情感的角度去书写父亲，但我们仍能感觉到家族和传统文化在她情感深处的涌动。亲人们看重他，无论是新家庭中的亲人，还是旧家庭里不被他承认的妻子和女儿，在大家的眼里，他是一个父亲，他要担当起父亲的责任。这也揭示出一个事实，父权的理念仍然是家庭伦理关系的核心。

周启明这一形象还给了我更多的联想。我想到应该怎么认识革命与传统的关系。革命是要推翻旧制度，包括以父权为中心的旧的家庭制度，革命终于达到了目的，旧的制度被推翻。但维系旧制度的父权理念并不会因此便烟消云散，事实上它仍然顽强地存在于人们的头脑里，甚至革命本身也容纳了父权。也就是说，过去父权是依托于家族，随着革命的胜利，家族制度逐渐衰落，父权便依托于革命。有很多迹象，都可以看作是父权向革命的转移。比如，周语同小时候被父亲周启明溺爱有加，但有一次她在父亲办公室里随意涂抹了报纸上的政治领导人的合影照，她因此被父亲严加惩罚。这次遭遇的结果是周语同的"幸福童年便戛然而止"。后来周语同则是这样来认识自己父亲的:"高度政治化的认知,让父亲心理严重变形,抑或可以说是变态。"从家族到革命,这是一个未完成形态的历史进程,当我们将父亲置于这样一个未完成形态中来考察的话,我们会对他有更多的理解、叹息和宽容。这也是我阅读《金枝》后得到的启发。

庆凡这个人物设计同样颇有深意。庆凡是周启明奶奶收留的一个贫穷家孩子,奶奶视他为周家的亲生孩子,是周启明和周启善所尊敬的大哥。庆凡心怀感恩,对周家十分忠诚。后来,周家仅仅留下他一个男人,周启明的奶奶和母亲都是由他照看,特别难得的是,他悉心照料着被周启明遗弃的妻子穗子和女儿周拴妮。庆凡这个人物形象,彰显了父亲在家庭中的责任和担当。周启明断然舍弃家庭,也就意味着他推卸掉了作为父亲应有的责任和担当。庆凡无怨无悔地承担起一个父亲在周家应有的职责。要知道,庆凡与周家并无血缘关系,我们可以将其理解为一种感恩的行为,但如果仅仅是为了感恩,庆凡不会做得那么的自然、实诚。探寻庆凡内心,我们会读到一个质朴的乡下男人对于家的敬畏和忠诚。他觉得他是周家的人,所以他要为这个家"守着",哪怕他在周家忙忙碌碌一辈子也没过上好日子,他也心甘情愿。他把周拴妮当成亲闺女对待,周拴妮叫庆凡"大大",她与大大最亲。庆凡去世,周拴妮悲痛欲绝,"哭了三天,水米不进"。庆凡对于周拴妮而言,是给了她一个实在的、温暖的家的环境,她的成长才有了保障。庆凡这一形象展现了父亲的责任和担当。

女人的"战争"

《金枝》写了众多的女性,个个写得精彩,仿佛是百花园里争奇斗艳的众花。邵丽擅长写女性，她能深入她们的心灵，洞见她们的精神隐秘。完全可以将《金枝》视为一部富有内涵的女性叙事之作，它提供了非常多的关于女性文学的讨论话题。但我在这里，只想谈谈女人的"战争"。因为这也是小说的重要方面，其中主要是穗子与朱珠的"战争"和周语同与周拴妮的"战争"。

女人的"战争"首先是争夺父亲的"战争"。因为父亲主宰着家族，谁拥有了父亲，谁就在这个家庭里拥有话语权。在这一点上，穗子具有清醒的头脑，她在与朱珠的争夺战中处于劣势，她是被周启明休掉的妻子，她有更紧迫的危机感，因此这也增强了她的"战斗力"，她在"争夺战"中表现得极其强悍，甚至不择手段。比如在祖母葬仪期间，穗子一直都跟在周启明的身后，亦步亦趋，充当着长媳妇的角色。穗子这样做，难道是想把周启明拉回身边吗？显然她知道这是不可能的事情，她是要争夺自己和女儿在这个家族中的存在感。而她在这场"争夺战"中虽然处于劣势，却最终没有输掉。周启明的女儿周语同就真切感受到穗子的厉害："漫长的几十年里，虽然她蜗居在此处，但她一直控制着我父亲，并企图通过父亲操控我母亲和我们的家庭，她知道什么时候该出场，什么时候唱红脸或者白脸。她玩弄我们于股掌。"说到底，她们争夺的是父权。

周语同与周拴妮属于第二代的"战争"了。相比于她们母亲之间为了父权的"争夺战"，两个女儿的"战争"似乎更为实际得多，小时候周拴妮就能够独自一人去城市父亲的家里索要财物。在这场"战争"中，周语同仿佛始终占上风，她有着强烈的优越感。周拴妮虽然意识到自己处于劣势，但她并不退缩，相反她以极大的韧性不断地出击，每次出击都能有所收获。事实上，周语同与周拴妮的较量，是城市文明与乡村文明的较量。乡村文明在衰落，过去乡村的人把希望寄托在土地上，但如今土地靠不住了，乡村的人急着要离开土地，他们把梦想和希望寄托在城市里。从这个角度说，周拴妮是一位大获成功的乡村母亲，她的四个儿女都是凭借自己的努力，考上了大学，在城市成家立业。这一点对周语同的刺激特别大，她不仅觉得周拴妮胜利了，而且还因此心服口服地接纳了周拴妮，觉得周拴妮几个儿女的奋斗史是为周家的历史画卷增光添彩了。但是，邵丽并不想一味地赞美城市文明，她从乡村文明与城市文明的较量中看到了某种令人忧虑的东西。且看她在小说中写到的一个细节。她写周语同是一个非常爱干净的城市女性，她对自己女儿林树苗的养育，真的说得上是当成"金枝玉叶"般地呵护，她同时也给女儿提供最好的教育，"林树苗是妈妈周语同精心规划的作品"。但在这优裕的家族环境里，林树苗并不感到幸福，"只要离开家，她都是快乐的，开朗的"。林树苗小时候在深圳小姨家，光着脚丫子在姥爷的菜地里蹚来蹚去，身上沾满了泥，十分开心，然后她问姥姥，为什么她的妈妈特别怕泥呢？姥姥的回答很有意思，姥姥说："她不是泥做的，咱们都是泥做的。"邵丽显然更希望未来的一代能够亲近泥土，为此她也特别安排了一个返回乡村的情节。周拴妮的第四个孩子周千里博士毕业后嫁给了农学博士李庆余，他们一起回到上周村，李庆余"被这块土地和流传在土地上的故事深深地吸引了"，他留在了上周村，在这里进行小麦育种实验。这让一生都在为儿女进城而劳累的周拴妮也变了一个人似的，她突然领会到了乡村景色的美丽，爱去河边看月亮，她看到美丽的月亮升至中天的时候，还要念叨："月亮奶奶，你真好呀！拴妮子感谢你，给了我想要的日子。"最后，邵丽将周家的一切辉煌都归功于土地，她写道："黄澄澄的土地，真是养人啊。不但养这么好的柳树，还养肥硕的庄稼，还养这么优秀的孩子们！"赞美土地，是这部小说的重要归宿。周家的三代父亲都选择了逃离土地，在那个时代父亲们的选择也许是正确的，但事实上他们是逃而不离，因为他们的根脉仍在这片土地上。这或许就是邵丽想要告诉人们的。

但邵丽意犹未尽，当她在写家族几十年间的冲突和争斗时，内心就在思考着家庭的理想形态。女人们一直战争不断，她们在争夺着父亲，争夺父亲只不过是要争夺父权，也就是通过父权获得家族里的话语权。周语同从小就意识到话语权的重要，因此她在争夺战中总是冲在前面，但是随着年龄的增长，她眼看着家族的起起落落，看到亲人们的命运沉浮，终于明白过来："支撑这个家的并不是父亲，而是这个被我们忽略的——一生对我父亲、对孩子们千依百顺的母亲。"这当然是邵丽本人在对家族历史进行反思后的坚定看法。于是她用饱含感情的笔墨写了众多的母亲。

在传统的家庭里，父亲是权力的象征，母亲并不掌控经济，也没有显赫的社会地位，那么，母亲是凭什么来支撑一个家的呢？邵丽告诉我们，母亲凭的是亲情。穗子与朱珠是两个在为人处世上截然不同的母亲，穗子强霸，朱珠隐忍，但她们对于子女以及亲人们的爱是相同的，只是因为各自不同的处境因而爱的表现方式有所不同。后来周语同就认识到："我母亲和穗子不过是一体两面的同一个人，她们的争与不争，就像白天和黑夜的轮回，就像负阴抱阳的万物，孤阴不生，独阳不长，不过是两者的姿态和位置不同而已。"母亲们始终在做的事情就是孕育亲情，培植亲情，呵护亲情。亲情是空气中的氧，它看不见，摸不着，谁也不会意识到它的存在，但在一个充满亲情的家庭里，人们就会像是徜徉在绿色的大森林里，心旷神怡；而在一个缺乏亲情的家庭里，人们就会感到呼吸不畅，有一种窒息感。亲情不是金钱，不是物质，也不是显摆，不是做作，亲情是一种自然天性，是心心相印。周语同为母亲买了很多名牌的衣服，她以这种方式孝敬母亲，可是母亲从来不穿这些名牌衣服，她住在小女儿家里仍穿着自己缝制的棉衣棉裤。周语同责怪自己的妹妹，说别人看到母亲这样的穿着会以为儿女不孝，母亲听了很诧异，她说："我闺女每天出门进门都牵着我的手，寸步不离，还能怎么孝顺？"周家的女子们几十年间"战争"不断,"战争"的结果却是让她们觉得大家越来越是一家人了,这自然是因为时代发生了变化,同时不容忽视的是,亲情是将大家黏合起来的重要因素。小说结尾的场景是,住在家乡的周拴妮经常要给远在深圳住着的朱珠打电话,她们在电话里聊家常。朱珠还对周拴妮说:"你经常去走亲戚。去吧,去吧,亲戚亲戚越走越亲。不然啊,时间长了,下一辈小孩子们就散了。"家常话里满是亲情,亲情让家族更加充满活力。亲情,便是这部小说的另一个重要归宿。

重建家族叙事的情感内核

孟繁华　毕文君

家族叙事是当代长篇小说的重要书写领域，这一方面与中国传统社会的宗法制度有关，一方面也是历史风云激荡下家国情怀的文学性表达。当一个家族的血缘因袭、代际更替、荣辱兴衰构成了民族和时代的心灵密码，愈加需要家族叙事的书写者在历史与现实间发现家族叙事的内质。是什么维系着一个家族的根基？是什么连缀着一个家族的血脉？在长篇小说《金枝》中，邵丽给出了她的思考和回答——这是情感的力量。可以说，正是因为有了情感的深切投入，《金枝》的家族叙事才格外饱满和生动。从这个意义上看，《金枝》的出现，无疑将当代家族叙事的情感维度大大拓宽了，家族历史的钩沉、乡土与城市的变迁都因为情感内核的楔入而落在了最紧实处。

小说上部从父亲周启明的葬礼写起，在叙事者"我"周语同悲痛、懊悔的情感宣泄中，展开了一个家族五代人的命运遭际。与以往家族叙事不同的是，《金枝》开篇表达的却是这个家族的不和谐，尤其是在因误会与隔膜而生的父女亲情危机中，写出了"我"对这个家族复杂的情感态度。这里既有对父亲孱弱之态的失望，也有对母亲接纳父亲曾有婚史的隐忍态度的不解，更有着对父亲在上周村那个家的鄙夷，对父母的失望和对同父异母姐姐周拴妮的厌弃成为"我"自少年时代就无法释怀的情感扭结。它让"我"

的性格变得敏感而尖利,那些带刺的言语和行为使"我"成了家族中最让小辈怵头的大姨,也为小说下部"我"女儿林树苗的叛逆埋下了伏笔。一方面,家族成员在生活环境上的差异造成了他们面对生活时不同的态度,另一方面,作家仍然在家族故事中留下了重建的希望。小说下部,周语同心态的渐趋平和、周拴妮带着乡间泥土气息的走亲戚举动、女儿林树苗在亲情的感召下对家族历史的探寻,这些都让整部小说变得可亲可感。

正是以情感为契机,在进入周家五代人的生活与内心世界时,邵丽找到了发挥文学想象力的经验世界。在家族日常生活的琐细里,在乡间与城市的映照中,《金枝》展开了颍河儿女们的婚丧嫁娶、生老病死,这样的日子有笑有泪、有悲有喜,这些细密的家族日常叙述在小说的各篇章里皆有侧重。而那些随手拈来的闲笔,或是一段童年心事的呈现,或是几笔乡间风物的描绘,也都让家族故事的叙述多了些溢出日常的摇曳姿态。这样的讲述显示了邵丽在家族主题上的不凡见识,小说里那些镶嵌在普通人生命刻度里的平常生活,也是我们每个人的来处与去处。值得注意的是,《金枝》并没有回避历史这一大的背景,革命、解放、饥馑等,历史的动荡构成了周家与不同时代的对接关系。但尽管如此,小说的焦点始终是个体生命,从祖母到后代周千里,她们对土地的热爱让《金枝》在情感内核的择取上保持了小说叙事调性的完整,也充盈着丰沛淋漓的生命元气。

情感的力量可以与一切抗衡。它带给了我们以家族的归属感,那份因血脉相连的亲近感是难以遮掩的,这也是小说下部周拴妮渐渐走入父亲生活的原因。如果没有了情感的维系,家族历史的变迁也只能浮于表面。然而,也正是由于这些牵连,家族的故事才有了那么多因情而生的羁绊。如果说家族叙事的情感内核带有某种稳定性,那么小说下部的情感脉络则是在不断涨破家族血缘的屏障,而具备了更为深广的人性关怀。

《金枝》里，周庆凡和刘复来这两个家族之外的人物设置即体现了这一用意。周庆凡是祖母收养的孙子，按年龄排在了老大。他善良、重情重义，坚守着对这个家族的承诺，也因自己的勤劳、踏实和担当成了拴妮子心里那个庆凡大大。在拴妮子母亲穗子的冷言冷语里，他本可以选择离开这个家，然而他却留了下来，与孤苦的穗子一起走过岁月的煎熬，这不能不说是一种大爱。而在刘复来带着满腹心事、一身寒酸入赘周家，成为拴妮子的丈夫时，他的愤懑和不平只有通过对子女的悉心教育来掩饰。最终，他回到上周村与拴妮子相守，那时的刘复来才真正体会到了生活的欢欣，他的心才在周家安定下来。正是在这两个与家族血缘无关的人物身上，邵丽写出了超出家族情感的人间至情，亦让《金枝》多了更为复杂的人生况味。

当然，情感真实而饱满的女性形象无疑是《金枝》中着墨最多的。从祖母到周河开，邵丽展示着她对周家家族女性生命历程的关注，力图更加完整地呈现家族代际传递里女性个体的世俗生活图景。她以饱含浓情之笔写出了女性的历史在场和生存处境，描绘了女性个体对苦难的承担和她们所表露的人性经验。当穗子带着满心欢喜嫁入周家，她的命运就与这个家族联系在了一起。周家祖父、父亲、穗子丈夫周启明的出走仿佛这个家族的魔咒，让留在家的三位女性饱受相思之苦。邵丽对奶奶、母亲、穗子这三位最终被丈夫遗弃的女性投入了最深的情感，写出了在相同境遇下三位女性的不同遭际。奶奶的隐忍让周家在历史的流转中没有失掉大户人家的那份底气和尊严，但对儿媳、孙媳的愧疚让她一生不能原谅自己。家族血脉子嗣的延续让她和留下的女人们付出了毕生的情感，最终等来的也只是叶落归根的一场哀恸。在对穗子的人物刻画上，邵丽没有回避人性在极端境遇下的自私、贪婪，她写出了一位无爱之人面对亲人时的平庸之恶。穗子年轻时的美丽和中年后的恓惶让人动容，尤其是被迫离婚的打击，让她仿佛变了一个人，在离婚不离家的执念中变得越来越乖张,在折磨他人和自我折磨中走完了一生。这样的穗子是小说《金枝》中令人印象最为深刻的一位女性,在她身上,邵丽倾注了深刻的人性思考。她是世俗生活里最庸常却最撼人的一个,她的执着和抗争尽管落入尘埃,却是《金枝》家族叙事中最具生命质感和情感张力的一维。女性个体在场的历史也因之更为悲壮,更充盈着人性思考的震撼。如果说《金枝》所写的三位留守女性中,奶奶是家族荣耀身份的象征,穗子是苦难命运的象征,那么无声无息、一心向佛的穗子婆婆则让我们看到了另一种人生的无奈。她的自我幽闭又何尝不是更深的肉身之苦?这位永远对生活漠然的局外人,是三位留守女性里命运最为黯淡的一个。

在变化的时空里,女性个体命运与家族代际的交替不可避免地勾连到一起。然而面对苦难,她们的承担和抵抗也迸发出强大的人格力量,祖母的乐善好施、莲二婶子的隐忍体恤,都让我们感到小说对温情与美好的召唤。在回忆和现实的交错中,作家带着我们无数次重返家族的源头,探寻家族女性在个体成长过程里、在不息的生命流转中那些情感聚焦的瞬间,以此把握笔下人物的性格发展,透视她们生命世界里的一点一滴,而这样的向度并不摒弃时代变化中"我"对自己的不断审视和反思。从最初的隔阂到进入中年时的渐渐相融,周语同的性格特质不仅仅是小说上部里的敏感、焦虑,下部更多的是对生命的省思,这也是作家邵丽借这样一位女性叙事者的视角使其家族叙事具备更深层次情感内容的原因。

由出生开始,作家在家族叙事的时空变换中连缀了笔下女性人物的一段段经历,童年、成长、成熟、衰老、死亡构成了她们生命长度里的叙事跨度,而每位女性的情感所系无不与一个完整的家有关。阅读整部作品,仿佛父亲周启明葬礼上那个不懂体面、不事修饰、腿脚也不灵便的周拴妮仍旧是童年时被母亲穗子打过骂过也疼过亲过的女孩,她遭遇的不幸不也是叙事者"我"同样经历过的吗？而"我"的那份拿捏和体面又有多少是不得已和不情愿的？因此，在《金枝》的叙事线索中，邵丽独具匠心地设置了叙事者"我"的另一面向，正是有了从拴妮子视角而展开的家族故事，这些源自同一家族血脉的创伤、痛苦、伤害、宽宥、包容，这些刻写在生命长度里的记忆才更加细腻，也更为完整。

小说下部试图在介入当下的立场上书写家族子一代与社会、文化相互碰撞的一面，无论是生活在上周村的后代们通过读书走出封闭世界的努力，还是他们进入大学留在城市工作所遭遇的身心震荡，这些都彰显出作家阐释家族故事的能力。也许，家族的故事将随着时代的洪流不断增添新的元素，周家后代周河开远赴英国定居生子，周千里回到乡村和丈夫一起开展小麦育种实验，这些时代新质的融入让小说下部更具生活气息，也内蕴着邵丽对现实生活的细心体察。饶有深意的是，小说结尾周语同的梦境指向了父亲老家的土地与河流，拴妮子和刘复来在田间地头的家常对话也与脚下的这片土地有关，这些细节的充盈让《金枝》家族叙事的情感内核有了最终的归宿：那些留在岁月里的生命痕迹仍会镌刻在时光写就的传奇里。重新回到生命的原乡，正是这一片黄澄澄的土地给予了《金枝》厚重的情感质地。

家族故事中的审父与自审以及革命的沉思

王春林

与世界上很多民族都拥有坚定的宗教信仰相比较，中华民族的一大特点，就是有着一种根深蒂固的祖先崇拜心理。正是在中国人所特有的一种牢固家庭或家族观念的基础上，中国文学史上才会出现一系列可以称为"家族小说"的优秀文学作品。家族小说作为一种小说类型，在从古至今的文学史上真正称得上是蔚为大观、硕果累累，现在，邵丽的长篇小说《金枝》（人民文学出版社2021年1月版），也加入了这一文学行列之中。关键的问题是，与此前的这些家族小说相比较，邵丽的《金枝》到底增加了什么新的思想艺术因素？

在小说下部的第十三节，已经拥有了作家身份的周语同的女儿林树苗，围绕自己的小说创作，与周鹏程的媳妇胡楠之间，发生过这样一次饶有趣味的对话。胡楠说："我看你写的小说里，有这个家族的影子。你是想全方位探索这个家庭吗？"面对胡楠的提问，林树苗给出的回应是："这个家庭的复杂程度，我们是无法想象的，我觉得没有任何人可以全方位地描述。但是，我怀念我的姥爷，我真是想多写写他。其实讲真的，把他写出来了，也就基本上说清楚了这个家族。他留给这个家族的是一个背影，在每一个家族成员眼里都是不同的人设。我妈妈、鹏程的妈妈，包括我的舅舅们，甚至周家的这些亲戚，他们每个人叙述的我姥爷都不一样。我想了解姥爷的过去和现在,然后将这些故事写出来,我想用这种方式表达对姥爷的纪念。"虽然是巧妙地借助人物之间的对话在谈论林树苗的小说创作,但明眼人马上就可以敏感意识到,胡楠和林树苗所具体谈论的这个以林树苗姥爷为核心人物的小说作品,正是邵丽的长篇小说《金枝》。在一部虚构的长篇小说中,由相关人物出面谈论这部长篇小说的创作理念与过程,正是西方现代小说理论中的所谓"元小说"手法。如果我们把《金枝》视为林树苗的家族故事完成品,那么,一个耐人寻味的现象就是,第一人称叙述者"我"的身份错位。依照某种不成文的惯例,在一部小说作品中,身兼第一人称叙述者功能的"我",往往会是写作者的化身。但在《金枝》中,第一人称叙述者"我",却被设定为林树苗的母亲周语同。既然林树苗在小说中不仅以作家的身份出现,而且还寻找各种机会大肆谈论自己写作的家族故事作品,那为什么不在文本中干脆把林树苗设定为第一人称叙述者呢?另外一个随之而出的问题就是,假如说文本中的若干人物身上会有作家自己的影子存在,那么,这个人物到底是周语同,还是林树苗?又或者两个女性人物身上,都不同程度地晃动着邵丽的身影?尽管说肯定或者否定的答案,我们实际上都无法给出,但对这一问题的关注和思考本身,却有助于我们更加深入地理解把握邵丽的这部长篇小说。

　　既然是一部以林树苗的姥爷为核心人物的长篇小说,为什么又会被命名为"金枝"呢?这里的一个关键问题就是,除了林树苗的姥爷周启明,活跃于文本中的其他人物,差不多是清一色的女性。邵丽用"金枝"一词,喻指小说中的一众女性人物,是无可置疑的一种文本事实。

　　在具体展开对这部作品的分析之前,我们首先来讨论一下小说的叙事方式。整部《金枝》共分为上、下两部,各以八节的篇幅而平分秋色。上、下部之间的分界线,是周语同父亲周启明的死亡。上部主要讲述周启明生前的家族故事,下部则集中聚焦于周启明去世后家族后代的故事。

因此，如果说《金枝》所集中讲述的是上周村周氏家族前后三代人的故事，那作为中间一代的周语同所承担的，就是三代人之间承上启下的重要扭结作用。正如同小说中所描写的那样，倘若没有她这样一个有着强烈家族荣誉感的关键性人物存在，上周村的周氏家族，就极有可能是一盘散沙。从这个角度来说，把周语同设定为作品的第一人称叙述者，自然有着充分的理由。需要提出来加以讨论的一个问题是，邵丽在《金枝》中并没有让周语同的第一人称叙述贯穿文本始终。一方面，我们当然应该承认每一位作家都拥有选择设定叙事方式的自主权利，但在另一方面，我又必须坦承，在阅读《金枝》的过程中，相对来说留下更深刻印象的，是周语同以第一人称展开叙事的那些部分。虽然说在一部长篇小说文本中采用多种叙事方式，在当下时代的写作实践中，已经是一个普遍的事实，但我却不无固执地认为，具体到邵丽的这部《金枝》，如果作家能够克服明显存在着的叙事难度，以周语同的第一人称叙事方式来贯穿统摄全篇，那么，小说所最终获得的思想艺术效果可能会更加突出。

正如同林树苗宣称的将会把自己的姥爷周启明设定为整个家族故事中的核心人物那样，读完《金枝》后，给读者留下印象最为深刻者，同样是周启明这个人物形象。尤其值得注意的一点是，作家的"审父"意图，也正是凭借女儿周语同眼中的周启明形象而得以最终完成的。年仅十五岁的少年周启明，之所以执意要离家出走，是为了反抗奶奶给他包办的婚姻。因为心里不愿意，周启明甚至坚决拒绝以新郎的身份去接新娘穗子过门，奶奶万般无奈之下，只好让自家收留的养孙周庆凡代替周启明前去迎亲。尽管按照奶奶的吩咐，周启明非常勉强地和穗子拜了堂，但在拜完堂之后，他才发现奶奶说话并不算数，"哪里是磕几个头就了的事儿？他被她关在新房里锁了半个月，酒肉饭菜都是用托盘从窗口送进去的"。被莫名其妙地关起来还不算，要命的是，就在这半个月期间，他竟然稀里糊涂地和穗子成就了一番好事。如此一种"成就"的最终结果，就是后来女儿周拴妮的出生。当然，等到周拴妮出生的时候，生父周启明早已"逃之夭夭"了。一方面出于对婚姻的恐惧，另一方面又怕回到县城的学校后遭到同学的耻笑，十五岁的少年周启明便离家出走，去找爷爷周同尧了。由于离家出走参加革命之后打开了眼界，接受了现代生活理念，早在结识后来的妻子朱珠之前，周启明就写信回家给奶奶，主动提出要和当年包办婚姻的妻子穗子离婚。面对着孙子的离婚要求，已经守了一辈子活寡的奶奶，万般无奈之下，只好规劝孙媳妇穗子面对残酷现实，不要重蹈自己的覆辙，早日另找人家改嫁。没想到穗子竟然也是个死心眼的从一而终者，尽管办了离婚文书，她却仍然坚持离婚不离家。这样一来，依照传统的习俗，"在上周村，穗子还是周启明的媳妇"。虽然穗子留在周家是自己心甘情愿的一种选择，但明明曾经有过丈夫，到最后却被丈夫活生生抛却这一残酷事实，使得穗子的心态在不经意之间被扭曲了。这一点，尤其是在周家祖母去世以后表现得特别明显："祖母在丈夫就在，她是祖母做主娶回来的，与其说她是嫁给了丈夫，还不如说是嫁给了祖母——只有祖母能确定她的身份。祖母便是她的人生戏台，戏台塌了，她再也演不成个角儿。她任着自己的性子过活，在愈积愈多的怨恨里，一日日地刁蛮起来。"比如，她不仅坚持要把自己唯一的女儿命名为拴妮子，而且还悍然剥夺了她读书接受教育的权利："她觉得读书才会使人学坏，才会跑出去不回来。周家三代媳妇都守寡，还不是跟她们的男人读书有关系？"大约也只有如同穗子这样的没有见识者才会以如此一种逻辑去思考问题。更关键的问题是，自打祖母去世失去可以依傍的精神靠山后，心态严重失衡的穗子干脆变成了一个可怕的怨妇："整天骂天骂地，好像谁都欠着她似的。她的生命空间也越来越小，满世界只有自己的女儿拴妮子了，她是她活着的理由。"令人难以理解之处在于，一方面，女儿拴妮子固然是她的救命稻草，但另一方面，在日常生活中，她却又在令人难以置信地折磨着拴妮子："她常常把拴妮子身上掐得紫一块青一块的。她责骂她,为什么你不托生个儿呢?然后又搂着她哭,说,苦命的儿啊!"拼命地虐待唯一的女儿拴妮子倒也还罢了,更加变态的一点是,虽然在素日里她会把周启明骂个半死,然而,诚所谓"一物降一物",一旦周启明真的回到上周村的时候,她却又会变得特别安静:"穗子倒也奇怪,整天价骂天骂地、千刀万剐地诅咒的人回来了,她却匆忙地躲到自己的屋里,不哭不闹,也不让拴妮子去跟他闹。"将以上这些相关的细节整合在一起,我们就会发现,虽然说着墨并不算多,但穗子这样一个精神内涵特别丰富的女性形象,已经生动活泼地跃然纸上了。单从人物形象刻画塑造的角度来说,穗子这一女性形象,既可以让我们联想到张爱玲《金锁记》里的曹七巧,也可以让我们联想到王蒙《活动变人形》里的静珍,以及铁凝《玫瑰门》里的司猗纹这几位现当代文学中经典的女性形象。

金色的叛逆与荣光

杨新岚

日本学者稻叶君山说过，家族文化是中华民族的唯一障壁，其坚固性甚至比万里长城都有过之而无不及。认清一座城市或一个村庄表象与真相的关键往往是家族。看得见的街巷中，看不见的某些家族某些人，才是他人命运的主宰，比如前程，比如婚姻，比如时代风云的起伏跌落。

有主宰，就有对抗，就有叛逆。你可以从《红楼梦》中看到四大家族对国事家事的掌控；从《白鹿原》中看到白家和鹿家的角逐，衍化出时代变迁之后的白鹿原；从巴金的《家》中，看到有新思想的青年，如何奋力挣脱家族的牢笼和窒息……

那么，最近出版的文学作品中，谁在续写家族文学？怎么写的？写出时代翻腾之下真实的家族和个人命运了吗？写出这个家族真实的心灵感悟了吗？且去看河南作家邵丽的长篇小说——《金枝》。

砸向自我的家族之痛

曾经在中国的农业社会中，掌控一切的家族，在辛亥革命到来之后，在社会主义革命成功以后，在城市化的今天，以一种怎样的方式存在？那些家族的逃离者及后代，与家族间究竟发生了什么？那些操持家族命运的人，究竟在想些什么？又在做些什么？

2021年新年面市的新书《金枝》，正是一把开启家族变迁命门的钥匙，捋着这段泛着金色的树枝，你可以见到百年来，中国河南颍河岸边上周村一个周姓家族的前世今生。通过这个鲜活的家族迭代和恩怨，你可以看到五代中国人被家族力量影响的生活，看到他们对家族的逃离和回归；看到家族在散居之后，后代人的家族意识的分化和觉醒。

新时期的当代文学经典中，家族文学屡屡成为文学的高峰。《白鹿原》中的白家和鹿家，莫言笔下的我爷爷我奶奶，张炜的《家族》中两大家族的血泪史，阿来的《尘埃落定》中康巴土司家那个傻而有先知的儿子……这些作品刻写了真实历史动荡中的家族命运，赢得了读者和时间的青睐，成为新时期的文学经典。

邵丽的长篇小说《金枝》，显然承接了家族文学的传统。但和以往不同的是，她的时间跨度更新。她写到了当下，写到了家族意识越来越淡的今天，一些人灵魂深处的家族情结。作者诉说了主人公一生对父辈的不满与重新认识。在追溯中，她把家族的种种伤痛一一挑破，把很多寻常家事背后的伤感淡然呈现，令人心惊！比如，曾祖母每年要种当地人不种的很辣的秦椒，只为曾祖父去西安读书时好上了这一口。虽然她一生也没等到回来吃秦椒的人，但劳作持续了一生，期待持续了一生。今天的年轻人听了，信还是不信？

那些已经经典的家族小说多半发生在多年以前，主人公多半不是"我"，即便是"我"的爷爷奶奶，"我"和他们之间并没有多少命运和情感的交集，而《金枝》中的"我"——周语同，是一个今天的叙述者。"我"直接把家族历史中的伤痛砸向自己，承受着家族曾经的暴风骤雨，心痛于父亲开始看自己的眼色行事，痛恨父亲葬礼上那个同父异母、陌生无礼的"姐姐"——拴妮子。唏嘘于这个耕读富足的乡村大家族在历次的革命和变革中，终于只剩下了一所老宅，老宅中还剩下了一个穗子。

那些在变动中深感其痛的父辈和祖辈，默默地在《金枝》中以黑白文字的方式显影着自己的命运。而这个家族的命运，是中国成千上万个家族的命运，是农业社会走向现代社会后家族消散的缩影。从这个意义上说，《金枝》的主题和寓意都是有文学深度和社会价值的。

亲情的疼痛与无解

《金枝》中引了一句罗曼·罗兰的话："世界上只有一种真正的英雄主义，那就是认清生活的真相后依然热爱生活。"文中还有一句："忧愁在漫长的时间里像一盘石磨，沉沉地压了我几十载。"周语同的一生，满满的伤痛。本来是父亲的心尖儿，却因一次在办公室报纸上的胡乱描画，差点毁掉父亲的政治生命，从此失去了父爱。在家里，爱美就是学坏的同义词。她一心想着要走出去，不为理想，只是想离开父母，离开这个冷漠得没有一丝温暖的家。

更可怕的是，父亲是离过婚的，而且前边还有一个女儿拴妮子，这在当年是多大的一个丑闻！不论家搬到哪儿，拴妮子都会在邻居中大谈后妈的种种不好：不让她进城；她们娘儿俩在乡下种地，没人管没人问；她妈是裹脚女人，种地很苦很累；她在家帮妈妈干活儿，学都没上过一天。

"我"恨父亲，他惊慌失措，尽失往昔的威武担当。"我"抱起开水瓶，幻想她被开水烫得皮开肉绽抱头鼠窜的样子，该多么解恨！"我"有多么恨她啊！但母亲若无其事地夺过了"我"的开水瓶。

"我"差点去了部队，是父亲阻拦了"我"。那个时代，去部队几乎是中国每个青年的梦想。"我像置身在四面空旷的荒野里。在我渐渐长大的日子里，常常孤独到绝望。"这是一个中原少女寒彻心底的呼喊。那一代的少女，有心逃离的到底还有多少？

长大后，周语同努力把自己活成了家族的荣耀，成了家族的强势人物。这一切，不是因为爱和顺从，而是因为要让父亲有被打脸的感觉。她在葬礼上用金钱来击溃拴妮子的贪婪，用高傲来报复故意伤害自己的"姐姐"。

追逐家族的荣耀，竟然是以童年的伤害为始。而那种童年的无助和羞辱，是多少人成长的暗伤？父亲的冷漠和无视，是多少孩子的难言之痛？

作者把家庭中的这团冷气写得鲜血淋漓，令人想起鲁迅的那个古老问题：我们怎样做父亲？一些评论家认为，《金枝》的"审父"情结写得比较出色。的确，"我"在"审父"之后，在父亲去世之后，才重新认清了父亲，理解了父亲。一生几乎不回乡的父亲，其实爱家爱族爱故土，爱老宅旁祖先种的粗壮的柏树。但对"我"来说，并不能就此选择原谅。这，才是真实的生活中的我们。

金枝玉叶的高挂与坠落

"高者挂罥长林梢，下者飘转沉塘坳。"这里，杜甫说的是被秋风吹跑的屋顶茅草，用在《金枝》里，恰似"我"的那些亲或不亲的亲人。

"我"的母亲朱珠在我心中高踞林梢，她用她的智慧固守一个男人，通过一个男人固守一个家，通过一个家固守整个世界。而"我"却浅薄地以为她是被蒙蔽、被欺骗、被伤害的那个人。殊不知，她正是用她的隐忍，用她的智慧，不战而胜。

"我"的父亲先扬后抑，然后升至树腰。

塘坳，指水塘的凹处。从塘坳升至树腰的人是拴妮子，这是一个颇有新意的人物形象。她母亲穗子是父亲的原配，比父亲大六岁，在父亲十五岁那年，被八抬大轿娶进周家，短暂的风光后，是一生的孤独和苦守,是一种生是周家人、死是周家鬼的决绝,是一生对周家的恨与守护。

中国近现代以来,有过几次大的革命与运动。每一次都有很多人离开旧家,开启新的爱情和婚姻生活。原配多半以弃妇的形象出现在生活和文学作品中。她们拼命保住自己的名分,靠着从一而终的信念捍卫着自己的尊严。"我"的父亲要与母亲结婚了,穗子收到了丈夫的离婚书,依然要留在老宅,做一个名分上的周家媳妇。她明明知道庆凡对她的爱意,依然守住孤独,守住距离,和庆凡遥相终老。庆凡是周家捡来的孩子,是周家养子兼长工的混合体。穗子终老后,和庆凡葬在一条田埂的两端。

原配往往意味着苦涩、阴郁,子女因为没有父爱,大多缩手缩脚,但邵丽笔下的拴妮子,常常嚣张。困难时期,拴妮子被带到父亲家中不断索取。在父亲的葬礼中,张口便是要钱,逼得"我"放纵晚辈对她的刻薄和恶毒,"也许,父亲一辈子都没爱过她们,但一辈子都欠着她们,怕她们"。

拴妮子是个村妇,但她是一个有眼光的村妇。她给自己招了上门女婿,让孩子们都姓周,几个下一代靠读书改变了命运,给周家脸上贴了大金。她个人的种种不堪,都因为后代的光耀而得到"我"的体谅。她的孩子向"我"索取时的直接和不讲情理,令"我"又责怪又欢喜,深感"这就是周家的子孙",反而生出了一种家族的自豪。

拴妮子出场时的糟糠形象,在命运的发展中被渐渐化解。要知道,那是一个城乡差别巨大的时期,城里的女儿是穿着水晶鞋的公主,乡下的女儿是土得掉渣的灰姑娘。葬礼上的"我"和拴妮子的形象,真实地反映了当时的社会现实和人们的心态。最终,依靠拴妮子的杰出后代,给周家增添了金色。从乡村出发的子孙,终于站到了世界的学术舞台上。拴妮子成为人生的赢家,而她竟然一直是以"我"为人生目标。家族内部的代际较劲儿,成为家族光大门楣的内生动力。拴妮子和"我"对父亲的种种不满，促使她们争相证明对自己的轻视或蔑视是何等的不公。

邵丽以她的智慧，看到了尊严的种种抵达方式，写出了世事无常之中的坚韧和坚守。通过拴妮子的性格和命运，作家写出了一个有新意的乡村人物形象，写出了乡村正在发生的改变和日益受到尊重的现状。

从林梢沉入塘坳的第一人是穗子。穗子是被八抬大轿抬进周家的，是庆凡替周启明去迎的亲。在他的记忆中，穗子一身大红衣裳，钗环满头，粉面桃腮，小脚扭得一摇三晃，把个人心都晃得地动山摇。穗子成为弃妇后，常常头不梳脸不洗，动辄打骂拴妮子，四十岁不到就活活像个老太太，举止怪异，目光凶狠，孩子们看见她像看见了鬼。只有庆凡知道穗子心里有多苦。她活得任性一点，才能化解那苦。有几次机会，穗子都可以脱离这苦，开始一段新的婚姻，但她都拒绝了。作为弃妇，她告诉孩子，她的父亲在城里做大官，以一个虚妄的未来，支撑女儿摆脱没有父亲的乡村困境。

拴妮子走向尊荣的路有多难，侄女周小语从金枝玉叶沉降下来的速度就有多快。

周小语是"我"的希望，她自小就品学兼优，样貌周正，富里生贵里养，自己又肯努力，调教好了肯定前途无限。身为县委书记的千金，在北京工作，婚后却把家安回县城。她在婚姻中是木然的，最终丈夫出轨，回到娘家后遭受无穷白眼，快速坠落成一个农村大妞，真是把"我"吓了一个趔趄。金枝玉叶一旦遭摧折，比普通的一枝一叶更为不堪。"我"苦心逼她学画，妄图唤醒她作为周家子孙的血性和奋争，然而，她学不进去，她的心不在了。

《金枝》中，作者在文中发出了"事与愿违"的感叹，"我"对周小语的哀其不幸、怒其不争的愤懑，大约和鲁迅看到阿Q的心情有一拼了。

解密家族的性格基因

从文学中去读取其他家族的隐秘，去探究那些隐秘牵扯出的喜怒哀乐，是一件很有意思的事情。琢磨人，琢磨一个人的语言和行为，读懂一个人的内心世界，是文学的乐事。读一个家族的记忆，琢磨一个家族的百年变迁，读懂这个家族的性格基因，就更是一件乐事，更具挑战性。

很多人读过马尔克斯的《百年孤独》，这个家族百年间从崛起到衰落，七代人的冗长的姓名加上故意同名，使得这个家族的故事难以卒读。当年置身拉丁美洲，我对当地人的文化、习俗、故事感觉一头雾水。

《金枝》的很多细节，今天的年轻读者读起来也是一头雾水。个人成分对命运和婚姻起决定性影响的时代过去了。也就是一百多年的光景，小脚、八抬大轿、包办婚姻、煤油灯、一生为一个注定不回来的人年年种辣椒、老家的"化石"亲戚们都从生活中消失殆尽。

印象深的一个细节是父亲十五岁被迫娶亲后，怕同学们笑话，追到"小延安"竹沟的爷爷的去处。爷爷准备了炖肉，平素不缺油水的孙子吃饱后，爷爷才甩开腮帮子大吃一顿，然后用手背抹了抹嘴说，奶奶的，快一个月没吃到荤腥了！老家人都说爷爷在外面当了大官，吃香的喝辣的，眼前的情形让孙子心中涌起说不出的怜惜。他不懂的是，革命虽然没有肉吃，但是革命可以带来精神与爱情。爷爷可以给心仪的女子一天写一首诗，孙子也可以和喜欢的人相爱成婚。

"我"作为历史的挖掘者和观察者，一直在思考周家的性格基因。"反抗"是周家一代代重复的性格命运。曾祖父读书后逃离家乡和原配，去长征，去抗日。父亲直接从学堂逃离家乡和原配。"我"从童年到青少年，一直在幻想和尝试逃离家庭。"我"的女儿林树苗早早成为周家最叛逆的孩子。听话的周小语，被认为最不像周家的骨血。

这些发现,都是作者从家族中一点一滴感悟出来的,是温柔敦厚的正史难以呈现的。作者从纵向的历史中打捞出最让自己哽咽的心结,细腻地还原了那些伤痛的场景和心声,用微观的情感来推动宏观的深度,在大开大合的命运之中,体察世事的真相。从《金枝》的创作来看,作者在对历史的认识、对现实的认识和对人生的起伏上算得上有独到的心得。

"反抗"之外,周家的另一个性格基因是"荣耀"。对荣耀的渴望与追随,伴随着五代周家的骨血。他们可以彼此刺伤,彼此打脸,彼此伤害,彼此仇恨。在父亲的死亡面前,"我"只是发出了疑问,要不要和解?并没有真正的心平气和。但在拴妮子后代的巨大荣耀面前,"我"释然了。共同的家族荣耀,才是周家性格遗传中的基石。这种家族的荣光,才是《金枝》中的金色,是中国的家族比拼的不竭动力。

家族,无法逃离的精神原乡

都说现代化进程中,家族的分化和瓦解是历史的必然。好像应该是这样。但实际生活中,我看见家族的力量尚未轻易消退,一些大大小小的家族纷纷修起了族谱、祠堂,祭祖的习俗依然浓烈。

在《金枝》中,周家后人们拉了个大大的微信群,互相倾吐对父辈的记忆和情感,补充出另一半的真相,补充出拴妮子的父亲一生的命运。后代们的感念和思索,齐齐整整地完成了周家的家族意识的代际传递。

聚族而居是家族的传统生态,当后人纷纷离开老家的祖屋之后,靠什么来维系家族的亲情和性情?在城市的各自的人生拼搏中,还需要家族作为依靠或反抗的对象吗?《金枝》中的后代们都选择了对家族的认同和沟通。他们在虚拟的空间中,沟通精神,交流信息,寻找生活中的实际诉求,寻求各种帮助,寻找信心和智慧。散居的大家族,又在互联网上搭出了家族的支脉。

　　李大钊说过，20世纪前的中国家族是一个血缘共同体、利益共同体、政治共同体和文化共同体。今天的家族，在枝叶散开之后，又以另一种方式寻求彼此的支撑和对先辈的记忆。

　　看到中国家族的这种传承与流变，我不禁想起《福尔赛世家》《蒂博一家》《百年孤独》《源氏物语》《四世同堂》的原型家族，他们的后代在今天怎么样了呢？《金枝》的作者注重对家族中的人性进行观察，对人生进行反省，对中国人的乡村智慧和生活智慧细细体察。整本《金枝》读下来，能看到作者从活生生的家族生活中打捞出人生与命运的功力，看到百年巨变中人性的扭曲和坚韧，看到弱者的呼喊和强者的走投无路。"我"是不幸的，成长期受到无限的伤害，有无限的恨；但"我"又是幸运的，磨砺出人生的锋芒和身处绝境的定力。

　　邵丽选择家族题材是明智的。高尔斯华绥在小说的门外徘徊多年，回到家族题材后，一举成名。福克纳为家乡而写作后，才获得了成功。马尔克斯二十三岁陪母亲回家乡的一趟旅行，奠定了《百年孤独》的雏形。

　　邵丽在处理人性中的爱与恨、善与恶时的分寸还是值得称道的。她在恨和爱之间难以割舍，努力冷眼旁观，但亲情又在其中牵扯不休。那些前半生经历的恶与艰难，吐也吐不痛快。不管不顾不是作者的秉性，但与往事和解又失之轻率，那就索性把人性之恶与恨都暴露出来，让时间来做评判。"我"不和解，"我"要让伤我的人自己去反省。这就比浮泛的和解更真实更具力量。

　　《金枝》面世后，各种评论纷至沓来，各种好书榜位列其中，每个人都有不同的关注点和阅读感受。作者的创作意图颇能聊以自慰，至少可以看出，她还是能以最大的诚意和善意，对人性的观察和人生的反省做出努力。《金枝》对这百年来的社会历史变迁颇有体会，她对宏大历史的呈现下了一番功夫，能够贴合自己的感受做出取舍，使得家族史成了一部灵动的心灵史。

　　家族是每个人精神的原乡。每个人都有世界开始的地方、童年开始的地方、风雨开始的地方。一生一世，在磨，在炼，想在刀光剑影下愤然成长，活成自己想活的模样，需要感受的读者，且去读《金枝》。《山海经》记载，颍水源于嵩山。嵩山乃天地之中，传统文化概念中的中国之中。颍水河畔这个周姓族人的命运，沧桑之中的叛逆与荣光，才是中原传统文化的另一个真实的侧面。

广为人知的神秘

计文君

一

《金枝》是邵丽在2021年出版的一部长篇小说,此前在《收获》长篇2020冬卷发表。邵丽在接受记者采访时说:"《金枝》这个书名也是后来改的,最开始我拟定的书名是《阶级》,意思是我们如何一个台阶、一个台阶地攀登,努力向我们所希望的生活靠近的过程。特别是'父亲'先后有过两任妻子,留下了两个家庭。我们代表城市这一支,穗子代表的是乡村那一支。几十年来,两个家庭不停地斗争,就像站在各自的台阶上,互相牵制着上升的脚步。但是因为这个意思不容易被理解到,后来在程永新老师的建议下,才改为了《金枝》。"

长篇小说的取名,是件玄妙的事情。埃科的《玫瑰的名字》,隐喻叠加互文,清艳鲜明,是好篇名;《安娜·卡列尼娜》或《石头记》,老老实实直呈人和事,也是好篇名。我私心认为《金枝》作为小说篇名,是前一种好,但《阶级》是一种更为老实和直接的经验表达,可惜这一语汇在传播中太过容易引起误读和错解。《收获》主编的意见无疑是正确的,但我也并不惊讶邵丽曾拟出那样的小说名字,并且还能诚实坦率地说出来。

无论是观察邵丽面对媒体的谈话,还是阅读

《金枝》的文本，我都会心惊于这位作家的诚实和坦率。如果说面对媒体，还是可以选择态度的话，那么在创作中诚实地面对自我经验和人类经验，则是能力，是小说家全部能力的综合体现。对于小说作者来说，并不是你想诚实就能诚实，你想坦率就能做到坦率的。

显然，本文不是在写作伦理层面来讨论"诚实"这一概念。作为主观态度和个体道德的诚实，毋庸讨论。虚伪、矫饰的写作，最客气地说也是一种文字游戏，更多时候，很可能沦为一种欺世盗名的恶劣行径。真正的写作者，我相信一定抱持着真诚的态度，面对世界，面对自我，面对文字。但主观上的真诚转化为经验处理的诚实，却又是一件非常困难的事情。这种困难由来已久，且在当下难度系数越来越高。某种意义上，这几乎可以看作小说这种艺术本身的难度。而作者能在什么程度上诚实地认知经验，完成处理，也就成为小说的高度。

二

诚如批评家程德培在关于《金枝》的重磅评论中所做的梳理与总结，近二十年的邵丽作品中，亲情血缘始终是她创作依凭的重要生命经验。早年的《水星与凰》，后来的《河边的钟子》《城外的小秋》《糖果》，近两年的《天台上的父亲》《风中的母亲》《黄河故事》等，以及虚构叙事之外直陈心事的散文、诗歌，"所有这些文字无不穿越被遗忘所淹没的真情与假象、怨恨与挚爱，作者用严厉的眼光俯向记忆的万花筒，看到那斑斓的色彩无一不是稍纵即逝，那片刻的深刻则是永恒的铭刻，血缘和亲情无一不是在岁月的颠簸中被碾碎得真假难辨"。

当然，邵丽的目光不只盯着"家里人"，她同时也把目光投向了更为广阔的社会现实，创作出《挂职笔记》《第四十圈》等颇具影响的作品。在广受赞誉的《黄河故事》之后，邵丽拿出了《金枝》——又一部关于亲情血缘的作品。这部长篇以"我"——周语同为叙事支点，向上追述周家祖父母、父亲以及他两位妻子的人生历程，向下讲述周语同的同辈及下辈儿女的故事。《金枝》很容易被概括为一个从20世纪初绵延至21世纪20年代的家族故事。从内容的角度来说，的确如此，即便在这个层面上，《金枝》作为最新版本的五代同书的家族叙事也是成功的。但我认为更值得关注的一个层面，是邵丽在《金枝》中展现出来的作为小说家能力的诚实。

在前文的表述中，我将作家的"诚实度"视为小说艺术成就的核心指标。在文学批评、文艺研究都在尝试引进数据模型的今天，使用如此感性甚至颇有些感情色彩的自定义概念进入文学批评，看似有些"反动"，但这是"反"技术理性而"动"，本质层面上，却是对小说或者小说文学的本质属性的理性回归。

文学和文学中的叙事，作为存留人类经验的重要"容器"之一，无论在任何文明的原初价值排序中，都是居于顶端位阶的。叙事，长久以来建构着人类教养的核心部分。进入现代社会之后，有两件事同时在发生，一是古老的叙事艺术的衰落——讲故事的人不见了，另一件则是作为现代文类的小说的诞生，且随着现代出版业的发展，成为最为主流的叙事形式。

1936年，瓦尔特·本雅明发表了一篇影响深远的文章《讲故事的人》。他在文中指出，现代社会的人们讲述故事变得困难，失去了经验交流的能力，"这一现象一个明显的原因是，经验贬值了。而且看来它还在贬，在朝着一个无底洞贬下去"。本雅明发现，可言说的经验变得贫乏了，失去了交流的价值，原因在于现代传媒的发展，消息替代了故事。本雅明敏感且清晰地描述了现代社会的这一症候，那些从战场上归来的人一言不发，意味着人类社会久远的叙事传统遭遇了彻底的挑战，而且也将被彻底改变。

本雅明自然也谈到了小说。小说诞生于孤独的个人，这是个现代性事件，而讲故事的人则是将族群经验和个体生命经验融于"一张口"的前现代社会的"手艺人"。小说也曾经是古老的故事讲述艺术所需要应对的陌生力量，但资本主义传媒业的发展，带来了一种新的交流性——通过消息，这对故事的讲述更具威胁性，不仅导致了故事的衰落，也给小说带来了危机。

这篇文章的副标题是"尼古拉·列斯科夫作品随想录"，本雅明在这位信奉东正教的作家身上看到了讲故事的人"非凡而质朴"的轮廓，因为"在现代叙事文学中，像列斯科夫的小说《变石》那样清晰地回响着先于一切文学存在的无名讲故事人的声音的，已是不可多得"。

本雅明四年之后在西班牙边境小镇自杀，他关于"经验贫乏"的深刻论述影响巨大——大到今天似乎已经成为文艺批评中的"陈词滥调"了。我们已然将其作为一种文化常识接受下来。因为过于熟悉常常会疏于辨析，"贬值"和"贫乏"只是因为人类经验失去了交换价值——即丧失了交流性，而非"经验"本身产生了实质性的贬损，无论是个体经验还是集体经验。生老病死、善恶美丑、恩怨情仇、兴衰成败，这些基本的人类经验还在太阳之下反复出现；新的经验还在产生，人被机器异化，科学理性带来人性危机，经验贬值本身就是新的经验，以及"贫乏"带来的人类社会的新的"没教养"，同样是新的经验……

橙红热闹的20世纪下半叶，在资本与技术的双重加持之下，人类经验的"贬值"速度越来越快，本雅明所描述的现代性社会"症候"不仅没有得到疗愈，反而成为现代性沉疴，跟随人类进入了21世纪。信息技术和社交媒体应用的普及，使得人人都成为潜在的媒体性节点，经验"贬值"的速度已然是光速——这不是比喻，电磁波的传播速度等于光速——于是"无底洞"成了"黑洞"。八十六年前，本雅明喟然长叹除了天空中云的形状，一切都改变了，云下渺小、脆弱的人类，却在技术理性带来的强大幻觉中一路飞奔，不断逼近让·鲍德里亚所描述的那个"消失点"："人类将在这个点上，在不自知的情况下，走出真实和历史；真与伪的一切差别在这个点上都将消失……"

在这种情况下，我们和我们的躯体只是一台对我们实施远程控制的技术设备名存实亡的组件、可有可无的环节、幼年罹患的疾病（好比思想不过是人工智能幼年罹患的疾病，人类不过是机器幼年罹患的疾病，真实不过是虚拟幼年罹患的疾病）。

世界成为"真实的荒漠"——电影 The Matrix（《黑客帝国》）前三部就是对鲍德里亚这句话的"图解"，而第四部续集《矩阵重生》，几乎可以看作导演的行为艺术，现身说法地告诉观众"人类彻底失去了故事讲述的能力"，而在片尾彩蛋里，主创则坦言宣告："叙事已死。"

我在首映日——2022年1月14日观看了《矩阵重生》，次日周六，重读《金枝》。Matrix（矩阵）里数据人形对比尘土烟火里的肉身男女，偶然的巧合造成的强烈反差，使我获得了新的观察眼光。我透过文本看到邵丽用一种近乎交托的姿态，将自我献给了小说，附着在"我"和"他人"之上作为人的经验，在叙事中再度打开，血涌出来，泪流下来，汗液淋漓，肌肤温热，死亡冰冷……对生命经验的极端忠实和无条件尊重，使得她在起点上战胜了"贫乏"的魔咒，为自己的小说争取到了丰盈繁茂、生机勃勃的可能性。

不得不指出，对于一个理性的现代知识分子和成熟的当代作家来说，这并不是一件容易的事情。然而正是这种"非理性"的忠实与"不成熟"的尊重，帮助作家主体获得了一种朴素而珍贵的叙事能力，属于承载人类经验的原初叙事的能力——讲故事的能力。这种能力曾经缔造了史诗、神话、民间传说、童话寓言，村头和市井间的家长里短、逸事闲话……这种能力早被现代性机器搅得粉碎，被狂飙突进的技术理性之风吹得踪迹难寻。但作为一种隐性力量，它蛰伏在人类经验的底层，等待着再度被叙事者发现、召唤，化身一个属人的故事。

我所定义的作为小说家能力的诚实，首先表现为这种对生命经验的极端忠实和无条件尊重。这是一种朴素甚至原始的思维方式。诚如上文提到的，被现代理性组织过的大脑，在充分的思想训练和文学训练之后，是很难恢复到"原初"设置的。因此这种诚实不可能是自发的冲动，它必然是基于对文学和小说本质规定性深刻理解的理性选择，是一种自觉的对抗。小说不就是对遗忘的对抗吗？它从记忆那里为随时可能丧失的经验争取了意义。

这部小说的篇名同样是隐喻叠加互文。"金枝"，除了在文本内部出现作为喻体，还在更大的文化语境下起到了互文的效果。看到篇名联想到詹姆斯·乔治·弗雷泽的那部文化人类学名著的我，这绝非"纯属巧合"可以解释的。我们固然不能如劫匪一般逼迫作者交出解释的赎金，然而基于二十年对其人其文的了解，我深知邵丽并不是埃科那样喜欢恶作剧的小说家，在文本内外预先给批评家扔下"香蕉皮"，看着那帮急于阐释的笨蛋滑倒在地。

弗雷泽的《金枝》着重分析的是原始思维和心理特征，提出了"相似律"和"接触律"，这种原始巫术的思维模型离我们的生活并不遥远，譬如至今还有很多人笃信饮食中的"以形补形"，恨某个人就做个人偶拿针扎——小说中也出现穗子"扎小人"的情节。事实上，中国的现代进程也正是《金枝》文本所涵盖的历史时空。我对这一隐性互文的理解是心理情感上的"返回原初"，这是小说人物的，更是小说家本人的。

小说发展的历史说明，小说家在自我的峭壁和世界的深渊之间筑出了窄窄的虚构之路。那些经典作品勾勒的人类精神图景，如繁星丽天，读者如行山荫道上，移步换景，但若打算做筑路人，则会发现前途更加艰险和困难。小说自诞生之初就与危机相伴，小说的危机始终与现代性危机共时同构，小说为了克服这一危机，出现了呓语梦话般的现代性文本、戏谑拼贴的后现代文本，当然，即便没有本雅明的提醒，小说家也会再度向前现代的叙事资源伸出求援之手。小说家可以在很多层面上重启前现代族群经验，譬如引入"说书人"，引入民间传说、神话故事等，但邵丽在《金枝》中的选择更为彻底，她在心理上首先选择成为"讲故事的人"。

邵丽面对周家几代人命运与性格的"往复轮回"，狙击了自己的"理性"，摒弃了"阐释"的可能，把"我"丢进深深的困惑与不断自诘之中，眼睁睁地任由原初经验的"蛮力"带领叙事奔涌向前。

如果把返回原初经验看作一种理性解放的力量，单凭这股力量，是无法出色完成叙事任务的。因此，作为小说家能力的诚实中，还有一股完全相反的控制力量，确保精准且冷静地实现对经验的逼近、捕捉、审视、分解，用文字赋形、文本呈现，最后生成意义。

三

小说的修辞原则和意义生成机制，就是作家理性控制力量的具体体现。这是小说修辞中最为基础也较为隐性的层面。其实《金枝》在显性修辞层面也有着非常精彩的美学表现，单是人物就值得大书特书，语言也值得分析——在属于不同人物和时代的不同章节中，叙事腔调有着相得益彰的不同转换。但所有这些成功都比不上基础原则和生成机制重要，后者更值得深入研究。

第一，多维视点结构出"场"性叙事，全方位呈现经验。

《金枝》全书分为上、下部，共十六章，其中周语同的第一人称叙事占据九章，主要集中在上部，下部有两章，其余为不同视点人物的第三人称叙事，同时镶嵌不同文本（微信群内的对话、网文），超越经验时空合理纳入新的视点。

视点的意义和价值，在整个小说修辞体系中无疑是至关重要的，具有决定性的意义，是小说意义生成的支点。大家熟知一个说法：《安娜·卡列尼娜》如果换了卡列宁作为视点人物，肯定就是另一部小说了。《金枝》的视点设置是独特的，有批评者追问其视点人称转换机制的内在逻辑，答案见仁见智，但如果从经验呈现的角度看，我认为是全面且有效的。

经典的现实主义文学理论出于分析的便利，常常使用"创作与现实"的二元概念，这会造成一种"错觉"，仿佛小说处理的是客观现实，事实上小说处理的是经验。无论是作为日常语汇还是哲学概念，经验始终包含着主观和客观两个维度。从来没有不经过主观认知筛选而"自然"形成的经验——顶多是主体意识没有察觉而已；也从未有不与客观世界相联结的"纯主观"经验——即便是纯粹的臆想与幻觉，依然是外在世界变形后的投影。但经验的本质规定性是主观的，第一人称叙事是最为契合经验主观性的一种修辞选择。这也是讲故事的人所习惯擅长的叙事视点。这些无名的讲述者，面对听众的时候，都是一个个具体的"我"，我所见，我听闻，无论是邻村的风流韵事，还是山中遇仙、林中见鬼。最具主观性的叙事视点，却也对读者最友好、最具感染力，因为说话的"我"对面，天然有一个听的"你"。

《金枝》开头："整个葬礼，她自始至终如影随形地跟着我，吃饭坐主桌，夜晚守灵也是。我守，她就在不远处的地铺上斜笼着身子，用半个屁股着地，木愣愣地盯着我。我去宾馆休息，她立刻紧紧跟上，亦步亦趋。她根本不看我的脸色，也不听从管事人的安排。仿佛她不是来参加葬礼，而是要实现一种特殊的权利。这让我心中十分恼怒，不过也只是侧目而视，仅此而已。"读来仿佛一位家族中的姐姐，刚刚经历了丧父白事，带着疲惫、悲伤和愠怒，拉过一把椅子，坐在我身边，呼出一口气，开始给一无所知的我讲起了葬礼上遇到的不可理喻的人和事。事，由来已久；人，纠缠多年……

以"我"为号，邵丽与读者签下了关于周语同的"自叙传"契约，但随即在第二章，契约暂停履行，作者给出穗子——周家祖母的人生故事，宛如"我"默默地递出了一张穗子大婚时的"旧照片"，让听故事的人辨识长辈人物年轻时的眉眼……这一顿挫之后，周语同再度开口，语速很快，情绪饱满，家中旧事滔滔而出，祖一辈父一辈，前一窝后一窝，秘辛苦衷，兰因絮果……急管繁弦的讲述因为下一代的出现戛然而止，于是听故事的人也吁了口气，转向刚刚拉了把椅子坐下的拴妮子的大女儿周河开，下半场开始。周河开的声音冷静淡定，跟着加进来的林树苗的声音活泼里透出骄傲，周鹏程的媳妇胡楠的声音开朗得体……小说开篇对峙的周家两支八个子女陆续加入了谈话，有人开口有人沉默，有人多言有人寡语，他们的讲述不尽相同，甚至互相抵牾，胡楠拿出了聊天记录，周雁来发来了一篇名为《穗子》的网文，周语同不无焦虑的声音还会插进来——有时是她，有时是"我"……最后所有人散去，再度恢复成了作为"我"的周语同的声音，语速放缓，语调降低，一声喟叹接着一声疑问，一半释然牵连一半执念……她近乎轻声地忽然说起一件不相干的童年小事——母亲送她和弟弟去姥姥家，在村外河里濯足，"那一刻，她的笑是那么年轻"。

声音消失，对面椅子上讲故事的周语同起身离开，她的背影与邵丽依稀仿佛，听故事的我怔怔地，万千感慨，百味杂陈。合上《金枝》，我的感受不是读了一部小说，而是经历了一次伦理事件，重新获得或者再度验证了某些珍贵的生命经验——属于我的，属于邵丽的，属于《金枝》里的主角如周语同、拴妮子，也属于那些让人心疼的配角如庆凡、刘复来——这弦外有音的"复来"！当然，那经验更是属于所有在生活中无名且失语的普通人的。

程德培文章中有一段让我心有戚戚焉的分析："生活中暗藏着一种秩

序,在线索杂乱无章的纠缠中暗藏着一种结构性的东西是我们难以摆脱的,但这是一种难以名状的网络和纹理,要解释它的意义是不可能的,但要放弃解释更不可能;由混乱的线索所组成的整个关系似乎都在期待着一句会让它变得清楚、明确和直白的话语,这句一锤定音的话似乎就在嘴边,但却从未有人宣之于口。"

《金枝》里密密匝匝的日常,含蕴着我们的生存之谜。

第二,人物作为"子集",而非单纯的个体,支撑着小说意义的生成。

"金枝"在这部长篇中,似乎不仅是内容层面的喻体,也可以看作修辞层面的喻体,小说里的人物正是以"开枝散叶"的方式进入文本的,故事里的绝大多数人物(除了极个别情节所需的功能性人物,譬如征兵办的首长),都是通过血缘或者婚姻成为家族不断划分的"子集"和不断蔓延的枝叶。

作为叙事对象的经验从来都是边界模糊的,没有纯粹的边界清晰的"自我经验"与"他者经验",也很难精准地辨析出"个体经验"和"集体经验"。在古老的叙事艺术形式中,无论是西方的史诗源头,还是中国的史传传统,以及神话、故事、民间传说,都是经由众多个体"加工"而成的族群经验,代代相传。这些无名的讲故事的人没有现代小说家的版权意识,这一区别造成的后果并非仅仅表现在利益层面,还形成了写作者和社会的心理默契,那个署在小说后面的作者名字意味着这是一个人对世界的发言——他(她)在讲述独属于他的自我经验或者对经验的发现。

无论是独立的现代小说家还是作为孤独个体的小说人物,在获取现代性真相和意义的同时,也牺牲了在更为恒久维度上的关于人类的另一种真实,那就是我们每个人都是更大集合的子集,都是族群之树上的枝叶。

正如英国作家、艺术评论家约翰·伯格所坦言的那样："经验是不可分的，它至少在一个甚至数个人生里延续。我从未有过我的经验完全属于自己的印象，反而经常觉着经验先我而行。总之，经验层层叠加，通过希望和恐惧的指涉，反复重新定义自身；此外，通过最古老的语言——隐喻，它不断在似与不似、小与大、近与远之间比较。"

伯格这段话出现的那篇文章的题目也叫作《讲故事的人》，写于1978年，这是对本雅明的喟叹的近半个世纪后的一次清晰的回应。伯格不只在这篇文章中谈论，同时也在他的文学创作和艺术工作中，像农民一样身体力行地努力保存着"时间的经验"。他认为："资本主义的兴趣是切断与过去所有的联系，将所有的努力和想象转向未曾发生的未来。"

生产方式决定了社会组织方式，原子化的个人成为现代社会的基本构成单位，投射到叙事之上，独立的个人也就成为塑造现代小说人物的合法性前提，含蕴着复杂经验的历史和时间折叠进一个叫作"故乡"的空间名称，在寓言化的叙事想象中被放逐成为远景，个人立于地平线之上，背向历史，面朝一望无际的未来。

邵丽在《金枝》中对抗了这一"合法性"前提，"取消"了人物的前景式独立，让"故乡"前景化，释放其中的历史和时间，重新让个体返回到族群之中，在血缘伦理的"世俗之网"中审视每个人。这是一种冒险的很容易招致诟病的做法，但却更接近我们每个人真实的人生处境。

更为重要的是，作者充满勇气且如此"政治不正确"地对待着她的人物的同时，通过鲜明的性格塑造和动作性极强的情节铺排，给予了人物"反抗"作者处置的力量。于是，一如周家祖父辈的生命与他们各自的历史时空深刻纠缠一样，周家后代也随身携带着充沛的移动互联时代的个体力量。

邵丽"自执金矛又执戈，自相戕戮自张罗"，左右互搏，使得《金枝》中的人物立体鲜活，真人一般内心充满撕裂与矛盾，小说文本也获得了真实生活本身一般纹路复杂的质地，具有了丰沛的意义生成的可能，经得起各种阐释。从其面世一年多批评界的反应来看，无论是面对从弗洛伊德到拉康的心理分析理论，还是女性主义理论、原型分析理论、社会历史分析理论，《金枝》都展现出了宽阔的意义阐释空间。

这使我不禁想到，对于小说作者来说，与其信靠自以为强大的问题意识——那份强大通常是可疑的，反而不如忠实于朴素的生命经验。事实上，忠实再现经验，是更为高级的小说修辞原则，对小说家具体的修辞能力——也就是俗话说的"手艺"——要求也更高。

第三，展现了作为作家信仰和作品意义生成前提的"希望原则"。

作品意义生成，背后依赖一套思想体系和价值系统。而这一体系和系统通常会被作家的真实信仰所统摄。自我背离的作家写出的作品，所谓"违心"之作，自然不在我们讨论的范围之内。

经典小说的叙述模式，或者说被我们称为伟大的现实主义作品，深刻地依赖于特定历史阶段中梦想的力量、"希望原则"，或者称之为"乌托邦力量"的变化着的可能性。狄更斯、陀思妥耶夫斯基、托尔斯泰等人巨大的文学活力正是来自历史中的这一可能性。

希望原则，或者说"乌托邦力量"，属于作家，也属于作家身处的族群，是那个时代他们共同对世界、历史和人生的总体认知与基准判断，这一力量决定了作家如何将小说中具体的人物和事件组织到世界的大进程之中，也决定了小说在哪些人面前，以及如何完成意义生成。上述引文中提及的那些现实主义经典作品，深刻依赖的正是曾经作为人类解放"乌托邦"的人道主义思想。

然而，进入20世纪，"希望"似乎开始破灭了。"人们把19世纪以前自然主义和现实主义小说观称为反映论，这种反映论认为小说可以如实地反映生活真实甚至反映本质真实。读者在小说中最终看到的正是生活和现实世界本身的所谓波澜壮阔的图景。反映论是一种自明的哲学依据，就是认为生活背后有一种本质和规律，而伟大的小说恰恰反映了这种本质和规律。……而 20 世纪的现代主义小说观则不同，小说家大都认为生活是虚无的，没有本质的，没有什么中心思想，甚至是荒诞的，小说不再是对生活、现实和历史某种本质的反映，它只是小说家的想象和虚构，按符号学大师罗兰·巴尔特的说法即'弄虚作假'。"小说叙事从经典现实主义到现代主义的嬗变，与其说是一种反叛，不如说小说家在回应时代与现实，不得不做出种种改变——狄更斯和托尔斯泰的方式，再也无法捕捉到"一切坚固的东西都烟消云散"之后的现实了。

然而，无论如何变换小说的修辞方式和思想资源，现代主义小说叙事依然捍卫着意义的生成，不过是把反映论换成了现象学，现实主义换成存在主义，乌托邦换成"反乌托邦"。真正给小说叙事带来致命威胁的是资本企图彻底接管人类社会，一切人的行为逐渐都被异化为消费行为，解构的反抗性也丧失殆尽，沦为一种喜剧技术手段用于生产娱乐产品，市场交换带来的价值无差异性最终导致了价值虚无和意义的无法生成。

中国当代文学叙事，在新时期以来的四十多年的时间里，压缩、倍速地大致经历了类似的过程。当然，中国的作家也在以各种努力对抗着小说叙事的这一危机，譬如重新挖掘现实主义的叙事可能。但同时我们也不得不承认，小说叙事，尤其是长篇小说叙事，或多或少的确有着批评者所指摘的"贫乏"症候。这是在 21 世纪 20 年代初，邵丽开始她的新长篇时，不得不面对的文化现实。相当一段时间以来，中国作家都在面对这样的质问：为什么你们的创作"败给"了生活?

与其说这是一个需要回答的有价值的问题，不如说这是一种强烈的失望情绪。每个时代都在呼唤它的代言人，有时候这种呼唤是以苛责的口气发出的。我想邵丽和同时代很多有着文学抱负和责任感的作家一样，一定也听到了这样的呼唤，但她的回应，不是迎向时代——选择更为极端、边缘或者新潮、热门的题材——虽然我会把与"热搜"共时竞争的写作看成另一个方向的努力,而是老老实实回到了最为本真与朴素的自我生命经验本身。

她逼近、拉远,严苛地审视着自己的生命经验,向下深入几千年来的伦理信仰的根基——开枝散叶曾经被认为是中国人最为重要的人生价值指标,乐生爱命、生生不息至今也是我们这个族群的价值共识。邵丽口中的"向上的台阶"是最能引发读者共振的意象,不愧先人,提携后代,一代更比一代强,千万普通人关于生活的愿景,事实上就是一种朴素的信仰。作为作家的邵丽,从这份朴素信仰里看到了关于人的解放的复杂诉求——性别的解放,阶级的解放,身份的解放……她在叙事中把承载经验的事件组织进了中国百余年来的现代进程中,让《金枝》中的每一根枝叶都留有独属于生长时间的雨雪风霜,各自领受命运之力无法逃避的折损伤痕。她携带着每一片枝叶叩问高处那发光的所在——那是她心中笃信的属人的应然生活该有的光明与自由的模样。

本雅明曾有过一个形象的比喻:"所有杰出的讲故事的人的共同特征,是他们都能像在一架梯子上一样在经验的梯子上自由地上下运动。梯子的一端深入地下,一端直插云霄。这个形象恰当地表达了一种集体经验,对这种经验来说,个体经验中最大的打击——即死亡——也不会成为妨害和障碍。"

能够帮助人超越赋予生命意义的集体经验,正是族群的共同信仰。作家的信仰扎根于此,却又超拔于这一质朴的集体经验,经过形而上的思考、升华,抵达了人类的精神星空。邵丽沿着她经验的"梯子"上下求索,给《金枝》带来了"希望"的霞光。这再度印证了我此前对邵丽个人的判断:"她对人间存有大信。"

四

《金枝》面世以来，赢得了广泛的关注和赞誉，普通读者认为真实动人，作家、批评家这些专业读者则认为诚恳、真切地记录了"人间烟火"，著名批评家潘凯雄说："与其说这是一部特色卓著的家族小说，倒不如说这是一部充盈着丰满的'精神的'气候的现实主义佳作。现在人们总是呼唤文学创作要关注现实、体现时代，殊不知现实与时代之于文学创作从来就不是直不愣登地用文字来书写，而是悄无声息地灌注于作品人物与故事之中，《金枝》的成功亦正在于此。"

正是作家面对个体经验和人类经验的诚实，成就了这部"现实主义佳作"。邵丽是一个有着充分自觉的现实主义创作者，她认为，"今天比以往更需要现实主义"。她也为21世纪初的中国文学提供了出色的现实主义文本，这一点是很多批评家和研究者的共识。这样的研究是重要的，但我认为呈现那个"悄无声息"的过程，也是同样重要的。邵丽与《金枝》之于当下中国小说创作，无疑具有重要的启示价值。如果有更多的人认同诚实应该是小说艺术成就中的指标之一，那我们似乎也就有理由期待更多灌注了现实与时代勃勃生气的作品。

无论这样的作品关注的具体人类经验是什么，都会因着作者的选择而获得更具超越性的价值。一如邵丽在《金枝》中，赋予了日常更高阶的精神力量。我们不难发现，邵丽的日常，不是张爱玲的"精致的俗骨"式的日常，不是知识分子永远挫败于市民逻辑的"新写实"的日常，邵丽的写作让日常再度成为伦理事件的场域，让阅读《金枝》成为可能遭遇直面生存之谜的机会。

邵丽与《金枝》似乎也可以作为一个故事来看——这个为生命经验赋予意义的故事，讲述的是写作那广为人知的神秘。

枝枝相覆盖

金仁顺

邵丽的小说多是生活流，故事生动、人物鲜活。《金枝》亦是如此。

世俗生活中，家是单位，格局小了很多，但麻雀虽小，五脏俱全。《金枝》沿袭了女人争男人的故事，需要强调一下，她们争男人争面子争各种，但不是争宠。《金枝》里面的父亲周启明一生中有两个女人，一个过了半个月，一个过了大半生。过了半个月的穗子是包办婚姻，地主家的小脚金枝玉叶，八抬大轿抬到了婆家，时年十五岁的小丈夫却不认这门亲事，结婚对他而言，是件非常丢脸的事。为此，他放弃学业抛弃家庭走上了革命的道路。十多年后，他遇上了另外一个女人朱珠，跟穗子离婚，再跟朱珠结婚。

穗子离婚不离家。男人跑了，跑得了人跑不了房，以及他留下的女儿周拴妮。穗子守着家，守着田，守着女儿，守着一个男人早晚会回来的梦，过了一辈子。她不甘于自己的生活是条平行线，不断地通过周拴妮，去另外一个家庭里插上一脚，踢上几下。周拴妮对周启明另外一个家的拜访是不请自来，是侵略式的，掠夺式的，并且侵略得天经地义，掠夺得堂而皇之。因为在她和母亲看来，那些好日子本来是属于她们的，却被朱珠带着四个儿女横刀夺爱了，她们抢要出来的这些，不过是些渣渣儿，大头儿都被他们占去了。相比穗子母女剑拔弩张的委屈，朱珠的委屈是隐忍而含蓄的。结婚时她不知道周启明还暗伏着穗子和周拴妮这根茬儿,以为自己终遇良人,从此过上了幸福生活。待到陈年旧账翻到桌面上,这根茬儿就变成了她生活里最深最痛最无法言说的刺。虽然生活在城市,虽然是干部,但朱珠骨子里对家庭的观念和穗子并无二致,她接受命运的戏弄,对穗子、周拴妮忍气吞声。这是她的教养,也是她的不变应万变。相对于穗子怀揣着周启明终会回头的梦想,朱珠是完全彻底的现实主义者,周启明再有错,再不好,他是她的伴侣,跟她朝夕相处。他一生没有再回故乡,直到死后回去安葬。从争斗的角度上讲,朱珠是赢家。

如果小说只写了这些,也算热闹好看,但"似曾相识"和"仅此而已"也是难免的。实际上,在《金枝》里面,周启明和穗子、朱珠的两段婚姻故事,只是一个坐标,是家族树的两根最粗的枝杈。循着这两根枝杈附生出来的枝条——穗子和周拴妮,朱珠和两儿两女,周启明的祖父、父亲、母亲和弟弟,以及家里的养子庆凡,以及在下部出场的更多后代们——这些人物交织在一起,枝枝相覆盖,叶叶相交叉,尤其是朱珠的大女儿——叙述者"我",更是占据了这些群像中的C位,成为当仁不让的女主角。对周拴妮在这个家庭中的进进出出,不定时的骚扰,"我"是唯一敢出来对峙和反抗的,而上一代两女争一夫的故事,移植到下一代同父异母的两个姐妹身上,针尖对麦芒的核心不是男人,而是生活本身,小说也因为这个视角的转移,"呼啦"一下子变得广阔了。

一个男人和两任妻子的故事,只是这部小说的起点,它们所占的笔墨并不多。但这个源起很重要,丰富繁茂的故事依着这两根枝杈开枝散叶,小说中有几对很重要的关系。

父女关系:父亲和周拴妮。周拴妮的存在是对周启明反抗包办婚姻最大的讽刺。周启明对朱珠解释往事时,"嗫嚅道,你没算算我当时才多大点儿,是我奶奶逼婚,她替我找的……"朱珠的回应很直接,"这么大一个闺女,也是你奶奶替你生的吗?"周拴妮的每一次出现,都像一个个耳光，甩回到周启明脸上。周启明对周拴妮的容忍以及种种掩耳盗铃式的无视中，他更无法面对的，其实是穗子。她曾经在那半个月里赢过周启明，接下来她拿出一生来维系自己的胜局。

父亲和周语同的关系曾经父慈女孝过一段时间。两个人的关系分支在一件政治事件上，年幼的周语同调皮，在报纸刊登的照片上随意涂抹，把领导人的形象毁坏了。周启明吓坏了，他在第一时间做了补救：深刻反省、检讨——这里要插一句，这部小说里面，时代的烙印从不缺席，并恰到好处地投射在家庭的方方面面——做这些事情的同时，父女之间从亲人变成了仇人，他有能力的时候，他打压她；她长大以后有了力量，又反噬父亲。一直到死，他们的争斗持续着、纠缠着，有多恨就有多亲。周启明和周语同这对父女关系是这本小说里的华彩段落，写出了深爱也写出了剧痛，他们之间的感情如此强烈，等到小女儿出现时，周启明的狂风暴雨已经转化成风和日丽，对小女儿而言，他是最好的父亲，她也是最好的女儿，他宠着她长大，她为他养老送终。

母女关系也有三对：朱珠对大女儿的忽略在那个时代具有普遍意义，20世纪60年代以及70年代初生出来的孩子，差不多都是一半家养一半野生，孩子多，父母根本照顾不过来，从更深的意义上讲，父母对孩子不是不爱，是不知道如何才算是爱，而且，爱对他们而言，就是把孩子养活、养大而已。周语同和母亲是两类人，周语同有女人所有的外在，但内心里，她是个男人的性情，她和母亲父亲的紧张关系来源于此；母亲跟小女儿则是一类人，她们的关系更亲昵更接地气，抱团取暖，相依为命，跟任何理想啊、政治啊、诗啊统统无关，小女儿跟他们的关系是不折不扣的亲情，是生活本身。最后说说穗子和周拴妮，她们这对关系很重要，周拴妮是穗子的希望，是她和周启明夫妻关系曾经存在的证据，是她被男人抛弃后离婚不离家的倚仗，也是她进攻城里那家人的武器。周拴妮的"拴"字很点睛，拴在耻辱上，也拴在倔强上，穗子一生的恨和傲、痛和梦，都拴在周拴妮身上。周拴妮是穗子的狗崽，让她咬谁，她就咬谁。

除了这些，还有夫妻关系、兄弟姐妹之间的关系、几辈人之间的亲戚关系，以及似有若无的爱情关系，拉拉杂杂，每片树叶在风来时都会"哗啦、哗啦"发出喧响。邵丽对每一组关系中的矛盾和虚伪都没有回避，而是迎面直击，多少伤痛和黑暗，在家庭亲情和爱的名义下蜷缩、遮蔽、篡改和消灭，邵丽把它们从生命的长河中打捞出来，晾晒在读者眼前。小说的价值和意义因此而呈现。

小说的下半部，画风陡转。

如果说上半部的故事还是沿着周启明与穗子、朱珠这两根枝杈展开的，下半部则是一派枝叶的喧响了。下半部是下一代的故事，是周拴妮的四个孩子，以及朱珠这一脉孙子孙女外孙女们的故事。这些孩子是家族树开枝散叶的部分，他们受着家庭的影响，但影响他们更多的是时代。周拴妮虽然不认字，却找了个有文化的丈夫，培养出了四个不同级别的高考状元，他们凭借着学历完成了华丽的蜕变：周河开先嫁了著名教授，后来出国，再婚，成了女强人；周鹏程误打误撞，娶了高知家庭出身的胡楠，老丈人不是一般的院长和工程师，而是学界著名人物；周雁来倒是继承了周拴妮的很多缺点，好吃懒做，谎话连篇，小便宜占个没完，但也恰恰是她，对父母有着最公正的评价；周千里最小，外表腼腆，内里有数，见了周语同，张口就敢索借房款。

让周语同不平衡的是，自己这一支的孩子们养尊处优，却未必有社会意义上的成功。林树苗锦衣玉食，凡事有自己的主意；周小语含着金汤匙出生，却把一手好牌打得稀烂；周天牧不思上进，只求苟安。这些孩子因为血缘的线条，交织交集，形成了新型的亲戚模式。

作为长篇小说，不能不提到结构问题。小说上半部的两根大梁，到了下半部突然变成了根根檩条，虽然檩条亦是由两根大梁拆解而来，但下半部小说的顶梁柱在哪里？

显然，这是我的疑问，但不是邵丽的疑问。

邵丽惯于凭借经验写作，经验的好处是直接：生动鲜活，扑面而来。在父亲入土为安后，邵丽关于家族的叙述欲望仍旧强劲，欲罢不能。但路线不再是清晰的，进入了繁花迷眼的状态中。

正因此，下半部小说变成了开放式、浸入式：我们在阅读的同时，也进入了小说里的生活，而生活没有结构，人物随意来去，没有主角配角。明明仍旧是家族故事，却让人想起奈保尔的《米格尔大街》。这些出场人物相互关联，但又都自成一章。周氏家族是一条心理和情感脉络上的"米格尔大街"，在这条"街上"，曾经发生了很多故事，又正在发生很多故事，还注定发生更多的故事，一些人物离开，一些人物加入进来，生生不息。就像在父辈关系中，周语同有诸多的不认可不服输却无可奈何一样，在下一辈人群的成长发展中，她也同样是不认可不服输却无可奈何的。

《金枝》这部小说有流动性、生长性，有四季变换，有生老病死。这部小说有生命感，而这生命感是邵丽自己的经历，她感受过的伤、痛、欢欣，都用文字一一呈现出来，对所经历的一切诚实面对，成就了这部小说。对作家而言，家族小说通常是唯一的，也是较为重要的一部。《金枝》于邵丽，亦如是。

读邵丽《金枝》

李洱

这一次，邵丽借《金枝》，再次写到了"父亲"。书写父辈的罪与罚，是现代以来中国文学的一个传统，父与子的冲突是情节的主线，在父亲支配和命名的世界里，儿子通过抵抗完成权力关系的重构，并对世界进行新的命名。这其中隐含着现代性或者说文明进化论的主题，虽然历史已经多次证明，所谓的进化其实大值得怀疑。现在，在邵丽笔下，罪与罚的陈陈相因被悄然地置换成恩与怨的冤冤相报，进化论至少不再是最重要的主题，它只是历史决定论的模糊背景。当然，这并不意味着其中的冲突会有所削减。当幕布拉开，恩与怨中的世情百态，日常伦理中的无奈无助无辜，简直称得上扯不断理还乱，离愁万种。

你可以直观辨认出小说的叙述人周语同与作者有着近似的经历、类似的气质、相似的感受，这使得小说几乎成为一种自白，一种被公开的隐秘倾诉。在小说的上部，作者仿佛是要对家族史做出挣脱式的了断，而在小说的下部，第三代人无意中又重复了祖辈的经历，似乎预示着不同的阶层将再次形成。当然，在一个日益世俗化的社会里，它并不是通过祖辈的革命途径来完成这种变化。应当承认，小说的上部写得相当真切，作者一吐为快，叙述的跳跃和两条线的切换称得上紊而不乱，急管繁弦，嘈嘈切切，充分显示了作者驾驭故事的功力，读者可以由此轻易地进入叙述人所设置的叙事轨道，并对周语同的处境一洒同情之泪。不过，敏感的读者实际上有理由提出一个疑问：这是不是叙事人享有特殊权力所致。可以看到，这个问题对作者并不是没有构成困扰，在小说第二节的讲述中，我几乎相信作者要通过另一个视角，对叙述人所构筑的情感指向做出校正。但是随后，强烈的自我倾诉淹没了这个空间。有意味的是，邵丽在这里找到了解决办法，那就是在小说的下部，在一个日益世俗化和功利化的社会里，邵丽诚恳、客观的描述使小说获得了新的能量，人物的命运溢出了上部所预示的叙事逻辑。我的意思是说，当第三代人无意中有可能出现阶级分化，有可能重复祖辈的道路，上部中出现的底层人物拥有了上升通道的时候，对生活逻辑的客观呈现使小说具有了另一种解读的可能。换句话说，在叙事学的意义上，小说的下部对上部进行了纠正，爱而知其恶、憎而知其善的辩证意味悄然出现了。对于《金枝》这部小说来说，这显然是极为必要的。对于邵丽本人而言，这或许显示了一个重要变化，即在小说中完成自我倾诉和自我反省的融合。

以家族伦理关系来结构故事，以亲情的演变为支点，来展示历史与时代之变，无疑是中国作家的一种相对便利方式，这当然可以看成儒家文化传统和丰富的农耕经验给中国叙事的馈赠。当伦理和亲情遭遇到革命的暴风骤雨，戏剧性的命运便降落到每个人头上。具有不同的知识背景和思维习惯的作家，会从中分离出不同的主题，做出不同的表达。邵丽多年来所积累的叙事经验，使她可以深入日常生活的内部，深入伦理关系的褶皱之中，更多地以"非历史化"的方式展开叙事。在邵丽的笔下，父辈是在懵懂状态中受到了革命浪潮的裹挟，而子孙辈则在世俗化浪潮中随波逐流。处于先进的阶级并不意味着你就是先进分子，拥有强烈的个性并不意味着你就有真正的个人意志。在这个意义上，邵丽笔下的人物无疑具有相当的普遍性。这无法忽视的人间烟火，这烟火中的坚持与放弃、守护和背离，本来就是我们大多数人每天都耳闻目睹的景象。

飘荡着独属于小说的智慧之声

李浩

我一向认为,好的作品一定会包含作家或显露或遮掩的真情,部分的时候它会连接自己的血液和肋骨,我们在阅读中即可察觉那种血脉上的相通和暗暗的涌流……在我看来,邵丽的《金枝》就是那种连接了作家肋骨和血液的作品,它丰沛、充盈、饱满、耐人寻味,始终有着一股动人的持续力量——能有如此持续不断,始终保持在情感的高音音频上而不塌陷的中国作品并不常见,更重要的是,其中那股缓缓回旋着的涡流还能在以为足够高、几乎至顶的点上再次升高,让我和我这样的阅读者难以自拔。阅读这部小说曾让我十数次落泪,邵丽卓越的塑造和对生活、人性的真诚发现,让我"化身"为其中的穗子、庆凡、拴妮子、朱珠以及……是的,我说这部小说是连接着作家肋骨和血液的好作品,此言不虚,但我还想指认这里的连接是个复数,它不只是与其中的某一个人连接,而是众人,几乎所有被提及的人,邵丽给了所有的人以体恤,以悲悯,以理解,以审视。要知道,能做到这一点并且真诚地做到这一点有多困难,而邵丽,做到了。她爱着并体谅着这里的所有人,每个人的身上她都放置了百感交集,并让这份百感交集在各自的行为和选择中获得有意味的呈现……也正是这一点,使这部家族史超越了恩怨、情仇、亲人、家族和他者间的爱恨纠葛,而呈现为一种难得的"悲悯之书"。它有光。这种光,得以把沉浸于疼痛、欢愉、悲欣和苦难中的生命悄悄地有所照亮。

活着，活着的不易，邵丽以微弱而持续的光始终照见这生活、这命运、这道路、这选择，以及这片土地上的爱与恨、恩与怨——哪怕它们是被掩藏着的，哪怕它们存在于日常的阴影和褶皱之中。必须承认，邵丽对自我、对亲人"下手极狠"，她不肯为自己和亲人讳，不肯放过任何一个有内容和复杂性的微点，不肯让那种属于个人内心幽暗处的大小波动被轻易地掠过，凡是一有（哪怕是风吹草动的一有）便会被她狠狠抓住："拴妮子怕娘（穗子）发狠，却更怕娘和她亲热。她和她亲热的时候，往往预示着更强烈的发作。每次剧情都差不多，最后总是落脚在一句台词：你要有种，就去找周启明，找你那不靠谱的爹！他不让你活好，你也不能让他好活！""他自己认这个闺女吗？恐怕在爸的心里，无论拴妮子这些年小妈长小妈短地巴结讨好，还是对她周语同的服软装傻，他的这个女儿都只是家庭之外的一个累赘。她拼命地想把自己嫁接进爸的家，而她的亲爸只是将其视为无理取闹……"我承认，我始终觉得邵丽有些"粗枝大叶"，是计大事做大事而忽略微小的人，没想到在《金枝》中，她那么敏锐地伸展着神经末梢，敏锐地捕捉着来自人情人性的种种细微。正是她的"下手极狠"，我们才更为有效地窥见那些个人身上的多重面影，他们所暗暗含着的多面性使我们难以用一种单一情绪来面对他们。米兰·昆德拉提醒我们，小说的精神是一种复杂性精神，它永远都会对它的读者说事情远不像你以为的那么简单——邵丽的《金枝》在塑造人性的复杂性方面，相较多数的中国作家的作品都更真实也更深入。

我们可以把《金枝》看作家族史小说中的又一部，它当然具有家族史书写的全部要素，部分地可与作家邵丽的具体生活相对照，何况在人民文学出版社举办的《金枝》座谈会上，澎湃新闻直接引用邵丽的发言，她提及故事中的人物时也自觉地对应起自己家族中的那些家人："于我而言，忘记仅仅是忘记，是一个中性词。可对于母亲，'忘记'是她对待苦难最好的武器,是她的一项专业技能","现在想来,我祖母的一生,过得是多么智慧和清醒。她打小就没了娘,以不变应万变,躲避了世间的一切庞杂繁复……"然而,我想我们会把《金枝》看作是不同的、另外的、独特的一部,将它仅仅看作是家族史写作,或多或少会"损害"这部小说的独有光芒。在对它的阅读中,我偶尔地但不止一次地回想起聂绀弩对于沈从文小说《丈夫》的一句评价:"这篇小说真像普希金说的'伟大俄罗斯的悲哀'。"我觉得《金枝》写下的可能并不是家族,而是我和我们的民族共有,是我们在历史进程中的共有经历和基本面对,是我们在具体处境中的挣扎与多难,是我们过往的和现实的共有面对……邵丽未在《金枝》之中设立隐喻,可隐喻在,甚至构成了笼罩。我说它不应仅仅地被看作个人家族史写作还出于它巨大的虹吸力,它能够轻易地把我们吸入它所营造的氛围、情节和故事之中,让我们"身临其境"并"感同身受",完全忘记这原本是一个"他者"的故事,作为阅读者的我外在于这个故事只是一个旁观者。不,我不觉得我可以旁观,我觉得它在言说的是我,和我们。

再次提及米兰·昆德拉,他说,小说产生于道德悬置的地方;伟大的小说常常比它们的创造者更聪明一些……对于《金枝》和《金枝》中塑造的那些人物,它很可能逼迫我们放弃我们的道德判断:这个放弃并不是出于自觉而是出于判断的困难,它让我和我们骤然地意识到简单判别是何等简单、可笑,甚至愚蠢。事实上,外在于事实之外的针砭、指责总是轻易的、不及物的,而当我们"是"这个人物,譬如穗子,譬如朱珠,譬如拴妮子的时候,我们会怎样选择,能怎样选择?哪些,是我们可以说出的;而哪些,又是在这种具体的生活中永远不能也不会说出的?哪些,是我们可以做的和选择做的;而哪些,又是我们不情不愿又不得不做的?立足于生活的《金枝》,让我们依赖种种概念和习惯所养成的道德判断无从下嘴,尽管,你和我都可能并不认可她们的这一选择。

基于这一点，我也觉得，《金枝》大约比它的创造者邵丽要更聪明一些，这里面飘荡着独属于小说的那种智慧之声。

女性叙事下的家族史诗

当代长篇小说母题中，家族叙事无疑是最具复合性、持久性的命题之一，产生过无数重要作品。家族是结构社会的自然单元，常见证历史与文化的更迭，婚姻关系、两性关系、血缘关系、亲情关系、代际关系、伦理关系、阶层关系等皆可共存于家族内部，正如摩尔根所说，家族"分任了人类经验中的一切的兴衰变迁"，因此书写家族史往往成为小说家表达对世界与人类观感与想象的深切寄托。邵丽的《金枝（全本）》就是这样一部内容深厚、内涵辽阔的长篇小说。

中原大地颍河岸边上周村发源的周氏家族，在作品中延续四代，分化为城市和乡村两大板块，其中最显著的变化来自婚姻关系。三代男人先后离家出走、再婚另娶，三代媳妇则终身守寡、不曾再嫁，血缘子孙异地生长，衍生出错综繁复的家族事端，这是作品的叙事重心。这个重心张力强大、悬念深远，使得全篇结构紧密、一气浑成。相比一些平铺直叙、从头道来、内容分散、徒具规模的家族文学，此作从动意谋篇起便有不同寻常的创作前景。

封建婚姻制度是对男人女人个性自由的强制规范，革命高潮中许多个体冲破传统桎梏，追求婚姻自主，无疑顺应于历史的进步。但对于部分已婚者来说，问题往往要复杂得多，需要直视善后，这不仅关系到家庭安靖，也关系到伦理秩序。周启明十五岁受祖母逼迫与穗子结亲，抗婚

胡平

无效,投奔队伍上的爷爷周同尧,寄书回家要求离婚,后与朱珠结为连理,原妻穗子仍在为他守候,此举带来他后半生无法摆脱的绑缚。社会稳定后,他尽量避免重返故里,即使偷偷回家看望生母,也要避免与原配及长女碰面,活得很累、很挣扎。他确是包办婚姻的受害者,解脱桎梏另寻幸福是他的权利,后来他也转托人劝穗子再嫁,为抚养长女提供资助,但作者没忘写到,他将离婚启事登报前并未取得双方协议。至于爷爷周同尧,离家后再未返乡,理所当然重立家室。爷孙俩大节过硬、功劳显著,但男权思想未变,在家族内部不能被称为德行表率,受到来自周启明女儿周语同的追究批判。故此小说也可称为一部审父意识显豁的典型之作,作品写家族,书题却为"金枝",更突出了女性主义写作的标识。中国当代的长篇家族小说几乎一律以男性主人公为主导,《金枝(全本)》是第一部由女性主人公主宰家族命运、决定家族面貌的夺目之作,具有里程碑意义。

  周氏家族的第二代男人周秉正黄埔军校毕业后到重庆,由此再无音讯,传说入赘大户人家,后去往台湾,第三代男人周启善也早早离家投向爷爷。真正在老家维持周家格局的是女人们。祖母意志坚强,承担起周家主事人的责任,知晓丈夫在外另娶仍镇定自若,唯有几次在义孙周庆凡面前悄然落泪。她死也要埋在周家坟院里,等待周同尧日后回来与她合葬。周秉正妻子周庞氏到周家时带来一百亩地陪嫁,丈夫离家出走后未发一句怨言,潜心念佛,与世无争。穗子与她相反,始终不接受命运的摆布,认定自己一辈子是周家的人,在祖母去世后成为周家的主心骨。她始终爱着前夫,将女儿周拴妮抚养成人。周拴妮则决心永不原谅父亲,不断进城打扰父亲的生活,一次次找到父亲的新住址,使周启明见到她像老鼠见了猫。为争一口气,她把自己的四个孩子都供养成出色人才,使父亲在城里的后辈们相形见绌。也是经过她的勾连,周姓两大群体最后得以交会融合,现出完整大家族的团结兴旺。在小说中,主要是女性们的含辛茹苦、坚韧付出，维护和支撑住了家族的根基不散。

但这里有一个问题，就是穗子们付出的代价是否值得。她们的做法在今天不会再为女性们所赞同和效仿，她们身上受到太多封建礼教的束缚，她们是旧式婚姻的牺牲品。以穗子为例，独守空房的几十年里，她身边始终有一个周家养子周庆凡相伴，两人彼此不乏好感，祖母临终前也郑重撮合他们，而穗子不肯走这条路，宁愿恪守名节终身。她并非不清醒，只是她和周家女性都处在社会复杂价值观的包围中，她们为此挣扎了一生。人类婚姻不仅是一种制度，也是一种契约、一种伦理、一种信托关系或一种身份关系，但在男性话语权占绝对优势的情况下，男人可以轻率遗弃妻子而不受社会谴责，女人却会由于改嫁而受到歧视。老周家的女人们明白这一点，经过思量，她们不约而同选择了固守，她们为此抗争和以此来捍卫人格尊严，对此，旁人无从干涉。

这正是文学而不是社会学处理的主题。周家男人对待女性的做法是侮辱性的、违背人类良知的，因为他们面对的是无辜个体。而老周家的女人们宁可牺牲一生幸福也要留在周家，维护自己和子女的尊严，这是她们的自主选择，具有某种道德的高度，正如简·爱宁愿牺牲爱情也要离开罗切斯特，为着珍重自己的人格完整。邵丽在这里的表达犀利地穿透了世俗观念，对女人们表达了敬意。她真正写出女人的情感世界，这使她的作品视角独立、不同凡响、耐人寻味。

邵丽也写出了女人对男人的反抗。她们虽处于弱势，却蕴含有使男人惊惧的力量，这种力量尤其表现在穗子和周拴妮身上。穗子是怕周启明的，周启明出现时，她便躲起来，她害怕丈夫看到自己的模样，而周启明更怕穗子。她知道他忌惮她，偏要给他守贞节，为着她的脸面和"最后的一点尊贵"。她没有读过什么书，但知道自己要什么，她鼓励闺女前去认父，像是在送"出征的将军"，寄托了她的安慰和念想。周拴妮很泼辣，她不负使命，不在乎遭受冷遇，持之以恒，终于使新周家习惯了她的存在，不得不开始关心她，"这个菜闺女，硬是把这两家人黏到一起"。这一段描写是很精到的，颇具戏剧性。事实证明，城里人都小看了穗子和周拴妮，周拴妮督促她的子女奋发向上，她的儿女分别成为博士、会计师、访英学者等，使得新周家人对她和她家人另眼相看。这就是女性的潜能，女性并非注定是弱者。当年谁也没有想到，被遗落在乡村的女人们会独立支撑起一片天地，在与城市男人们的竞争中胜出，成为家族的主干。《金枝（全本）》蕴含一种自生的浇灌生命和希冀的力量，是一部女性励志小说，唤起了众多女性自立自强的精神意志。

　　《金枝（全本）》中人物众多，几乎每一个人物都被刻画得结实生动，显示出作者不俗的塑造能力。书中祖母、穗子、周秉正、周启明、周拴妮等主要形象与其他形象相互浸染、相互渗透，其他人物也各有各的地位、特色和令人瞩目之处。每个角色都影响到故事的进程，共同参与进家族形态的演化。

　　周语同是全篇的叙事者，时而以"我"的口吻出现，时而又混在其他被叙事者中，她以双重身份诱人关注。这种设计使得人物经常跳入跳出文本，接续展现心理内容，获得主观审视效果。周语同与父亲摩擦激烈，不忽视周启明的"原罪"，同时也憎恨周拴妮对自己家庭的闯入以及穗子在其背后的指使。周启明怀有刻板的信念，一辈子不讲笑话、不听笑话，当发现五岁的周语同在报纸上乱画后，竟表示再不轻易与周语同亲近。周语同长大后，他不能容忍她自由恋爱，斥责她为小流氓。这种作为，更使周语同不愿回家，以父亲的名字为耻。两人虽为父女，价值观却已经相去甚远、形同陌路。但世事周转，若干年后，同样使周语同惊讶的是，自己也被女儿林树苗视为批判对象。树苗憎恶她对自己学业的督控，公开告诉她考上大学就是为了离她远点。作者没有被叙事者的立场绑架，在审父的同时也在审母，并迫使周语同开始自审，这使得她能够更客观地审视周氏家族代代更替的过程。作者也写出了周语同对父亲的爱，它是蛰伏心底的、与怨恨交织的爱，有多恨就有多爱，会在某个时刻忽然爆发，这种建立在血缘亲情上的感情超越了理念，使人物显得更加有血有肉。家族史也是一部血缘史，在周语同与周拴妮之间，小说又触及一种非典型血缘关系。这对姐妹异母同父，周语同从不愿承认姐姐是血亲到最终认同其家族地位，其间经历了许多坎坷和微妙的变化。邵丽把这些都尽数写出，整个变化过程被她写得娓娓道来，水到渠成，令人感叹。

朱珠是处于家族旋涡中的一个"难拿"角色，既要处理来自另一个家庭的入侵，又要维护丈夫的面子，掩饰自己的难堪。邵丽把她作为两家矛盾的首席调和者来描写，戏中戏由此展开，从中可见作者的想象力。朱珠本就在妇联做妇女工作，精气神靠信念支撑，她把周拴妮视为上访者，从不会声色俱厉地对待。周拴妮出现后，周启明回避开去，周语同不给好脸，两个哥哥根本不问她是谁，只有朱珠出面和言细语相待。但她这样做也有深层考虑，就是不能让周家的事成为笑柄，护佑家庭完整，为周家留下一条宽路。她也有自己的身世和隐痛，她与周启明的婚姻本是领导安排，有了两个孩子后才知丈夫在老家有妻有女，于是暴怒如狮，被干部薛剑秋拍桌训斥后才逐渐安静下来，之后变得老成，惯于埋下心底想法。她表面不露声色，温和对待周拴妮，实则在抗争心态上与穗子并无二致。拴妮喊她妈，她不肯答应，但在周启明的葬礼上，她以丈夫的名义亲手交给周拴妮五万块钱，以补贴孩子们上学，此时连在场的周语同也被母亲的姿态感动。并非所有女作家都能够孕育出如此特殊的女性形象：原来朱珠实则是另一个穗子，同样是不平等男权社会的受害者，本质上和穗子遥相呼应，都在以惊人的韧性维系着家族的稳定成长。

周家男人中，形象最为光彩照人的是周庆凡。他小时候随母亲逃荒来到上周村，被周家祖母收留，改姓周，成为周秉正养子。他对祖母感恩戴德，终身留守老周家，包揽起所有男人活计，为家里担当下"地主"

成分，十里八村都称赞他的仁义。穗子独身寡居后，他本可与她结缘，但他只是推托或不置可否。他并非不喜欢穗子，也明白两人合一可使家里消停许多，但穗子原是他弟媳，又没有向他表态，因此，他就不愿犯这个忌。周庆凡和穗子间的关系朦朦胧胧，总叫人牵挂，属于文中最精彩的描写之一。两人抬头不见低头见却形同陌路，一方面，穗子对周庆凡毫不容情，曾警告他"我家的事，你少掺和"。当穗子朝周启明干号、周庆凡去拦阻时，穗子抽刀向他砍去，叫他血流如注；另一方面，读者又能从字里行间看出穗子"不是没有动心动意的时候"。她嫌他不能挺起腰杆当家做主，假如他揍过或怒斥过启明，她也许就跟他了。反过来说，这又是周庆凡无论如何做不到的，因为它超出了他的本分，他在兄弟和弟媳之间自然不肯逾矩。也就是说，周家的婚姻悲剧之一本可以变通化解，以穗子重新找到归宿告终，但结局并非如此。穗子坚持了自己的本意，与男人世界较量到底。庆凡是理解她的，从旁默默给她输送了底气。他勤恳一生，终老在周家，死前留话不进周家老坟，就埋在他家土地边上，以区别于周家血亲。而穗子后来也向周拴妮交代，自己死后也要埋在地头，这是穗子对庆凡仅有的隐晦表达。这终于合了周拴妮的心意，她早把周庆凡视为亲大大，庆凡临葬时她哭了三天，水米不进，几回跳入墓坑。有庆凡大大与妈妈做伴是她的愿望。周庆凡真属神来之笔，他的存在不仅使周氏女性们的抗争更具异彩，也平衡了周家给外界的观感。周庆凡是周家优秀男性的代表，默默此生而功莫大焉。

后半部才逐渐显露头角的周家第四代，没有机会如前辈们表现得那么充分，可是也被作者描绘得各具个性。他们生活在新的时代，能够摆脱封建观念的缠绕，自由选择人生道路，生活格局自然不同，在婚姻上同样显出差异。第四代女性基本不再为男性把控，甚至居于主动。林树苗遇首长儿子追求，应约赴宴时带了六个同班女生出席，要他在饭桌上"唐伯虎点秋香"，正式相处后对他呼来喝去，刁蛮任性。周河开无视舆论与导师结合，婚后仍称他为老师，不喊老公，一年后与之离异嫁给英国小伙儿。这些情况是她们的父辈祖辈难以设想的，不论如何置评，这些人物和其举动确乎折射出现代女性的解放。不过在子女们那里，仍可依稀辨认出前辈的身影，看出乡村周氏与城市周氏的遗传差别。虽然城市周家各方面条件更为优越，后代却多少缺乏乡村周家逆境图强的拼搏意志。周小语精致的躯壳里揣着一颗漠然的心，离婚后搬回娘家，孩子丢给妈妈照顾，自己躺在床上"摆烂"。而跃出乡村的周鹏程，博士毕业后留在城里，不失时机娶到大官女儿为妻，住上了令乡亲们羡慕的大房子；周雁来考进大学后打工赚钱，敢于向素无来往的周语同求助，住进姨家又瞒着姨姨另谋职业；周千里准备和小宋结婚，贷款买房时竟也敢向初次见面的周语同开口借钱；再加上姐姐周河开——他们都有野蛮生长的气势、不计虚荣的考虑和勇猛精进的性格，这正来自"老周家的血脉"。不过城市中的周家子女还是有先天优势，这表现为文化意识的超越，比如周语同愿意接纳和扶助周拴妮的后代，林树苗与异母同辈们相处起来毫无芥蒂。

做小说家，最难在写人物，是人物主宰和带动全篇，而邵丽最长于写人物。她笔下的人物，形象扎实、质感鲜活，令人难于分辨其间虚实，这正是作家潜心追求的效果。

《金枝（全本）》是一部内涵复杂的作品，可以从多种角度加以阐释，各种论点皆可能有理由取得成立。它为不同代际、不同阅历、不同出身、不同性别的读者带来体验各异的文本，让读者收获不尽相同的感受。小说以莫大的真诚和勇气面对历史与现实，向人们讲述出生存的原貌与真相，唤起了人们对人生的回顾、正视与反省，是一部值得重视的、充分展示邵丽创作实力的力作。

认清生活的真相后依然热爱生活

徐刚

以出版于 2021 年 1 月的同名小说为底本，邵丽的长篇新作《金枝（全本）》重写了那个发生在中原故土颍河岸边的古老村庄的家族故事。这部如评论者所惊呼的"将当代家族叙事的情感维度大大拓宽了"的厚重之作[1]，通过各色人物的成长历程与命运遭际，为我们呈现了周氏家族的隐秘往事，那些无尽的怨怼与纠葛，以及和解之后的体恤与温情。事实上，看到"金枝"的题名，我总会想起英国人类学家弗雷泽那部研究巫术与原始习俗的经典著作。两部作品同样都是关乎过去的，倘若弗雷泽试图寻找的是原始人的信仰世界和宗教源头，那么邵丽则意欲探寻家族成员的情感心理，以及他们之间恩怨羁绊的由来。而久远的过去，也都通向遥远的未来。

一

在讨论《金枝（全本）》时，有评论者极为敏锐地提到了《白鹿原》。这里固然包含着作者向那部诞生于三十年前的经典作品致敬的雄心，但是我们也能清晰地感受到，这部作品与经典家族小说的显著不同。在过往的叙事序列里，我们总能看到一种"历史的在场"。在这一类作

---

[1] 孟繁华、毕文君：《邵丽长篇小说〈金枝〉：重建家族叙事的情感内核》，《文艺报》2023 年 1 月 30 日，第 3 版。

品中，家族的重心其实并不在家族本身，而是与家族的"外部"紧密相连，或者说，它们总是试图在一个较长的时段里讲述民族国家与革命历史，家族秘史构成了民族史诗的另一种呈现方式。然而，《金枝（全本）》却有所不同，小说也讲述了"外部"，那些离家出走的男人，无一例外地追随了传统家族小说男性主人公的脚步，去投奔革命，融入历史，但这些语焉不详的外部事件并不是小说的重点。

在邵丽这里，重要的不是出走的男人们，而是一代代留守的女性。长久以来，那些作为"历史的附庸"而匍匐在男性阴影里的女性角色，终于被文学之光照亮，她们终于开口，讲述自己的故事。这是一部从既有的家族叙事模式中"跳脱"出来的小说，相对于男性的故事，这是一部地地道道的女性小说；相对于轰轰烈烈的外面的故事，这是一部不折不扣的"家族"小说，关乎家族内部的小说。也是在这个意义上，它被人郑重地称为"女性叙事下的家族史诗"[①]。

当然，对于《金枝（全本）》来说，小说的独特性其实不仅仅在于叙事重心的转移，同时也意味着一种情感态度的偏移。小说既是对过往革命叙事中习焉不察的家族维度的全方位展示，也包含着一种微妙的"后革命的转移"。尤其是将作品放置在一个世纪以来革命话语变迁这一重要叙事脉络中时，其独特的历史叙述姿态便清晰显露了出来。在小说叙事人"我"（周语同）这里，革命的难以理解是显而易见的。从周同尧、周秉正，再到周启明，那些吸引一代代男性离家出走，去努力追寻的东西究竟是什么？这并不是年轻的"我"感兴趣的。尤其是当"我"把关注的目光完全投注在家中留守女性身上时，那些外部的喧嚣所蕴藏的深刻意涵自然被"我"所"屏蔽"。

[①] 胡平：《女性叙事下的家族史诗——评邵丽长篇小说〈金枝〉》，《文艺报》2023年3月1日，第6版。

由此可以看到，在《金枝（全本）》的讲述中，由懵懂的父亲之眼所看到的革命，其实并没有太多严肃的面目，更无法看出太多为之献身的崇高感。"爷爷现在是组织的人，活着就得一直闹革命。"① 在爷爷这里，革命的故事同样语焉不详，而曾几何时，这是现代史叙事中至关重要的段落。周启明跟着爷爷"闹革命"，也不再是出于对革命的信仰，而完全是为了逃避家里的"麻烦"，躲避包办婚姻。提到反对包办婚姻，我们不难发现，在长久以来的历史（或文学）叙述中，这一直是反对封建礼教，实现个性解放的题中之意。在革命或启蒙的文学表述中，反对包办婚姻有着不容置疑的正当性。现代知识分子反对包办婚姻，离家出走，去寻求救国真理，这一直是革命历史叙述的重要起点。然而作为一部"女性史诗"，《金枝（全本）》的情感偏移，使得反对包办婚姻的正当性看上去并没有那么显豁，或者说在邵丽这里，革命视野中的反对包办婚姻的问题，成了被审视的对象。

　　如前所述，《金枝（全本）》重点关注的不是离家者的一举一动，他们的故事虽有涉及但终究简略，小说更为重要的是叙述离家之后，那些缄默不语的留守者的故事。由此我们看到，当过往叙事中被遮蔽的留守者开始发出自己的声音时，这种振聋发聩之中势必包含颠覆性的历史意义。具体来看，邵丽笔下的王穗（穗子），恰恰有点类似于鲁迅故事里的朱安的角色。乔丽华的《我也是鲁迅的遗物：朱安传》一书，为我们呈现了鲁迅原配夫人、那位被称为"鲁迅背影处的'小脚女人'"的朱安的完整传记，由此让人依稀听见了"女性的无声之声"。

　　在五四新思潮的光芒已然黯淡，一个更加注重传统伦理秩序的时代业已来临的今天，所谓"原配"的意义，所谓包办婚姻的伦理位置，都已变得暧昧不明。而革命的"标配"——反对包办婚姻，也在故事的讲

---

① 邵丽：《金枝（全本）》，人民文学出版社2022年，第29页。

述中，似乎不再那么理直气壮。当此之时，去聆听从历史暗处走来的无声者的"苦闷的绝望的挣扎的声音"①，也就显然恰逢其时了。这大概也是《金枝（全本）》里穗子的故事如此深入人心的原因所在。也是在这个意义上，周启明所要求的，读了这么多年书，又干了几年革命，不可能再回老家跟一个不识字的小脚妇女一起生活，包办婚姻必须彻底解除，也就变得面目可疑了。

小说里，周家的祖孙三代都在外面重新娶了女人，尤其是周启明，十五岁便稀里糊涂地有了一个女儿，这当然是小说叙事中所有悲剧性的由来，也加深了作品所暗示的民间伦理秩序中有关"始乱终弃"的嫌疑。与此连带的是，父亲的老首长萧景华的生活风波，也令反对包办婚姻的正义呼告与"进城换老婆"的生活作风问题纠缠不清，同时加深了其中蕴含的道德瑕疵。而对于穗子来说，小说并没有如过往启蒙叙事所常见的，将有关弃妇命运的思考，将她一辈子"死心眼子活受罪"，决心当"周家的一根刺"，以及由此而来的性格变化，与人们熟悉的封建礼教对于女性的压迫与扼杀那套说辞发生联系，而是仅仅将这一切归咎为人物性格造成的命运悲剧。也就是说，在她这里，过往叙事中常见的制度性问题，被重新表述为性格和命运问题。

如此看来，《金枝（全本）》就并非一个反传统的叙事，而是基于一种"去男性化"的"反现代史"叙事，对穗子的故事进行了重新诠释。不仅如此，在邵丽这里，这种在过往叙事中常被视为压迫与毒害的制度性悲剧，也被表述为女性隐忍的故事，并被赋予柔韧的坚定的美德。如其所说的，"我想塑造的就是一个中国传统女性身上的那种韧性。其实在河南，我身边有好多女性被原配抛弃，然后不会再嫁，一个人独守一辈子，苦苦支撑着一个家。她不是一个个体，而是一个群体的遭遇。所

---

① 参见乔丽华：《我也是鲁迅的遗物：朱安传》，九州出版社2017年，序章部分。

以，我其实想写的是一种来自女性的力量感。"① 对她来说，这种"女性的力量感"，或许正是"金枝玉叶"的意义所在。也正是这种力量感，让小说顺理成章地落实到罗曼·罗兰的那句名言："世界上只有一种真正的英雄主义，那就是认清生活的真相后依然热爱生活。"

二

早在 2021 年初，《金枝》刚刚出版时，邵丽就曾谈到过"金枝"这个题名的由来。"《金枝》这个书名也是后来改的，最开始我拟定的书名是《阶级》，意思是我们如何一个台阶、一个台阶地攀登，努力向我们所希望的生活靠近的过程。特别是'父亲'先后有过两任妻子，留下了两个家庭。我们代表城市这一支，穗子代表的是乡村那一支。几十年来，两个家庭不停地斗争，就像站在各自的台阶上，互相牵制着上升的脚步。但是因为这个意思不容易被理解到，后来在程永新老师的建议下，才改为了《金枝》。"② 在此，虽说都是较为抽象的小说标题，但从《阶级》到《金枝》的改变，某种程度上能够看出作者的创作意图来。邵丽试图聚焦的"阶级"问题，也确实是《金枝（全本）》小说叙事的重要因素。具体来看，这主要体现在两个方面：

其一，强调家庭出身的问题。小说中，这种与"阶级"密切相关的家庭出身问题，曾令家族的祖辈们无比困扰。父亲的祖父周同尧虽参加过长征、抗日战争和解放战争，有过光荣的革命经历，但沉重的"家庭出身"始终如影随形，而长征途中脱离部队三个月的历史问题，也常因

---

① 邵丽、杨新岚：《邵丽〈金枝〉：我想塑造中国传统女性的韧性》，中国作家网微信公众号， 2021 年 1 月 18 日。
② 高丹：《邵丽〈金枝〉：追问两代女性的命运困局》，澎湃新闻， 2021 年 1 月 20 日。

家庭问题被无限放大，这导致了他在日后的政治运动中历经磨难，最后含冤而逝。周启明也是由于家庭出身，以及叛徒爷爷和失踪的父亲的历史问题，无论工作多么积极，多么有能力，始终不受信任，无法得到重用。到了周语同这一辈，家庭出身的影响依然存在，从小到大，"革干"这个特殊的身份标签，显然对她的成长之路造成了不良影响。与周语同相似的是，周拴妮的丈夫刘复来也来自"剥削家庭"。正源于此，他虽有过人的能力，也被剥夺了诸多机会，最终只能委曲求全，以"倒插门"的方式"嫁"到周家。失去所爱的他，直到晚年才得以进城。

其实不仅仅是这些大家族的子弟，就连小说中的周庆凡和莲二婶子等被周家收养或收留之人，也因为与周家的瓜葛而"玷污"了原本的身份，这对他们产生了或明或暗的政治影响。作为地主家的长工，周庆凡所彰显的家族小说"义主忠仆"的叙事模式，在《白鹿原》等经典作品中已然清晰。周庆凡的复杂性在于，他"干的是长工的活，吃的是长工的饭"，却又是形式上的"长孙"，"替人当了地主"之后，自然饱受身份问题的困扰。也正是因为这种沉重的家庭出身问题对于个体的"束缚"，使得父亲那一辈人对革命的忠诚，在孩子们看来始终难以理解。如小说所呈现的，"他们那一代革命者，怎么说呢，骨子里头满是忠诚。我在许多年里都很惊奇，我父亲经历了十几年的批斗磨砺，但他从不怀疑什么，一如既往地听上级的话，从不减弱对组织和领袖的热爱。一直到他死，若是有谁胆敢在他面前说组织丁点儿不敬的闲言碎语，他立刻就会拍案而起，甚至会与此人反目成仇。"[1] 也正是这种历经磨难却九死未悔的忠诚，彰显了那一代人的可敬可爱，也更显出所谓"家庭出身"问题的荒诞与不公。

其二，突出城乡差别的问题。根据前述邵丽的解释，她所谈及的家

---

[1] 邵丽：《金枝（全本）》，人民文学出版社2022年，第90页。

族内部两个家庭的斗争，其实更多关涉的是城乡差别的问题。她之所以试图将小说命名为"阶级"，很大程度上在于周语同与周拴妮所代表的城市与乡村的阶层分野。这种以"阶级"名义展开的城乡差别问题，在小说里有着极为鲜明的呈现。比如，小说开场便是父亲的葬礼上，那段由"我"讲述的令人触目的阶级图景："我精细打理妆容，沉稳、得体，腰板挺得笔直，哀伤有度。我是父亲的长女，是个在艺术界有影响的知名人物。这是父亲的葬礼，我的存在，拓宽了父亲死亡的高度和宽度。"与"我"相对的周拴妮，则"没有人会多看她一眼，甚至没有人关心她是谁"，"一个笨拙的乡村妇女，臃肿、肥胖，衣着邋里邋遢。也没人想到她跟这场葬礼的关系。""这可怜的女人，她显而易见的窘困又无知"，且处处暴露出"乡下妇人的不讲究"[1]。对于小说人物来说，这种巨大的城乡差别总是如影随形，它有时也会呈现为乡下人"与生俱来"的对于城市物质主义的艳羡。这在周语同的母亲、二十二岁时的朱珠那里体现得最为明显。当她第一次受邀去父亲的单身宿舍时，首先映入她眼帘的便是那只"光滑的象牙色的原木箱子"，对于"赤贫的农民家庭出身""家里盛衣服被褥都是用荆条筐"，新中国成立前很穷，"还跟着爹妈去陕西逃过荒"的朱珠来说，这个"质地细腻，做工精良，几处黄铜锁片镶嵌得严丝合缝"的樟木箱子，显然有着别样的意义，以至于当他们严肃地讨论家庭成分问题时，她"被那只樟木箱子的气味熏陶着，正沉浸在某种遐想里"。而在她极其简单的婚礼上，也是"长这么大，还是第一次见到毛毯"，"她险些被华丽的色彩惊吓到了"[2]。

在《金枝（全本）》里，更直接的城乡差别其实体现在周拴妮和周语同的后代子女身上。农村出身的周拴妮连同她的几个孩子都有这样或

---

[1] 邵丽：《金枝（全本）》，人民文学出版社2022年，第3—4页。
[2] 邵丽：《金枝（全本）》，人民文学出版社2022年，第50—51页。

那样的问题，毋宁说他们都体现为所谓的"农村病"：大女儿周河开，从小就活得很独立，注重尊严，她与教授之间的恋爱，多少掺杂着世俗的功利，而她在出国之后便果断抛弃旧爱的行为，也加深了人们对她的这种印象。这种过分的功利，同样体现在善于伪装，懂得利用他人善良的周雁来身上，也体现在初次见面就筹划着借取巨款的周千里这里。此外，有幸"搭上"富家千金胡楠的周鹏程，从他的压抑和酒后的释放中，也能清晰地感受到那种由家庭的匮乏所带来的自卑与不安。与之相反，生长在城市的周语同以及她这边的子女们，显然有着相对优越的生活环境，但从家庭出身的角度看也不能说毫无问题。比如小说里的周小语，就如作品所示的，"精致的躯壳里面，却揣着一颗漠然的心"①，"表面上聪明通透，内里却是个没有主心骨的孬包"。包括她最后的离婚，也与此息息相关。那个"乡下出来品生活的女人颇懂温柔"，让在婚姻里不得志的前夫"遭遇到了爱情"，这便让周小语"金枝玉叶还没怎么经过生活的摧残，便成了残枝败叶"②。

由此可以看到，在邵丽这里，城乡差别的不同决定了各自所存在的一些问题。在周拴妮那里，野蛮生长的孩子们尽管有着诸如"一阔就变脸"的许多毛病，但总体来看，匮乏的环境里成长的他们，有一种逆境中成才的坚韧。而与这种功利却强悍相对的是，城市环境养成的孩子如周小语身上有着优越却无比柔弱的"城市病"。这是作者在叙述大家族里城市与乡村的两个家庭时，似乎有意进行的"阶级"分析和考量的结果。这种叙事的优点在于，能够清晰地阐明其中的不同，但其危险也在于，故事似乎会滑落到一种牢不可破的"出身论"那里。

有趣的是，无论是家庭出身，还是城乡差别，《金枝（全本）》里

---

① 邵丽：《金枝（全本）》，人民文学出版社2022年，第374页。
② 邵丽：《金枝（全本）》，人民文学出版社2022年，第377页。

的"阶级"问题最后都被邵丽以"人情"或"血缘"的方式予以化解。所有的龃龉与争斗,以及因竞争关系而产生的冲突和恨意,都极为顺畅地被以基于血缘亲情的"人情"理解和宽容所冲决,所覆盖。不只如此,在"血缘"和"亲情"之外,小说所欲达成的和解的意义,又似乎包含着超越家族边界的动能,值得我们细细揣摩。

三

如前文所述,基于"人情"和"血缘"关系,《金枝(全本)》里"一个家庭的两个阶级,城市和乡村的两种阶级",最终实现了家族所期盼的和解。这也难怪,和解,自然是所有小说的理想结局。当然,曾经积蓄的怨怼与恨意,其消失的过程可能也并没有那么顺遂。这一点恰如作者所说的,"即使后来所谓的理解、放下和宽容,也难免不会有终于雪耻的痛快。这就使原本高尚的情感,变得面目可疑"。更为透彻的心灵剖析,早已体现在邵丽这篇题为《我的父亲母亲》的创作谈之中:

家族矛盾在"我"这一代持续酝酿,最后达到高潮。以"我"的视角看来,那些说不清道不明的伤害,经由岁月的蒸馏和记忆的过滤,在心中反复酝酿,早已以一种平稳沉静的方式改变了它们原本的面目。这恰恰才是我最纠结的心理矛盾之所在,很难以简单的悲剧二字来定义。而真正的原谅、诚恳的和解,在作品中却迟迟未到。也许"我"只是想以公开寻求某种公正,而不是真正的原谅和救赎。毕竟认真说来,爱与恨是情感的两个极端,一切贪嗔痴慢疑皆在其中,游离转化变幻万千,一时的亲情冲动就握手言和,难免显得草率。生与死则是生命的两个极端,人生短暂,云烟过眼,时间最是残酷也最是公平。①

在此,邵丽其实超越了略显狭隘的家族,在更高的意义上强调个人在时代中的沉浮。"抛却家庭和个人的情感,我觉得唯一不应该遗忘的是个人在时代中的沉浮,那种走投无路的悲怆和艰难,才最值得一大哭。"② 因此对小说而言,重要的其实不是以亲情的名义去强行和解,一味强调所谓的放下和宽容,而是客观地呈现家族中每一个人的艰难与不易,以共情的方式去理解每一个个体,聆听他们的情感和歌哭。唯有如此,才能真正冲决"我"的渺小和独断。

这便不得不谈到小说的叙事视角问题。值得注意的是,《金枝(全本)》对第一人称的选择,并非出于一种纯粹的形式主义偏好,而是基于视角的考量。小说以"我"——周语同的口吻展开叙述,从父亲之死开始写起,叙述七十六岁的周启明的去世,由此引出这个家族的复杂面貌。在此,"我"的引入,显然制造了一种别开生面的观察视角。这一点如研究者所分析的,"这种内聚型的最大特点是能充分敞开人物的内心世界,淋漓尽致地表现人物激烈的内心冲突和漫无边际的思绪"③。这种"内聚型"视角虽视野有限,但小说强烈的代入感,使其携带的情感亲切动人。这种亲切感之中,显然包含着作者的自我情感投射:我们能够清晰地感受到周语同隐约有着邵丽本人的情感痕迹,由此作家得以打开自我倾诉的闸门,获得一次坦诚向内、省思自我的叙事契机。也是在这个意义上,小说被人称为"杜鹃泣血之作"。

然而有趣的是,从小说上部紧接着的第二部分开始,故事跳出了

---

① 邵丽:《我的父亲母亲——〈金枝〉创作谈》,《收获》微信公众号,2021年1月4日。

② 邵丽:《我的父亲母亲——〈金枝〉创作谈》,《收获》微信公众号,2021年1月4日。

③ 胡亚敏:《叙事学》,华中师范大学出版社2004年,第27—28页。

"我"的限制,以穗子为叙事起点回溯六十年前的婚礼,由此开启了第三人称的全知叙事,依次叙述小说里所涉及的家族各色人物。读者原本以为,小说会以多重第一人称的实验性方式,制造关于家族往事的"罗生门式"的历史之谜。然而,小说并非如此,而是以第三人称叙事为主,间或夹杂着与"我"(周语同)感同身受的情感细节,通过叙事的多重聚焦,以多焦点多角度的叙事铺陈,让不同人物在事件细节的反复讲述中彼此照亮,从而打破自我与世界的界限。这不仅让整个历史、让家族的往事更加清晰,这种彼此照见的"互文性",也是冲决"我"的独断性,促进历史和解的关键环节。

相较于出版于2021年的《金枝》初版本,最近的《金枝(全本)》在叙事的多重聚焦上贯彻得更加彻底。从后者来看,这不仅是版本的不同,而是一个全新的作品。在"全本"中,除了个别字句的改写、扩写与重写(比如几乎将所有的间接引语都改成了直接引语)之外,小说最引人注目的变化在于人物聚焦点的显著增加。相较于《金枝》初版本,"全本"在上、下部分之间增加了中部,即以周拴妮、穗子和周庆凡等人物为聚焦点的重要叙事段落。或者更具体地说,补全了之前隐而不彰的以周拴妮为中心的乡村生活部分,而这些,原本是在"我"的叙事视野之外的。事实上,在这一部分中,小说几乎把上部里发生的故事从不同角度重新讲述了一遍。比如,周启明来信打离婚的段落,便从穗子的视角详尽地呈现了出来,而在这个过程中,穗子的情感变化更为细致。在整个中部之中,"我"此生最大的对手周拴妮的成长轨迹也体现得更加翔实。这对于占据话语主导地位的"我"的视角,显然构成了一种反拨和挑战。

因此,相对于"我"的独断来说,这或许才是真正的敞开方式,有利于打开家族内部历史的多维空间。因为在《金枝》的初版本中,如邵丽自己所言的,"我"的心灵深处"也未必不是以维护家庭、拒绝闯入者的方式,强调自己的存在和力量"①。倘若初版中的"我"还是过分强调自己的存在和力量,过分"自我"的话,那么随着"全本"中穗子和拴妮子的故事的全面展开,于"我"而言,也更充分地获得了一次人物共情的契机。毕竟,共情的由来恰恰在于对生活侧面的充分展示。充分的展现,进而获得理解与认同,这不正是共情机制所发生的核心环节吗?

比如在这部分中,有一段穗子给死去的莲二婶哭坟的段落,小说在此既是对穗子一生悲苦的同情式的表述,也是对偶然听到的女婿刘复来的情感教育。"倒插门"的刘复来,原本并没放弃通过高考进城,去实践与过往恋人的约定,然而当他无意间偷听到穗子一生的秘密时,他被她曾经的煎熬深深震动了,一时间不禁感慨,自己曾经的那点事,又算得了什么呢?这种由对他者故事的重新获悉而实现的思想转变,恰恰是"我"的叙事无法呈现的隐秘侧面。同样,面对刘复来,更充分的展现出现在周雁来的文章《刘复来》中。这篇借人物之口叙述的段落,某种程度上便是对此前一直被忽略的刘复来的人物聚焦。由此得以交代发生在他身上的一切,包括他那不足为外人道的隐忍与不堪,他被扼杀的理想和被斩断的情思。知晓发生在他身上的一切,理解他的艰难与不易,也是为了制造我们与他共情的某种契机。

从这个角度来看,小说最后"我"的释然也就顺理成章了。"我"母亲和穗子不过是一体两面的同一个人。她们的争与不争,就像白天和黑夜的轮回,就像负阴抱阳的万物,孤阴不生,独阳不长,不过是两者的姿态和位置不同而已。而"我"和拴妮子不也是一样吗?"我虚张声势的强大,她无所畏惧的坚韧。她不屈不挠地跋涉,我无可奈何地退让。一个父亲衍生出的两个家庭,高低贵贱,谁胜谁负,最终的成败又有多

---

① 邵丽:《我的父亲母亲——〈金枝〉创作谈》,《收获》微信公众号,2021年1月4日。

少意义呢?"① 对啊，谁不是一辈子啊！在那漫长的时间里，被如石磨一般的忧愁沉沉压住？所有的人都在执守自己的妄念，耗尽短暂的一生。又有多少人能够真正梦到金子，那火苗一样闪闪发光的金子？"金子真的会跑，它活泼泼地跳跃着与我周旋。"②

消解恨意，实现理解和沟通，肯定个体的价值，最终落实到亲情与爱，这是邵丽执着表达的重点所在。"这世上，人心隔肚皮，每个人都有倒不出的苦水，每个人的腔子里又包藏着多少不肯示人的秘密。"③ 亲情和血缘只是一个方面，充分理解之后的共情，才是人与人之间理解和沟通的更朴素的方式。正是在这个意义上，如小说里的林树苗所说的，"家族的每个人都是一部小说"，"每一个人，都没辜负这一生"。④ 因此在邵丽这里，不仅仅是要跳出"我"的视野，去全面认识家族里的每一个人，从而实现最后的宽容与和解，更重要的是，每一位个体的价值都应该得到最后的肯定，这才是家族和解之外最大的意义所在，而后者不仅仅关乎家族以及狭隘的亲情伦理，更关乎着自我与世界、自我和他者这一更普遍的伦理关系。从这个意义上看，《金枝（全本）》所论及的和解，就不仅仅涉及家族成员之间的宽容和理解，也包含了试图跨越城乡界限，在不同阶级之间建立一种休戚与共的命运感。此外，和解的最大意义在于，从自我出发，去倾听他者的声音，实现对个体价值的肯定和理解，这也是小说超越了家族叙事局限的重要意义所在。是的，正是这样，小说里的人物，"认清生活的真相后依然热爱生活"。

---

① 邵丽：《金枝（全本）》，人民文学出版社 2022 年，第 433 页。
② 邵丽：《金枝（全本）》，人民文学出版社 2022 年，第 133 页。
③ 邵丽：《金枝（全本）》，人民文学出版社 2022 年，第 307 页。
④ 邵丽：《金枝（全本）》，人民文学出版社 2022 年，第 416 页。

奔向恢廓的情感，返垦温厚的土地

丁茜菡

长篇小说《金枝》[①] 涉及周氏家族百年来五代人的情感和命运，写作动机为作者邵丽本人呈现家族历史的意愿。作品中出场人物较多，一些人在不同时段被反复放置到小说文字所打造的聚光灯下呈现，另一些人仅在短暂的展示中便匆匆走过了半生。作品充分完成了作者委以的家族书写重任，但并未止步于此。本文希望了解这部作品除完成家族历史书写外还抵达了怎样的开阔之境，因此从人们情感关系的转变、人与土地关系的重建两方面对《金枝》进行梳理。

一、《金枝》中人们情感关系的转变

1. 穗子与朱珠之间的恨意束缚

《金枝》中周启明经历了两次婚姻，前一次是家庭包办的旧式婚姻，第二次是自由恋爱的新式婚姻。这种经历，在新旧思想交替、风俗变化的特定时间段内是常见的。《金枝》对此着墨较多，特别是在前后两位妻子穗子和朱珠之间关系的刻画上，丰富了文学上的呈现。

作品中，穗子与朱珠长期处于对峙的紧张关系之中，尤其是穗子一方，可以说是恨极了朱

---

① 本篇凡引用《金枝（全本）》（邵丽著，人民文学出版社，2022年）的文字，均在文中标出页码。

珠。尽管早年丈夫逃家和朱珠没有任何关系，也非朱珠插足了二人的感情，穗子却把对周启明的埋怨转移到对朱珠的诅咒上，连带着老家中丈夫吃斋念佛的母亲也成为她发泄的对象。——怨愤使穗子狰狞，"她撕破婆婆的白布衫，扎个小布人，……小布人朱珠身上扎满了针，她咒她……她咒她的孩子……她当着婆婆的面，故意在佛龛前面做这些"（第72页）。女儿拴妮子也成为她用来报复丈夫新家庭的工具，她鼓动拴妮子频繁去丈夫新家"住几天"，且"多要些东西回来"（第205页）。使丈夫新家庭不快仿佛成了她的人生乐趣所在。

穗子之所以产生如此强烈的恨意，作品中有两点铺垫。出生大户人家，穗子之前定过亲又退了，拒亲是由于未婚夫不慎摔伤了一只眼睛，虽对方家道殷实但依穗子的脾气不能接受这一现实。由此可见，穗子对丈夫本人是有一定要求的。待到嫁与周启明时，因媒人说"新女婿是个秀才，长得真是个俊"，穗子连结婚当日哭嫁的风俗也不顾了。——"前头有好日子等着，哭个啥呢？"（第24页）愈是充满期待，愈是对比出现实的糟糕，难免不伤心愤恨。可这恨意实际捆绑了生活选择，形成了对自由的束缚，消减了命运的可能性，加重了自己和他人的伤痛感。

平日里做妇女工作的朱珠也不能摆脱这种束缚。作品中，她在长子一岁多时于自己家中猝然见到了拴妮子，才知丈夫在老家竟曾娶妻生女。可以说丈夫十五岁时的婚姻是一场身不由己而相处极为短暂的包办婚姻。离婚八年后再婚生子，丈夫对意外出现的前妻之女没有表达父爱的意愿。尽管如此，朱珠还是感到深深受伤，并从此卷入其中。因有一定的身份职务，她以另外的形式应对了穗子的挑衅——"开始悄悄打扮自己，家里家外都精精神神，仿佛憋着气，在和一个看不见的人较着暗劲儿"（第59页）；并且，在拴妮子受母亲撺掇隔段时间便来家中"小住"时，朱珠牢牢地守住了主客界限，一方面，她尽己所能地在不宽裕的状态下表达出主人的周到，宁可苛待己方而不失了待客的礼数；另一方面，当拴妮子产生想要融入这个家庭的念头时,她小心翼翼而坚决地打消对方的念头。不能不说,这种看似平静的较量对朱珠自身构成了行为约束和情感伤害。

但恨意扭曲之外,这些女性实际有丰富的内心世界。对此,《金枝》形诸笔墨,尤其在立体塑造乡村中的前妻穗子时。穗子表面上的选择极为单调,内心活动却着实生动。她说想要活成让周启明扎心的"一根刺"(第183页),又似乎不止于此。周启明祖母临终时她已答应离婚,却自发承诺"把家照看好"(第162页),之后仍以周家孙媳的身份主事安葬了祖母,又在特殊时期城里周启明他们无法顾及的情况下护住了这个周家。到周启明母亲去世时,她终于有机会在老家风风光光地作为启明的妻子参加仪式,短暂成为一个胜利者,可待到周启明去世,"她的心事就像经历了一场秋风,风流云散"(第443页),没有去和朱珠争抢仪式上女主人的位置,也不再固执地"死了也要进周家的坟院"(第183页),而交代后事说要埋到周启明的大哥周庆凡所埋的地里。作品借女婿刘复来观察到穗子以为四下无人时的长段哭诉,使读者由此明白她看似不合逻辑行为背后的缘由。因内心消解不了被抛弃的苦痛,穗子大半辈子不能放弃对周启明妻子身份的坚持,被仇恨捆绑,无法选择始终陪伴着自己的周庆凡。

恨意成为女性的束缚,这恨意延续到后代身上时,有变化在发生。

2. 对峙关系在后代身上隐约松动

作为家族书写,《金枝》中当然不缺亲子关系的描述,有趣的是,与亲子间产生隔阂不同,作品敏锐捕捉到,穗子之女周拴妮、周拴妮之女周河开竟分别对朱珠、朱珠之女周语同有着好感。因违背了亲子关系中顺理成章继承来的情感倾向,这些对"敌方"的欣赏往往较为隐蔽,《金枝》细细道明。

恨意确实传递到了下一代。前述拴妮子是母亲穗子派往周启明新家中破坏安宁的工具，从周启明与朱珠长女周语同的视角来看，这是一个粗鲁野蛮的入侵者。这种印象延续到长大之后，周语同开始像朱珠以前所做的那样注重体面，并以此比对出拴妮子的粗俗，还采用漠视作为惩罚，将之排斥于家族成员之外，因此她的女儿林树苗在近十六岁时才知道拴妮子这位家族成员的存在。对林树苗而言，陌生的拴妮子未对自己构成伤害，也没有实质性的关系，所以，当得知姥爷有前妻、母亲有同父异母的姐姐时，她能够置身事外地欣赏这种"浪漫""淡漠而又不屑"（第115页）。这何尝不是在身份地位比对的羞辱之外，周语同对同父异母姐姐的另一种惩罚。

尽管自小是带着"任务"到父亲新家中去的，拴妮子对"小妈"朱珠的情感却非一成不变。她有意在"小妈"与父亲家中制造麻烦，还在邻居同事面前损害他们的形象。可是，与自己母亲对"小妈"的恶毒咒骂比对，拴妮子承认自己的母亲"有些不讲道理"，对朱珠"反多了些歉疚"。这认同显然有违于她日常被灌输的本当持有的敌对立场，又因朱珠的大方得体和一再容忍，她渐渐不能顺从母亲的教唆"冲着她吆喝"。朱珠真正从内心接纳拴妮子，要到年老时了，可拴妮子很早便在内心感激她，因"只有她让拴妮子在这个家里不至于像团空气一样被对待"（第207、206页）。

再次验证了恨意并不能完全主宰下一代情感的，是拴妮子的大女儿周河开自小对与母亲关系恶劣的大姨周语同生了一些好感。与拴妮子对朱珠的感情相似，不是按照身份决定情感关系，周河开对周语同的好感也近乎人与人之间的真情流露，跨越了狭隘的仇恨。虽然她认为大姨对母亲诸如"寄生虫"（第294页）之类的言语讽刺有损自尊，但实际上，母亲为吃食、金钱等全然不顾脸面的做法，让她在大姨面前抬不起头来。周河开意外受伤后，大姨发自内心焦急担心，一下子打开了小女孩的心扉，平日里美丽而冷漠的周语同，成了河开小小心灵中的崇拜对象。这种崇拜反映在小学三年级写至亲的主题作文中——"我不懂大人的事情，只是看到我大姨是美丽的。……长大做我大姨那样有用的人。"（第297页）

其实，即使是拴妮子和语同这对同父异母姐妹的情感，也不只有恨，而是爱恨交杂，这在父亲周启明的丧事上有尽致的表现。追悼期间，拴妮子坚持要和语同等站在一起，宣誓着自己和孩子周家后人的位置，此外，在遗产上再争上一争，除了金钱上有所得，也是周家人身份的象征，并要给一向不和的语同增添一些不快。但在再次接受了语同热心的经济和物质帮助，同时遭遇了她一贯的刻薄言语招待后，拴妮子私下和孩子的话中透露出一些对语同的好感："我一直教育你们别记恨大姨，她就是说话难听点，人可好了。"（第453页）而周语同在追悼父亲期间短时间内感受到自己对拴妮子的厌恶、理解、亲近、愤慨等多种情绪。其实，她内心深处是有拴妮子这个同父异母的姐姐的。周语同带小河开去处理伤口时，脱口而出"我姐家的"（第296页）；在培育子女上，语同又把拴妮子放在了竞争的关系上，受到拴妮子家把河开培养成高中省高考理科状元的刺激，她在女儿树苗中学时期的培养上倾注了更多心力。

拴妮子、周河开对"小妈"和大姨打破亲子关系的认同，提示着同辈间也有着改变对峙关系的可能。前妻和后妻，前妻之女与后妻之女，她们之间是有机会超越想象中身份关系的束缚而互相友善、互相欣赏的。只是大多数时候，同辈人难以突破由于身份关系而形成的恨意与似乎继承下来的竞争关系，不愿跳出狭隘的视角承认彼此，更不真正尝试沟通化解矛盾。

3. 精神联结的向往与对发展的善意

但人物是成长变化的，这在周语同身上有特别明显的反映。从儿时与同父异母的周拴妮的直接冲突，到对拴妮子的鄙夷与对其子女带着掩饰的关爱，再到放下比较各自子女的执念而关爱整个家族未来，这一路，有漫长的过程。无论是她对父亲和母亲这支后代的关心，还是对父亲前妻后代的关心，都在作品中有充分体现。

"对周家后代的提携，是周语同站稳脚跟后心中最大的执念，她恨不得把所有周家的孩子们都收拢到自己手下，一个一个点拨他们，让自己的心血，换算成周家的荣光。没有来由的，她觉得应该对自己世代奋斗的祖辈有一个好的交代。"（第359页）其实并非没来由，开始时有自我证明的需求，后来则是反思的结果。在对女儿的教育中，语同曾透露出被父亲轻视后的伤感和努力——"我就是想让你爷爷他们重视我，……我是对这个家付出最多的、最孝顺的一个。我是要用我的好，证明他们有多不好！"（第382页）虽然身陷其中，她能看到这场围绕着一个男人的争斗，让母亲朱珠以及同父异母的拴妮子受的苦。——母亲大半辈子"为了牢牢把控住这个男人，没日没夜地劳作"，"用她的客气和忍让"获得了父亲的认可，太不容易也不值得；而当暂时抛开自己与拴妮子的不和，她看到拴妮子大半辈子"拼命想把自己嫁接进爸的家，而她的亲爸只是将其视为无理取闹"（第267页），认为拴妮子也是受害者。看清了这场争斗的无意义，这旷日持久的消耗便有望结束了。

父亲去世多年后，语同对周家后代如同大家长一般的行为，算得上休止了这场起于上一辈的争斗。在跟年轻一代聚会时，无论他们是不是自己母亲一支的后代，她都能够真心盼望他们每个人向上发展，期待新生命的降临。在毕业找工作时，在成家买房时，在婚姻受挫时……周家后代都有周语同这位大家长的支持。并且，《金枝》特别点出，在穗子这支后代身上，这位大家长的支持也是全心全意的，甚至是经得起挫折的。拴妮子的二女儿周雁来原本只在姥爷的追悼仪式上见过周语同，彼时，她即将大学毕业，找工作困难，想到向周语同求助。周语同热情回应了这个陌生孩子的求助，先是亲自从多方面培养她，又让她住进女儿林树苗婚后家中继续栽培她。不只在金钱上花费，也付出了许多心力教导她，谁知付出真心全力支持却被有计划欺瞒，周语同感到难以接受。因此，当相似的求助再次发生时——拴妮子的小女儿周千里头回见面便带着男友开口借钱买房，周语同迟疑过。可是，周语同很快做出决定，答应千里给出不菲的金钱支持，并做了不收回的打算。

无论周语同自己是否意识到，超越原本身份对情感的狭隘束缚，借家族识别出与下一代的关系从而集聚在一起，对年轻人给予帮助，实则有精神联结的向往与对人类发展的善意，这二者一次次推动着她个体的行为。对于周语同个人而言，这样的行为还满足在广袤时空中对个体意义感的需求，使得个人的精神世界更加宽广自由。在其独生女林树苗组建的不断壮大的家族微信群中更加明显——"上一代、上上一代的恩恩怨怨，在他们这里如此云淡风轻"（第 474 页）。而拴妮子给语同寄去自己淘磨的面粉，这也是一个友善的信号。

可以说，《金枝》中的女性终于从仇恨的束缚中解放出来，对其中精神联结的向往与对人类发展的善意，远超一个家族延绵故事的意义。

二、《金枝》中人与土地关系的重建

1. 周家五代人对土地的逃离

传统一家之主多为男性，《金枝》中周家也本该如此，可故事里几代男性离开了家。不仅第一代的周同尧、第二代的周秉正和第三代的周启明、周启善兄弟，第四代周拴妮的丈夫刘复来也曾想奔向自由，只是心愿未遂。到第五代，凡生在乡村的周家孩子，无论男女都顺着读书之路自然而然地往城市去了。此举让他们像万万千千个家族那样，印证着百年来由乡至城的轨迹。

在此之外，第一代的周同尧之妻、第三代中的养子周庆凡、周启明前妻穗子则牢牢根植在土地上。"君子之泽，五世而斩。"这样的留守故事在之前的文学作品中不少见，作为家族中处于次要地位的人忠实于土地，获得土地的庇护，更受到它的束缚。穗子接纳了周家大部分房屋地契而被判定为地主成分，这种经历在时代中确实存在，是历史的忠实描绘。

《金枝》中，周启明祖母和穗子都坚信是读书让男人离开了土地。冥冥之中，所受教育似乎成为他们继续留在土地上的巨大障碍，也给他们离开土地在外生存带来底气。第一代的周同尧成为英雄后又在时代变化中经历坎坷，但"解放前的老牌大学生"的经历和工作中的历练，一道使他"与那些大字识不了几个的工农干部比起来确实是棋高一筹"（第83页）。再如，第三代的周启明，离家之时正在念师范，到"小延安"竹沟投奔了爷爷，因有文化，写简报、板报，被发掘为可用之才。又如，穗子抱怨第五代孩子们不再回来。这里指的是女儿拴妮子的四个孩子河开、鹏程、雁来和千里。民间"数九歌"在"河开雁来"之后便是一年中万物萌发的春耕时候，这两个名字是穗子起的；"鹏程"和"千里"这样前程远大的期待，则不属于她。孩子们的出息不能减轻穗子心里的委屈，她哭诉："老屋咋就拴不住他们的腿？……考大学状元榜眼都有了，咱家在半拉县都有威名。可这些没良心的东西，一走咋就都不回来了呢？"（第442页）

虽然城市户口曾经令女儿心动，但穗子坚信扎在土地上意味着拥有粮食、居所，更令人心安。城市中满大街贴着周启明大字报时，土地一度成为穗子认为自己可以庇护城里那一家的底气，是彰显自身能力的工具，"担心他们受委屈，把家里屋子都收拾好，粮食备得足足的，单等他们回来避难。"（第477页）

出乎意料，周启明并没有甘心回到土地庇护之下。几十年来，接母亲去城里、送母亲回来安葬，周启明只在几个时间点中短暂回乡。百年来那些毅然离开的人，不为土地的庇护所动。似乎总有更重要的权衡，使他们忽略这片土地所能立刻给予的，甚至通常看不到他们对这片土地的眷念。

2. 重拾与土地天然的亲近之感

不表现出眷念并非没有，《金枝》观察到有隐线将这些离去的人与土地相连。

离开的人在行动上重拾与土地的亲近，首先表现在周启明身上。这种亲近主要在他作为老干部空闲下来后。原本逃离土地的束缚，年老了却在城市的家中半亩大的小院土地上种起了菜，他想如果母亲还在，这也会给她安慰，"种花种草，她活得也自在些。"（第268页）这块土地还使翁婿亲情浓郁。拴妮子的丈夫刘复来在来探望时帮助周启明建设这片生机，"每锹下去，都扎下去尺把深，把地下黑黝黝的土翻上来，……再仔细撒上各种蔬菜种子，……菜苗就出来了，绿油油的，把周启明的眼睛映照得湿漉漉的。"（第269页）

朱珠也是"看也看不够"的（第270页），感慨从前亲近土地的舒心之余，她也遗憾生长在城市的四个孩子"都不喜欢土地"，不能明白其中的乐趣，更不能从中获益。其中的代表是周语同，"每天不说吃饭，先吃一把药片，人瘦得纸片一样，还不是怪着不接地气儿？……语同怎么就不知道，阳光和风养人啊！"（第274—275页）

语同未必不能领悟朱珠所说的遗憾。《金枝》中，她与拴妮子比对，反思都市和村庄中生活的差别。在都市，焦虑挣扎，"好像驾驶着一辆奔驰的汽车，那刹车总是频频失灵，你甚至担心哪一脚会踏空"；在村庄，"一派天成"，生命"就像一棵无心栽种的树"，"从来都被土地拥裹着"，

"是黄土地给了她天然的智慧和生长的密码"（第479页）。人对土地本就有天然不可抗拒的情感，在拴妮子赠送的老家土地中长出的吃食中，周语同也感受到了这种亲切。

周启明在临终前回到故土，像母亲那样，他有回归到熟悉的那片土地长眠的渴望。七十三岁时开始向相关部门要回自家部分宅基地，斥资十万建造四合院，这里不仅是他人生最后仪式中能避开老屋中前妻"旧债"的停驻点，还有那么一些重新为这片土地聚集人气的希望。在清明回到这片土地给父亲扫墓时，周语同在这个居所中感受到穗子和拴妮子默默的善意。也因此，他才跨越了最后的隔阂，对这片土地产生了故乡的情感。

可是，个别人与土地亲近感的建立抑或一幢可供相聚的居所，并不能真正为这片土地凝聚人心，大部分时候人和土地仍有着遥远的距离。使土地重新与人联结起来的，是《金枝》中描述的新农村建设。

3. 新农村建设中土地与人重获联结

《金枝》中，拴妮子主动给城里的周语同送这片土地里生长的吃食，不仅代表着她内心中矛盾的化解，还有她重拾的乡村自豪感，尤其是这片土地上的小麦经由她的女婿、农学博士李庆余进行了改良。

李庆余是拴妮子小女儿周千里的丈夫，人如其名，继承了作为种子专家的父亲"让国家年年丰庆，岁岁有余"的期望（第482页）。他留在妻子家乡这片土地上，是由于他在新农村建设上的抱负。这片土地基础条件优良，等待被开发利用，妻子对老家故事的诉说，也增加了他的热忱。《金枝》中，李庆余由妻子带到老家考察，看到"土地辽阔，但却有大量的耕地闲置"以及青壮年严重流失的代表性农村问题，他清楚要改变传统耕种方式才能扭转"大部分人都放弃了土地"的局面——"把人困在地里不说，天涝了旱了的，一点办法都没有。再扣除种子、肥

料、农药，几乎不剩下什么，哪赶得上他们进城里两个月打工挣的钱多?"（第483—484页）

　　前述在人与土地的亲疏变化上，知识曾扮演着令乡村警惕的角色，现今，新农村建设中，科学知识对土地建设大有益处。对穗子及周启明的祖母而言，读书使她们的丈夫、孩子离开土地，使她们失去了人生幸福，因此她们阻挠亲人读书，不希望他们受学校教育，典型的是穗子不让女儿拴妮子上学，以及恢复高考时阻止上门女婿刘复来考学。其实，早在刘复来在城里帮周启明打理菜园时，《金枝》便言简意赅地反映过知识对种地的帮助——"在种地这件事上，刘复来算是无师自通。这样说也有点夸张，书本也算是他的老师……他借助书本教给他的，出力比别人小，出活却比别人多。"（第276页）也正因为刘复来和拴妮子夫妇对教育的认同，才让儿女成才，也才有周千里带丈夫回来以科研惠及家乡这种后来的事发生。

　　首先重新聚集在这片土地上的是周家人。因李庆余选择在这片土地进行农科院小麦育种实验，周启明的弟弟启善和拴妮子带着对这片土地的热情，各尽所能加入到农田科学改造事业中；刘复来原本已作为特殊人才被引进到县高中教书，又心甘情愿回到这片土地上，以种田好手的身份，为女婿的农业研究提供实践依据，同时帮助下一代习得传统文化；在高校教书的周千里受丈夫感染，以化学助手的身份回到这片土地上协助研究。

　　自家人归来使得土地重新繁荣，这是周家前几代人未曾想到过的，连周语同这位多见广识的大家长也未预料到，这个长相和行事风格上都像当年的穗子的女孩周千里，完成硕士学业后又攻读博士，开封买房成家后又和丈夫回到乡下用知识造福故土。作品中，在村七年，李庆余帮助乡村更新技术和观念，支持了新农业建设，研究出的豫麦新品种，使得小麦亩产提高七百斤，在抗病虫害、抗大风倒伏、出粉等对小麦至关重要的方面也有改进。在他主导下，人心与人力已被重新聚回到这片土地上，科研成果还将造福更多片土地。

广袤的土地与人重新扎实地联结起来，更多的人将在土地上获得确实的归属感。对这共通的建设意愿的观察，也使《金枝》突破了一般家族史书写的视野。

《金枝》这部作品的家族历史书写本身，对于目前原子化时代的读者来说，是重要的家族经验拓展。书名直接对应了作品中数次出现的对家族中"金枝玉叶"般的后代的观察，作者在一些访谈中反映出来的对后代们的美好祝福也与之应和。

但作品实际已超出了对家族历史的书写，而另开生面。人们逐渐打破身份对情感的狭隘束缚，女性间的恨意终究为精神联结的向往和对人类发展的善意所替代，个人的精神世界也因此有了自由宽广的可能；周家几代男性逃离了土地的束缚后，部分人尽己所能地重拾了与土地的亲近感，但重新扎实联结起人与这片土地的，是周家人参与其中、以科研惠及农村的新农村建设，这还将帮助更多的人找回对土地的归属感。

奔向恢廓的情感，返垦温厚的土地，作品最终呈现的广泛的善意和共通的建设意愿，让人联想到弗雷泽的同名人类学著作《金枝》中所分析的，维吉尔"让埃涅阿斯在进入幽暗的阴间时随身带着一根槲寄生的光辉树枝"，"带着它就能勇敢地面向征途中可能遇到的任何艰难险阻"[1]。

---

[1] （英）弗雷泽：《金枝》（下册），汪培基等译，商务印书馆，2013年出版，第1091页。

坚毅和"苦熬"的背后之光

张菁

《金枝》是一部姓氏连接的架构里女性的自我塑造和自我价值塑造的家族史。邵丽也由此在群体的历史记忆中,构建了个人的河流。这样的建构,不只是个体的个人的,也是作为一个性别的架构。在《金枝》里有不同时代不同位置的众多女性,每个人都在挣命生活,在深层困境中拼尽全力。时代的变迁,城乡的差异,人情的冷暖,那片土地上埋着根、连着脉、贯着血的通道,供养着每个人面对艰难的勇气。也在这样的过程中,作品中的众多女性完成个体内在的自我认知的塑造。邵丽像一位将军,不动声色地指挥和摆布,鼓声阵阵,宏阔有势。

在公共领域中,穗子是不断后隐的。在私人生活里,她从在"小家"中的承受与等候,到要守稳在整个周家地位的争取与固执。终其一生,穗子都在渴望家族的认可。她让自己伴随拴妮子,像一个符号,戳在周启明在城里的家里。她的困境,已不是具体的家庭关系的私域之困,而是难以走出社会结构下的某种权力关系。

相较于母亲,拴妮子要自由得多。她串起家族亲人间的联系,若不是她,城乡的差别,年龄的差异,经历的差别,太多元素可以拽断两边家庭的连接。拴妮子有多能"争",就有多能忍,在父亲的家里,她要争女儿在父亲那里的位置,忍下同父异母姐妹的不屑、嫌弃。她身后有家,她会"为了你们几个能读个功名,别说要钱,要饭我都去！我现在没脸，等你们出息了，把脸给你娘再找回来，就是孝敬你爹娘了！"拴妮子大大咧咧像有个保护罩，这保护来自大伯周庆凡的爱。这份爱建立起她和自己相处的稳定关系上，支撑她在艰苦的时候，伏得下站得起。和父亲周启明的血缘是保护，在田野中自由生长的韧性是保护，这些保护包裹下的迅速恢复的心，让情绪如一，生活继续。

拴妮子的追父之旅，也是她和外界发生关系的牵引。父亲周启明不管如何因为升迁变换工作单位，她总能准确地寻到他。每到新的地方，她已经可以自如地介绍自己，评价小妈，在满足他人好奇心的同时，也建立起自己的身份认同。这一切，深深刺激着与她同父异母的妹妹周语同。在周语同看来，拴妮子用"她稚嫩的普通话，和那个女的土里土气的乡村搅和在一起，让我的童年像一座拥挤的仓库"。在她底层关系模式的形成中，经历了父亲对自己由宠溺到漠然的过程。周语同曾经是父亲最疼爱的宝贝，在办公室报纸上的一次无心涂鸦之后，她就被父亲扯远距离。周语同漫长的认同之旅，也由此开始。这种追索折磨着她，也折磨着她和父亲的联结。她和父亲之间的亲密关系如同丝丝缕缕的弦，牵着两头的心。在周语同的自我实现和对完满情感生活的诉求中，她努力超越否定性和消极性的强力，并以这样的对抗动员肯定性的快乐能量，让自己"出走"，完成自我生长。

在这个过程中，母亲朱珠似乎并没有在情感上给予周语同太多细腻润泽的抚慰，她有着自己的困境。面对突然冒出的丈夫前妻的女儿，她不为难，不吵闹。外人看来她是不言自威的老太太。工作中她是处事得体的妇联主席。回到家，上有纤尘不染的婆婆，"一个洁净的老太太，端端地坐在屋门外。她亲手洗自己的衣裳，洗一洗对着太阳光照一照，一点灰星儿都休想躲过她的眼睛。我悄悄凝视她，看她的指甲在太阳光里闪烁，手指比葱管都白而润泽"。下有四个儿女，"朱珠生孩子稠"。在这些时候，丈夫的角色是缺失的，但她独立的姿态，在新秩序下迅速维持体面的能力，足以赢得尊敬。

　　在本原的河流之中，邵丽构造了自身的河流。在历史叙事和语言缝隙里重构个人架构，通过《金枝》的书写，在历史的记忆化和记忆的历史化交叉的地方，审视个体在时代中的沉浮，探索熔炼生命体验里百转千回的细微与振荡，在个体记忆和集体记忆的追寻中认识复杂与幽微。在走过来和走下去之中，向外伸延，打开阔达的精神之门。

家族秘密与家族密码

我感佩于邵丽的真诚，这种真诚让"力"得以显现。在现代理性强势占据当下文学创作领地时，文学的写作更多时候是隔着一层帷幕的，通过叙事的技巧、圆熟稳当的结构、巧妙的修辞与隐喻，"我"（写作者）躲藏其后，间或露出一二神情或少得可怜的目光，但依旧神秘莫测。当然，我也并不赞赏那种展览自我、以经验置换毫无想象力的语词，拼凑完成的小说。但不容忽视的是，当下的小说写作中技术主义的成分越来越浓，况且我们还有种种说辞或理论，诸如经验的失效或媒体语境下小说虚构前所未有的困难，等等。于是，作家的叙事变得犹疑而复杂，写作者的经验筛选再筛选，自我退却再退却，质言之，写作者的写作更多呈现着"无我"的姿态，或将自我经验与写作文本之间做一定的剥离，做课题化处理。但邵丽不是这样，邵丽的写作显得质朴而直接，甚至有些笨拙，她毫不犹豫地将自我经验与家族秘密撕裂、敞开呈现在文本叙事中，向读者真诚地袒露，将那些和着血与泪，包含搏斗与挣扎的个人经验、家族历史、自我审视的内容以最质朴的写作技巧示于笔下。毫无疑问，这是需要勇气的。在文学写作的经验中，一类作家长于思考，作品表现出思维的力量与思想的深度，而另一类作家，以经验与自我为源头，在个体、经验与现象之间架设通道。但我以为，无论哪种书写，客观语境如何变化，一种写作的

钟媛

真诚应当是永远有效的。

《金枝（全本）》故事的引入从自己的家庭与家族的一场葬礼开始。父亲的死亡让矛盾凸显，家族内的人物一一登场，成规模体面的"我们"中站着一个臃肿粗俗的"她"。"她"是谁？"她"与"我们"是什么关系？这样一个悬念勾起了关于这个家族的种种。于是，在"我"的回忆中，矛盾再次现身。从"我"与父亲之间的情感隔阂、"我"与女儿之间的代沟过渡到优雅成功的"我"与愚态毕现的乡村妇女"她"之间的强烈对抗，以家庭为单位的内部矛盾衍化从最亲近的人开始，犹如一个个细小的分枝，将故事的主架在家长里短中架设起来，最终，伴随着代的传承与繁衍，人物与叙事范围不断扩大，形成一个完整家族的叙事。

但实话说来，一开始第一人称"我"周语同的喋喋不休与带有主观印象的视角让我迟迟难以进入文本，她与父亲之间的隔阂，与姐妹之间的爱恨，都带有太浓烈的主观情感，尤其是当她以审视的眼光投向父亲的另一个家庭，及同父异母的姐姐身上时，那种似乎有些居高临下的目光让我一时很难自然接受，并且上部中叙述者与叙述视角的切换也造成了叙述衔接上的一些困难。当小说进入中部时，一开始的那种"情感困难"得到了缓解，这种缓解是通过作家转换叙述视角与叙事立场来实现的。一桩桩一件件的事情，不再是"我"的主观宣泄，不再是以"我"的视角来抨击拴妮子对"我"家庭的破坏与展示穗子的扭曲泼狠，作家以第三人称的视角，站到了拴妮子与穗子的立场上，细细地体味着她们的艰难，看见那些难挨的岁月里每一个人的不易。变化的视角带来了变化的立场，拴妮子进入城里那个家有了情感的理由，作者体味着穗子的苦难，而拴妮子形成的"破坏"也有了各种各样的机缘巧合与行动缘由，拴妮子不再是"我"眼中那个不管不顾、没有教养的乡下娃，作者为她的行为、为穗子苦命的坚守找到了合适的理由，添上了情感的温度。而上部中那个"我"变成了被看的"他者"（周语同），与拴妮子、穗子一样获得平等的位置，而不再是专有话语权带来的强势、主导的情感宣泄。不得不说，这样一种转化为这部小说带来了生命与转机，人物的复杂多样慢慢显现。这样的设置还有一个好处，拴妮子与刘复来的婚姻，两个小家庭之间后代的竞争、崛起这些在上部中叙述从简的部分也获得了更充分、细致的补充。

总的来说，一个家族中，由于时代因素造成的两个分支，如果在上部"我"的视角下是以"对抗"的姿态展开的话，在中部通过第三人称的全知叙事则得以获得情感上的平衡与和解，而在"下部"中则可以说实现了家族融合与家族历史反思。这种叙事构思，在初读上部时，在叙事视角的不断调换中造成了一定的困扰。但细读完，却也能发现这种设置的巧妙：一个家族的分支、对话与合流，通过不同的叙述声音与叙述视角在上、中、下三部的转换中完成了这一架构。同时，更为可贵的是，在上部中充满叙事偏见的"我"，在下部中展示了自己的无力、困惑、孱弱与真诚的自我剖析和自我反省。而后辈们追溯父祖辈的故事，在代与代的传承与再叙述中又获得了更丰富更多维的呈现。由此，这种叙事的机巧，也由悬念中向读者交代了家族内部的秘密，在探索中逐渐展露真相。

家族叙事历来是中国文学传统中的一种重要范式和重要主题，尤其在中国现当代文学史上并不鲜见，从明清文学叙事典型《红楼梦》到五四以来的《京华烟云》（林语堂）、《家》（巴金）、《金粉世家》（张恨水）、《财主底儿女们》（路翎），再到当代的《白鹿原》（陈忠实）、《古船》（张炜）等，家族故事因其特有的日常生活书写、亲情伦理内容，既能呈现丰富的日常生活景观，又能在对家族审察的过程中观照民族文化，反映乡村国事的变迁，因而成为一个多世纪以来长盛不衰的创作主题。邵丽《金枝（全本）》的独特性在于，她的家族叙事注重呈现家族变迁视角下的当代进程，展现了当代中国人的生存形态，尤其是家族叙事中的女性生存体验，敏感而细腻，单纯而丰富。与一众男性作家家族叙事中的史诗性追求或侧重政治、革命的讲述不同，邵丽《金枝（全本）》中的家族叙事伦理意味浓厚，于"小"中表现人性的斑驳与复杂。且从这部小说我们得以看到现代性进程中，家族叙事与家族文化的时代变迁轨迹——虽然宗法家族制在现代化的历程中逐渐瓦解，但基于血缘基础上的家族观念却依旧深刻影响着当下社会。具体而言，邵丽的家族书写，是从个体出发到整个家族，最终在家族的视野下囊括诸如父亲及长辈权力的失落、家庭内部代际观念的冲突等问题，这与巴金式的以旧家族的崩毁与专制进而反思社会、反对封建专制、鼓励个体独立有着较为明显的不同，反映了现代化进程中逐渐瓦解的父权式、层级式组织结构的家族向松散小家庭式、观念阶层、血缘三者相糅合的家族转化过程。

这样的过程有着明显的现代性，也有着鲜明的民族特色，如果要为家族的叙事找到一个密码，那么"血缘伦理的现代化进程"可以称作这把钥匙。我们作为伦理本位的民族，家族一直是一个复杂的社会体，它由血缘为基础，家族内部的裂缝与那些难以启齿的真相都会自带冷光与刀锋，但又夹杂亲情与爱意，经历过大家族分解后的血缘伦理如何衍化、新生与组合？邵丽的小说最终让我们看到家族这种带有"落后"嫌疑的组织如何在时代变化中重新焕发了生命力，这是一种内部竞争、潜藏污垢、分裂下蓬勃且原始的生命力。这是这部小说突出的优点。但另一层面，我依旧期待，小说的叙事结构应当更完善且圆融，因为对于一个优秀的小说家而言，小说在叙事结构上就如叙事语言一样，节制、准确应是二者共同的标准。

耐心的中年或艰难的成长

黄德海

一

我们永远不会知道,看起来波澜不惊的生活,什么时候就有了一个意外的停顿,平常流水一样遵从惯性的节奏,在这样的停顿里有了变奏的部分。当然,停顿只是一个比喻,其实质是因为外界环境的某些重大变化,让人脱离了行动和思维的日常状态,视野不再被捆缚于每天面对的工作和人事,或者抬起眼看看未来,或者回身去看看来路,心中有了些跟以往不同的想法,原先因为无法集中精力而沉入往事迷雾中的桩桩件件,忽然清晰起来,似乎有了可以理解的迹象。如果置身如此情境的人是个写作者,她或他恐怕要忍不住坐下来,讲述那个逐渐清晰起来的世界。

我猜想,邵丽这两年连续写作出版的《天台上的父亲》《黄河故事》和《金枝》,就跟这样的一次停顿有关。作为中篇的《黄河故事》收入《天台上的父亲》,改写后以长篇单行,主线是子女与父母的纠葛;《天台上的父亲》收中短篇小说十篇,主题大半是子女与父母的关系,部分篇目关涉子女与下一代的相处(这本小说集里的有些篇目,写作时间要略往前推,但关注的问题相似);《金枝》更进一步,时间跨度加长,上涉及祖辈,下涉及孙辈,代际关系尤其复杂,其间的恩怨情仇更为错综。

　　这些关系究竟是怎样的呢？"我走到阳台上向远处张望，雾中的风景更具有流动性。如果静下心来，能听到河水的响声。在那种响动里，我在害怕某种东西，那是什么又说不上来。……我打开屋子里所有的灯，放眼望去，政府家属区几乎所有能看得到的房间都亮着灯。……所有的幸福都那么易碎，轻轻一碰就伤痕累累。"《大河》中的这段话，几乎可以看成邵丽近年小说中人物和人物关系的隐喻——不够透明的往事和当下，生活的长河里隐藏着让人害怕的东西，仿佛自家和别人家房间里的灯光，外面看去宁静祥和，打开来却伤痕累累，就像看起来稳定幸福的日子，其实脆弱到经不起轻轻一碰。

　　也果然是这样，"天台上的父亲"执意结束自己的生命，《大河》里婆婆咄咄逼人，"风中的母亲"浑浑噩噩，《李夏的夏天》中母亲毅然抛下女儿，《北去的河》里父亲对女儿的选择不解，《黄河故事》则有无志气的父亲和强势的母亲，《金枝》更不用说，是代代累加的仇视和怨念——哪里有什么幸福可言，每个人只好学着把自己的伤口折叠起来，小心翼翼不去触碰。即便是《春暖花开》中的师生关系，《节日》《亲爱的，好大的雪》《树上的家》里的夫妻关系，偶尔闪露出一星半点的温暖，也往往掩盖不住骨子里普遍的荒寒。

　　在一个访谈中，邵丽曾说到自己小说写作的三个阶段："第一个是我刚刚走入作家队伍的时候，喜欢写那些虚无缥缈的小情小感，离真实的生活很远，以《迷离》和《寂寞的汤丹》为代表。第二个阶段是在我挂职锻炼之后，就是评论家们所谓的'挂职系列'小说，离现实非常之近，以《刘万福案件》和《第四十圈》为代表。第三个阶段是父亲去世之后，我对家族历史的梳理，以《糖果》和《金枝》为代表。变化的根本原因，在于你在多大程度上接近和反思你的历史和现实，接受生活对你的最终安排。"我们讨论的近期作品，大致属于第三阶段的范围，不管生活准备赋予自己的命运是什么形状，作者或叙事者"我"都尝试着面对乃至接受。

或许，这就是第三阶段邵丽有意选择的写作方式？不回避问题，不逃避艰难，不把自己的脑袋埋进沙堆，而是凭直觉感受生活扑面而来的尖利棘刺，揭出现实在某一层面的残酷真相。不刻意美化，不有意拣选，对一个写作者来说，就已经有了充分的立足空间。不过，稍微深入推敲，我们上面的描述就显得并不完整，小说里还有一些更重要的东西没有论及。或许，乍看上去如此千疮百孔的生活，只是邵丽书写的一个侧面，以上的描述只是这些小说显见的表层，还有更复杂的生活和认知方式，隐藏在这一切的背后？

二

在《喜剧演员》里，格雷厄姆·格林借人物之口说，一个人前二十年的体验，覆盖了他的全部经验，其余的岁月，只不过是在观察。头二十年的生活大约真有种类似基因的功能，会让我们在看到一棵参天大树时辨认出种子的形状。有意思的是，人们往往忽视这句话里面提到的"观察"，从而也一并忘记格林在另一处说过："作家在童年和青少年时观察世界，一辈子只有一次。而他整个写作生涯，就是努力用大家共有的庞大公共世界，来解说他的私人世界。"只有在使用公共世界解说私人世界的意义上，"观察"才不会沦为沉溺于过往的借口，而是变为重新理解的开始。从这个方向来看邵丽近年的作品，显见表层之下隐藏的生活和认知方式，就缓缓地浮现了出来。

稍稍留心，我们就会发现，邵丽上述作品的叙述者，几乎毫无例外是中年人，或者已经接近青年时代尾声的人。除了某些拒绝长大的人，作为事实或叙述里的中年人，恰恰处于一个难以避免的过渡时段。这是一个怎样的过渡时段啊，要不断努力消化父亲的执意自杀，要试着理解不可理喻而绝难改变的婆婆，要从记忆深处打捞投河的父亲和冷酷的母亲，要揭开时代刻写在父母身上单调刻板的封印，甚至要尝试接受丈夫显而易见的冷漠和人所共知的出轨……那些年少时轻倩的美梦、年轻时壮阔的理想，仿佛在中年时都默默走远了，留下的只是一地鸡毛的烦心生活。与此同时，这些作品里的绝大部分中年人也有了自己的孩子，他们将把怎样的生活状态传递给孩子们？

相对来说，事实或叙述中处于青年时代的人，可以不管不顾，一往无前地沉浸于自己的私人世界，把自己头二十年的体验作为认知世界的唯一方式，如果庞大的公共世界不开拓一条对其友好的道路，则有理由陷入暴躁或忧郁之中。反过来，事实或叙述中处于老年时代的人，则可以凭借时间的馈赠悠然自得，把自己的私人世界理所当然地与公共世界同构，按照已成的惯性在生活中行驶，阻挡者不是忘记了传统就是肆心而为——当然，以上只是笼统的描述，例外或许才是小说写作中最值得期待的。那些在邵丽小说里已入中年的人物，不可避免地来到了一个必然的临界点，或者出于自我保护而撒手不顾，或者选择承担而坚毅走入生活的深水区。

在邵丽这些作品中，自然有撒手不顾的情况，比如"风中的母亲"在丈夫去世后近乎本能的听天由命，比如《李夏的夏天》里再婚的母亲出于理性对李夏过于稀少的爱意，比如《大河》中可以照自己的方式随时中断某种生活状态的林鸽。那些更决绝离去的人，原则上不属于中年行列，"天台上的父亲"离世时已是老年，《黄河故事》中父亲投河时还算得上年轻。当然，这仍然是笼统的概括，大部分情形下，邵丽笔下作为主人公的中年人，不会轻易中断延续中的生活，哪怕是在最艰难的时刻。从阅读感受来说，恰恰因为这不轻易放弃的态度，才让我们有可能看到更为深入的生活。如果坚决一点，我其实很想说，这种不轻易中断生活的态度，既是小说人物的，也是作者本身的。

在现下这个社会，如此表现几乎可以称为难得没错吧？照某些（如林鸽般）理直气壮的说法，如此缺乏自我的生活态度，既不符合形成已久的现代正确（每个人都是独立个体，不从属也不该迁就任何人），更对自身不够有利，何必做这些吃力不讨好的事情呢？不过，正确不正确是理论上的规划，未必能够处处对应瞬息万变的日常。千头万绪的生活难以用一个方式说清楚，不妨先来看看，这种不轻易中断的态度，究竟结出了怎样的果实。

《大河》中开始出现在"我"眼前的婆婆，固执、激烈、没有隐私观念，一切行动都照自己的心意。熟悉她的儿子也即"我"的丈夫说："母亲即使一生都在错，但是也一定要把错事办对。她从来不向任何东西屈服，既不向错误屈服，也不向正确屈服。"公公退休后，婆婆带上公公，毫不客气地进驻她大儿子家，也就是"我"家，并顺理成章地按自己的方式安排生活："婆婆迅速占领家庭主导地位，特别是厨房，吃喝用度全凭她说了算。吃什么菜什么饭，以及饭菜制作方法，她全盘掌管。……她儿子的家，理所当然就是她的家。"面对这样的婆婆，"内心不委屈不憋气是不可能的"，可"我"却根本没法跟她讲理，只好不断改变自己的生活态度，"我越来越少说话，不交流，跟着她当媳妇，整天得小心翼翼，唯恐有哪一点做不好让人家笑话"。

面对这样的婆婆，一个传统家庭出身并接受过现代教育的女性，不得不处于两难之中，既不能对她的一意孤行视而不见，又不能因为她的表现轻言离婚。那些累积的委屈，会在某些时刻冒出头来，"河堤上生长着茂密的茅草，我一根一根撕扯着它们。我喜欢听它们折断时的声音，很脆，很甜，也很伤感"。不知道是不是这样的发泄时刻安慰了心底深处的某些东西，转过头来，人恢复了点力气来面对令人烦躁而持续不断的日常。慢慢地，婆婆的某些内在特质从生活的缝隙里冒出来，耐得住艰苦的日子、顽强的生存本能，甚至好学的天性："为了弄清楚路牌、广告等各种用文字标示的东西，她开始学识字写字，那时她已经快七十岁了。一年下来，竟写了十几本，字也学会了不少。儿子为了鼓励她，让她把家族的历史写下来，说我写小说用得着。她废寝忘食地写了半年，拿给我看。三个笔记本，写得满满当当的，就是没人看得懂。"

这不是未经世事的人写的小说，婆婆的积极表现，只是极其偶然闪现的时刻，她不会陡然改变自己的性格，因此结尾不可能是大团圆，当然也就不会是婆婆和"我"分别做出改变和让步，从此一家人过上幸福的生活。日常仍然是那个日常，大大小小的矛盾和冲突依旧不时爆发，只是"我"学会了积极一点的接受："其实从内心讲，我感谢公公葬礼上她对我的爆发。我知道我们已经互相深深地嵌入对方的生活之中，这比客套更让我放松。我从来没有指望过婆婆能反省，倒是我越来越多地反省自己。……婆婆充其量是河里的冰凌，九九八十一难的破碎，她依然成冰，也决然地透明。反倒是我，千万条地计较，纠缠不过就貌似忍让地漠然，视而不见。"

不只是《大河》，《天台上的父亲》中的"我"，父亲去世前要承受他抑郁带来的压力，去世后则要练习理解他的自杀；《黄河故事》中母亲非常强势，即使后来跟"我"住在一起，也始终对"我"不满，更认可和偏向其他孩子；《金枝》中父亲因为"我"幼年时不小心犯的错误，始终对"我"冷冰冰，直至去世也没有建立起温和的父女关系。在这样的情形下，一个家庭没有四分五裂，依赖的或许正是"我"顽韧的坚持。这大概就是事实或叙事上的中年人不得不面对的命运吧，他人和世界都不可能彻底改变，说不定轻微的改变都要付出巨大的代价，那就只好试着用自我的忍耐撑出一方空间，勉力延续这不尽如人意的生活。

在一个容易轻言放弃的时代，这样的忍耐大概可以称得上一种品质了。不过，对身处其中的人来说，单纯的忍耐太过压抑，容易导致各种意想不到的问题。在邵丽的小说中，那些忍耐的中年人除了阶段性的失眠和气愤，似乎并没有变怪百出的心理问题，甚至反向地理顺了自己的精神状态。这一切，有赖于上面提到的反省和由此带来的叙事者本身的成长。正是因为有这样人到中年的艰难成长，忍耐才不只是单纯的忍受，而是理解之后特殊的耐心。有了这样的耐心，生活之河才流淌得更为畅快，而不是处处滞涩，那个因为此前反省不足而锁闭的世界，也才打开了自己更为开阔的那部分。

三

《黄河故事》的中篇版本里，有一个没有名字的表嫂，跟表哥结婚生女后去了南方打工，"头几年一年还回来一两趟……后来过年也不回来了。再回来就是要求办离婚，家产一分不要，女儿也不要，只要一张纸带走就行了"。站在"我"的立场看，这差不多是个没有责任感的女人。到了长篇版本里，这个表嫂不但有了名字，而且有了属于自己的完整故事。她在城市的辛苦和挣扎，她半被动半主动改变的性爱伦理观，她对女儿的想念和新婚姻的幸福，都在这个故事里得到了呈现。那个原本在中篇里面目不清，甚至不小心会被当成负面典型的表嫂，因为有足够的篇幅为自己辩护，展现出自己有血有肉、有情有义的一面，成了一个饱满的人物。

当然，角落里的人物未必在每个作品里都有机会站出来为自己说话。不只如此，乍看邵丽的这些作品，无论是"天台上的父亲"的一意孤行、《大河》中婆婆的浑不讲理，还是《黄河故事》中母亲一以贯之的强势、《金枝》中父亲在家庭关系中的袖手事外，似乎都绝难找到为之辩护的理由。不过，在度过最初的艰难之后，"我"的耐心起了作用，以往隐藏在这些人物生命角落里的过往或隐衷渐次浮现，封闭在表象之后的原因慢慢显豁，他们人生的拼图有了较为完整的贯穿逻辑。"在一出好的戏剧中每个人都是对的"，在一部好小说中也同样，因为每个人在自己的逻辑里都有圆满的可能，这才会有丰富而不是单面的形象，并由此牵连起属于每个人的深邃世界。

《天台上的父亲》中，父亲退休之前，虽然对人低调谦和，却对子女淡漠忽略，退休后又变得暴躁易怒，"他的生活圈在慢慢缩小，像一个剩馒头，在变干，在缩水"，以致后来发展为随时准备结束自己的生命。对子女的淡漠，直到后来子女也不敢提起，"害怕提起这样的事情时，被父亲淡淡地打发，让我们受第二次伤害"。而当父亲决意自杀之后，看住父亲就成了母亲和子女的责任，时间和心理压力一时俱至，哥哥和妹妹的生活被搅扰得混乱不堪，"我"则在一年多的看防后"几乎抑郁了。夜里莫名其妙地惊坐起，就再也睡不着了，整夜整夜地大睁着眼，大把大把地掉头发"，不得不暂去妹妹的城市发展。这样的情形让人无比担忧，来看望父亲的朋友沉重地说："这样子拖下去，谁都受不了，也终究不是解决问题的办法，最终会把一家人拖垮的。"

父亲的纵身一跃，或许对精神日渐萎缩的自己是个解脱，却并没有把家庭从被拖垮的边缘拯救出来。在父亲的葬礼上，子女们互相回避着，不敢看对方的眼睛。尤其是因为夫妻吵架而没有尽好看护之责的哥哥，在父亲死后更是郁郁寡欢，"每次回家都坐在他的房间里，半天也不出来"。一次借酒发疯，哥哥"先是指责我，说我离开这个家到妹妹那个城市去，完全是因为想逃避，不想承担责任。然后他又指责妹妹，说她是老公的家奴，天天把孩子圈在自己身边，完全被自己的小家给绑架了"。随后，他接近崩溃，失声痛哭："是我杀死了父亲！是我们联手杀死了父亲！刚开始的时候我们爱父亲，心疼父亲，害怕他死。可是时间长了，我们还有耐心吗？我们每个人，都只关心自己，可是，父亲呢？谁管？谁管？"

情绪失控的问责和决意离世的选择一样，都未必是解决问题最有效的方式。一个人去世之后，遗留的问题并不会消失，那些有生之年未能解决的部分，需要在世的人设法理解和分担。"一直到我坐在回去的车上，我才感觉到我与父亲的各种联系，不是因为他的死而中断了，而是相反，像突然通了电似的，那些生动的场景、杂沓的细节，纷纷扰扰地来到我面前"，借助这样的清晰回忆，父亲很多不可解的事情，就有了自身的情理线索。比如父亲对子女的淡薄，是因为被下放到偏远的部队外营地，"在那样的时代，又是那样的环境，我们是父亲为数不多可以忽略的人吧。除了自己的亲人，父亲必须对所有人、所有事情小心翼翼"。比如父亲退休之后的委顿，"曾几何时，他是那样风光。但他的风光是附着在他的工作上的，脱离工作，怎么说呢，他就像一只脱毛的鸡。他像从习惯的生命链条上突然脱落，找不到自己，也找不到可以依赖的别人。除了死，他没有更好的解决办法"。

这样的思考和理解，缓解了由父亲的淡漠和自杀造成的后辈心理压力，但仍然有些阴影作用在人身上，一如哥哥的心结。直到有一天，母亲拿出曾嵌在父亲心脏附近的弹片，"再往里挪一点儿他就没命了……过去咱家最困难的时候，每当我想不开，你爸就把它拿出来搁在我手里，说，看看这个，还有什么想不开的？"随后，母亲表示，她知道父亲走向天台的事，却没有阻拦，"我觉得我对得起他。这也是我最后一次成全他，最后一次按他的意见办"。母亲承担了对父亲看护不周的责任，但"我们也不会这样去想，至少我不会。我们知道母亲对父亲的忠诚和爱，而且，我宁愿相信她这样说只是为了安慰哥哥，她不想让我们家最后一个男人，再爬上天台"。母亲究竟为什么这样说，没有办法知道，但"事情只有这样想，对生者和死者，才是最好的安慰"。或许可以这样说，不只是事情和对事情的解释，包括此后对事情和解释的理解，一起分担了人世的忧劳，让人在世间可以稍稍得到喘息的机会。

不是事情本身和对事情的解释——这是可以观察的，而是对事情和解释的理解——格林意义上的"解说"，才是叙事者成长的关键。在成长的过程中，叙事者"我"要先摸索自己性格中可能造成矛盾的因素（比如《天台上的父亲》中"我"的迟钝，《黄河故事》中"我"的要强，《金枝》中"我"的控制欲），同时在与人相处的不适中不轻易下判断，而是尝试着理解对方行为的原因，不把所有的差异都推到对方蛮不讲理那边，耐心找出这些差异可能的沟通方案，即便后来仍是维持原状的结局，最终的和最初的原状，已经有了本质的不同，起码有一个人自主选择了与人相处的方式——这个自主的选择，才是人世裕如的缝隙，能供人稍微从容地喘息。人到中年，原本对人对事的理解早已成形，却因为生活的变化和环境的复杂，不得不调整已有的认知，就仿佛一棵壮年的大树要改变自己的伸展方向，其难度可想而知。

从前面谈到的耐心到这里几乎是不得不然的成长，叙事者"我"并非习见所谓失去个性的过程，而是收获了切切实实的能量反馈。起码在《天台上的父亲》中，因为这个真切的认知变化过程，父亲自杀前后带给家庭的极度动荡得以部分缓解，虽然并非彻底的解决，却有了继续过下去的可能。《黄河故事》中，"我"忍受着母亲的偏心与责骂，却也暗自愤恨，委屈不已。随着时光慢慢过去，在给早逝的父亲寻找墓地的过程中，"我"梳理清楚了母亲的性格根源和选择标准，也发现了母亲对"我"极少流露的温情一面，并经提醒后意识到，自己后来也不过是用表面的孝顺来施行潜在的报复。最终，"我"意识到，"母亲，我是恨着她的。可我恨了多少年就爱了多少年；恨有多深，爱就有多深。……我心里某些冷硬的东西在松动，好像沉积了几十年的冻土层在慢慢融化"。融化这几十年冻土层的，正是那个艰难的成长带来的能量。

这样的理解，在《金枝》中需要付出更大的努力，因为父亲和母亲经历的时代更复杂，伦理关系更纠缠。父亲完成了祖母安排的婚礼后，追随祖父参加革命，后与母亲相爱并结婚生子。没料想，祖母之命的婚姻有了女儿，此前的妻子也誓死不离嫁后之家。此后，父亲两段婚姻各自的子女又有了后代，并在长大的过程中有了交集和冲突，关系越趋复杂。更不用说，如此长的时间跨度，社会形态发生了数次重大的变化，每代人都跟自己置身的时代形成了"剪不断理还乱"的联系，既有身不由己的跟从，也有干脆直接的选择，由此形成了固有的世界观和人生观，改变实难。身处复杂代际关系中的"我"，既要面对上一代的遗留问题——父亲对自己的冷漠、母亲对自己的不够亲近、父亲此前婚姻中妻子和孩子的纠缠，又要学习处理与同辈和下代人的关系，事情千头万绪，关系千丝万缕，没有什么可以轻易解。

  这样的复杂情形下，"我"没有停留在以自己的眼光看所有问题上，而是通过不同视角切入不同人的故事，慢慢部分理解了父亲和母亲，也对父亲此前婚姻中的妻子和孩子以及他们的后代有了新的了解，最终在各种碰撞和交流中意识到了自身的问题。与此同时，"我"也在对他人和自身的了解中，对后代有了深入的认识，部分避免了在与后辈的相处中重复发生在自己身上的故事，传递出与上代不同的生活状态。正是因为有了这样艰难的自我反省和成长，父亲和母亲，包括与己有关的各种各样的长辈、同辈和下辈，都在"我"的叙事中部分建立了自己的因果关系，有了"对"的可能。

  因了这可能，那些干净明亮的日子，如同仿佛生来就经年不变的母亲，在记忆里复返为年轻，鲜活地再生于文字之中——"走到村庄前的小河边，她说走累了，要下去洗洗脸。洗完脸，她索性把鞋和袜子脱下来，把脚放进河水里。沉静了好大一会儿，她突然嘿嘿嘿地朝我们笑起来。她说，脚好痒痒。我小时候，就喜欢跟着你姥爷出来网鱼。那时候，鱼可真多啊。"

  用如此的中年耐心和艰难成长，为前代留下哪怕片刻闪耀的身影，为后辈哪怕开拓一点宽舒的空间，是不是已经够得上让人珍重？何况，那个过渡中的自我，因为耐心的能量反哺，并没有被日常的琐碎淹没，而是已然在岁月的风雨中焕然一新。

一

塔西佗在《编年史》中记录了这样一个因被牵涉父亲的案件中而到元老院接受控诉的女儿，当控诉者问她，她是否出售了她出嫁时的妆奁，是否从脖颈上摘下了她自己的项链，以便弄到钱举行魔法仪式的时候，她起初是倒在地上，饮泣了很长时间，随后她就在座坛的台阶和座台上高声发誓："我从来没有向邪恶的神求助过，从来没有向魔法求助过！在我的不幸的祈祷当中，祈求的只是希望你恺撒，和你们诸位元老，能够保全这位最好的父亲的性命。如果魔法师们需要的话，我就会把我的珠宝和外袍，以及足以表示出我的地位的一切标志交出来，就像我会献出我的鲜血和生命那样……"这是令政斗和权谋黯然失色的时刻，罗马帝国的浮华席卷一空。

在我看来，邵丽于《黄河故事》最后写下的几十个字具备同等的情感强度。"我的父亲叫曹曾光，他生于黄河，死于黄河，最后也将葬于黄河岸边。他再也不是我们家的耻辱，我要完成的正是我父亲未竟的梦想。"这同样是一个女儿对父亲一生的正名和辩护、奉献和继承。不同的是，小说中的父亲已去世多年，因而，当《编年史》中那位列于被告席的父亲闻言"想冲到他的女儿那里去拥抱她"的时候，《黄河故事》中的父亲只能在主人公"我"的想象中"坦然以对",在另一个世界"俯瞰河流的两岸"。

这是一个忧伤的中国故事。父亲和母亲的结合是乡村望门的联姻,但父亲并不具备祖上的"上进心",他所痴迷并擅长的厨艺在母亲眼里一文不值,被贬损为"饿死鬼"。父亲几次尝试经商也都以被骗、赔本告终。在崇绅慕宦的乡村世界里,父亲沦为笑柄,也因此成为全家人的隐形疮疤。一次晚餐中,父亲受到母亲激烈的辱骂而离家出走,几天后在黄河下游被打捞上来。之后,他的死亡成为一家人不愿触及的叙事空缺,他潜心写就的菜谱消失了,关于他的记忆在时间冲刷中模糊了。家中有四女一男,家里的第三个女儿"我"最不受待见,她艰难长大,进入城市,成为餐饮连锁企业老板,终于有余力借着给父亲落葬的机会不断寻访和回溯往事,让死去的父亲又活了一次,擦去他身上的污名,拉回了家族的序列。"人在变,城市也在变。我父亲死去几十年了,不也一样在改变?"小说中轻描淡写的这句话,宛如魔法师的自白。

二

如上所述,已称得上婉致动人。但邵丽在《黄河故事》中不只要写父亲的故事,更要写母亲的故事。在小说开头,她是以古怪、固执、愤恨的形象出场的,她与"我"不亲,常常出口不逊,拒绝"我"的孝顺。母女关系尴尬成这样,但她又不得不指着经济条件最好的"我"照拂全家,甚至连她与小女儿迁居深圳多年,都是托了"我"的福。事情就从母亲突然提出给父亲买墓地开始,原本母亲以为"我"拿二十万元出来不在话下,不料"我"反将一军,提出要买就买五十万元的好地,并且要家里的孩子都拿钱出来。母亲迎难而上,给其余孩子都打了电话催款。于是"我"踏上了从深圳回郑州的路途,依次来到大姐、二姐和弟弟家（这种"糖葫芦"状的结构颇有些经典童话的意味），"我"的目的不在于钱，而是与他们好好地谈谈父亲，与此同时，也想探究母亲为何突然对父亲的事这样上心。

"我"在郑州老房子里收拾母亲旧物时，发现了一只纳好的鞋底子，另一只则找不到，可想是母亲与父亲关系最恶劣时，也还在尽职照料他，父亲的骤然去世，停下了劳作另一只鞋底的手。父亲懦弱而悲情的形象逐渐清晰，母亲的争气好强与她隐藏的温情也从往事中浮出。母亲曾尽妻子的本分多次引导、宽容父亲振兴家业，无奈父亲不是这块料儿；她痛恨父亲和儿女的"好吃"，担忧孩子们像父亲一样没出息；她以她的价值观大包大揽儿女的婚姻，结局全都不幸福；她对外宣称父亲是打鱼失足落入黄河，但内心并不能平息，多年后一句"本事不大，气性不小"，吐露了愧怍与遗憾。世道如刀丛，母亲不得不做了一个乡村世界中的女强人，在破败中硬挣出了个不好不坏的未来。

凡此种种，使得"我心里某些冷硬的东西在松动，好像沉积了几十年的冻土层在慢慢融化"。如同童话里常有的结局，"宝物"——那本传说中消失了的菜谱，重见天日，来到"我"的手中。

三

近年来，邵丽创作了《天台上的父亲》《风中的母亲》《黄河故事》等一系列"父母故事"，开创了中原家族写作的新篇章。"新"有两层意思，一是情感内涵上突破的新，二是空间视野转换后的新。

检视邵丽以往的作品，她其实曾经多次写到过"父母"。例如在《迷离》里，父母是作为情感屏障出现的——"安小卉三十几年的生命历程中没有遭遇过让她刻骨铭心的事。她的父母亲就是领导干部，在她之前他们生的都是男孩，这样在爸妈的眼里她就成了宝贝"。在《明惠的圣诞》里,"父母"是作为压力来源出现的,高考落榜的明惠面对的是两个月来母亲"徐二翠连绵不绝的骂声",因为后者当了二十几年的村妇女主任,咽不下这口气,父亲能做的也就是对骂一番后出门去打牌。到了《糖果》,变化出现了,作者坦然写道:"每当叙述父母故事的时候,我会常常陷入漫无头绪的回忆里。那回忆虽然是为父母而起,但是过程中却往往没有他们。他们是主角,但更像是背景。他们的身影被那个时代冲洗和稀释得日渐稀薄,然而又非常沉重。……真的,即使现在我们谈论起他们,也会很模糊,只是一个指代和象征。也许,他们可能是另外一个模样——当我们真正讨论父母的时候,才会发现我们之间会有这么多的盲点,就像逆光里有一条河流,怎么都看不清楚。"这种"看不清楚",其实正来自重新的审视,是焦点即将发生变移的前一刻。

邵丽曾在《刘万福案件》的创作谈中说道:"一个时期以来,我一直尝试用各种文体写作,尝试着离真实的生活远一点,更深地潜下去,不暴露作者的面目和思想。但我觉得我的尝试失败了。我是吃着现实主义的面包长大的,而且甚爱这一口儿……怎样把我们的身体倾斜起来,直到拿捏得与现实所允许的达到某种程度和平衡,才是我们在动笔之前必须深思熟虑的。"

我视《天台上的父亲》为邵丽吃"父母故事"现实主义面包的第一口,小说始终牢牢地定焦于父亲的自杀事件。父亲退休后患上抑郁症,没有了文山会海,颓然苍老,自我隔绝。几个子女严防死守父亲自杀,最后还是没防住——其实,是他的老妻默然给他留出了解脱的机会。小说写得朴素但新鲜,最大胆之处是直面家庭内部的干涸苍凉,直接评判父亲的生存状态。在"天台"上徘徊的父亲其实早已精神孤独,跳下去的是一具躯壳。小说以"反推"的笔法,以母亲和兄弟姐妹对待父亲生死的态度,写出了仕场生涯对一个男性的深刻异化以及这对他的家庭成员的磨难,写出了缺少亲情滋润的中国式家庭的压抑与自我救赎。

接下来是《风中的母亲》。这又是一个反传统的母亲形象。这是一个不稳定的、漂移的精神形象。五十岁的"我妈"算村中的老人了，但做饭、家务、照顾家人都一窍不通——不是故意为之，是稀里糊涂就在乡村的城市化进程中成为与中国勤劳智慧传统女性完全不同的第一代"新"老人。"我妈"毫无主张地生活了一辈子，"村里有小饭馆，男人在外头打工，女人就在家打牌，输了回家啃干馒头，赢了就下馆子吃饺子"，她觉得这样的生活很不错，但她也在衰老中越来越成为乡村的时间地理尚未消逝彻底的某种冗余，她在陌生的风中仓皇、哭泣。

再看《黄河故事》。在度过漫长的时间之后，父亲的死亡才终于尘埃落定，但一个家庭内部的伤痕累累已然存在，亲人们暂居在缓冲地带，有限地回望。作品充分显示了作者在调遣素材、排列阵形上的穿透力。面对时代的局限和人物的局限，小说不慌不忙，父亲的故事停止之处，母亲的故事摇摇晃晃上路，当父亲身影淡去，是母亲曲折粗糙的生存线条勾勒出了生活的形状。

但"我"与母亲毕竟达成某种和解，"我"与兄弟姐妹、"我"与故乡之间的紧张关系得以松弛。这一切不是靠别的，而是依靠"我"个人的财富增长才得以实现的，如果非说其中有魔法，那么这个魔法的名字叫作"深圳"。这就是接下去要谈到的中原家族叙事的另一层"新意"：腾挪空间、转换方位的回视。

邵丽小说中的"深圳"是特别突出的。它意味着与厚重中原相对的南方沿海，是城市想象的极致对象，也是某个转换门——失意与成功之间的中介。

早年，邵丽在《寂寞的汤丹》中写道，"汤丹毕业分配到了当地的机关工作，那男孩却去了深圳"；《马兰花的等待》中，"马兰花仍然端坐在深圳一间茶馆里喝茶"；《木兰的城》中，"姚水芹到深圳做工那年三十二岁"；到了《糖果》，依稀出现了《黄河故事》的雏形，"母亲退休后随妹妹一家在深圳生活，我们常常给她买点像样的衣服，在那样的大城市里穿着也让她的孩子们有面子一些"。

《黄河故事》开始于"我到深圳已经二十多年了，后来我又把母亲和妹妹接来，她们也在这里十年多了，而我父亲的骨灰还留在郑州"。每到清明或者春节，"我"和妹妹依着老家的风俗，在木棉树、凤凰树和火焰木的行道树下烧点黄表纸。但"我们"也并未完全深圳化，母亲和妹妹的生活作息还是与天光同起同落，"饮食也依旧是蒸馒头，喝胡辣汤，吃水煎包，擀面条，熬稀饭，而且顿顿离不了醋和大蒜"。母亲对深圳的景点和社区之外的风光都不感兴趣，最骄傲的仍然是她十几年未曾亲近过的"家门口"的黄河。要言之，依靠女儿提供的物质条件，母亲的"深圳"是她在深圳的一块飞地、一个行宫。故乡有母亲不愿意面对的人和事，但那些人和事还是越过遥远的山河来"闹腾"她，让她下决心安葬丈夫。借此，《黄河故事》的半径也就是郑州与深圳之间的距离，加以时间的点染，两代人的经历折射出大半个中国的聚散辗转。

如果说"深圳"对母亲来说意味着一个他乡里的故乡，那么对"我"来说则意味着新生之所。"我"在最艰难的时刻曾想过寻死，小说写道，"我走到黄河边……既然黄河能带走父亲，也一定能带走我"，可是，"我突然看到了远处的城市"，"在夜色里，它离我是如此之近，灯火此起彼伏，照亮了半边天空……她像有生命似的看着我，温柔地眨着眼睛。她在召唤我。我为什么不走向她？这难道不是一条比死亡更宽阔、更诱人的道路吗？"于是，女主人公决定"我要走进城市，我要感受城市"，她随建筑大军直接进入深圳。后来的事实也证明了，城市不是一道窄门，"她所给我的生命力量，比父母给我的更坚实，也更坚定"。她全力拥抱"深圳"，在此起家。

当"我"多年后从深圳的视角回望（地理意义和空间意义上双重的回望）郑州、回望乡间，这与当初那个在黄河边眺望城市、向往城市的

"我"形成了视线的交错和转换身位的对视,其中那些剪不断理还乱的思绪,构成了这部小说的迷人基调,同时开启了讲述中原故事的新的道路,更为丰饶,更为开阔,也更为当下。

下半场的母亲

刘琼

题目原先想叫"后半场的邵丽",后来一想,不对,后半场有美人迟暮之嫌,而对邵丽而言,这时间轴上的后半场恰恰得分率最高,是重要的半场。邵丽创作的前半场当然也精彩,但近十年的作品,包括小说的各种类型,几乎篇篇落地有声。创作主体的艺术追求更加鲜明主动,题材和角度变化迅捷,经验和思考以一种令人意外的姿态呈现。后半场的邵丽,不再只是一个中原作家——虽然她依然在故乡的天花板下写作,不再只是一个女作家——虽然才貌双全。抛弃了很多标签,邵丽的写作进入了"无限型"序列。这相当不容易。当代作家的写作,有限写作甚至故步自封者不在少数,包括许多已经功成名就的作家。邵丽这十年不断地大幅度进步。

河南确实是神奇的土地,这块土地上的人和故事如此微妙、多义甚至神秘,让在乡者和离乡者都沉溺其间,获得极为丰富的写作资源。从这块土地走出去的作家,几乎都不愿也不会抛弃故乡视角。不愿,是情感使然;不会,是文学创作的需要。离乡者以写《故乡面和花朵》的刘震云为代表,在乡者以写《羊的门》的李佩甫为代表。邵丽属于今天河南在乡写作的主力。同样是中原文化哺育,邵丽却用文字凿出了自己独特标志的风格和模样。

以最近发表的中篇小说《黄河故事》为例。《黄河故事》是中篇的体量,在故乡的天花板下，居然积聚了极大的力量，砸出了长篇的动静。动静有多大，不说了。我感兴趣的是，这部中篇到底好在哪里？有哪些不一样或特殊表现？

关于这部作品，有很多话可以说。一层一层来剥。先说小说的题目，"黄河故事"。这个题目属于开宗明义，指出小说讲述的地理空间，同时也指出文化空间。古老的黄河是中华民族的母亲河，形成了民族集体无意识也即共同记忆。但黄河两岸水土流失，生态恶化格外严重，河水泥沙含量大，在中下游形成悬河。历史上黄河数次决堤，也留下了苦难深重的民族记忆。著名作家李凖的《黄河东流去》，以抗战时期花园口决堤给黄泛区人民带来的深重苦难为素材的书写，给读者留下了深刻印象。黄河与两岸人民的关系非常特殊，既紧密相连，又充满苦难，是爱恨交织。以"黄河故事"为题，小说先天预设了这种复杂的情感和美学底色。事实上，小说中人物的关系也是爱恨交织，复杂、微妙、暧昧。

黄河作为一条地理意义的河，是导致父亲溺死或自杀的那条可恶的河。"子在川上曰，逝者如斯夫。"奔流不息的黄河在过去的岁月留下了饥饿、屈辱、死亡的悲伤记忆。"我的父亲叫曹曾光，他生于黄河，死于黄河，最后也将葬于黄河岸边。他再也不是我们家的耻辱，我要完成的正是我父亲未竟的梦想。"这是小说的最后一段。青春时愤而出走的女儿回到家乡，重操父亲做餐饮的旧业。

黄河作为一条情感牵挂的河，是母亲客居深圳十年后挂在嘴边的家门口的那条河。正是由于这种牵挂，小说开头就写到母亲动议为父亲寻找墓地，"我"因此回郑州办理此事。此间是不断闪回的记忆、补叙。小说结尾，死去多年未曾入土的父亲获得安葬，在岁月的照拂下，牵肠挂肚、寝食难安的黄河故事获得了似乎圆满的结局。

再说这篇文章的题目，"下半场的母亲"。黄河故事获得和解的关键是母亲。小说中的父亲是讲述和记忆的对象，真正的主角是母亲。母亲决定了夫妻情感的方向，甚至也决定了整个家庭命运的方向。"下半场的母亲"，是字面上的"晚年的母亲"——这是时间纬度上的母亲，也是实指，象征寓意更加宽阔深邃。小说里实指的母亲，是一个受过旧式家教的中原女性，通过包办婚姻嫁给不爱也不认可的丈夫，生了四女一男五个孩子，丈夫中途意外死亡，五个儿女在母亲独力抚养下成家立业。按照想象的生活逻辑，小说里的母亲形象应该伟大、坚强、忍辱负重。但邵丽解构了这个人设构成，一反模式化逻辑，从晚年母亲的谅解开始，借由"我"的视角，回溯做出巨大牺牲和付出极大心力的母亲为什么会让父亲紧张、两个女儿痛苦，"我"甚至离家出走，其他三个孩子在母亲的影响下也各有各的不如意。

中原是孔孟文化的大本营，中原作家对于"家文化"具有特殊的书写敏感和探索热情，比如，作家梁鸿的《梁光正的光》。邵丽这部中篇，重点也是探讨婚姻和人性。在母亲和父亲的婚姻里，母亲占据主导地位，是强势一方。父亲世俗生活的无能、拘谨懦弱的性格，包括贪嘴爱吃，与母亲对一个养家糊口、成家立业男人的要求相差甚远。母亲背负着沉重的家庭负担，随着对丈夫从鼓励到失望到绝望到嫌弃，母亲也从一个受过中学教育的类闺秀人物，蜕变成霸道、蛮横、偏执、势利、冷漠、强势的母亲。这是母亲的上半场。

终其一生，母亲对父亲其实不认可，更没有爱情。虽然小说最后也出现了母亲珍藏的一只纳好的鞋底子，但我宁愿把这个细节看成作家的一厢情愿。因为贪嘴和无能被妻子严重嫌弃的父亲离家出走后，掉进黄河，意外死亡，成为横亘在两个女儿与母亲关系间的毒瘤。这个毒瘤，被下半场的母亲亲手剪除。

作家在讲述母亲和父亲的关系时，铺垫了一个特殊的时代背景——物资供给困难年代，故事的表层是贫贱夫妻百事哀，但小说已经触及更深的认知。母亲和父亲关系的形成，虽然有因物质匮乏产生苦难的因素，但本质上是"三观不合"。在母亲眼里一钱不值的父亲，在儿女的记忆里，是温文尔雅、具有特殊技能的父亲。生于中医世家的父亲，拥有特殊的秘方，具有特殊的烹调技能。五个儿女，最终都是通过从事餐饮获得了经济上的翻身。特别是"我"，在南方获得事业成功的同时，也收获了爱情。这当然是传奇式的写法了——唯有这点让我出戏。黄河边一个普通家庭几十年的生活变迁，在这部中篇里得到了令人难忘的呈现。

其实我最难忘的是这部中篇的副产品。小说写五个儿女的婚姻颇费了一番心思，但除了离家出走到深圳的"我"的婚姻是童话式的幸福，其他四人基本上被安排了悲剧或失败结局。大女儿的婚姻，是父母婚姻模式的翻版，内里疮疤可想而知。大女婿的头，被大女儿压得几乎要"低到尘埃"里。二女儿的婚姻虽然和谐，但在作家的安排下，她失去公职，没有孩子，本人得了绝症，二女婿则早年因公致残。深得母亲欢心的四女儿，因为母亲近距离的干预而离婚。老五是唯一的儿子，却入赘做了强势无理女人的小男人，似乎是父母婚姻的另一种翻版。"我"的童话式婚姻是唯一的亮色，善良勤劳的灰姑娘被开朗年少的王子苦苦追求并终成眷属。如前所言，在整个现实主义风格语境下，我其实是存疑的，我更多地把它看成作家的叙事平衡。

总之，上半场的苦难和悲剧气氛越浓郁，下半场母亲的解局和释放越深刻。这是叙事的用力。前戏做足，后续才有发展动力。母亲是作家着意塑造的形象，包括几个女儿的书写，也是对母亲形象的侧面补充。

《黄河故事》是邵丽的题材转向。邵丽的笔下，有很长一段时间"父亲"都是重要而特殊的角色，似乎始终有一个"父亲"的形象在俯视。以母亲为主角的《黄河故事》，塑造了一个既背负着生活的苦难重担，又背负着思想包袱的母亲形象，表面上是角色的性别变化，其实具有很深的文化反思意味。我甚至认为，这是邵丽对于中原文化也即传统文化反思的一个重要表达。正是从这个层面上，这部小说某种意义上具有欲言又止的象征意味，并不是典型意义上的现实主义风格。也许是我想多了。

《黄河故事》给当代文学长廊提供了新鲜的父母亲形象。文中有很明显的两股力量，我暂且把它们称为：母系力量和父系力量。

拆解并理解这两股力量，我们需要有一个切入点。那么，既然叫《黄河故事》，我们就从"黄河"这个词开始。

《黄河故事》是一部中篇小说，全文七万多字，"黄河"这个词出现的地方共有十处。第一处出现在开篇一千多字的时候："母亲总是操着一口地道的郑州话对人家说，黄河，知道不？俺们家在黄河边，俺们是吃着黄河水长大的。"母亲这句话说得有声有色，富于感情。说明她是个感情丰富的人。与此相对应的是，说这句话之前，母亲表现出的不近人情："火焰花下，适合我们搞这个仪式（给父亲烧纸钱），也红火，也清爽。母亲从不参与，但也从不干涉，她对此没有态度。"

没有态度就是一个态度。从这句话，引出全文父母亲之间的矛盾冲突。

紧接着，"我"和"我"的妹妹谈论给父亲找墓地的事。母亲说："不行的话，在黄河北邙山给他买块墓地安葬算了。人不就是这回事儿？"

这是黄河第二次出现。还是与父亲有关，与父母亲的关系有关。母亲谈论父亲的口吻冷淡而刻薄。

父亲是怎样一个人呢？

爱与输赢，黄河知道

叶弥

黄河出现第二次后，小说对父亲有了外貌上的描写："他表情别扭得好像走错了门似的，目光迟疑地看着镜头，一只眼大，一只眼小。"

这个简单的脸部勾勒看了让人心疼，与母亲的外形描写遥相对应："从侧面看起来，她像一架根雕。她很瘦，干而硬，又爱穿黑衣服。两只树根一样的手拿着相框，让人有一种硌得慌的感觉。"

父母亲的形象描写，不仅彰显了两个人的个性，同时也暗喻了两个人的命运。两个人的矛盾，谁处上风，谁会落败，一望而知。

然后，作者的笔从父母亲那里收回，落到了"我"的身上。"我"在家庭中一直受到母亲的压制，于是十五岁那年从郑州来到深圳，从工地打工开始，到自学考上电大，最后开了饭馆，越做越大，成了富豪，并且"我"的兄弟姐妹后来都开了饭店。但是开饭店挣来的钱让母亲很是不屑，母亲对于子女们干餐饮这一行从来都没有肯定过。这种心理也与死去的父亲有关吗？

当然有。在母亲的嘴里，父亲就是一个贪吃鬼。

于是小说里第三次出现了黄河："我们……村子靠近黄河，与我们紧邻的圃田，曾经出过一个叫列子的人……列子在当地的传说颇多，除了是什么思想家、哲学家、文学家、教育家，还是养生专家，非常会吃。……据说国宴师傅很多都是来自这个地方。"

这里出现的黄河与全文也有着密切的关系，黄河边上的邻村圃田，出了一个思想家、哲学家、文学家、教育家列子，非常会吃，那么大家也应该受其影响而喜欢吃。父亲的好吃似乎也找到了源头。小说从这里开始讲述父亲："……父亲虽然不干什么活儿，但饭量很大，估计很多时候都吃不饱。有时候他站起来去盛第二碗饭，母亲就会看着自己的饭碗，恶狠狠小声骂道，贪吃鬼。母亲生气时的脸很黑，骂人的时候更黑，又穿一身蓝黑衣服，像一团沾满墨汁的废纸堆在那里。"

父亲受到母亲的辱骂，在夜里出走，淹死在了黄河里。第二天早上孩子们没有见到父亲，第三天、第四天，孩子们也没有见到父亲。到第五天早上，小说这么写道："我们还在梦里，就被母亲一个一个从被窝里拽起来。她让我们立马穿上衣服，往我们每人头上和腰里勒上一条白布。她冲我们喊：'都出去哭吧，你爹死了！'"

父亲的去世，宣告这个家庭里父系力量的终结。但是父亲的影响始终没有消失，随着岁月逝去，子女长大而日益显示出父亲的影响力。父亲生前在家里就像一个过客，在母亲面前唯唯诺诺。他是在死亡后，才开始了与母亲的较量，并且他最终与母亲的力量达成平衡。

黄河第四次出现时，就体现了这一点："她（大姐）冷笑一声，'她（母亲）现在想要我们对爸尽孝心了，当时你们小不知道，可我能不清楚爸是受了什么样的羞辱才跑去投河的吗？她就是这样指着爸的头，'大姐的指头几乎戳到我脸上，'她那天说，你要是有一点囊气，就扎到河里死了算了！'"

这里面说的河，就是黄河。

父亲好吃，会吃。小说里有许多章节描写他怎么给人家烧菜，怎么因烧菜而受到大家欢迎。他死了以后，镇子远近到处流传他留下了一本食谱，传得神乎其神。小说在这里详细地回顾了父亲的身世，父亲和母亲最初的良好关系，父亲去找好吃食物的过程。父亲找吃的过程充满艺术化，给自己和别人带来了无穷的生活乐趣，是他对抗贫穷和粗陋的方式。当他在琢磨一道菜的时候，他是博学的、勤劳的、有尊严的。正因应了张爱玲的那句话：最坏的时候懂得吃，舍得穿，不会乱。父亲死后，母亲并没有伤心，因为"我"的个性像父亲，母亲不喜欢"我"。在气温特别低的时候，让"我"去黄河边洗一篮子衣服。

这是第五次提到黄河："那天洗完衣服后，可能是蹲的时间太长了，站起来的时候一头栽倒在地上。两只手本来就冻得都是口子，地上的沙和石子儿都钻到伤口里，让我疼出了两行泪。……我要是栽倒在河里呢？

我要是被水冲跑了又有谁会拉我一把？"

第六次提到黄河，内容与第五次是相同的："那条路直通黄河花园口桥，桥下就是黄河最深的地方。我走到黄河边，想着过往的一切，万念俱灰。……我还想到了我的父亲，肯定他也是怀着我这种绝望心情，纵身跳入黄河的。父亲会凫水，我也会。既然黄河能带走父亲，也一定能带走我。"

靠山吃山，靠水吃水。但是黄河人还有一种与黄河息息相关的联系，那就是死亡的方式。生在黄河，死在黄河，也许就是大部分黄河人的心愿。黄河收留肉身与灵魂，黄河包容一切。

父亲生前被强悍的母亲逼得走投无路，他死后，母亲继续清除他的影响。眼看着父亲肉身已消，灵魂也将永无宁日。忽然小说中出现了生机，"我"离开了郑州老家，独自去闯深圳。历尽辛苦磨难，最终选择了做餐饮发家致富，随着"我"的扬眉吐气，父亲的影响也借着"我"重新回到家庭，与母亲分庭抗礼。

然后，大姐、二姐、弟弟们都选择了开饭店。父亲的基因在起作用，母亲开始孤立，她的力量日渐消退。兄弟姐妹们的生活过得滋润而有希望，尤其是"我"，收获了财富、爱情、家庭。小说中第七次出现黄河这个词时，是"我"企图宽宥母亲的罪过：

"我还是说：'听说会水的人，投河是淹不死的，所以他们死的话也不会选择去投河。是不是真是我爸去打鱼被河水卷走了呢？'

"'真不好说。'二姨轻轻叹了一口气，'那谁说得了呢？到底河跟河不一样啊，人家都说黄河是面善心恶，长江是面恶心善。我没去过长江。黄河每年淹死那么多人，有几个是不会水的？'"

父亲到底是被母亲逼得投了河，还是他趁着黄河涨水时去捞鱼淹死，至此不了了之，成了永久的一个谜。这是小说的高明之处。

黄河出现第八次和第九次都与"我"的弟弟有关，也与死亡、食物有关：

"我弟弟说，我就是要娶这个人，你要是敢逼我，我立马投黄河，叫你们家断子绝孙！

"母亲吓得脸色都变了，她知道我弟弟不会洑水。

"弟弟如愿以偿，与他看上的女人结了婚，开了饭店。我去看弟弟弟媳的时候，弟弟起身去院子里拿了一袋子晒干的草叶子，说：这是我们秋天在黄河滩上挖的蒲公英，沙地里长的，连着根拔出来晒干的。这个熬水喝，消炎效果非常好。……"

《黄河故事》在快结束时，大姐交给"我"一个本子，就是父亲留下的菜谱。这是父亲留下的唯一遗产，代表着父系力量在家庭里的进一步巩固，与母系力量再一次成为相辅相成的元素。阴阳合一，才是天道。

小说是以这样一句话结尾的："我的父亲叫曹曾光，他生于黄河，死于黄河，最后也将葬于黄河岸边。他再也不是我们家的耻辱，我要完成的正是我父亲未竟的梦想。"

这是黄河在本文中第十次出现。

至此，我对《黄河故事》拆解完毕，也初步理解完毕。这篇小说体系庞大，但有许多可供拆解的明的和暗的线索，如父亲和母亲的关系、不同时代的食物、阳宅和阴宅……我用了最容易、最表面的一种。《黄河故事》行文直率、急迫、有力，北方气息鲜明。并以分配比较均匀的笔墨描写了众多人物的命运，用排列式的写作方式，浩荡激扬，展示出瀑布一样的气势，而我们的时代也正如黄河瀑布一样波涛滚滚。排列式的写法容易使人物流于表面，但《黄河故事》让众多的人物互为印证，互为映衬，深刻地揭示了人物的命运，殊为不易。这种写法还有一个缺点是收拢不易，但这篇小说九九归一，最后回到了最初的地方。

从小说的一开始谈论如何给父亲落葬到最后父亲入土为安，预示着新中国成立以来黄河儿女已经历了两个过程：贫穷挣扎和财富积累。但是财富积累的意义永远不是止于身体之欲。当不再有生存的恐惧，黄河儿女奋斗的动力产生于何处？这是我们关心的事。扩充后的长篇小说《黄河故事》不久后也将出版，相信我们会看到更广阔昂扬的内容。正如文末所说，要实现父亲的梦想。父亲的梦想之花开在菜谱上，也开在黄河里。

城乡交界地带的另类母亲

鄢莉

经常有年轻作者抱怨现今农村题材不好写、写不好，仔细想想也是，譬如设定一个塑造"农村母亲"的命题，年轻作者如何能突破几代乡土作家构建与形塑的形象类型，又如何冲决传统文化造就的刻板印象与价值固化，去创造一个具有辨识度的当下的"她"？想必是难上加难。然而就算"众里寻他千百度"，一个真正懂得塑造人物的作家，却总能在蓦然回首的瞬间，描绘出具有新鲜气息的人物，使之眉目清晰地跃然纸上。继推出广受好评的《天台上的父亲》之后，作家邵丽又携短篇《风中的母亲》归来，延续着带给读者的惊喜。如果说天台上的那个"父亲"略带些沉重和压抑的话，那么这个风中的"母亲"则颇具轻喜剧女主角的气质，令人在解颐之余牢牢记住。

不知作者是不是有意摆脱传统农村母亲的印记，《风中的母亲》中"我妈"这个形象颇为特殊，简直与贤惠、勤劳、坚韧、克己等性格不沾边，在她身上几乎不具备任何可称作传统美德的东西。自始至终，她就是个心思单纯、头脑简单的主儿，"不操心不管事儿"，"不精细，婆婆死了哭都不会"，丈夫在事故中丧生，不敢向工头维权；她同时也是个无论农事家务都不会的女人，从小到大，连顿像样的饭都没给儿女做过，年纪大了，干脆顿顿下馆子。她唯一的优点是"在十里八乡长得出了名的好看"，是个"人模子"，所以但凡手上有点钱，就去逛市场买好看的衣服装扮自己，照奶奶的话说是"中看不中用"。然而，偏偏"我妈"傻人有傻福，她的百事不管锻炼出了一个能干的女儿。女儿既能干，性格又好，加之遗传自母亲的美貌，顺利嫁入一个拆迁户家庭，转型成为城里人。"我妈"也随着沾光，在女儿的扶助下得以继续过着优游的生活。

邵丽塑造的这个农村母亲是如此另类，刷新着读者的认知，但如果说她完全就是个农村现代化进程中的"新人"形象，也不确然。在"我妈"的眉目之间是能依稀看到一点熟悉的影子的。上推到20世纪五六十年代的乡土文学，不就有似曾相识的农村女性吗？试问，假如让"我妈"回到那个时代去，她会被塑造成什么样子？一个缺乏思想觉悟、自由散漫的落后分子？一个偷奸耍滑、逃避劳动的落后社员？还是一个不守女人本分、只晓得臭美的懒婆娘、骚女子？恐怕以上的污名都是成立的，她将受到的批判也会是尖锐而猛烈的。毕竟在那个年代的政治性别话语中，对女性、对母亲有着相当苛刻的要求，稍不留神就被强加恶意评价，例如，连中老年妇女涂些脂粉也会被讽刺为"驴粪蛋上下了霜"（《小二黑结婚》），连借病不参加劳动或者私下里煮碗面条都会得到"小腿疼""吃不饱"（《锻炼锻炼》）的侮辱性绰号。

在传统的价值体系中，人们对女性的要求基于基本的母性认同，女性的自我认知也只能与之相适应而非背离。在泛政治化的年代，政治话语与伦理话语合谋，又将母性推到相当极端的程度。于是文学中，特别是男性中心主义叙事文本中，层出不穷出现含辛茹苦、勤劳勇敢的奉献加牺牲型的母亲形象，乃至公而忘私的英雄母亲形象。可是，难道真的每个女性都必须有母性？母性又真的一定要指向受难、牺牲、压抑自我？这种被推崇的价值观究竟是女性的自愿，还是男权的需求？在新时期文学当中，已然有过对母性的批判和女性的自我觉醒、自我解放，不过大多发生在城市女性、高知女性群体中，农村母亲形象依然保守、陈旧。

作家邵丽在自身的写作中不乏女性的立场和姿态，她从女性自身的心灵成长出发，敢于剥离附着在女性身上的性别身份枷锁，也勇于给被过于"圣母化"的母亲卸下光环。《风中的母亲》中"我妈"形象塑造的超越之处在于，她不再是一个传统意义上的母亲。她因随性散漫、无所信仰而躲避了传统伦理（以及"主啊佛啊"）对女性的规训；她始终为自己而活，不理会他人的评价标准；她用自己的方式养儿育女，不管是对还是错。她在无意间实践着女性的自由，她是一个自然状态的母亲，一个随心所欲的母亲，一个游离于男权规范之外的边缘化的母亲。

自然，另类母亲的诞生无法脱离具体的时代环境，农村的现代化、城镇化进程是小说中隐含的现实背景，除了女性主义因素使然，不如说对"我妈"的评价改变更来自历史语境的变化。另类的"我妈"在现实中能够生存下去，不恰恰正因为农村越来越不像传统的农村了吗？小说中明确指出，如今的农村已经不"地道"了，"没有年轻人，没有孩子，也没有猪牛羊"，"男人不再热衷于种地，也不再热爱土地，他们宁可到城里做一些又脏又累的活儿"，"女人也不再做针线，她们到集市上购买衣服和鞋袜，又省力又好看，比自己做的还划算"。"城与乡"是邵丽创作中的一个重要主题，由于长期基层挂职的经历，她对农村的现代化进程有着特殊的思考。在 2019 年的一篇访谈文章中，批评家张莉说，虽然邵丽的小说"更多关注的是'女性的困惑、惆怅、苦闷以及无可名状的躁动不安'，但作品中却没有女作家难以避免的明显悲喜或过度自怜自抑，而是理性和适度"。在同一访谈中，邵丽自己也说："我始终不认为城市带给乡村，或者说现代文明给乡村带来的更多的是负面影响。城市淹没或者代替农村是现代化的必由之路，如果说有负面影响，那也是因为城市化或者现代化不够彻底，不够深入。"

如果说在《明惠的圣诞》中，写得比较多的是城乡差异带来的身份焦虑，那么到了《风中的母亲》中，城乡的差异已然模糊，落差也不再巨大，"我妈"早已不再对城市有那么强烈的向往。农村现代化给了"我妈"这样的农村人以生存的土壤，她享受着新农村建设带来的生活便利和文化福利（吃馆子和跳广场舞），也接受着子女辈的经济反哺（喻示着发展起来的城市对农村的反哺）。换句话说，她是被经济发展的红利惠及的农村母亲，特殊的历史条件成全了她，也宽容了她，她就像一朵栽种在城乡边界地带的美丽野花，天生地养，自由自在，独自绽放。正如小说中副县长评价的："村里妇女要是都像你这样打扮得漂漂亮亮的，跳跳舞，唱唱歌，新农村建设可不就有新内涵、新发展、新气象了嘛。"——这个除了跳舞、打牌其他什么都不会的"我妈"，俨然成了新农村建设的代表人物！

　　世界上的母亲有千种万种，无论哪种母亲，都配拥有姓名。在看过了太多"苦菜花"式的农村母亲形象后，感谢作家邵丽用别样的书写，奉献出了一个具有现实意义和时代特征的鲜活的形象，一个既另类又可爱的"风中的母亲"。

走过生命的万水千山

谢有顺

读邵丽的《九重葛》，不由想起19世纪亨利·戴维·梭罗的那句名言，"城市是一个几百万人一起孤独生活的地方。"女主人公万水甫一出场，作者便以她独有的耐心和细节书写能力展示了一位家世优渥、受过良好教育的退休女公务员的独居生活。她的日子沉闷、单调还充溢着病态的洁癖，"余下的一天要干什么呢？"无数次她想尝试用安眠药以长睡不醒——只是为了昏睡避世而不是自杀。为什么要昏睡避世？因为"生命毫无意义"，为什么不想自杀？"毕竟还有些事情在心里搁着"。

一位城市生活中独居的、普通中年女性的形象就这样跃然纸上。她认为自己是一个"孤儿"，离婚多年，无儿无女，父母也双双过世，她觉得生命毫无意义，自己"是个耗日子的人"，乃至于被医生诊断为抑郁症——这仿佛是时代的症候，被德国学者韩炳哲在《倦怠社会》中描述为"倦怠综合征不是表达了筋疲力尽的自我，而是表达了疲惫、燃尽的心灵"。万水的生活日复一日表达着她疲惫、燃尽又尚存余温的心灵。她生活中唯一的亮色，是在公园锻炼时遇到了一颗同样孤独的心。早年丧妻、儿子远在海外的林业研究博士张佑安，与万水不同，他的表达方式是积极的、愿意融入他人之中的。然而，各自跋涉过生命中万水千山的两个中年人，纵有相互取暖的心思，始终也充满了隔膜、试探和被现实所痛击过的余悸。

张佑安给万水送一盆九重葛的那场戏特别精彩。万水以一种不近人情的生硬和洁癖将张佑安拒之门外，这多半源自心理的洁癖，它像一层厚厚的壳，将她隔绝在人群之外。她有过优渥、让人引以为傲的童年和家庭，也有过拧巴的短暂婚姻，是她主动让自己从社会生活中边缘化，封闭了自己的内心。年过半百的两人，带着各自的尘埃和伤痛，在命运的交汇中向对方袒露了前半生的生活，以及内心的失落，但他们终究不再青春，也不再激情，后来又碰上疫情，男女主人公分隔在大洋两岸。

邵丽巧妙而自然地借力现实困顿，打开了另一个叙事空间。

这显然不是一般意义上的旅行故事。若是万水和张佑安在各自的世界中日夜思念对方，未免过于俗套；如果他们当中的一位像老房子着了火，突破了世俗桎梏奔向另一方，故事也未免流于滥情而不切实际。邵丽的叙事，这时从容地慢了下来，她让主人公们离开熟悉的环境，开启了各自真正的远行：万水只身一人来到海南，在陌生人之中渐渐剥落自己的"旧衣服"，她不再感到自己是一个"舒适家中的孤儿"；张佑安则在儿子们的撮合下与性情奔放的老同事相遇，一起旅行却无法融入彼此。小说打破了单一时空的线性叙事，它将两代人的往事、人物的心绪反复穿插在主干叙事中，使小说呈现出复调的结构和令人信服的曲折风貌。万水的洁癖是怎样愈演愈烈的？张佑安的第一段婚姻是怎样令人唏嘘的存在？万水的前夫、张佑安的前同事这些人又背负着什么样的故事和命途？邵丽不仅在书写两个孤独的个体，更是在讲述这一代人独有的生存图景和精神羁旅。

万水和张佑安可以视为中国现代社会的知识分子，他们虽然出身不同，所受的教育和感情经历却大致相当。这一代人的感情遭受着怎样的苦闷、压抑和怅然，在年轻的时候，他们对此更多的是浑然无觉，只是朝着某种家庭、家族的"赋予"和责任感迎风前行。万水在离婚协议上签字时，内心感到的是一种"解脱"和"救赎"；张佑安则在妻子患癌过世前，尽职尽责地照顾着她。当这代人行至中年，家庭、家族使命的重担终于从他们肩头卸下，这时他们才真正感到，自己的生活死水微澜，精神世界的焰火也似乎从未燃起。在现代都市，有千千万万个万水每天例行打扫着自己冰冷的房间，有无数个张佑安历尽艰辛才能在郊外的地里给自己围建一个苗圃。他们甚至不知道自己过去到底失落了什么，也不知道怎样向剩下的生命索要补偿。只是，他们内心还有隐约的不甘，那是想让自己真正地为自己活一次的生命渴念，就像张佑安所说的，"每个人都是自己的王"。

或许，这代人才是现代中国"迷惘的一代"？

张佑安在美国的旅途中邂逅了蕾秋·乔伊斯的小说《一个人的朝圣》，这本畅销世界的小说直面了老人的精神困境怎样才能得到拯救的问题，而张佑安被这本书深深打动并写信与万水分享这个情节，似乎成了《九重葛》这部小说的精神底色。两个中年人的相遇不是相互救赎，而是他们在各自的生命中依凭精神的觉悟与过去的创伤和解、与孤儿般的现实处境和解。他们不再像过去那样，通过教养和隐忍、通过过分的自尊自怜来压制和隔绝自我，这是一条通往自我救赎的道路，也是震撼灵魂的一个人的战争。万水最后选择回到人群、褪下洁癖，投入他者的怀抱；张佑安选择的是安居于草木之间，在原木的芬芳中走近自己真正心仪的人。他们中间不再隔着生命的万重山，他们终于返璞归真，"心远地自偏"。

万振山和水纹、万水和张佑安、张佑安的儿子儿媳，其实小说以不同比重的笔墨描述了三代人的情感和命运，三代人在不同的历史境遇中拥有着迥然不同的生活。他们每个人，在世界上相互温暖，却也在生命之旅中独自"朝圣"。邵丽以温情的笔调给予了万水和张佑安一个美好的结局，这是作者在疫情中写作（小说结尾的日期落款为证）留下的一抹亮色。邵丽近年写的《天台上的父亲》《黄河故事》《风中的母亲》等作品，都不是独立探讨人物命运的具体处境，而是将他们纳入历史的洪流中去安放、理解他们的存在。这种面向大时代的现实书写，不仅是主人公在两性关系、社会关系、时空关系中的辗转游移，而是携带着时代意象的人物在生活化的情境之中迸发着生命之光。这光芒不仅是万水的、张佑安的，也不单是"九重葛"的，也是所有在现实中"感到缺乏的人、感到不幸的人、感到不完美的人、感到理想无法实现的人"（马里奥·巴尔加斯·略萨语）的。

邵丽曾在一次访谈中引用了《浮士德》中魔鬼靡菲斯特说过的一句话："亲爱的朋友，一切理论都是灰色的，唯生命之树常青。"她是内心极具热忱和信念的小说家，深信生命之树常青的奥秘能予人以耐心和希望。正如小说《九重葛》的命名，九重葛是一种生命力异常强盛的植物，它喜光耐寒，对土壤质量几乎不挑剔，也不惧暴晒和雨水。这种原产自美洲热带的植物来到中国南方也从未水土不服，大喇喇四处盛放，花期漫长，花冠热烈。这是怎样一种植物呢？说起它的另外两个名字——三角梅、勒杜鹃，你眼前肯定会浮现出它的热情洋溢。这种易活好养的植物，作为张佑安送给万水的礼物，出现在小说主人公们开始登场却异常尴尬的第一回合，作者可谓找对了，这是个妥帖又抢眼的植物意象，它在此后的行文中兀自绽开。值得留意的是，邵丽对于小说的意象选择十分细腻用心。生长在万水童年深处的是一棵蓊郁的合欢树，它的枝叶郁绿柔美，一朵朵绒花绽开，是"自在飞花轻似梦"的旖旎记忆。然而童年的蕊瓣消散在一夜风雨后，"蜡梅"的孤高、清寒就贯穿了万水的大半生。直到张佑安赠送的九重葛、韭黄、芫荽、玻璃海棠相继出现，她的生命重新开始镀上色彩和烟火气。当万水终于穿上青春时代的旧衣裳来到张佑安的苗圃，低头闻嗅的是一朵栅栏上爬着的南瓜花……这种种"物"的缜密安排，让这些意象如植物气息自然弥散在小说的字里行间，可以见出小说家对情节的筹谋和对细节的用功。

邵丽在一篇创作谈《说不尽的父亲》中曾说："看见最卑微的人的梦想之光，我觉得是一个作家的职责所在。往大里说，其实是一种使命。毕竟，那梦想之光如果没有足够的慈悲和耐心，是很难发现的。我斗胆说，那种光芒唯其卑微，才更纯粹更纯洁。"万水、张佑安，都是现实中孤独又卑微的人，他们内心有纯粹、纯洁的人之为人的欲念、渴望和梦想，他们在自我救赎的同时，也拯救了对方。当万水千山走遍，这些人物也重建了生命的尊严和生活的丰饶，他们袒露的热爱、眷恋和事关存在的确信，更是昭示着一个小说家内心的光芒所在。

邵丽的酒和茶

张楚

第一次去郑州,高铁晚点两小时,等司机把我送到饭店,是深夜十一点。郑州的春日夜晚无风,一切都静止了,仿佛能看到水蒸气在夜色中缓缓飘移,最后融入没有颜色的云朵。邵丽大姐和她的先生,还有另外一位好友,已坐等了我三个小时,桌上的羊肉串和菜肴已经变冷,只有酒杯是满的。

那个濡湿热忱的夜晚,我记得喝吐了几次,每次在洗手间吐完都努力装作镇定的样子微笑着坐到酒桌前。也许只有喜欢喝酒的人才能深切体会这种感觉:奢侈盛大的春日、美酒佳肴、不时相聚却总是心心念念的朋友、夜色中若有若无的花香、隔壁弄堂里传来的足球比赛的解说声、摩托车急速飞驰过的声音,这一切,是的,这一切让人无法遗忘,它短促、美妙、后知后觉,它让人体味到这繁杂世界的阔达、安逸和从容。在这样的夜色中,我看到邵丽趴在桌角小憩了一会儿。她喝的一点不比我们少。她是我遇到的为数不多的酒中女杰之一。她话不多,也许她本来就是个不怎么爱说话的人,可她端起酒杯的速度通常比我们快些,这有点像刀客拔刀的姿势:果敢迅捷,又天然地携带着女性的温婉。

翌日,邵丽主持会议。她盛装出席,正襟危坐,在主席台上有板有眼地念着主持词。此时的她和平时的她很难重叠。我熟悉的似乎还是她的"私我"形象。如若初逢,你会以为她是个冷淡高傲之人，相处久了，才晓得她原是外冷内热、重情重义。

　　第二次去郑州做活动，结束时已晚上十点，她第二天要去北京开会，无暇再消夜，可她知道我喜欢喝酒热闹，郑重地将我托给她的闺密。她的闺密带我和一众好友去瓦库，点了满桌酒菜，闺密撸袖子亮手腕，一看就是酒中好手。可惜那晚我有些感冒，昏昏沉沉，只得不停喝茶，半滴酒也未沾。临行前她闺密叮嘱说，邵姐送你了一箱酒，放在酒店前台，走的时候千万不要忘记。翌日提酒过安检上火车，火车开动之际竟隐隐有些感伤，仿佛是少年去探访出嫁的姐姐，回程时手里还拎着她送的糕点果蔬，却不晓得下次相逢又是何时。其实我跟邵丽性情秉性相若，跟陌生人相处难免生出天然的胆怯，那种手足无措既有一种对秩序的规避，也有某种对世相的质疑，可跟朋友在一起就坦然许多，那颗心脏会在微风吹拂之下、在酒精浸润之下渐烧渐旺，即便为朋友两肋插刀似乎也是小事一桩。

　　除了酒，邵丽也爱茶。她喝茶很讲究，茶具和茶似乎总是随身携带。对于我这样从来只喝生水的莽汉来讲，她的那些茶具和茶，除了具有装饰性美感，更多的是种神秘感。有次在博鳌，我们几个在她那里喝茶，我只记得那茶是普洱的一种，口味冲淡，略有涩香。我们说话的空隙，她不停地烧水、泡茶、倒茶，我们不停地喝茶、抽烟，谈了些什么已然忘却，只记得窗外海浪拍击沙滩的声响、椰林被海风拂动的沙沙声和她不停换水倒茶的身影。我不知道那晚牛饮了多少盏茶，反正她倒了茶，我又不好意思不喝，喝了她再倒我又不好意思推辞，只得再饮，结果那晚我彻底失眠了，只得在阳台上闲看隐隐约约的海岸线和椰林。我这才明白，原来茶的力量并不弱于酒。酒是喧闹的泥泞的飞扬的，茶是清亮的晦涩的沉潜的；酒让人沉睡入梦，而茶让人清醒安生。那么，既喜欢酒又喜欢茶的人，他们的精神世界是如何在这上升与下潜中汇聚与融合的呢？这让我想起邵丽那些风格独特、璧坐玑驰又力拔千钧的小说。

比如《刘万福案件》。在《刘万福案件》中，邵丽给我们讲了一出富于传奇色彩的悲剧。刘万福杀了人，却有诸多乡亲为之请愿。当我们深入故事的内核，会发现它已然脱离了强烈的戏剧性，圆融自然，在揭开刘万福"三死三生"的叙述中，小说的内部逻辑得以奇妙地塑造与成全。邵丽在描写刘万福时，笔触既冷峻又饱含着难以克制的疼惜。小说中的另一条副线也惊心动魄，县委书记周启生满怀激情，想做一番大事造福百姓却铩羽而归。可以说，刘与周的故事是小说的 A 面和 B 面。无论是一介草民还是一方父母官，无论在制度外还是在制度内，他们都身不由己偏离了轨道。而她的《第四十圈》，无论从结构、叙事还是语言上都达到了完美统一。它像中国版的《罗生门》，从不同角度不同空间不同时间叙述了一宗凶杀案，但案件本身不是重点，重点是案件之外底层小人物的众生相。她对每个人物都力求公正的审视、公正的剖析，因而通篇弥漫着力求节制的悲悯情怀。

我想，她的这类作品用酒来形容或是最恰宜，它们热烈庞杂，粗粝又温柔，直至在众声喧哗中飞扬至没有边际的黑洞。而她的另外一些作品，比如这篇《天台上的父亲》，则是一壶味道绵长又稍显苦涩的茶。那个革命者父亲，那个每日将公事私事均记录在案的父亲，那个退休后无所事事的父亲，那个最终从阳台上坠落自杀的父亲，他的精神世界是如何在貌似安稳中意的尘世中坍塌的？小说并没有给出答案，但是在从容自在的叙述中，"我""妹妹""哥哥"和"母亲"的世界或隐秘或公开地与"父亲"的世界进行了勾连与和解，这勾连与和解中掺杂着选择性的遗忘——我们有权利阻止他的死亡，他也有权利终结自己的痛苦。在母亲波澜不惊揭开秘密的刹那间，作为读者的我，感受到了彻骨的寒意。我想到了《变形记》的结尾，变身昆虫的格里高尔终于死去了，他的母亲、父亲和妹妹坐着电车去布拉格郊外春游，"车厢里充满温暖的阳光"，他们在思忖着如何给女儿找个好婆家。布鲁姆在谈及莫里森的传承时说，福克纳总是在莫里森的作品里投下身影,而且激发莫里森在她最好的作品里"设计出更具创造性的规避"。套用这句话,我想说,邵丽总是在邵丽的小说里投下身影,我丝毫不担心她的规避没有创造性。

昨日大风,今日又大风,下午从满架蔷薇下走过,并没有花瓣落在身上,念及那年的郑州之夜,竟是很久没有相聚了。

《九重葛》与邵丽的"中年变法"

杨毅

当文学界热衷探讨青年写作与青年形象时，文学作品中的中年形象或许被无意忽略了。——与前者被赋予更多可能性不同，后者要么构成区别于青年形象的他者符号和意义空间；要么只是些许面目模糊的斑驳倒影，只剩下"人到中年"但理想不再的颓废沮丧的灰暗人生。而在大众文化领域则几乎是相反的现象：无论是"乘风破浪的姐姐"还是"披荆斩棘的哥哥"，只有在占据社会精英身份的基础上，才能在消费时代的舞台上渲染"中年励志"的人生故事。——这与其说是展现了现代女性的生存困境，不如说是重新纳入消费主义的编码体系之中，最终沦为鲍德里亚式的符号消费。

有关中年形象的问题牵扯太多。《九重葛》讲的也是中年人特别是中年女性的情感故事，但却没有上述过于符号化或情节化的内容，反倒是把我们想象中的中年女性的形象消解了。小说的主线围绕万水和张佑安两位中年男女之间的交往，穿插各自的家庭背景和过往经历，讲述了两人从相识到熟悉再到彼此接受的过程，故事发生的时间是 2020 年前后的疫情期间。这个看似平淡的故事，潜藏的更多的是人物内心的情感波动，而非作家刻意制造的某种故事。这种将故事让位于人物内心的写法，让小说的叙事跟随人物情感的起伏而平静和缓地流动，读来有种静水流深之感，如同小说中两人成熟稳重又水到渠成的感情。

相较于青春年少的激情和冲动,中年人的爱情在经历更多世故之后反而更加成熟理性,但倘或真正不出于某种考量或算计的结合,反倒会带来成年人历经世事之后的体恤和包容。尽管万水和张佑安有着不同的家庭背景,但都在年轻时的爱情婚姻中始终处于被动的状态,直至退休后长期过着独居生活,只是在公园散步时的偶然邂逅而意外发生交集。但小说通过情节不断推进的方式,将两人偶然的遭遇变成再度相逢,又在几次交谈中加深对彼此的了解,特别是身为女性的万水在这个过程中不断打开内心,最终实现对自我的救赎。

本雅明说现代都市人的爱情不是"一见钟情"(love at first sight),而是"最后一瞥之恋"(love at last sight),"销魂的瞬间恰是永别的时刻"。但邵丽并未让男女双方止于目光的交汇(尽管这看上去更像是现代爱情故事),而是让他们彼此观察,而且是有意拉开距离的观察。小说中,万水对张佑安从最初怀疑到不太抵触,再到相隔之后的坦然接受,这个过程并不是典型现代社会中聚散如浮萍的爱情,或者干脆沦为性/爱分离,反倒带有某种"古典"意味,体现为"人在爱情中成长"的"浪漫爱"色彩的亲密关系,"其原因与其说是因为被爱的那位被理想化了,不如说是因为它假设了一种心灵的交流,一种在性格上修复着灵魂的交会"。这种亲密关系的功能其实是满足了自我身份认同的匮乏,使"有欠缺的个体因之变成完整"。

尽管这种亲密关系构成现代资本社会的情感基础,但邵丽主要汲取了它修复性的结果,尽可能地让心灵拥抱现实,而无意于对资本社会进行抽象的道德批判。万水出生在干部家庭,接受过良好教育且衣食无忧,但在经历了离异和双亲去世之后,"她的世界从此孤独到绝望,她不信任任何人,更不相信爱情。她无数次地想到死,可又心有不甘地活着",整天陷入低落沮丧的心情,"慢慢地,她成了个孤儿",而像她"这种习惯身心都包裹得严严实实的女人，不可能发生邂逅的故事"（作家甚至有意突出了她非同常人的洁癖）。然而恰恰是这样的女性，在人到中年心灰意冷之际重新唤起生活的信心。

女性视角的运用并不意味着万水因为爱情而得到救赎——这恰恰是女性主义所反对的，毋宁说是在相遇中找回失落的自我，因为情感和行动转变的背后是价值观重新确立的过程。曾无数次想过自杀的万水，其实并没有自杀的理由，只是觉得"活着没意思"（轻度抑郁症？），但在和对方的交往中点燃生活的热情。小说安排张佑安给万水讲"有关爱的回归、自我价值发现、自我救赎以及万物之美"的故事，甚至不惜略显突兀地直接插入乔伊斯作品的情节，以此在主题上与小说形成互文。但我愿意把这种看似直白的写法理解成作家有意为之——为什么中年女性的生活非要像死灰般沉寂，不能是尝过孤独又反过来促使她发生蜕变呢？

正如小说题目暗示的，作家在写法上抓住九重葛这个意象。九重葛在小说中出现过三次：首先是张佑安在万水家门口捧着开得正盛的九重葛打算送给她，万水先让他把花放在门口，过几天才让他搬进客厅的窗台上；接着是说她后来无意发现"窗台上的那盆九重葛懒于浇水，竟然越开越盛，艳得让人心惊肉跳"；最后是万水从三亚独自旅行后回到家中，惊讶地发现，"那盆被她遗忘了的九重葛还旺盛盛地开着"。在小说中，九重葛不仅直接推进情节的发展，还对应人物的心理状态（万水对待九重葛的态度成为自我的投射），更暗示出了小说的主题：九重葛的生命力极其旺盛，即便无人照料但依然自顾自地花开浓艳，不管处于何种生存条件，都依然以己之力绽放生命的华彩乐章——这何尝不是人生的理想境界？和动物界遵循弱肉强食的丛林法则不同，植物通过光合作用的呼吸吐纳更接近人类向上向善的原始生命驱力，反而因远离人类社会的功利属性得以被召唤——如果植物真的能让人重新焕发生命的光泽，又不至于陷入"内卷化"的竞争之中，这又何乐而不为呢？

《九重葛》是个有关被爱和自我救赎的故事，也像邵丽自己说的，这无疑是个温暖的作品。或许随着年岁渐长，作家在历经世事之后，想要试图重新找回人性深处的真善美。艾略特说："人到中年有三种选择，要么停止写作，要么重复昔日的自己（也许写作技巧会不断地提高），要么想法找到一种不同的工作方法，使自己适应中年。"这让我联想到邵丽近年的小说创作。她既没有停止写作也没有重复自己，反而创造力越发旺盛，又真正地找到了属于自己的句子，但又不完全是"不同的工作方法"，而是在不断尝试着的探索和转型中找到了作家与自我、与父辈、与家族之间的血脉根源。或者这样说，邵丽的小说创作始终以"有我"的状态出现，但和此前相比有了更加坚实的基础，既不沉浸在"小我"之中，也不刻意追求某种社会效应——不妨称之为邵丽的"中年变法"。在我看来，这种"中年变法"不必然对应"青年写作"，而是在邵丽这里带有某种"回溯性"的写作，即通过返回初心的方式重新确立起自我与生命的本源，穿透外在条件对人的桎梏，在充满着变动不居的社会中重新回到"确定性"的状态。

绽出的那一个

邵丽将自己的小说创作分为三个阶段：第一个阶段是刚刚走进作家队伍的时候，那时她喜欢写一些"虚无缥缈的小情小感，离真实的生活很远"，以《迷离》和《寂寞的汤丹》为代表；第二个阶段发生在挂职锻炼后，所谓的"挂职系列"小说，"离现实非常之近"，如《刘万福案件》和《第四十圈》；第三个阶段以父亲去世为节点，她着手梳理家族历史，创作出《糖果》《金枝》等作品。依照这一分期，中篇小说《九重葛》位于邵丽写作的第三阶段，服膺在更深的层面上"接近和反思历史与现实""接受生活的最终安排"的题旨。然而，与同时期的《天台上的父亲》《风中的母亲》《黄河故事》《金枝》等作品相比，《九重葛》表现出强烈的异质性，在某种程度上，它是邵丽小说序列中绽出的那一个。

一段亟待展开的亲密关系，一个让人念念不忘的女性角色，构成了小说《九重葛》的基本框架。主人公万水，生于军人家庭，受过完备的大学教育，喜爱哲学和文学。她头发剪得很短，身材偏瘦，走路像风一样快。林业专家张佑安将那盆开得正盛的九重葛从她家门口搬到客厅窗下的台子上时，万水已经五十二岁了，却仍然气质出众。

邵丽笔下从不缺乏散发生命光泽的女性，万水之所以在其中被识别、被放大，原因大致包括

聂 梦

这样几个方面：

这是一个轻装简从的角色——

有研究者用一气呵成、气贯长虹来形容邵丽近些年的小说状态。这首先归功于作者细腻包容、明朗热烈的文心，与此同时，关注历史变迁、描摹时代气象，同样是形成阔大美学风貌的关键要素。邵丽的家族叙事，不在于追溯一己之源，而是由一个故事，引出万千家庭的故事，在一个较长的历史时段内，映现中国家庭的情感结构和伦理变迁，重申对于土地、血脉等根本性命题的理解。因此，她小说中的叙述者，常常背负着比"书记官"还要再多一些的使命：回到家族之中，不仅仅意味着回到历史之中，更是要回到情感之中、命运之中。

这一过程遍布痛苦——理顺代际关系是叙述者达成"回归"的主要途径，而在子女的成长过程里，父母往往扮演着"苦难制造者"的角色。以《黄河故事》为例，小说从为已故的父亲选墓地起笔，父亲的历史如同黑匣子一般难以拆解，我们同母亲之间冻土层般的冷硬关系决定了整个作品的基调。"我和父亲/母亲，能是我们吗？"这是邵丽梳理家族史时提出的最重要也最具分量的问题。她和人物一道背负着如此疑问，登上天台，在漫天风雨里，穿过压抑、疏离乃至死亡的恐惧，努力将父母拉回到自己所在的现实，再将自己拉至特定的时代和社会情感结构里。

但万水就不必面对这样的难局。小说中关于她的背景知识并不少——父母都是解放战争时期的干部，母亲四十多岁生下万水，彼时父亲已经年过半百。回到地方后，父亲当过"连片地区半个省的副书记"，母亲是省政协副主席。小说第五章的前半段，还专门记述了父亲万振山戎马倥偬南征北战的经历——但所谓"前史"也就到此为止了，没有太多的隐情和波折，万水的父母置生死于度外，无疾而终，把万水留在了一个人的生活里。

万水一直称自己是孤儿。事实上，相比较其他"同伴"，要在多年之后，甚至父母离去后，才"像突然通了电似的"，与那些生动的场景、杂沓的细节相遇，意识到自己对父母恨了多少年就爱了多少年、恨有多深爱就有多深，万水从小接收到的情感教育就是整全的、丰盈的，在任何一个年龄阶段，任何生活和心理状态下，父母始终像疼惜一个小娃娃一样疼爱着她，直到离世。

也就是说，在《九重葛》里，邵丽为万水精心设置了来处，却又将她从"群体使命"中解放出来，赋予其游离的空间，让她有机会回到单纯的一对一关系中去生成、凝视并发展自己。

这是一个深具当下性的角色——

乡土中国是邵丽小说创作的核心主题之一。那些泥土里生长出来的家族故事，被作者赋以民族性、历史性的文化人格，为中原书写增添了鲜活大气的内容。其中，从城市返回乡村，作为方法，出现在邵丽的许多作品里。主人公们通过历史轮回的方式，由现实迈入梦想，从枝叶游回根系，自当下眺望缘起，重新审视脚下故土的魂魄与新生。相比之下，万水的生活轨迹和生命难题，一直与城市牢牢捆绑在一起，从原生家庭那里获得的幸运，并不能帮助她脱离现代性的泥潭。万水同样是痛苦的，她的痛苦不是源自父辈，而是源自现代城市生活本身。

小说中，万水的单独状态被反复强调。一个人的家，城市的孤儿，无所事事的状态，焦虑成为她人生的首要关键词。物质性与精神性之间的断裂是万水需要克服的对象，正如她的同伴、出现在《黄河故事》《金枝》里的那些女性角色，需要回到亲缘关系中克服现实与历史之间的断裂那样。得益于父母的照护，万水在一座特大城市里拥有四套房产，她以心脏早搏为由早早申请了病退，现实生活中再没有什么需要她为之烦恼的事项。但这并不能减轻（甚至反而加剧了）她的烦恼。万水的家是一座空屋，万水本人就是一座空荡荡的躯壳。她口味寡淡，食物链仅仅满足活着的最低需要，每天上午八点钟已经完成了清理家庭、整理自己的全部工作，接下来等待她的就只有无趣、无聊和无意义。就像小说开篇描述的，她的一天很难熬，她的一年很难熬。

这种痛苦让万水离群索居，同时也让她作为一个形象与当下的城市经验贴合得更加紧密。当抑郁症、社交障碍、重度洁癖、极简生活，这些颇具现代性特征的词语与中年叙事、女性视角交叠在一起时，万水不仅成为邵丽女性群像中十分特殊的那一个，也成为当前小说创作中十分特殊的那一个。

这是一个勇于示弱的角色——

邵丽谈及女性，总会关涉力量："长久以来，我陷入某种莫可名状的心绪里，总是被某种情绪推着往前走。我试图寻找各种角度思考人与人之间的关系，尤其是那种看似颠扑不破的亲情，怎样在被突然注视和放大之后失色和失真。我们不需在真相面前惊慌失措，我们离真相尚远，甚至可以说，永远都到达不了真相。但这依然阻止不了我们对感情刨根问底般的拷问。"

这是属于一个小说家特有的力量。邵丽笔下的人物也是如此。坚韧，执着，向往真爱，渴望温情，在捍卫家庭、冲破命运、自我更新的成长历程中，在历史与现实一次又一次的粗粝摩擦当中，始终保持精神的尊严，充满向外发散的、不竭追问的力量。

但到了万水这里，情况却有所不同。万水是一个"弱者"，且自始至终都坦诚地接纳并表达着自己的"弱"。在她的世界里，自我优先于关系。因此，小说中分布着许多宣言式的自白：我是个独身主义者；我是个耗日子的人；除了爸爸妈妈，不爱谁，也不恨谁。与此同时，万水不自卑，也不固执。当一个陌生人评价她"你看上去很朴素，但你的朴素是尊贵的；你很谦和，你的谦和却让人难以接近"，她会先变脸再微笑；当阳光随着林业专家的出现一并出现在她的生活里，她愿意借此清点自己拥有的一切，觉察它们的中用与可爱；当她克服万重困难从海边折返家中，电梯门打开时，她能过桥一样地跨过那些变数，跨到盛放的九重葛旁边，以及与自己和外部世界和解的亲密关系里。

小说里有一处细节很有意思，张佑安抱圣物一般抱着培育了三年的九重葛来到万水家门口，堵在门口的万水其实是有所触动的。她提着一大桶水和肥皂，指了一个地方，让张佑安在步梯口冲手，随后，"水顺着楼梯缓缓地跨着台阶，弯弯曲曲地不知道要流到几楼去了"。就在这弯曲里，既藏着万水的执拗，也藏着与示弱相关联的微妙的美好。

当然，治愈万水的不仅仅是张佑安，还有张佑安在黄河边上的"农耕生活"。他租了六十亩河滩地培育苗木，日出而作，天人合一，万水也终于鼓足勇气，来到这里与他再度相遇。苗圃可以理解为无限盛大的九重葛，它对主人公的未来命运做出昭示，农耕生活也可以看作是万水的现代性难局与邵丽的大河情结的合流，万水在黄河边上克服失眠坠入梦乡时，邵丽正一个人顺着河岸行走，阔大的黄河之滨，一切都显得微不足道。

"即使我做不了我自己，我也已经看到了我该做怎样的自己。"

第三辑

我们说

何须浅碧深红色，自是花中第一流

张莉：您开始写作时已是中年，是出于对文学的热爱，还是别的什么原因？您觉得，写作带给您最大的改变是什么？

邵丽：其实我开始写作倒是很早，二十岁就发表过小说。只是中间间断了十几年。对文学确实热爱，就是觉得放不下。我觉得写作给了我第二个人生。

张莉：看来，"写作的种子"一直在您心中生长。至于"间断的十几年"，其实是为开出醉人的花而必经的沉淀。

您说过，写作对于您"是一种倾诉的需要"。因此，不论动笔与否，心里始终有文章，放不下。而这种需要，在某种程度上已构成您生活的一部分，就像空气和水，不能缺失。正是这种发自心底的、自然状态下的"倾诉"，让您对"生命的书写"呈现出"令人震颤的文学风景"；同样，正是您无意以此换来任何声名或利益，而"只是想写，喜欢写，是一种生命本能的东西；至于写什么怎么写，写到什么程度，很少去想"，所以，无意插柳柳成荫，取得了骄人的成绩。请问，促使您创作的，究竟是一种怎样的"倾诉的需要"？

邵丽：倾诉的需要并不是作家的专利，但是客观地说，每个作家都是在"倾诉"，只是着眼点不同罢了。对于我而言，这种倾诉也经历了很大的变化，甚至可以说是质的变化。过去我是从

张莉 + 邵丽

家门到学校门，再到机关门，没真正在社会的最底层待过。后来我去挂职任副县长，看到了底层真实的情况，写作风格也发生了很大的变化。这些都在我的作品里有很明显的反映。

对一个作家而言，倾诉的需要其实是一种有意识、有意义的文学交流。作家的所思、所想，作家对这个社会所抱持的态度，会通过文学的路径表达出来。一个好的作家，要善于发现、体验和挖掘人性。正如周作人所言，文学的本质无非是"物理、人情"两个方面，把事物运行的道理弄通了，把人之常情想明白了，作品的厚度就有了，你的倾诉就会显示出极大的诚意。

张莉：因此，您作品的关注点之一就是"人性"。虽然这并不是一个新颖的文学话题，也绝非另类的写作姿态，但是，由于本着"一颗赤诚的倾诉之心"，您写出了独特的风景。

作为女作家，无论是观察世相，还是心相表达，都比较细腻精致，有着男作家难以企及的优势和特色。但是，有些女作家却特意回避自己的性别，倡导一种无性别写作。对于这种姿态和立场，您怎么看？

还有，虽然您更多关注的是"女性的困惑、惆怅、苦闷以及无可名状的躁动不安"，但作品中却没有女作家难以避免的明显悲喜或过度自怜自艾，而是理性和适度。这种类似男作家的平静、理性书写，有评论者欲将之归为"中性写作"，您同意这个说法吗？

邵丽：我觉得你说的"有些女作家回避自己的性别，倡导一种无性别写作"和我想说的性别不是一个概念，也就是说，从主观而言，写作时我很少考虑性别问题，至少没有明显的性别意识。

但我也不承认自己是"中性写作"，我的作品不乏女性立场和女性态度。即使像《刘万福案件》和《第四十圈》这样的作品，也是如此。不过正如你所言，我的作品确实很少"明显悲喜或者自怜自艾"，在生活中我也是如此，不是一个容易动情的人。虽然达不到不以物喜不以己悲，但至少可以做到宠辱不惊吧。

张莉：关于这一点，在您含蓄却不平淡的小说语言里，可见一斑。

您被认为是"中原作家群"里的重要作家，同时也有人将您归入了"周口作家群"。您是怎么理解这一归类的？同时，您认为自己在哪些方面、在何种程度上与"河南"和"周口"保持着精神上的关联？

邵丽：很少想这方面的问题，尤其在写作上，我的地域特征不是很明显。但是也很难脱离中原的文化语境，所以很容易被人看出"破绽"。

张莉：这是每个人都难以避免的"破绽"。就像孩子对味道的记忆决定于其七岁之前的饮食，生养您的文化语境，自然会在作品中闪现出影子。

有评论者把您的写作特色归纳为"邵丽体"，您自己怎么看"邵丽体"？

邵丽：我倒没有刻意追求过什么写作风格，就是按自己喜欢的写作方式去写，基本上都是一气呵成，最终形成了这么一个风格。很多读者和评论家也跟我谈过这个问题，说开始看我作品的时候，觉得小说还能这么写，很奇怪。但我一直坚持走下来，觉得自己还满意。

张莉：正是这份顺其自然，让您的作品以简洁、流畅的文字和纯粹利落的叙事迅速赢得了评论界和读者的认可。但是，您依然进行着小说叙事方面的尝试和探索。这种"作家的宿命和使命感"，让您的小说在不断冲击小说叙事边界的同时，成就了独特的"邵丽体"。

说到"边界"，您怎么看待中国文学的边界问题？

邵丽：我是个保守主义者，我觉得还是应该守护文学的边界。文学有自己独特的审美和路径，它不应该承担额外的社会功能。

张莉：是的，写作的本质其实是一种有意识、有意义的文学交流。好的文学，都是通透了"物理""人情"两个方面，其厚度浑然天成。而作家对这个社会所抱持的态度，会通过文学的路径表达出来，从而呈现给读者最大的诚意,并引发共鸣。

在您的很多小说中,都涉及了"城与乡"的主题。除去对传统与现代文明之间关系的思考,以及您对"乡村"的关注与眷恋,这个话题多次被提及,是否和您童年时期的成长经历有关?

邵丽: 确实,这与我童年时期的成长经历有关。其实我是典型的城里人,父母都是领导干部。但是那时候家里孩子多,父母整天忙于应付各种政治运动,很难照顾自己的孩子,于是寒暑假就把我们放到乡下外婆那里养。我觉得像我这种身份,可能比真正的乡村孩子对乡村的感受更深刻、更敏感,也更纯粹。尤其是自己的生活反复在城乡之间转换,那种因强烈的对比而留下来的印象,会影响自己的一生。

张莉: 在阐述"城与乡"的代表作品《明惠的圣诞》中,您为什么塑造了明惠这样一个主动向城市献身的农村女性?在结尾处,您让她死去了。这个结局看似突兀,事实上正是困境中的明惠面对绝望时的一种选择。通过这个结局,您想表达的是什么?

邵丽: 这部作品也是我"挂职系列"里的一篇,是一个比较真实的故事。只是想表现在城市化的过程中,人们身份的焦虑。人们惧怕城市,但也向往城市。所以,明惠的死看似突兀,其实也是必然——为了走向城市,她可以不要脸面地将自己豁出去,哪怕当妓女;一旦身份转换,成为城市人,她可以为遭受到一点小的屈辱去寻死。明惠和我的女性系列中的女主角一样,无论什么人,身份低微或者高贵,骨子里她们是向往真爱的,渴望温情,在苦难里百折不挠,她们的内心有着已知或者未知的精神的尊严。明惠的死是尊严的幻灭,也是对爱情的绝望。在这个现实的生活中,除了物质,城市不属于她们这个群体,爱情更是遥不可及。

张莉: 想得到尊严,对于一个曾做过妓女的人来说,等于期盼"招安"后能够"封妻荫子"的宋江。至于爱情,本来就是现实生活中的奢侈品。不仅需要遇到同样向往真爱、渴望温情、呵护信念的另一个人，而且要求双方能够经受住时间的考验与磨砺。所以，明惠的死，在某种角度上讲是注定的。而她最大的魅力，也正是勇敢地捍卫了尊严、追了美梦。

说到您的"挂职系列"，从《人民政府爱人民》《村北的王庭柱》《老革命周春江》到《挂职笔记》，虽然写的都是身边人、身边事，但细节处却充满真知灼见。比如"大闹大处理，小闹小处理，不闹不处理"的信访工作潜规则，"人不就是一口气？争也是一口气，不争也是一口气。你这样想想，心里不就宽敞了"的豁然，以及"每任县委书记来的时候都豪气干云，想改变这里的一切，但到最后什么都不能改变；如果有所改变的话，只能是县委书记变了，这里的一块砖你也变不了"的真正现实……如此坦诚的描写，不仅为读者揭开了官场的帷幕，更让我们换位、重新审视了官场，得到了不一样的感受。

总之，挂职的经历对您的写作产生了很大的影响。以后，您还会沿这个思路继续进行创作吗？

邵丽：可以说，挂职经历再造了我的写作。我觉得这是一个宝库，今后还会继续走下去。

张莉：您挂职期间对官场有诸多发现。但是，与大多数作家对官场权术秘密的揭示与把玩不同，您主要从人的生存角度表达了对官场和官员的理解，呈现出世相的复杂。是什么让您采取了这样的立场来观照官场？您从这个角度处理官场和官人时，在写作上是否遇到过困难？

邵丽：我反复说过，官场不是一个独立的"场"，它是我们日常生活的一部分，不能过分丑化，当然也不能过分美化。我主要从人性的角度理解官场，我觉得从这个切口进入，一切都是那么自然而然。

张莉：正是从人性角度出发，您的挂职小说《第四十圈》明显不同于以往的底层叙事文本。其中，复调的形式让小说中的每个角色都自由地表达出自己的立场,从而真实、生动地展现了普通人的生命欲求及其荣乐与伤痛。同时,您发人深省地点明一个事实:"特权阶层的存在对社会巨大的破坏力量不在于这个圈子中的人有多坏——其实他们很多人未必是坏人,甚至有很多人是一般意义上的好人。"另外,就这个血案本身,叙事者又发现了一个吊诡之处——这样一起前后死伤多人、产生巨大负面影响的血案,从最后处理结果看,居然没有人必须为此承担责任。对此,有评论说,这是"面对更为复杂的现实时所做的深刻的思想调整"。对这一说法,您怎么认为?

邵丽: 也有作家朋友把这部作品称作中国版的《罗生门》,可能这就是当下中国复杂的现实,很难用"好—坏""因—果"来定义某件事情。其实就这个故事本身,我觉得很悲哀。最后灾难性的后果到底是怎么形成的?好像每个人都没责任,也好像每个人都有责任。受害者同时也是害人者。

张莉: 所以,它被称为"中国版的《罗生门》",因为深刻揭示出一定意义上的生存真相。

作为一名作家,您如何看"作家的批判意识"?

邵丽: 关于作家的批评意识,我觉得是天然的、责无旁贷的。没有批判,就没有真正的作家。

张莉: 是的。而且,除了有批判意识,好的作家还会在被批评之前先进行自我批评。其中,"自我批评"的方式之一,就是对作品的"修改"。在谈到《刘万福案件》的创作过程时,您说自己"听从了几位老师和朋友诚挚的意见,做了大幅的删节和修改",从而使作品"像一个顺从的孩子"。能举个例子,通过您的裁剪角度和取舍痕迹,谈谈对文学的真实的理解和把握吗?

邵丽: 小说《刘万福案件》原来的故事脉络是两条平行线,一条是刘万福的生死,一条是县委书记周启生的浮沉。这两条线虽然相交不多,但是在中国复杂的社会环境下,却是互为因果的。不过在写周启生的时候,遇到了很多敏感的话题。这些话题虽然未必是什么禁忌,但它也绝对不是可以在公众场合随便议论的,牵涉的问题太多、太复杂,这些问题不是小说能够解决的,所以就做了大量的删节。

张莉:也就是说,生活与艺术之间"假亦真来真亦假",关键是要把握好一个度。有时候,自己身边没有发生过的事,经由作家"真实"的叙述,却能触动我们的内心并留下深刻印记。一旦生活中有类似事情发生,就会刹那间真假混合,灵感迸发,人物形象呼之欲出。

比如,关于小说《刘万福案件》,您说过这样一段话:"只要一安静下来,刘万福杀人的那把刀子就明晃晃地出现在我的脑海里。同时,我总是把它和一个作家的小说《清水里的刀子》联系起来。曾有一家杂志让我点评过这部作品,我在评语里说,这是二十年来我读到的最好的小说。"在我看来,您的这段话很有意味。文学里有原型说,就是每一类情感或事件都有其共通的核心和规律。这里,已成为祭祀品的牛,看到了宰杀自己的刀子;刘万福,看到了自己命运中的那把刀子;而让您印象深刻的"清水里的刀子",此时穿越时空,和那两把刀子碰撞到一起。于是,三把"明晃晃的"刀子叠合,触动了您必须创作的原动力。

您觉得,这种"灵光一闪"是不是一部成功作品必须具备的元素?作为二十年来您读到的最好的小说,在您对《刘万福案件》进行叙述时,《清水里的刀子》有哪些具体的影响?

邵丽:著名作家石舒清的《清水里的刀子》是我读了很多遍,也常常读的作品,它浓郁的宗教情怀和那种超自然的令人安静祥和的力量,是一般的文学作品很难达到的。虽然他写的也是一种宿命,但因为有终极目标作为归宿,因此显得伟大而崇高。而《刘万福案件》里的那把刀子,是悲壮和悲哀的。那种超越个人能力而无法挣脱的压迫,是一种无影无形的、令人绝望的力量。对它的暴力反抗虽然不乏美学的力量,但仍然是一种暴力之美，虽然会给我们带来快感，但它仍然是一种过时的、野蛮的、与现代文明格格不入的东西。也许，唯其如此，才显示出它的悲哀来。所以，同样是一把刀子，同样是鲜血和杀戮，在石舒清那里，它是舒缓的，甚至是期待的。因为在死亡的背后，有着崇高的情怀。让我们感受到、也看到了"从来没见过这么一张颜面如生的死者的脸"。而在我这里，它是焦虑的、愤怒的、走投无路的。他的命运无法救赎，也无法救济，只有挥刀将自己的生活砍成碎片，玉石俱焚，才是唯一的归宿。

张莉：从如此悲壮的别无选择中，我们读出了邵丽的现代中国政治批判。

说到作品中包含的"浓郁的宗教情怀""超自然的令人安静祥和的力量"以及"宿命"，1999年您发表在《热风》上的《碎花地毯》，完全具备这些因素和特质。在您描写男女之情的作品里，这篇小说对两性感情、两性心理的描写，以及对人生、命运的探索和感悟所达到的高度和深度，让人深深惊服。女主角柳生原和继父肖天、丈夫关家宝以及总经理方宏升之间的情爱，都是真诚且严肃的。这个女人，她总感念别人的好处，并感激自己生命中遇到的每一个男人。在和他们的感情纠葛中，她内心总是充满挣扎与纠结。虽然她曾坚决地与每一个男人都保持着距离，但是，注定的宿命让她必须接纳生命中的"过客"，并与他们展开灵与肉的交流。因此，隐藏在柳生原内心的"拒与迎"的矛盾、"爱与舍"的拿捏，以及"生与死"的喜痛，不仅充满了张力，而且弥漫着宗教的情怀，引人入胜，发人深思。

其中，柳生原跟插足自己婚姻的第三者说的一段话，让人印象深刻："我能够理解，你也不要太责怪自己，不管怎么样都要好好地活着。我们都是真诚的人，却无一例外地犯着一些自己也把握不了的错误。我们是错了，但并不违背自己的本心。也许就像书上说的，我们爱，所以我们无罪。"总之，这篇小说给我的印象，是出手不凡。无论是复杂的线索、迂回的结构，抑或是对人物心理细腻入微的体察和到位的语言表达，这篇小说都已呈现出"邵丽体"的独特与韵味。请问，《碎花地毯》里，最让您感动的是什么？

邵丽：最让我感动的是人性，以及人性表达的"自然而然"。一个人真诚、真实地面对自己和别人，是难度非常大的一件事，可能有时候倾尽一生都做不到。

张莉：享你该享的，受你该受的，一切都是注定。这正是您对世事最大的感悟。

在您塑造的众多女性形象中，《碎花地毯》的女主角柳生原可谓是完美无缺。她端庄娴静，激情四溢，透明如水，神秘如谜。记得作家苏童曾在一个座谈会上说过，他创作《妻妾成群》的触动点，源于童年时期在姥姥家附近见过的一个疯女人。同样，很多作家笔下的经典人物也都有着生活中某个或某些人的影子。请问，柳生原这一形象，您有生活中的原型吗？

邵丽：有，也没有。她是一个综合体，既是现实，可能也是理想吧。

张莉：同样是描述知识女性的爱恋，与《碎花地毯》里男女之间深沉、纠结、刻骨的情爱不同，您在《北地爱情》里讲述了一个女博士和企业老总"由爱到平和分散"的故事；《礼拜六的快行列车》描写了一个女博士充满算计和世俗气味的爱情。两个女博士"难有结果"的情感历程，是缘于您一贯的"爱是复杂"的表述思路，还是更有深意？因为目前女博士不仅特指一类特殊的人群，同时也是一个饶有意味的文化符号。

邵丽：这两部作品倒是没有刻意表达对女博士的关注，也可能出于叙述的便利，表达那样一种复杂敏感的感情，需要一个博士身份吧。让具有批判精神和自省能力的女性，面对中国社会转型期特有的复杂社会心理现身说法，可能更有说服力一些，这就是我当初的考虑。其实作品完成后，再回过头来看这些问题，已经不是那么简单了。也可能本能地把女博士当成某种特殊人群了。她们的所思所想异于常人，面对世俗生活，尤其是面对世俗的爱情时，她们能在身体上置身其中的时候，精神上置身事外，各种各样的东西都"拎得清"，这是我无论如何没想到的，也许这就是小说的魅力所在吧。但这两个女博士却又是如此的不同，《礼拜六的快行列车》里的女博士，与其说是成熟，实际是一种早衰，有着向现实妥协的颓废劲儿；而在《北地爱情》里，女博士却是在成长，有时会顺从现实，但是绝不屈从。

张莉：的确，《北地爱情》中的女博士是一个有理想的、成长中的女性。因为她是一个心里有梦的人，无论是对爱情还是事业。首先，她完全可以如同众多俗人一样，凭借博士头衔回四川老家去谋得副县长的位子，从而实现父亲光宗耀祖的心愿。而她的选择是，来到"一望无际没有任何特色的大平原"，去竞聘上岗一家企业，从最底层做起；至于和董事长的爱情，虽然明知对方有妻子，她却依然真实投入，飞蛾扑火，而不是充满着关于金钱和前途的算计。当看清人家夫妻之间感情的牢固之后，她和一切失恋的女人一样，心里充满忌妒、委屈和难过，以至于连自己雄心勃勃来到的北地，也让她有了心灵深处发抖的悲凉。可以说，这个女博士不仅血肉丰满，而且包含着知识分子身上独有的纯洁和质素。相信她成长之后，会有幸福在前方。

在小说中，您将这个故事的发生地叫作"北地"。作为一个"人工的工业新城"，它不是纯粹的乡村，不是被文明侵占的乡村，也不是繁华的都市。作为一个坐落在乏味的北方小城偏僻处的新城，它更像一个没有任何根基的虚空。您选择"北地"作为题目并且展开叙述，是对以往作品里"精神失根焦虑"主题的延续，还是如《第四十圈》的题目，又是一个隐喻？

邵丽：其实每个作家思想深处都有一个根据地，北地也可以视为我的根据地吧。它是平原上的一座小城，虽然它未必荒凉，但因为距离中心城市比较远，在交通欠发达的时候的确有点偏僻，仅仅因为有几座工厂，这个城市才得以存在和发展。我之所以选择这里作为故事的发生地，确实是想拓展"精神失根焦虑"的主题。作为女博士来讲，其实一直在漂浮之中，她没有自己的根。家庭没有幸福，因为父母婚姻关系的错配，让她有家难回；读书的地方北京，"说起来我在这个城市里生活了九年，可是我一次都没真正走进它，既不知道它有多大，也不知道它到底有多么繁华。在这个世界级的大都市里，我活得简直像一个拾荒者"。而漂泊到这个偏僻的小城，对她来说，是一种逃避，也是救赎。只有真正触碰到坚硬的现实，她才会成长，才会成熟。说是隐喻也可以，这恰如我们的人生：漂泊的时候想有个着落，有着落的地方是更残酷的现实。但是，人毕竟要生活在现实之中。

张莉：是的，何为漂泊，何为着落，其实我们自己也未必能分得清楚。唯一能确定的，是必须要面对现实。而现实之所以注定残酷，就是因为它是现实。

《北地爱情》中，女主角虽然是清华大学经管学院的博士，但出身四川乡村。同样，身为金帝公司董事长，金玉玺土生土长在Z城，初中文化，即使身价百万，本质上也只是个"杀猪的"。相似的成长环境、共同的"力争上游"的人生理念、郎才女貌（何况女还有才）的匹配，足以支撑起两人之间的爱情。但是，小说却不止一次流露出"我"的孤独、怀疑和落寞，即使是在两个人的蜜月期，即使董事长也并非薄情寡义之人。

您如此安排，我觉得并不仅仅出于女博士对自己这段难有结果的恋情心存悲哀，更不是因为董事长拥有无法撼动的美满婚姻。这一段注定分离的"北地爱情"，绝非是对残酷现实的简单注释。因为它显然超越了简单的男女之情，而是有着更高的意味。请问，您隐在故事背后的、更深刻的写作所指是什么？

邵丽：这是一个比较难回答的问题，我试着用女博士的一段思考来回答你："其实仔细想想，他出身寒微，又是在这样一个小地方开创事业，其中的委屈和苦楚别人是无法理解的。他落魄的时候也未必比我们普通人坚强，所以他对得来的成功必须时时处处小心地捧着，不能在砖头瓦碴儿上摔碎。而且，在某些方面，他确实不如我，他连回头的机会都没有。"

在金玉玺的天平上，他个人的荣辱、安全永远是第一位的。所以，在这样的背景下，没有任何东西足以支撑起两人之间的爱情，女博士也从来没有真正走入金玉玺内心坚固的堡垒，更谈不上"超越了简单的男女之情，而是有着更高的意味"。他们连普通的爱情都不及，因为对于金玉玺来说，他步步为营，每一步都是计算出来的。他看似坚强，其实内心软弱，在真正的利益得失选择面前，他甚至会出卖别人，他的软弱之处更可憎，"讨饶的样子，跟李庆余的软弱有什么两样？"

但是，如果有"隐在故事背后的、更深刻的写作所指"的话，那就是我们应该设身处地地试着理解金玉玺。他并不是一个坏人，也不是例外，他是我们每一个人，他所代表的就是我们的人性。

张莉：您的作品打动人心的魅力之一，就是深刻并坦率地剖析了人性。

郑州大学的刘宏志教授在《邵丽小说研究》里指出："《我的生存质量》中的叙述者深刻的地方在于，她批判的刀锋，并没有仅仅指向别人，也指向了自己。"小说中让人印象深刻的描述之一，是当"我"在北京三〇一医院遇到曾对自家有深恩的省委老领导的夫人时的所思、所想、所为。可以说，您对自我灵魂如此深刻而真实的剖析，将对人性的批判深度拓宽到了更高的层面。如此坦率地呈现自我镜像，绝对有独特的性情和豁达超然的品境做支撑。这种写作风格，您觉得和哪位作家最相似？

邵丽： 至于这样的写作风格与哪位作家最相似，我还真想不起来。也许性情使然，也许被写作的激情推动。其实这部作品我是比较放开的，这既是给读者一个交代，也是给自己一个交代。如果没有这样的宣泄，或者像上面所说的倾诉，我真的不知道会不会走过来。真正打开自己的内心，把最隐秘、最难以言说的东西酣畅淋漓地表达出来，反而让我卸下很重的包袱，甚至可以说获得了新生。因为那种反思是全方位、多角度、深层次的。我的工作、生活、爱情、婚姻、家庭、友谊……几乎是全方位的扫描。可能对于中国的作家来说，这样的写作风格有点另类。

不可否认的是，我受俄罗斯文学的影响比较大。俄罗斯作家那种弥赛亚情结，以及他们对自己内心的自省，是我非常钦羡的。也许在那样的时候、那样的情景里，觉得只有用这种方式才能表达自己的内心吧！

张莉： "卸下包袱，获得新生"，如此表达自己的写作心态，很有意味。就像是一只在黑暗、孤独的地下独自孕育了许久时间的蝉，在恰当的时机破壳变身，深情、真诚地唱出自己的生命之歌，倾诉着无法言说的秘密……通观您的作品，不论内容、手法和意味，确实存在着明显的转型。刘宏志教授在《从小情感到大叙事》中，细致地论述并分析了您的创作转型现象。您能谈谈背后的原因吗？

邵丽： 我下去挂职前后，写作风格确实发生了很大变化，那是生活内容发生变化的结果。我过去的生活和基层生活对比，的确有很大的落差，这些东西必然会反映在作品里。而且，对于一个行走在路上的作家，不停地摸索、寻求突破是对自身必然的要求。我过去的作品是唯美的，叙事力求精致和克制。也有评论家说，我的"挂职系列"将作品质量降低了一个维度，但是对于现实主义写作，作品中的现实状态不可模糊，否则就如同一个时期的先锋写作，绕开真实，落地现实就见苍白无力，被称为见光死。

张莉： 好的作品都来自生活。我觉得，您的"挂职系列"作品将过日子的"接地气"和写作的"精致与克制"很好地融合了，从而开出独具特色的花。无论是叙述视角的多维化、叙述结构的复杂化，还是叙事线索的多层化，以及叙事人称的灵活化等，都给人耳目一新、表达特别到位的感觉。尤其是在《我的生活质量》里，您的叙事打破了传统小说的写法，有大量的议论夹杂进来。作品最后关于生命意义的直抒胸臆，更像是散文的一种表达方法，而非严格意义上的小说表达方式。然而，这段感言并没有引起读者对"说教的厌恶"，恰恰相反，叙述者的生命慨叹带给读者的，是深深的共鸣和感动。请问，这种书写，是要呈现独特的叙事的技巧，还是您觉得必须通过这种方式，才能最真实地呈现生活的本相并充分表达您对个人经历的感悟？

邵丽： 这部作品可以讲是生活和情感的一次倾泻，之所以采用这个方式，其实是不得不如此，那种浓烈的情感以及强烈的感受喷薄而出。如果有人认为这不是一部小说，我觉得也可以理解。

张莉： 确实，《我的生活质量》以"浓烈的情感以及强烈的感受"触动了读者内心最温柔之处，很多细节的描写和感情的抒发让人叹服不已。作品给我的感觉是一部传记、一篇日记。它是一个睿智的清醒之人对生命和生活彻悟之后的深情絮语；更是一个有文学灵性和悟性的作者呈现给读者的生命真相。小说以朴实的语言，平静、豁达、幽默而深情地表述了"我"在生命之路上遇见的每一个普通人，以及他们的喜怒哀乐和生老病死，感人至深。

关于"悟"，您曾说过，"我们那一代人的青春期，完全是靠着自身的悟性度过的，没有人指导我们，更不会有人帮助并抚慰我们。"特殊年代里的社会教育和家庭教育，使您那一代人的青春如此不同。您能分享一个关于您自我成长和自我觉悟的故事吗？而这些来自生活的启示和感触，又给您的文学创作带来了怎样的影响？

邵丽： 很难详细地描述自己的青少年时期，那是从物质到精神都极度贫乏的时期。当然，那种贫乏是后来才知道的，就当时而言，觉得每天都很充实，自由自在，无忧无虑。什么作业啊，学习啊，都没人过问。父母总是无休止地开会，整晚整晚地把我们扔在家里。记忆里妈妈除了让我们吃饱穿暖，从没有时间爱抚过我们。我们几乎没有在课堂里受过正规教育，我们的教材都是工农兵参与编写的，课文大多都是政治性的内容，应该属于"儿童不宜"的。好在我的姨父母是20世纪50年代的高才生，他们拥有大量的藏书，很多中外名著诸如《红楼梦》《青春之歌》《钢铁是怎样炼成的》，我都是在小学三年级以前似懂非懂地啃完的。

实事求是地说，在那样的环境里，虽然课本上的知识读得少，可社会知识却很丰富。我们过早地了解社会、参与社会，过早地读懂大人的心事，也因此承担不应该由我们承担的社会重压。比如，我在六岁的时候，用铅笔划破了一张领袖像，导致我父亲受牵连，父亲打了我。我们父女为此一辈子没有解开心里的疙瘩，没有和解。很多年里，我也因此而孤独，而孤独往往会成为文学的导师。

张莉： "学习"一直都由课堂和课下组成，在某种意义上，后者更重要。

不得不承认，作家一般都有常人所不具备的特殊资质，比如能从小事中看到并体悟人生和人性的黑洞。的确，孤独让我们睁开"心眼"去看世态人生，从此领悟与众不同。尤其是当这份孤独是由亲人或者自己看重的人造成的时候，那是一种无法言语的痛。台湾作家白先勇先生曾在《第六只手指》里说，抗战时期，他大约八岁至九岁的时候，因为得了肺病，家里人看见他，吓得躲得远远的。为了防止传染，他被隔离起来，关在重庆李子坝的一个小山坡上的小屋里。抗战胜利后，全家回到上海，他还是一个人被发配到上海郊外去养病。被囚禁的三年里，从未有过真正的访客，只有明姐偷偷去探望过他两次。这样的经历，让白先勇变得孤独、伤感、多疑而忧郁。而且，这些特质影响着他成年后的创作底色和风格。

无独有偶，《追忆似水年华》的作者、法国作家普鲁斯特小的时候，有一次他母亲临睡前，忘了亲吻他，普鲁斯特哀痛欲绝，认为被母亲遗弃，竟至终身耿耿于怀。在有些人看来，这未免小题大做。然而，从心理学角度说，往往是一些看似平淡的细节，却能影响人的终生。而一个人幼年时心灵所受的创伤，有时是无法治愈的。对世界和亲人的陌生感，会让小孩子宁可独自哭泣，也不愿再轻易选择信任和倾诉。

很感动，您能如此坦诚地给我们诉说曾经的往事，尤其是童年时期的"政治事件"。

在《一只怀旧的候鸟》里，您谈到之所以突然喜欢写作，与您的怀旧情绪有直接关系，而这种怀旧情绪，是与生俱来的。在您早期的散文《纸裙子》里，对林林总总的往事的怀旧，已初步呈现出细腻、敏锐、深情、睿智的写作风格。其中，您对生活过往琐事的记忆能力让人惊叹。这些散落的细节，您是否出于怀旧的本能，不经意却深刻记忆，因而它们成为您日后写作的丰富储备？这种难以明说的、不是每一个人都能具有的下意识的记忆能力，是否可以理解为您所说的"与生俱来的怀旧情绪"？

邵丽：喜欢怀旧的人大多是比较敏感，甚至是比较孤独颓废的。我自己就是一个典型的保守主义者，我喜欢往后看。我用"突然喜欢写作"未必恰当，其实，每个人都揣着一个文学梦。从认识字开始，谁不想把自己的故事和心情写下来呢？

至于"下意识的记忆"能力，这我得承认，不是每个人都能具有的。虽然不是每个作家都具有，但我觉得这是大部分作家的一项独特能力。就我个人而言，我的记忆力并不是很强，或者换句话说不是所有东西都记得,有些人见了好几次面都不记得,以至常常闹得很尴尬。但对某些需要记住的东西,哪怕四五岁时的事情我都记得清清楚楚。那不是故意筛选的、具有文学意义的事情,但那些事情一定异于一般的、泛泛的琐事,最终它会变成文学的事情。

同时我还得承认,我是一个悲观主义者。我的作品的底蕴是悲观的,我从来没有享受过彻头彻尾的快乐,即使描写最快乐的事情,也有悲观的底子在。这可能跟我从小受《红楼梦》的影响有关吧。

张莉:感受到了虚无,悲观不请自来,但依然选择认真和坦诚;明白终究一场大梦,所以才更洒脱、认真。所以,您的"悲观",是温暖的。

也正因如此,您在作品里不仅关注每一个阶层并理解他们的喜怒哀乐,同时,也最大限度地、细腻而真诚地向读者呈现您自己的心灵世界,这非常难得。

爱上文学

舒晋瑜：您是从什么时候走上文学之路的？对文学的爱好是受谁的影响？来自书籍还是家庭？

邵丽：真正自觉走上文学道路，应该是20世纪末期了。那个时代的大学生大多怀揣着文学梦，所以要说清楚受谁的影响还真不太容易，应该说受那种社会氛围的影响吧。

我觉得自己的写作主要还是来自书籍，小时候父母工作太忙，孩子也多，就把我们丢在家里。好在家中和亲戚家中有些藏书，就被我们千方百计翻出来看。那个时期的阅读对我们后来的创作影响很大。中国作协有几千个会员时，我家就有两个。我哥哥邵超是一个诗人，先于我好几年加入中国作协。

舒晋瑜：从20世纪80年代初期就开始写作，早期写的是什么？发表作品顺利吗？有没有被退稿？谁是您的"伯乐"？

邵丽：过去只记得上中学的时候在一个地区杂志上发表过小说，前几天我哥找东西给翻了出来。十几岁时，我发表了一个短篇，叫《我们在这里》。很幼稚，小文艺青年的浪漫感十足。工作后结婚生子，中间搁置了十几年没有再写小说，但会写一些诗歌和散文，零零星星地在报刊发表。那时候思想还没定型，写的只是一些小感伤。写得不多，不记得有被退稿。那时候的写作还不是一种真正的自觉，小孩子家逞能的成分比较大。

舒晋瑜：熟悉的朋友都知道，您早年在机关工作，担任过人事科长、乡党委副书记、市文联主席等职务。那时候，文学于您来说完全边缘化了吗？

邵丽：文学对于我来说不存在边缘化问题，读书始终占据我生活的一部分，即使我脱离写作的一段时间，我对文学丝毫也不陌生。那段时间比较活跃的王安忆、铁凝、迟子建、苏童、余华、莫言、刘震云等一大批作家的作品我都耳熟能详。除了阅读我没有其他爱好，很少参与社交活动，至今不会打牌摸麻将什么的。体育、娱乐的天分一样也没有。在我看来，自己是个很笨的人，任何竞技类的活动都让我害怕。

舒晋瑜：您是从什么时候开始重拾文学？重新开始写作，是从哪部作品开始？状态如何？

邵丽：准确说是1999年前后，因为女儿在中央音乐学院上附小，我常去北京。鲁迅文学院那时有作家班，我去旁听过几次。在那个时期，写出了《碎花地毯》《废墟》《戏台》《腾空的屋子》等作品，完全是凭自己的兴趣自由投稿，结果发得都还不错，省级刊物上过几个头条，《中国作家》《青年文学》也发过。

舒晋瑜：您一度成为文学刊物的"宠儿"，作品常常被《人民文学》《当代》《十月》《中国作家》《小说月报》《小说选刊》等全国大型刊物刊载。中短篇小说连续数年被中国作协收入年度小说精品年鉴，还多次获全国奖项，不是所有的作家都有这样的幸运。您觉得是什么原因？能否回忆下当年的创作，停滞多年，突然厚积薄发吗？对您而言是不是一种必然？而且，"爆发力"在您这里好像比较突出。前几年似乎相对沉寂，疫情期间又连续几部作品反响很大，能分析一下吗？

邵丽： 2002年，中国作协鲁迅文学院开办作家高级研修班，我是首届学员之一。那时我们那个班被文坛称为"黄埔一期"，班上一半以上的学员已经是成名作家，包括徐坤、孙惠芬、张梅、麦家、艾伟、关仁山、柳建伟等。授课教师除了专业作家、评论家，还有各部委的领导和专家，李肇星、王蒙、李敬泽、胡平、李建军等都亲临授课带学生。课余与同学们在一起的文学交流，极大地拓宽了我的视野和写作空间。我从一个业余作者，进入公务员队伍，然后又走出来搞写作，应该说具备很多生活资源优势，看问题的角度也不一样，这些经历资历可能会增加作品的厚度吧。说是厚积薄发也好，说是必然也好，不过我觉得任何一种经历都不会被浪费。

这次疫情的暴发，触动了我对亲情的思考。当然，这种思考也可以说是人类面对大自然疯狂报复时的一种必然。我想到了父亲，想到了我们这个家族，写作的激情油然而生。后来我想，之所以这期间有了井喷般的创作，与我几十年来始终没有停止对家族的思考有关。我们这个家族的关系复杂，很有故事性。

舒晋瑜：《我的生活质量》2003年由人民文学出版社出版，不到半年时间发行突破十万册。看得出来您对官场的描写十分熟稔，真切生动，对人性的刻画入木三分，这部作品使您获得了人民文学出版社"年度中华文学人物最具潜质的青年作家"称号。这是您的第一部长篇小说吧？首部长篇就获得这么大的成功，总觉得您的写作道路特别顺利。有没有像某些擅长写中短篇的作家上手长篇时，存在结构、叙事等方面的难题？

邵丽： 我进入公务员队伍是20世纪80年代初期，正赶上干部队伍知识化、年轻化，各个层面的领导班子结构都发生了较大的变动。我接触到的大批领导干部都是77、78、79"新三届"的大学毕业生。不能说我对官场有多熟悉，而是我对那一批官员比较熟悉。他们大多是20世

50年代中后期生人,他们的日常生活、他们的工作和婚姻状况,我都耳熟能详,所以写起他们来几乎是顺流而下。我写的不是官场,也从来不认可我写的是官场小说,我写的就是跟我们一模一样的"他们"。官场不是一个独立的场,他们的日常和寻常人没有什么区别。

这部作品之所以成功,估计和它的真实、自然有关。从技术角度看,因为是第一次写长篇,结构肯定有不合理之处,那时几乎就没有很好的规划,完全凭着自己的感觉走。叙事倒也没有遇到特别大的难题,毕竟对那种生活太熟悉了。

舒晋瑜: 用评论家孟繁华的话说,《我的生活质量》"不是一部仅仅展示腐败和黑暗的小说,不是对官场异化人性的仇恨书写。在某种意义上,这是一部充满了同情和悲悯的小说,是一部对人的文化记忆、文化遗忘以及自我救赎绝望的写真和证词"。您如何评价自己的这部长篇处女作?

邵丽: 孟老师用了"不是一部仅仅展示……"我不同意,我完全没有写到腐败和黑暗。他用"同情和悲悯"我觉得非常好,我只是试图讲述一代人的生命历程,从而向那些在历史的洪流里载浮载沉的知识分子致敬。他们有情怀,但也得向世俗低头;他们会苟且,但也能守住最后的底线。

我所有的书写都心怀悲悯之情,我心疼我的人物,读者才会心疼我。这部作品从2003年出版,中间再版好几次,二十年来一直在卖,从当年的畅销书变成了长销书。有读者的认可才是我最大的满足。

关于鲁奖及"挂职系列"作品

舒晋瑜: 2007年,您的短篇小说《明惠的圣诞》获第四届鲁迅文学奖。能否具体谈谈,这篇小说是在什么背景下创作出来的?写作顺利吗?

邵丽：写完《我的生活质量》我接着又写了几部中短篇，其中就有《明惠的圣诞》。之所以写这部作品，是听我们家阿姨讲她的一个同学进城的事情，当时我触动很大，也正好赶上农民工进城的热潮。但我从另外一个角度想，"她们"所谓的进城，真的能进得了吗？"她们"与城市是对立的，不可能相融的。反复斟酌后，就写出了这样一个对城市充满憧憬又在打击面前希望破碎的女孩子的生死故事。写成之后我给了《人民文学》的程绍武老师，记得很清楚，绍武老师已经通知我要在第几期刊发，后来另一个老师说那一期赶在全国开"两会"，要发别的东西，我这篇要往后放一放。《人民文学》承载有政治任务，我很理解，就把稿子转给了《十月》的编辑赵兰振，陈东捷主编看后当月将作品发了出来。

舒晋瑜：您知道作品参评吗？您所了解的鲁奖评选的情况有哪些？是在什么情况下获奖的？

邵丽：具体细节已经记不得了，只记得河南那一年报鲁奖有《明惠的圣诞》。我对这篇作品并不抱太多期望，觉得只是大背景后面的一个小叙事，认为报奖也只是凑数而已。而且，并未觉得奖是什么大事情。那时我和文学圈还比较生疏，对评奖获奖基本没什么概念。之所以获奖，我想肯定不是因为技术原因，后来评论出来之后我自己才搞明白，"农民工进城""小姐""身份焦虑"这些因素占了很大优势，毕竟当时很少有人这么深地介入这些问题。

舒晋瑜：颁奖活动上有什么印象深刻的事情吗？您发表获奖感言时说，人生的过程是一个灵与肉痛苦挣扎的过程，如果通过文学这个媒介，使我们互相之间变得更加宽容、关爱、和谐，可能这比任何奖项都更加富于意义。我印象很深刻。

邵丽：当时以为获奖了，中国作协给我发个证书就完了，不知道是那么隆重的事情。鲁奖前几届都是在绍兴颁奖，我们要坐船，走红毯，还要领导讲话，自己发表获奖感言……反正觉得很惊讶。获奖感言说了什么自己都不记得。印象最深的是，领奖时我们坐在前排，听见后面几个人在讨论《明惠的圣诞》。我回头对他们点头笑了一下，彼此并不认识，后来才知道他们都是那一届的评委。我们那时获得奖项，省里也不觉得是什么大事，没有奖励。

舒晋瑜： 无论是《我的生活质量》还是《明惠的圣诞》，关注的都是农村人进城、身份得不到认同的问题，揭示城乡之间无法弥补的差距。同类作品也有很多，您认为自己胜在何处？

邵丽： 其一，我涉及这个问题比较早。过去这类作品，主要表现农民工外在的困苦，怎么做苦力，怎么当小姐等，很少涉及他们内心的焦虑。我很早就看到了这个问题，也可能跟我在政府劳动人事部门工作有关。当时很多城市"卖户口"，农民花十万八万块钱买一个城市户口。有了这个户口，你就是城里人了，在上学、就业、参军、医疗等方面享受便利。即使车祸身亡，赔偿也比农民高几倍。所以他们的困苦不是外在的，而是内在的焦虑，是巨大的社会不公在他们的内心投下的阴影。

其次是真——真情，真诚。很少考虑写作的技术问题，重点是用真情实感书写，先打动自己，然后才能打动读者。只有笨作者，没有笨读者。自己感动三天，读者感动三分钟，这个作品就应该是不错的作品。常常听一些人批评说，某一部作品是靠赚取读者的眼泪走红。现在媒体这么发达，人们接触信息的渠道空前广泛，能赚到眼泪真的是很不容易的一件事。

舒晋瑜： 另一个短篇《北去的河》从大别山乡下写到北京城，与《城外的小秋》似有所呼应。写了那么多相关题材，您对于农民进城有怎样的思考？

邵丽： 其实我对这个问题也是蛮纠结的，那就是城乡之间到底是对立的还是相辅相成的？我想还是从我们家两个保姆说起吧。起先的一个小保姆，是个还没结婚的高中毕业生，在我们家干了几年，其间自学考试获得了本科学历。走的时候跟我说，就是在城市拉棍要饭，也不能再回农村，不能让她的孩子再过乡下的生活。后来她找了她在广东打工的同学，俩人跑到东莞开网店，现在在城市扎下根，生活过得还相当不错。

后来找的这个钟点工三十出头，一家人在城里买了房，也都有了不错的工作和收入。但我们聊天的时候，她总是觉得自己过得不快乐。房子小，一家三代挤在一起；蔬菜粮食，包括水都得掏钱买。哪像乡下：院子大得能跑马，空气甜丝丝的，院子里随便撒点种子就有吃不完的菜；想几点睡就几点睡，睡到自然醒。所以她发誓说，等孩子大一点，上学能自理了，就回乡下去种地。她就喜欢种地，盆盆罐罐都能栽花生种蒜，把我们家弄得像实验田一样。

人选择的多样性，是社会开放和进步的标志。但农民进城是一个大趋势，也是不可阻挡的趋势。过去我们靠农村喂养城市，现在城市开始反哺农村。它靠强大的扩张能力，提供大量的就业机会，让大量的农民脱离土地。

舒晋瑜：持续多年的创作，我们看得出，您在努力不断创新，尝试着各种题材和写法，比如《村北的王庭柱》《老革命周春江》《挂职笔记》《刘万福案件》《第四十圈》等一批写基层干部生活的作品。这些作品应该与您的挂职经历有关吧？

邵丽：对，没错。您所说的这几部作品，确实跟我的挂职经历有关，这就是被评论家称作"挂职系列"里的作品。

写作的过程也是摸索的过程，每一个有自觉意识的作家都会自我反省，求变求新。我初始的写作追求唯美，个人情感情调浓郁，以自我感受为中心。这类作品写了一阵子，自己都感觉过于雷同，写一篇和写十篇没啥区别，只是为写而写，那个时期非常苦恼。刚好当时要求行政干部下基层任职锻炼，我就跟着下去了。刚开始对基层还有些抵触，觉得乡下人，粗鲁，没什么见识。但是真正沉下去之后，发现基层干部都是精英，亲历基层繁重的工作和基层干部的压力，还有底层民众的生存无奈和尊严的缺失，内心受到极大的震动。这才让我真正思考所谓"生活"的意义，才知道在自己的小烦恼之外，有着如此广大和深刻的烦恼。当时我只是看、听、思考，回来两年后才开始动笔。可以说一发不可收，创作出了一系列挂职小说。

舒晋瑜：您是哪年到哪里挂职？是实职吗？还记得挂职期间发生的一些有趣的或难忘的事情吗？

邵丽：我是 2004 年年底至 2007 年在河南省汝南县挂职，任县委常委、副县长，任的是实职。我当时分管科技文化和金融、电力、通信等一些按条条管理的部门。既参加县委常委会，也参加政府常务会，而且每周都排班接待群众来访，接触到一些很离奇的事件，很多都被我写到作品里去了。

最有意思的一件事情，是因为工作结识了明诚法师，可以说是一个从台湾返乡的佛教文化使者。他带回了两个多亿人民币，回到汝南老家投资南海禅寺，因为没有专业人员管理，亲戚间争夺工程，资金损耗巨大。宗教文化的理想主义者和农民对金钱的贪欲发生系列反应，故事可以写一部书。后来在政府的帮助下，南海禅寺如期开放，在当地影响很大。种种原因，我没有把这部作品完成。

舒晋瑜：以您的经验，您觉得怎样的挂职对于作家来说是有效的？您如何看待挂职对于创作的影响？

邵丽：挂职只是一种形式，作家一定要清楚自己是干什么的，不能真把自己高高挂起。深入生活是第一要务，这跟你任什么职务无关。当然，局外人想深入进去很不容易，也不是不需要任何条件，最主要的是要有一颗诚挚的心。先当学生，再当先生。我刚下去的时候，很看不起基层干部，觉得他们文化水平低。但和他们相处时间久了，才觉得他们身上有很多可学的地方，那种踏实劲儿，那种处理问题的精准，那种面对困难和委屈时的达观，以及幽默风趣的语言和丰富多彩的生活经历，真的是一座宝库。

挂职的目的就是让我们靠近生活，而一个人只有写你了解的生活，才能写出好作品。所以我在给学生上课的时候常常说，尽量写自己熟悉的生活，不赞成一个教师去揣测官场，一个快递员写法官的忏悔。当然，我也不否认有那样的天才，但我们是从普遍的意义上谈写作。我们每天都生活在生活中间，每一天经历的事件都是我们的素材。

谈谈《黄河故事》和《金枝》

舒晋瑜：近年来，您创作了《天台上的父亲》《风中的母亲》《黄河故事》等一系列"父母故事"，能谈谈您是从什么时候开始转向家族叙事的吗？

邵丽："挂职系列"之后，我创作了《北去的河》《春暖花开》《大河》《节日》等中短篇，都是比较温暖的题材，反响都还不错，但总有一种意犹未尽的感觉。写父母亲那一代人以及我们的家族，是我长久的心愿，那是一个特殊年代所能产生的特殊人物。赶上疫情关在家里几个月，就试着写，没想到有了开头就收不住了。我在想，对于上一代人的生活，我们这一代人还有耐心窥看；等我们老了的时候，下一代人对我们还有兴趣吗？如果有一天我们不在了，我们经历的这个大喜大悲、跌宕起伏的时代还能留下什么？所以这也是我着急进入家族叙事的原因。

舒晋瑜：从开始创作到今天的《黄河故事》和《金枝》，您对文字的把控能力一直都是节制内敛、不动声色、平实真切。能谈谈您对文字和语言的追求吗？

邵丽：这是一个经济的时代，读者的时间也很珍贵，所以我不大喜欢塞进去很多跟书的主题不太相干的内容。我追求一种干净、纯粹、质朴的文风，尽量做到不煽情，不追求绮丽，不标新立异。简洁一直是我对文字的要求。

舒晋瑜： 感觉《黄河故事》是您从中篇扩成长篇的，扩充的内容有哪些？扩完之后与原作相比，感觉如何？

邵丽： 我写东西一是密度大，二是急迫，正如程德培老师所言："邵丽的叙事优势在于，其故事总是如火如荼地展开，情绪对峙呈剑拔弩张之势，可能否让喘息的机会多一些。"密度大概是我的强项，亦是我的弱点，我常常把一个长篇的题材写成一个中篇。但也有读者说，拿起邵丽的书，左手换右手，抓起就放不下。《黄河故事》秉承了我一贯的风格，能写二十万字的故事，我七万字就写完了。写完后自己也觉得遗憾，很多地方意犹未尽。所以扩充时非常顺利，加了几个人物，为此我还特意采访了几个创业成功者。当年那些外出闯天下的黄河儿女，所经历的拼搏和伤痛，都是一部血泪史。而当他们的历史碰撞在一起的时候，却又会发出奇异的令人震颤的光芒。我进入了他们的历史，也为他们而骄傲。

舒晋瑜：《黄河故事》是典型的小切口大叙事。既反映出中国家庭的情感结构，也映照出一个时代的变迁和社会的缩影。讲述的是家族史，也是女性自立自强的命运史。有评论家认为，小说对女性获取独立地位的新解具有鲜明的时代感，其人物形象栩栩如生，讲述方式"在是与非之间，在虚构与非虚构之间"，讲述的仿真性强化了小说的真实性。这种叙事和《金枝》一脉相承，真假虚实令人迷惑。您如何看待虚构和非虚构的转化，又如何把握分寸？

邵丽： 其实，《黄河故事》是一部纯虚构之作。我的长处是可以把虚构写得很真实，我能很容易地进入彼时彼地，这与我上面所说的创作态度有关。《金枝》则有我家族的影子，但我完全是实事虚写，没有场景再现。两部作品主旨是一致的，就是通过一个家庭，反映历史的沧桑巨变，包括我亲历过的四十几年的改革开放。

我觉得虚构和非虚构很难清楚地界定，没有绝对的虚构，也没有绝对的非虚构。也可以说，所有的创作都是主观的、唯心的。所以我觉得虚构和非虚构的转化是自然而然的。

舒晋瑜：《黄河故事》中的母亲，是一个不同寻常的母亲，看上去好像刻薄冷漠得不近人情，却是悲凉无奈的，也是自己执念的"牺牲品"。您如何看待故事里的父亲母亲？

邵丽：说实在的，我写《黄河故事》中的父母亲，脑子里想的却是我的公公婆婆。解放前，我公公出身大家，算是个公子哥儿，受过新学教育，生得面目清秀，气宇轩昂。解放后一家子人七零八落，他年龄最小，房无一间，又有着极其复杂的社会关系，所以日子不好过。经他的姐姐们张罗，娶了一个比他大四五岁、又矮又胖的女人，就是我后来的婆婆。婆婆娘家当时在他们那儿算是殷实人家，靠婆婆娘家照拂日子才能过下去。公公婆婆生了七个儿女，成活了五个。按我婆婆所说，公公一辈子没正眼看过她，也没往家拿过一分钱。公公在外地医院当医生，很少看顾家。一个一米五多的小个子女人，独自抚养五个儿女，并且严格要求他们读书上进，好好做人。她对孩子要求极为严苛，稍有闪失非打即骂。但出了门却像老鹰护雏一样，让孩子吃好穿好，不受委屈。她不是没想过指靠丈夫，是真的指靠不上。她白天参加生产队的集体劳动，跟男劳力一样挣全工分，挖河修路什么都干。晚上帮人家缝纫衣服换些吃的用的，有时候累得半年月事都不来一次，一直到死都带着子宫脱垂的妇科病。靠她的一己之力，硬是把五个儿女送进大学。故事里的父亲母亲和我的公公婆婆有类似的地方，但也有较大的差异性。他们都走向了各自的极端，他们的冲突主要是人生理念和价值观的冲突，这种冲突在一个封闭的社会是很难调和的。

舒晋瑜：我注意到《黄河故事》的视角转换非常自然，《金枝》上下两部的叙事视角也有对称性变化，共同的特点是，"我"既是叙事者，又是叙述对象。能否谈谈您作为"讲故事的人",在叙述视角上是怎么考虑的?

邵丽: 这是我一直以来的叙事习惯,信马由缰。是自然,亦是天然。我觉得叙述的目的是这样的,首先你要知道自己想说什么,然后你得让读者明白你想说什么。你要相信自己,更要相信读者。只要不故弄玄虚,读者都会读懂你和你的作品。

舒晋瑜: 您写过散文《姥姥和姥姥留下的菜谱》,《黄河故事》中"菜谱"也是隐秘的叙事主线。"菜谱"似乎在您的故事中有特殊的使命?

邵丽: 写厨艺完全是自然而然的。我是个美食家,操作能力非常强,除了家传,也和自己的用心有关。在外面吃到好的饭菜,我都要把它琢磨着做出来,而且基本都会超过人家。没办法,君子远庖厨,像我们这些吃货可不能远,烹调是我唯一的癖好。

舒晋瑜: 这两部作品,还有一个共同的关键词——强势。这个词也许不是很确,换种说法,应该是对家族命运的担当与责任,是对成功的追求,是骨子里的要强。《金枝》结尾的反思令人感慨:"我自以为是的成功,父母他们认可吗?"不光是父母,儿女辈也未必认可。通过这样的反思,您希望传递给读者怎样的生命体悟?

邵丽: 我们这一代人,差不多都到了娶媳嫁女的年龄,见了面聊的都是儿女的婚姻和子嗣,每个人都有一肚子委屈。有人选择不为儿女做马牛,先把自己的身体养好,不给他们增加负担;也有人矢志不渝,穷尽一生之力把儿女往上推,觉得儿女的幸福才是自己最大的幸福……儒教文化孕育的社会和家庭伦理,个人的价值主要体现在利他上,从而湮灭了个体生命的意义。我们到底为谁而活?我觉得这是一个问题。

舒晋瑜: 相对而言,《金枝》的开头比较平缓,越往后看越感觉渐入佳境。对于历史和现实的把握,是否对您来说还是有着不一样的感受?

邵丽：历史是凝重的，而现实却是轻飘飘的，有时候则相反，感受自然是不一样的。我写作习惯以平缓开头，在写作的过程中逐步发力，不喜欢故作惊人之语。但是一百个读者心中有一百个哈姆雷特，有人说前半部好，也有人说后半部好。我个人还是比较喜欢前半部，那才是我最想审视的生活。

舒晋瑜：《金枝》中的母亲是真正的"强大"，"她用她的智慧固守一个男人，通过一个男人固守一个家，通过一个家固守整个世界"——通过自我反省和母亲的对比，小说的调性深入了，有力量了，也带给读者更多的启发。小说中家族中的女性是突出的，在您的笔下也是活色生香的。您是如何看待女性的？以女性的视角写女性，是否更有优势？可是古今中外的经典名著让人印象深刻的女性人物，又都是男作家创作出来的。您怎么看？

邵丽：这个还真不好说。女性写女性难免带入个人情绪，会有"身在此山中"的认知障碍。男性写女性会更超然，观察会更客观，想象的空间更广阔。古今中外都有写女人的高手，福楼拜写出的包法利夫人，没有女作家可以企及。就是我们当下活跃的小说家，如苏童、毕飞宇、张楚等当代优秀作家，我觉得他们比女人还懂女人。张楚的《中年妇女恋爱史》，看得我目瞪口呆，很难想象出自男作家之手。大约这就是旁观者清吧。

舒晋瑜：《金枝》讲述父亲在追求进步中建立了两个家庭，而他和他的子女们几十年却陷入各自的人生和人性困境中。小说以自身经历和家族发展为主线，以父亲的两个家庭的故事为线索，突出了"审父"这样一个代际之间的永恒命题。通过"审父"，您想要表达什么？

邵丽：想通过一个人，一个个体，讲述一个困窘的时代。小说出版后，好多熟悉不熟悉的读者通过各种方式留言，有的说写的是他们的父亲母亲，有的说写的是他们。当年《我的生活质量》出版后，也有很多人问,你写的是不是我?我有时候很惶惑,读者被代入是作品的成功吗?我的同龄人有此遭际的不甚少,我们的共同困惑就是不理解自己的父亲母亲。一个家庭往往是母亲一力支撑,父亲怯于担当。我们必须把父亲放在那个时代去审视,才可能找到答案。毋庸讳言,在那个政治挂帅的时代,作为一家之主的父亲背负的社会压力更大,稍有不慎就会全家皆输。即使以离婚这种正常的事情而言,男人离婚可能会被认为是道德污点,根本抬不起头来。以此而言,"审父"又何尝不是"识父"?

舒晋瑜: 父亲有两段婚姻,一个在城里,一个在乡下,她们身上各自背负着各自的母亲和家庭带给她们的影响。有评论家注意到小说里周语同、拴妮子这对同父异母的姐妹。这段关系的处理带有中国式的家庭伦理的很浓重的痕迹。《金枝》是一种中国式的姐妹情义的书写,而且它深具乡土性和中原乡土的特点。

邵丽: 读者给我的留言中,大多讨厌周语同,喜欢拴妮子,因为是拴妮子靠着她那种不屈不挠的黏劲儿,把这一个大家庭凝聚在一起。如果没有她,可能这个家族、这里面的亲情都分崩离析了。但恰恰是靠着这个不识字的拴妮子,完成了所有情感的联结。周语同是很自负的人,我是带着反思在写。其实在写上部的时候,我已经在想着下部怎么给拴妮子一个正脸。但我没想到拴妮子这么得人心,大家特别喜欢这个人物。写到后来,我干脆采用流淌式的写法,让故事跟着人物走。

舒晋瑜: 其实不仅仅是跟着故事走,也在跟着人物命运和性格走。一代代的女性,从周语同、周拴妮、穗子,在这个家庭分权的枝条上都扮演不同的角色。《金枝》把女性放在复杂的社会关系中,您如何处理人物的复杂性,那是一种怎样的感情?

邵丽: 写家族或写亲情时必须要很用心,全情投入。用心用情建造起来的文字才能打动你。写到拴妮子的时候,写到孩子们的时候,写到他们的困顿和奋斗的时候,我是带着一种爱去写。尤其是在写上部的时候，周语同是带着委屈，以一种居高临下、很强势的姿态去俯瞰乡下。后来在写到乡下那一支脉的时候，从穗子到拴妮子，一直到她的孩子们，我发现我是爱她们的。有了这种爱，就能把这种爱带给读者。

舒晋瑜：《金枝》的确是用心用情的创作，正因为如此，才能唤起读者的共情。有评论家看到这一点，指出《金枝》写的是"中国式的情感"。

邵丽：我觉得应该是这样，中国人的感情含蓄、深沉，甚至有着"我就这样"的执拗。这样的感情无所谓对错，它是数千年文化的衍生品。文化是最执拗的，没人可以撼动或者改变文化。

舒晋瑜：您认为这是最适合自己的表达方式吗？这样的情感写作对作家来说是否也存在一定的消耗？

邵丽：我写这部小说的时候，我的眼睛每天都是湿润的，我跟着感觉走，从土地出发，又回归到土地。这是我个人的家族史，其实也是中原的文化史、血泪史，是中原大地的社会变迁史，更是黄土地滋养出来的生命之魂。可能因为家族叙事的缘故，也可能因为上述和解的原因，我觉得自己面前像突然打开了一扇门，很多未曾细致思索过的东西扑面而来。对出现的这个问题我还没来得及认真思考，却由此写出了一批作品。的确，这是一种向上的趋势，但它可遇不可求。我希望它多滞留一段时间，让我真正享受写作带来的快乐。

舒晋瑜：小说中描写大家族五代人的成长、性格或结局，而且您对小说中每个人物都给予了同等的地位，虽然他们在家族里有主次、有辈分。

邵丽：对于这个家族而言，每个人都是有贡献的，或者换句话说，每个人都是不可或缺的。没有穗子，就没有最后对土地的回归；没有拴妮子，两个家庭之间也就不可能融合，甚至包括后代的那些孩子们，他们都有着强大的向心力。这种亲情的力量虽然未必是中国文化独有的，但不能否认它是中国文化得以世代延续的重要因素。把这个关系和历史脉络捋顺了，创作起来就顺理成章了。

舒晋瑜：小说细致刻画了几代家族女性内心世界，以及她们的成长与蜕变过程中所表现出的执着和力量，被认为是"一部书写在中原大地上的女性史诗"。上部主要是以妹妹周语同的主观感受眼光看待这个家庭，下部则重点描写姐姐拴妮子———其实维系家族情感的最终是这位卑微而坚忍的女性。为女性立传，女性视角的写作是否格外有优势？

邵丽：女性书写可能更细腻、更能打动人，但格外有优势也谈不上。性别对书写的影响于我而言微乎其微。这可能与我的成长有关，自小我就是在机关大院长大的，父母都是地方领导干部。尤其是我们生长的那个年代，过分强调"男女都一样"，男女界限确实很模糊。

舒晋瑜：小说通过两个女儿的叛逆、较量，展现出家族女性在传统文化下的恪守与抗争、挣扎与奋斗，她们特有的韧性和力量撑起了中原故土的魂魄与新生。您的创作心境和状态是否也和从前大不相同？

邵丽：是的，我真实的内心世界，第一是放下，第二是和解。我不知道该为此高兴还是伤感。人打拼一辈子，往往会让周遭的环境越来越逼仄，自己的路也越走越窄。其实当你低下头来，放低你的身段，你会在更低的维度上发现更广阔更温馨的世界。

舒晋瑜：小说中对于何为强大、何为教育、何为爱情、何为孝顺等问题都有深思，在阅读中很有共鸣。我特别喜欢《金枝》的结尾，感觉真是神来之笔啊！您自己觉得呢？

邵丽：不管经历怎样的黑暗和磨难，最终总会走向"应许之地"。这不是麻木之后的自我陶醉，而是心灵解脱后的一种精神生长。我几乎所有的作品都带着和解的意愿，也有评论家说我是个阳光型作家。不是上帝说有光就有了光，而是只要你心中想着光就会有光。一个作家，有责任和义务让读者看见这光。

舒晋瑜：《金枝》的出版被誉为"重建当代家族叙事，重现黄河儿女百年心路"。如今大部分人都在城市工作,远离家族,近年来您的几部作品都专注于家族写作,能谈谈选取这一创作方向的初衷吗?

邵丽:这部作品是给我的家族一个交代,也是给自己一个交代。最近我的确比较注重家族叙事,这是我多年的一个心结。可以毫不避讳地说,这些家族叙事的确是我家族的一个镜像,有着长长的历史阴影。我把它讲出来,写出来,才能彻底放下。

书写父亲

舒晋瑜:近几年,您的小说涉及家族、关乎父母亲的故事特别多,《天台上的父亲》《黄河故事》《风中的母亲》《金枝》,涵盖了长中短各种篇幅。为什么您如此热衷于写父亲?写"我"的父亲和父亲以外的父亲,给您带来了什么?

邵丽:写父亲主要是想写我的家族,把父亲的历史讲清楚了,我的家族历史也就梳理得差不多了。对于我的家族,我一直都有"触碰"的欲望,而且这种欲望随着对我的家族逐步深入了解,越来越强烈。我的家族历史的重要节点,恰恰是在20世纪三四十年代、六七十年代和八九十年代的衔接处。如您所知,三四十年代是一个犬牙交错、血雨腥风的时代;六七十年代是一个封闭的年代;而八九十年代,又是一个开放的年代。把我的家族,我的自红军长征就参加革命的祖、父辈和他们的后代们,放在这个时间和历史框架内来打量,您就知道其中的分量了。祖辈和父辈在革命的洪流里浮浮沉沉,我们的家族在政治运动中几起几落,那种感受成为我生命中最难以忘却的记忆。写父亲,让我重新回到了家族之中,不仅仅是历史之中,也是情感之中、命运之中。我觉得我又重新活了一次,而且活得特别清醒纯粹。

舒晋瑜:《天台上的父亲》中的父亲形象是独特的,同时也是立体的。他被权力伤害过，也喜欢权力。塑造这样的人物，您的切入点是什么？

邵丽：与其说父亲是权力的象征，不如说他是权力的奴仆。他已经患上了斯德哥尔摩综合征。他被权力绑架，又十分依附权力。失去权力于他而言就是失去了生命的支撑，所以他的活与死只是形式上，而不是实质上的。从脱离权力的那一天，他就成为一具活尸游魂，他上不上天台，死或者活着，已经没有了实际的意义。

我写这样的父亲，是写别人的父亲，也是写我的父亲。他们在那个时代里浮浮沉沉，也在那个时代里与我们渐行渐远。

舒晋瑜：小说中的"父亲"隔膜又熟悉。多数传统家庭中的父亲不太容易让人亲近，是"天台上"的父亲。父亲自杀了，"我"和哥哥妹妹才逐渐接近父亲、了解父亲，在母亲的讲述里，在父亲的记录里。走近父亲，把父亲从"天台"上找回来，是您的一种理想或向往吗？

邵丽：这是一个好问题，也是一个很复杂的问题，同时更是我最近一直思考的问题。其实就中国而言，父权是传统文化的中心。但就问题的本质而言，父亲既是真实存在的，又是极具象征性的。他的权威因为过于程式化，实际上反而被虚置了。说起来父亲是权力的化身，或者是权力本身。但在一个家庭的实际生活中，真正组织和管理家庭的基本上都是母亲。所以，一方面是父亲无处不在，另外一方面，父亲永远都是缺失的。但父亲对子女的影响也是不能忽略不计的：如果说母亲决定你做人方式的话，父亲决定你的格局和视野；母亲决定你怎么走，父亲决定你能走多远。

非常悲哀的是，我们认识父亲往往都是从他的死亡开始的。我写这篇小说的目的，的确是想把父亲从"天台"上找回来。

舒晋瑜：《天台上的父亲》中的父亲和哥哥都有抑郁症。现代人的精神疾病越来越多，您写作之前是否对抑郁症已有些了解，还是只作为一种叙述背景？

邵丽：毋庸讳言，一个高度发达的时代给人类带来各种方便，同时也带来焦虑和不安，我觉得每一个人，甚至我自己都有抑郁症，而且很多年了。但是对这个病症的了解还真说不上，我觉得这是一个最无厘头的病。

舒晋瑜：父子、母女、婆媳、夫妻……种种关系在您的小说中纠缠不清。中国作协副主席、评论家李敬泽评价您的小说"所有故事都出于水和堤岸之间的紧张"，这种紧张关系在写作中得到缓解和释放了吗？

邵丽：的确如此，我的写作过程既是思考的过程，也是反思的过程。在打量别人的同时，也在不断地打量自己。如果你与自己和解了，就与所有人都和解了。

舒晋瑜：林鸽的老公会算命，《天台上的父亲》中"我"遗传了母亲的"迷信"，您的小说中冥冥之中似乎有一种神秘的力量。您觉得呢？

邵丽：我们对世界的认知还远远没有达到饱和的状态，为什么那么多伟大的科学家最后都皈依宗教，这个问题需要深思。比如我在《金枝》里写到的一个细节，父亲去世后他的灵魂在他百岁的老姑身上"附体"。隔着几百里的距离，久不开口的老妇，像是看见了什么，突然能代替魂魄尚在弥留之间游离的侄子说话。这是我亲身经历过的。到底如何理解这种灵异事件？我觉得挺纠结的。

舒晋瑜：评论家程德培注意到：邵丽的小说擅长家庭婚姻的叙事伦理，最近以来更强调代际之间的情感纠葛及个人的教育、成长、反省，注重语境的时代特色和历史影响——您认同吗？如果认同，能否谈谈您创作以来小说的风格变化？这一变化是基于什么？

邵丽：如果说一定要给我的小说创作分阶段的话，我觉得大体经过三个阶段。第一个是我刚刚走入作家队伍的时候，喜欢写那些虚无缥缈的小情小感，离真实的生活很远，以《迷离》和《寂寞的汤丹》为代表。第二个阶段是在我挂职锻炼之后,就是评论家们所谓的"挂职系列"小说,离现实非常之近,以《刘万福案件》和《第四十圈》为代表。第三个阶段是父亲去世之后,我对家族历史的梳理,以《糖果》和《金枝》为代表。变化的根本原因,在于你在多大程度上接近和反思你的历史和现实,接受生活对你的最终安排。

舒晋瑜:《黄河故事》中采用虚实并用的手法,通过为父亲寻找墓地的线索,呈现出一个既普通又伟大的父亲形象。小说结尾令人意外,又似乎是预料之中,父亲被妻子逼上了"跳河自尽"的绝路。这是必然的结局吗?

邵丽:这个我觉得是必然的,丰满的理想和残酷的现实之间的那种张力,是不可调和的,父亲的死不仅仅是肉体消亡,还是理想的破灭。在一个极度封闭的社会里,一个人不仅是向上的空间,向外的空间也被彻底挤压了。除了死,我不知道还有什么更好的办法。

舒晋瑜:或跳河,或跳楼,在您的小说中,父亲的结局多非正常死亡。这里有什么隐喻吗?

邵丽:没错,看起来最终是两个父亲都死了,而且都是死于与现实的不可调和,但这两个父亲其实是有着很大的差异的。《天台上的父亲》里的父亲因为离开权力体系之后有一种失重感,他已经找不到生活的目的和方向。他已经被格式化,不能重新回到社会中过普通人的日子了。所以他除了死,没有任何人或者任何办法可以化解开他心中的忧郁。而《黄河故事》里的父亲,从来没有走到他想去的地方,他一生的梦想就是做一个好厨子。但在那种逼仄的环境里,他的梦想看起来既可笑又可怜。他一生唯一的一次绽放,就是当三轮车夫给人送菜的时候,在路边一个小饭店死乞白赖地当了一次大厨。那是他第一次也是最后一次在饭店实现了自己的梦想。所以,他的死看起来更令人伤悲,他是一个真正的"被侮辱与被损害的人"。

至于说到隐喻，我觉得至少这两起死亡不是偶然的，它有着质的规定性和执着的方向，而决定这一切的，除环境之外，也有一个人的取舍问题，即"性格决定命运"。

舒晋瑜： 故事讲述的是小人物，琐碎平凡却真实可信，背景却是时代风云、城乡变迁，以开阔的大手法讲述细密的中国故事，引人入胜。地域是否一直隐秘地折射在您的故事中？

邵丽： 尽管我的故事有着很强的地域性，但是我确实没有刻意思考过这个问题。所以我觉得，我写的父亲既是"这一个"，也是"那一个"。

文学理念与追求

舒晋瑜： 文学对您来说意味着什么？

邵丽： 文学过去对我来说只是一种爱好，现在几乎就是我的命。我二十出头时生下女儿，当时觉得抚育女儿就是我的使命。可女儿渐渐长大，我也慢慢明白，她有她的人生，我也有我的，任何人的人生都不能被他人取代。前面已经说过，生活中我是个十分笨拙的人，没有别的技能，也没有别的嗜好，跟人聊天都能翻车。自从大学毕业后，再也没有去过电影院。我有密集恐惧症，看见人多心里就发怵。我唯一的爱好和娱乐就是在家看书，写点东西。写作就是我对这个世界和人生的告白，也是我私人情感的外溢。除了这点事，我别无所求。

舒晋瑜： 我发现您对自己的创作非常自信，曾说过"我生命的长度就是我写作的长度"。您的自信来自什么？

邵丽： 我觉得我有话要说，有很多话要说。我没有"写作"的功利，只有"说"的需求。一息尚存，我都会坚持说下去。那未必是拿给别人看的，只是我想告慰自己——我来了，我说了，我尽力了。

舒晋瑜： 回顾几十年的文学创作，能否梳理一下自己的写作轨迹经历了怎样的变化？

邵丽： 我个人的经验，写作的过程是一个走向自己内心的过程。越开放，你对内心的张望越热切，因为你的参照系更博大，更深邃。开始是你找故事，后来是那些故事找你。它们拥挤在你周围窃窃私语，拼命挤进你的生活里，直到你跟它们融为一体。

舒晋瑜： 您的写作张力很大，既有对外部世界、国家民族的关怀，也有内心生活的描摹（如《糖果》）。写到一定程度，很容易有模式化或同质化的现象，但对您来说不存在这一问题？

邵丽： 那看你是用什么在"写"，如果是用手写，雷同是很难避免的，毕竟阳光之下并无新事。如果用心去写就不一样了，呈现出的不是故事，而是真情，真情是不可复制的。一个作家的诚意、态度和温度，是会被读者切实感受到的。

舒晋瑜： 对于题材的把握尽在股掌，写作技巧更不在话下。那么，是否写作对您来说已游刃有余？还存在瓶颈吗？如果有，是什么？

邵丽： 不能说是游刃有余，我还差得太多太多，越写越觉得战战兢兢如履薄冰。过去寂寂无闻，写得好坏影响都不大。现在会有很多双眼睛盯着，写不好真无法交代。说起来无技巧就是大技巧，那是对于真正懂得技巧的人而言。对于我来说，可能现在还没摸着技巧的门。我不缺生活积累，也不缺观察和判断能力，只要给我时间我就能写。我的瓶颈就在于事先谋篇布局太欠缺，致使叙述上缺乏支撑。写作很简单，写好不容易。

舒晋瑜： 大家常说文如其人。您认同吗？您觉得自己是怎样的女人，又是怎样的作家？

邵丽： 文如其人，我觉得确实如此。我是一个非常简单的人，也用简单的方式待人。我的作品也带着我的简单和直接。至于说我是一个怎样的作家，我觉得自己是一个用心写作的作家，一个用力写作的作家。

舒晋瑜：您有偶像吗？您希望自己成为什么样的作家？

邵丽：我的偶像太多啦，我觉得所有好的作家都是我的偶像，包括一些现在我所熟悉的作家，总是觉得人家怎么那么会写呢！我最大的希望就是成为一个让自己满意的作家。

舒晋瑜：作为河南省作协主席，您如何评价河南省的文学创作队伍和现状？河南的网络文学创作情况如何？在全国网络文学创作中处于怎样的位置？

邵丽：河南的文学队伍一直表现不俗，被评论界称作"文学豫军"。从50后，一直到00后，作家梯队一直不间断、不缺位。现在80后、90后都有不菲的成绩，这是特别值得我们骄傲的。河南也有一些较好的网络作家，但没有特别突出的。我们目前成立了网络文学学会，我相信网络作家们会有更好的表现。

舒晋瑜：您关注网络文学的发展吗？看过哪些网络文学？

邵丽：因为工作的关系，我会刻意要求自己尽量多关注一些网络文学作品。看过唐家三少、流潋紫、天蚕土豆等人的作品，前段时间还在看猫腻的《庆余年》。移动互联网的普及，使网络文学迅猛发展，这是一件好事，也是一种必然。

舒晋瑜：平时有时间看电视吗？近年很多电视剧改自网剧，如《都挺好》《隐秘的角落》等，和传统文学相比，网络文学的优势在哪里？

邵丽：也零零星星地看一些，有些电视剧拍得还真不错。网络受众面大，传播迅捷、简便，几乎可以为受众贴身服务，这是传统文学做不到的。但传统文学也有自己的优势，它保留着文学最核心的东西，那种直指人性人心的东西。我相信传统文学和网络文学都有很强的生命力。

舒晋瑜：您认为网络文学要想走入文学史或经典化，还需在哪些方面发力？

邵丽：我觉得这是两个问题，有些进入文学史的，未必是经典；有些是经典的，也不一定能进入文学史。如果要合并回答，我想说，不管任何形式的文学作品，最后能进入文学史或经典化，最核心的东西还是它的文化和思想含量，文学只是代表它们出来站台。我想，所谓功夫在诗外，大概说的就是这个意思吧！

上篇

杨毅： 邵老师好！很高兴，您能接受我的访谈。我们还是从您如何走上文学之路开始谈起吧。虽然这个问题您已被问过多次，但作家早年的经历对创作起到的影响是不容忽视的。您出生于20世纪60年代，那是和今天完全不同的时代。在您成长的过程中，家庭对您有哪些影响？哪些因素促使您走上文学的道路？您最初的文学营养来自何处？

邵丽： 这个问题确实被问过多次，我也谈过多次。问答多了，甚至有时候我也迷糊了，我到底是怎么走向文学之路的？甚或是，我曾经刻意地追寻过这么一条道路吗？我想，答案即使是肯定的，但也不一定是确定的。毕竟在走上专业文学道路之前，我对文学是那么的轻慢，那时候我觉得自己可以"玩文学"，至少是觉得文学很好玩。其实真正踏入这条道之后，才知道它有多崎岖，多漫长，多艰难！

但是您说的时代问题，倒是我最乐意谈的。毕竟作为一个60后，我有许多话要说，或者是我们有许多话要说。怎么说呢？20世纪60年代是一个非常奇怪的年代，也许还是一个绝无仅有的年代。尤其是我，出生于1965年，懂事的时候已经70年代初了。相较于50年代的人，我们的包袱要轻一些；相较于 70 后，我们又沉重一些。这些差别现在说起来可能很细微，其实在当时而言，也可以用天壤之别来形容。所以后来几乎有很长一个时期，60 年代生人成为我们社会的中坚，不管是社会科学还是自然科学，还包括大部分的官僚队伍，出现这个现象不是没有原因的。当然，这个问题只是一个附生问题，我们也不可能在这么短的篇幅内展开谈。但我觉得很可以作为一个专门问题，深入地探讨一下。

家庭对我的影响也是蛮大的，其实这也跟上边说的 60 年代有很大关系。那时我父母都是地方上的领导干部，但官职都不高，属于"兵头将尾"那种地方干部。他们对政治方向没有分析判断的能力，只能随大流。稍微站错队，就会被批来批去，弄得灰头土脸的。所以我上小学的时候，看到满大街糊的都是父亲的大字报，觉得他总是在犯错误，弄得我们这些小孩子惶惶不可终日。我们没有人玩儿，也不敢出去乱跑，就只有待在家里不出门，逮住报纸看报纸，逮住书看书。四大名著那个时候是作为领导干部的批判用书，我父亲的书柜里除了"毛选"，竟然还有宝黛爱情故事和孙悟空大闹天宫、武松打虎这些让我们痴迷得无法自拔的人间奇事。我的大姨和大姨夫都是 50 年代的老高中生，毕业以后留校当老师，他们家里的文学书籍不少。我觉得那就是我最丰富、也是最单一的文学营养。

杨毅：我看到您在 1999 年后开始大量发表作品，但实际上从 20 世纪 80 年代就开始了创作。20 世纪八九十年代，中国社会发生着深刻的变化。社会现实的变化对您的创作有什么样的影响？您的生活、工作和创作之间是一种什么样的关系？在受到广泛关注之前，您如何看待早年的创作和经历？

邵丽：说起来发表作品，可能会更早一些。我最早的一篇小说是在高二的时候发表的，时间大概就是 20 世纪 70 年代末，写的是什么内容已经忘记了。读大学期间主要是写一些诗歌和散文，关于爱情和远方，热情、浪漫、充满幻想。若干年后我把那些诗收集成书，那种纯情竟然感动了许多人。比如："忧伤在傍晚时分突然降临/没有眼泪/神态平静如瓷/书中总是这样描述/忧郁的美人/我不想去看镜子/因为忧伤很真实……"再比如："那是谁家的春天/赤足走在田埂上/心事像打了结/少年时的烦恼/总是这般模样/有一点盲目/有一点仓促/有一点暗喜/怎么就这样松开了/放风筝的那只手/曾经凝神蹙眉/在窗前写下誓言……"还有"天还不够蓝/太阳渐渐高起来/那温度为谁而起/我曾经发愁/房间里温度过低/冬天怎么挨过/执着地爱一个人/把日子勾兑成酒/那眩晕不在眉头/便在心头……"少年的忧郁，典型的为赋新诗强说愁，可是青春是那般的美好。我曾经写过一篇散文《纸裙子》，和我男朋友比拼。他曾经是一个少年诗人，我们那个时期，恋爱基本上是以文结缘。我们分别将我的《纸裙子》、他写的一篇《泥之河》和另一篇记不起名字的文章，投稿到当时一个叫"找到了"网站的全球征文大赛。几个月后公布结果，《泥之河》得了一等奖，《纸裙子》得了二等奖，他的另一篇文章得了三等奖。

  工作后结婚、生子，总觉得跟文学渐行渐远，觉得那是年轻人的事情。我读书的时候不算个好学生，毕业后到机关也不能算是个很好的公务员，总觉得什么事情在等着我。其实对于写作我没有放弃，从十七八岁开始写作，到三十多岁进入专业作家队伍，虽然这中间看起来中断了十多年，但哪一种人生经历都不是虚度。我在机关公务员岗位上读了很多书，也积累了丰富的创作素材，这都为后来的专业创作打下了坚实的基础。中间有一个时期，一个偶然的机会，我女儿考上中央音乐学院附小，我过去陪读了几个月。实在没什么事情可干，闲着也不是个事儿，于是一个朋友介绍我到鲁迅文学院作家班旁听。因为有了整段的时间阅读，加之认识那么多作家，突然就刺激了自己重新写作的欲望。我觉得也蛮奇怪的，如果你不读也不写，你会觉得文学跟你一点关系都没有。

而当你突然掉入一个文学圈子里，认真阅读和动笔去写的时候，你才忽然意识到，原来这才是你最应该干的啊！那种因为创作冲动带来的喜悦和满足，以及苦思冥想之际的悸动，才是你生命中最重要的东西。

而如您所言，80年代，怎么说呢，那真是一个一切都朝气蓬勃、欣欣向荣的年代。那样的自由、浪漫，和一些莫名其妙的小资情调，都在喂养着文学，或者说最后都涌流到了文学这个领地里。真是壮观啊！所以那时候的文学作品即使看起来不那么完美，但它的饱满、向上和压抑不住的激情，都是文学史上最值得书写的一笔。我很幸运，在那个时代的末尾能投身文学。

不过说实话，我早期的作品因为阅读和自身经历的关系，自己都觉得相当肤浅，一直浮在生活的表层，仍旧停留在虚构的浪漫中，唯美，追求文字的华丽。现在回过头去看，自己都觉得幼稚。但那时积累下来的写作经验和感受，对后来的写作还是产生了持续的、积极的影响，尤其是对文学的那份热爱和执着，再也没有改变过。

杨毅：您早期的作品更多关注个体意识，特别是女性情感、婚姻和心理。《寂寞的汤丹》对已婚女性的心理把握得细致入微，还融入了对官场、社会等多个层面的深刻洞见。一个作家自身的生理性别、社会性别是否会对自己的写作产生影响？您在写作中是否明确意识到自身的性别维度？如何看待性别与家庭、社会等不同因素对人产生的影响？

邵丽：对于性别问题，中国人最讲究，也最不讲究。日常生活中"男女授受不亲"，讲究到没有法度；而在真正应该讲究性别的时候，男女界限却是十分模糊的。就个人意识的觉醒和对个人权利的尊重而言，中国是个醒悟较晚的国家，甚至现在还没成为普遍的公众意识。其实说到底，性别意识无非是个人权利的延伸，与整体社会环境有关。作家也是这个群体的一部分，因此也可以说，中国作家的性别意识，应该没有那么强，至少我是这么认为的。但无可否认，性别与家庭、社会等不同因素，对作家产生的影响也是很大的。

可能因为父母都是地方领导干部，我过早地融入了社会，对性别问题倒是没有那么封建，不过也从来没有开放过，更谈不上有多么清醒的意识。倒是踏入作家队伍之后，因为总是有人说来说去，才觉得这个问题是个"问题"。但是说实话，我对这个问题比较抵触，如果不是故意被人问起，基本上没有想过。在写作时，假如一定要我选择一个性别的话，我觉得自己是"不男不女"型的——写男性的时候，会觉得自己就是个男性，写女性的时候亦然。

但这个问题已经到了不得不说的时候了。所谓社会的进步，或者文明社会的发展，是一个"从身份到契约"的运动，也就是从身份社会发展到契约社会。在身份社会中，人的性别意识相对比较模糊，最多把你归类为"工农商学兵"中的一员就完了。但在契约社会中，由于每个人所担承的社会角色不同，性别意识就必须凸显出来。这是人类权利意识的觉醒，其本质是从义务本位到权利本位的转换。人发现了自己，从而找到自己，其中的性别观念是这个社会运动的一个重要组成部分。但我觉得这个运动，在我国并没有真正发育，至少是发育得还不太成熟。但文学对这一块比较敏感，晚近以来，中国文学发展的重要时期，作家和时代的思考都是与性别问题息息相关的。尤其是五四新文化运动时期，这个因素还算是比较大的。

可能像我一样，就我所知，大部分作家不愿意正面讨论性别观以及性别问题，我觉得这是一个基本事实。至于原因，我个人觉得与社会环境有关，比性别问题大的事情太多了，遮盖了性别问题。

其实我更倾向于"中性写作"这个观点，但这是在非要表达性别与写作关系这个特定范围内说的，毕竟中性写作有着更广泛的意义。一个作家对于写作对象的直陈式描述或客观反映，从而避开主观意志的内涵性投射，也是中性写作。但中性写作不能等同于无性别写作，中性写作是有性别写作,一个作家在写作的不同阶段应该展现不同的性别,他或她的性别应该对应于所描述的对象和文学现场。

杨毅:《明惠的圣诞》获得第四届鲁迅文学奖,引起广泛关注。有评论者认为它"昭示出邵丽文学视野的打开以及写作范式上的真正转型"。《明惠的圣诞》很容易让人联想到当时盛行的"底层文学"。明惠的结局暗示了小说是一个关于尊严的故事,但又显然不仅关乎个体尊严与身份认同,更蕴含了您对时代诸多问题的思考。十几年过去了,您如何看待这篇小说?它对您有什么样的意义?

邵丽:1999 年,我可以说是重拾小说创作,在几家大刊连续发表了几个中短篇小说,引起河南几位老师的关注。当时恰逢中国作协鲁迅文学院高级研修班开班,我有幸成为首届学员。我们那个班有徐坤、孙惠芬、艾伟、麦家、关仁山、红柯等,他们当时已经是非常有名气的作家了。那个时期中宣部对作家班极为重视,中宣部部长和中国作协书记亲自参加开班仪式。我们的授课老师大多是国家部委的一些领导,当时有王蒙、李肇星等要员分别讲述了一些我们难以接触到的外交、时政、军事、文化等方面的高端信息,极大地拓宽了我们的思维向度。更重要的是同学之间的交流,那个时期还是个以谈论文学为风尚的年代,大家到一起就热烈地探讨,有时候欢声笑语,有时候剑拔弩张。谈到兴奋处,本是拿酒助兴,激动起来却也可能为不同的见解拳脚相向。

您所说的这部作品,肯定标志着我写作风格的转变。所以评论家说的"昭示出邵丽文学视野的打开以及写作范式上的真正转型",我觉得也不无道理。我也乐意被别人这样说,毕竟这标志着我从过去的写作模式里走出来了,对于我来说这非常重要。

我生长在一个小城市的干部家庭,生活安康,称得上养尊处优,与作品里所反映的明惠们的生活隔得还是比较远的。恰恰是因为这些人群离我的生活比较远,所以我极偶然地有机会接触她们之后,才会对我触动如此之大。因为写作的需要，我开始关注这个群体，所以有一个时期我连续写了几个故事不尽相同但底色差不多的底层女性，《明惠的圣诞》《木兰的城》《马兰花的等待》《城外的小秋》等，有评论家称为"邵丽的女人系列"。对于明惠这样农村进城的女孩子来说，她们其实和我们一样，有追求幸福生活的权利，最起码有从农村进入城市并在城市生存的权利。但这种权利相当于一种虚拟现实，要实现它确实很艰辛，这是我们从上往下观察很难看清楚的，所以我们往往会陷入一种"何不食肉糜"的困境。

您说得很对，明惠的结局暗示了小说是一个关于尊严的故事，但又显然不仅关乎个体尊严与身份认同。从更大的范围来讲，明惠的故事是个社会悲剧，所以，我觉得我们除了"怒其不争"，更多的应该是"哀其不幸"。这不全是她们个人的责任，全社会都要承担起这份责任来。至于她们身份的焦虑，其实是我们每个人都有的。对于有幸从农村进入城市的人，可能更大的困惑就是他们的身份认同难题。不管他们做出怎样的努力，即使成为声名显赫的企业家，他们的身份还是农民，是"农民企业家"，简称为"农企"。从这个称谓上，你就可以看出社会对农村人的偏见有多大。对于女性，这种不被认同的绝望只是一个表象。前年有个叫游溪的上海戏剧学院的博士联系到我，她想把《明惠的圣诞》改编成话剧。我们俩聊了一个下午，她问我，明惠那样一个倔强的女孩，真的会因为不能被城市认可就选择自杀吗？我想了想反问她，你没有读出小说中爱的缺失吗？明惠算是个幸运者，她进城后遇到了一个愿意接纳她的城市人李羊群。然而，李羊群仅仅是拿她当一个倾诉者，他所能给她的只是一个暂时安身立命的屋子，而不是一个温暖的充满爱意的家。李羊群不是刻意不给，而是他的不刻意，伤害了明惠。又一个圣诞夜的夜晚，明惠清醒地意识到，自己虽然有了个李羊群，但那不可能是她的依傍，她的尊严和幸福随时都会消失不见。生命遭遇了最无法跨越的门槛，留在城市她注定得不到她渴望的身份和爱；但要她回到乡下过面朝黄土背朝天的日子，她过去付出的一切都付之东流了，与其如此还不如死。所以她的死是不可逆的，是必然的。唯其如此，就更加悲哀。我写了几个状态各异的女性，不谋而合，她们用尽平生力量追逐的，不是一座空城，不是荣华富贵，是爱。爱对于乡村那些辛苦活着的女性，是稀有物质。

关于底层文学，过去曾受到不少指责，好像觉得作家故意在渲染苦难。但无论如何，我觉得作家应该看到底层的存在，文学应当且必然会出现在那里。我个人认为，底层就是社会的底盘。中国作家不关注底层确实不行，因为这个底盘太大了，我们还没有形成庞大的中产阶级队伍。不过需要注意的是，底层在变，作家也要跟着变。每个时代有每个时代的底层，看我们怎么去体验和把握。有些作家具有底层意识，即使在繁华的闹市，写出来的东西也有一定的深度；有的作家虽然生活在底层，但作品却飘浮在都市。不一而足，很难评述。

也有评论者认为，以这部作品为起点，我开始喜欢疼痛和喜欢抚摩疼痛。就算是如此吧。但我觉得这是两种心理体验，前者更多地指向自身，而后者则指向他者。实际上我早期的作品特别不喜欢疼痛，即使有也是不痛不痒的东西多，浪漫的东西多。只是到了后期，沉入底层之后，接触到的痛点多了，才在作品里反映出来。如果说这部作品现在还对我有意义的话，就是我找到了文学的站位，我想通过某种疼痛，让社会感受到某个痛点，启发读者去反省和深思。

杨毅：您的很多小说都涉及城乡主题。如果我们将之归因为现代性的冲击，那么您的作品无疑呈现出一幅城乡对立的图景。那些离开家乡的人们尽管还保留着最后一份尊严，但在城市的处境越发艰难；即便是那些留守在家乡的人，他们的内心也并没有得到安顿。您如何看待城市化对人的影响？我们是否已经失去了心灵的家园？

邵丽：如您所言，在我开始写作城乡主题时，也是城乡矛盾最为集中的时候。那时候因为征地、拆迁、计划生育和提留而造成的社会矛盾非常突出，所以作为在基层锻炼的一个写作者，很容易把城乡之间的关系看作一种对立关系，从《明惠的圣诞》《城外的小秋》到《北去的河》，莫不如此。但在其后的写作中，我有了更多的反思：难道城市是人类文明的一种反动吗？城市是毁了农村还是拯救了它？有了这些反思之后，我更多地把城乡关系看成是一种相辅相成，或者是一种自然的延续关系，比如我写的父母系列，如《天台上的父亲》《黄河故事》，还有即将出版的《金枝》，就反映了这种关系。

基于城乡对比和理性的思考，最终我认为城市带给乡村，或者说现代文明给乡村带来的更多的不是负面影响，而是积极的正面的影响。城市淹没或者代替农村是现代化的必由之路，如果说有负面影响，那也是因为城市化或者现代化不够彻底、不够深入造成的。我曾经在一篇《到城市去》的文章里这样写道："城市除了给我们提供生活和交流的便利，也帮助我们迅速成长。那些我们素昧平生的人，在夜深人静的时候还在给我们运输蔬菜和鱼肉，睁开眼睛就给我们播报新闻，把最新鲜的牛奶放在我们门口的奶箱里。我们乘坐着各种车辆，穿过一个又一个街区，在预料的时间内到达我们想去的地方。所有忙碌的背后，是信息和财富的涌流，是一年比一年进步的繁荣。借助别人的经验，我们的眼界打开了，我们的人生边界不断拓展。城市就像一个温暖的家园，把我们每个人都收留在她宽大的怀抱里。"

所以说到底，中国的城乡关系虽然有一种内在的紧张，但是又有一种天然的融合。这有制度本身造成的隔离，也有文化所孕育的融合。几千年来人们对于土地的依赖和崇拜，小亚细亚式的生产和生活方式，都决定了我们的城乡关系的复杂程度。没有田园牧歌，但也没有"羊吃人"。农民从田野走入城市之后的犹疑、彷徨和焦虑，最后会被城市所代表的现代文明所抚慰。在某些方面，我的作品表现出了类似的乐观。

杨毅：现如今，网络媒介的迅速发展改变了原有的文学格局，冲击着我们的价值观念。商业化、类型化的写作扩大了文学的外延，却也悄然改变了文学的内涵。回望自己二十多年来的创作经历，写作对您来说意味着什么？如何理解当下文学的意义？

邵丽：随着文学外延的扩大，文学的内涵也更加丰富了。甚至可以说，没有任何时代的文学如此丰富过，文学从来离人类没有这么近过，或者这么直接影响人类的生活。当然，就文学自身而言，它有可以改变的东西，也有不可改变的东西。也就是说，文学必然有自己坚硬的内核。不管它有多少表现形式，这个内核是改变不了的。

对我自己而言，我觉得文学是我理解生活、介入生活最直接的工具。其实这说起来有点悲壮，也就是从成为专业作家的那一天起，文学就成为我的衣食住行柴米油盐，成为我生命的一部分。你说这是热爱还是习惯？真的很难讲清楚。作家这个职业有时候很像医生，直到有一天你写不动了，可能才会放手吧！

中篇

杨毅：2005年至2007年，您到河南省驻马店市汝南县进行挂职，任县委常委、副县长，后来陆续在《人民文学》《当代》《十月》等文学期刊发表了一系列与之相关的中短篇小说，并集结成书出版，由此可见这段经历对您产生的重大影响。请您谈谈挂职经历对您产生的影响，特别是给您创作带来的前所未有的改变。

邵丽：这一个时期的创作，对我来说其实是蛮重要的。在此之前，我的创作已经有了一个转型，也就是从小情感叙事转入社会意识和现实融入，甚至有书商做广告称为"官场小说"。但我始终认为我写的不是

"官场小说"。官场不是一个独立的场，它是我们这个社会的一个有机组成部分，其实无异于任何一个"场"。官员也不另类，他们都是普通人。我刚工作就进入机关，我所能直接接触到的都属于官员那类人。当时从上到下活跃着的都是恢复高考制度的"新三届"毕业生，大多是20世纪50年代生人，那是一个非常奇特的时期，那些从农村通过高考进入城市的官员的生活和婚姻千奇百怪。我能近距离接触到他们，听到他们，看到他们。我的第一部长篇小说《我的生活质量》写的就是那个时期的人和故事，几乎每一个读者都能从作品里找到自己的影子，时不时地会有人问你写的是我吗？评论家亦会问有原型吗？我想了很久才清楚，那作品里的人物不是某一个人，而是一代人。机关公务人员是我所熟悉的，他们就成了我作品的主人公。我的写作是把他们从所谓的"官场"里拉出来，进入普通的生活，看他们怎么恋爱、读书、跟老婆孩子怄气……我从来不曾从政治或者官员角度解读过官场，我非常抵触那样的写作。

挂职之后的转型对于我来说则更彻底，因为身处其中。此前我竟一厢情愿地以为所有人都生活在同一个水平面。但城乡看起来只有几十里路的距离，差距却如此之大。上面说过，我的父母都是地方官员，成长环境算得上优渥。小城市的中上阶层，与中国社会的底层，虽然相隔不远，但对农村农民的生活我几乎一点都不了解。挂职时才真正了解，那些基层干部的工作困难程度，几乎是举步维艰。他们拿着很少的一点工资，管理几万、十几万人的一个乡级政府，一年的办公经费才几万元，但是还要维护着基层政权的正常运转。这就是底层，这个底层跟上层确实很隔。我说的上层并不是单指顶层而言，它包括一些位阶比底层高的人，算是中层吧，其中也包括我们。"我们"往往用俯视的眼光看"他们"，好像他们是异类，总是觉得基层干部天天横行乡里、鱼肉百姓，老百姓不堪重负，苦不堪言。其实不是这样的，中国的基层干部很苦，甚至可以这么说，中国社会的大部分压力都在基层，如果没有他们扛着，什么社会稳定啊、经济发展啊、制度改革啊,甚至对外开放,都是一句空话。我在小说《人民政府爱人民》和《挂职笔记》里多有涉及,但也仅仅是很小的一个侧面而已。

底层社会的确有很多很多不合理的东西,比如像《刘万福案件》和《第四十圈》里所写到的。这些不合理,也是中国文化传统的一部分,而且具有普遍性。所以如果从这个角度看问题,就不简简单单是好坏和善恶的问题了。你比如,一个刚刚拿了人家好处、放走一个违法人员的派出所所长,可能转身就会为了保护群众免受罪犯的袭击,赤手空拳地与手持利刃的匪徒搏斗。"复杂中国"不是妄言,确实底层的情况是真够复杂的。把这些东西细细梳理清楚,是非常有用处的。不管是社会治理还是制度建设、文化建设,都有用。所以我觉得挂职对我的写作触动很大,帮助也很大,让我深刻地认识了中国的乡土社会。

杨毅: 这些作品引起了强烈反响,很多评论家认为您的"挂职系列"小说实现了创作上的转型,即从对女性心理、家庭和婚姻等层面的关注,向着社会现实更广阔更复杂的问题开掘。读您的"挂职系列"小说,我感受最深的是对官场生态细致入微、真实生动又不乏反思力度的深刻描写。您对官场生态的描写颠覆了大多数作家对官场权谋化或腹黑化的单一想象。尤其是如您以上所言,官场不是一个独立的"场",它是我们日常生活的一部分。为什么会有这样的看法?如何看待写作中的转型?

邵丽: 是的,权谋化或腹黑化在官场有没有?肯定有,但它只是表现在官场吗?小到家庭,大到社会,这不是一个普遍现象吗?所谓"东方智慧",我觉得更多的就是这些东西。从文明社会的发展路径来看,这些东西肯定是糟粕,是会被社会发展洪流所涤荡的,但它确确实实又影响着我们的社会发展。所以,如果仅仅认为权谋化或腹黑化只存在于官场,这是一叶障目,也是非常有害的。没有任何官场和社会场是隔离的,也没有所谓统一的官场。有什么样的人,就有什么样的官场。起决定作用的是人，而不是其他。所以它不是一个制度或者机制问题，而是文化问题。如果我们站在文化和文明建设的高度看待这个问题，很容易找到它的病灶。

至于写作中的转型，我觉得很多作家都会遇到，毕竟客观世界对主观世界的影响是不能忽视的。但如果我们主动地、深入细致地去融入或者拥抱这种转型，效果应该是不一样的，至少这种经验于我如此。一个作家一生中可能有很多次转型，这与年龄、阅历、社会环境等都有很大的关系。就我的转型而言，成功与否真的还不能过早下结论，我常常对更年轻的作家们说，创作永远在路上，未来的旅程是未知的，想要有所作为就要不断地跨越，用敏锐的思想创新下一部作品。从眼前的角度看，可能是成功了，作品受欢迎的程度超过了我的想象。但从艺术的角度看，还有待完善和提高，我自己仍然觉得不是很满意。

杨毅："挂职系列"小说源自您对基层社会生活的深切体验和洞察，甚至大多来自真人真事。这种扎实体验生活而后转化为文学资源的做法令人敬佩，使之与那些单纯依靠想象完成的作品有着截然不同的质地。小说中的人物、故事、环境都有着坚实的生活基础，没有沦为观念化或符号化的"纸片人"。我想，这既和您挂职锻炼深入基层的经历密不可分，又和您一向秉持的现实主义密切相关。您如何看待文学与现实的关系？如何处理生活真实与艺术真实的关系？

邵丽："挂职系列"小说确实大部分来自真人真事，令我着迷和震撼的也是这个。我的作品都是来自跟基层干部的聊天或者亲身感触。基层干部的语言很鲜活，故事也很有张力，尤其是基层智慧，那种无法用语言表达的通透，甚至更多时候是肢体语言，真的丰富了我的写作。一个看起来油头滑脑的基层干部，或者木头木脑的农民，当你近距离跟他们相处或者聊天的时候，你会突然发现他有很多闪光的东西，那个东西是你苦苦追寻而不得的。那种面对困境的智慧、韧劲和达观，是你坐在书斋里怎么都想象不出来的。你觉得你比他们有文化,比他们高明。因为你能欣赏"雨中山果落,灯下草虫鸣"的幽静,也能体会"行到水穷处,坐看云起时"的潇洒。但当你的家属没有工作还一身疾患,孩子没有学上还没人管,工作稍有差池就会被免职……这样如临深渊如履薄冰的困境,如果你身历其中,你还有他们那样的淡定和乐观吗?

我理解的文学的真实,其实就是作家的信誉和能力,也就是你怎么让读者相信你说的是真的。它不一定真实发生过,但你一定要让你的读者觉得,它确确实实曾经发生过。

杨毅:《人民政府为人民》是"挂职系列"小说中最早发表的一篇。老驴养成了凡有困难必找政府帮助的依赖意识,而一旦政府无法满足他的要求(不论是否在政府的职权范围),他的女儿更是以非常偏激的态度指责政府对民生的冷漠,甚至愤而出走酿成悲剧。这篇小说没有单纯站在政府或农民的哪一方简单地指责对方,而是呈现出双方的矛盾和尴尬,甚至透露出弱势群体身上存在的令人担忧的意识、心态。这其实超越了底层文学对于底层苦难化的片面想象,而是对人心做出的更为深刻的探视。在官民双方的关系中,作为挂职锻炼的基层干部和作家,您在其中处于什么样的位置?

邵丽:这个问题真的很难在这里用几句话说清楚,它太复杂了。总体来说,中国的各级政府都是全能型政府,因为它的宗旨就是要全心全意为人民服务。那么,谁是"人民"呢?只能说全体国民都是人民,他们的事情你都得管。所以我们始终在强调"依法治国",为什么没有完全达到目的?这还是得归结到文化问题,中国数千年的政治文化就是王权文化。也不能说几千年来我们就没有依法治国,肯定是有的,而且不在少数。但最基本的,也最重要的是权治,其实质便是人治,也就是政府之治。这种制度对于土地辽阔、人口众多却又生产落后、文化教育落后的国家来说,是具有相当大的效果的,能够集中精力办大事,也能办成事。你比如说这一次新冠肺炎,我们之所以做得这么有效率,就是跟这种治理模式有关。所以说,政府乐于管理社会,但付出的代价却是你必须全方位地服务于社会。

但这种治理模式对于基层政府来说,可以说是苦不堪言。上面千条线,都要从下面一个针眼儿里穿过去;而它的权力是有限的,责任却是无限的。所以老驴去找政府、他的女儿指责政府,自有他们的道理。而政府不能推脱责任,也有一定的合理性。这种事情的处理结果,往往不是靠法律,而是靠博弈双方的妥协程度。这真的是一着死棋,很难化解开,也是双方矛盾的交集所在。

我觉得这种矛盾的交集处,恰恰是文学所应该占据的位置。所谓的现实主义,就是应该具有对现实的干预至少是表达功能。

杨毅:"挂职系列"小说固然可以归为官场小说,但又显然不止于对官场生态的揭露,而是融入了您对社会诸多问题的思考,形成极富密度的叙事和思想容量。《刘万福案件》以挂职作家"我"的视角沿着两条线索展开:一是围绕刘万福杀人案件的前因后果,揭示出底层农民的生存境遇和不幸命运;二是通过周书记、杨局长、经济学家等人对中国现实问题的辩驳争论,牵引出作家对诸多社会问题的深刻揭示和思考。据您所述,刘万福确有其人。那么,您如何看待刘万福的悲剧?一个作家对社会现实问题的把握与社会学家有何不同?

邵丽:《刘万福案件》写出后,在非常短的时间里《人民文学》头条发表,《小说月报》《小说选刊》都随之转载,引起了不小的反响。其实这部作品现在看来还是有很多不足的,就是当时仅仅凭着一种激情、愤懑、恐惧和困惑,把它很直白地表达了出来,有些问题并没有想透。虽然也说到了底层民众生活的艰难,也写到了基层干部沉重的压力和难以施展的抱负,但还是比较浮于表面的,甚至是片面的。最重要的,令我自己不满的是写得急,作品的文学性不够。

这个类型的题材到了《第四十圈》就有了很大转变，那就是基层的很多问题，你是说不清楚原因、分不清楚责任的。谁是加害人，谁是受害人，很难一言以蔽之。这不是说谁都没有责任，或者原本就是一笔糊涂账，而是一个作家，你应该看到的不是明白，而就是这种"糊涂"，这才是文学的意义所在吧！

很多评论者看了《刘万福案件》这个真实的故事后说，我写刘万福这样的人物时，展现出来的多是一种哀其不幸的态度，最后的一怒更是一种绝望。但我觉得，冲天一怒并不困难，但在中国的社会传统里，这种怒非常少见，如果能见到，那基本就涉及王朝的更替了。所以，它可能更多的是表现在文学作品里，像《水浒传》。中国人更多的是隐忍，是最能忍耐、忍受的民族。唯其如此，更加悲哀。所以刘万福这一怒，是在我心头积压了很久很久怨愤的一种发泄吧！

杨毅：《刘万福案件》《第四十圈》等作品塑造了无数鲜活的人物形象，更呈现出"众声喧哗"的复调。您没有做更多的价值判断或道德倾向，但在叙述案件本身的过程中就足够呈现出了问题的复杂性和矛盾性。您在创作谈中说："我的作品是对生活充满矛盾和幻想式的，我试图找到另外一种解释生活的方式或者方法，但又不是那么明确，因此在我的作品里就充满了种种的矛盾。"我认为，作家不仅要写出自己已经明确的观念或判断，还要呈现那些矛盾甚至难以言说的地带。在今天这样一个剧变的时代，中国社会在各个层面发生着难以捉摸的剧烈震荡，历史的转折冲破了既有的叙述。作为小说家，您如何看待和把握正在发生的现实？这对当代作家而言是一个不小的挑战。

邵丽：如上所言，其实这两部作品的写作是有些区别的，当然这不影响仍然可以把它们归为一类作品。即使它们是真实的故事，真实其实只是一个小事件，整个情节当然基本都是虚构。即使真实的一部分，我在叙述的时候仍然有取舍、剪裁和虚构，但怎么把它们安置得更为妥帖，我一直很踌躇。这也就是我所谓的"找到另外一种解释生活的方式或者方法，但又不是那么明确，因此在我的作品里就充满了种种的矛盾"。一个批评家说，邵丽的能力就是把虚构的故事写得像真的一样真实。我不辩驳，小说家无非就是在真真假假中构建故事。

比较起来，我还是更喜欢《第四十圈》，它基本上达到了我的写作预期。有评论说我这部非常矛盾、复杂的作品依然充满了批判精神，我同意这个说法，我的写作是有立场的，也有态度和温度。作家的批判意识是天然的、责无旁贷的。没有批判，就没有真正的作家。你的立场所在，就是你的作品的格调所在。

您所说的今天这个剧变的时代，中国社会在各个层面发生着难以捉摸的剧烈震荡。的确，这是正在也将继续呈加速度发展的趋势，也确实是百年未有之大变局。作为一个小说家，把握这个现实我觉得有非常大的难度，但我们如何感受和反映这个现实，我觉得是可以有所作为的。甚至以我们曾经有过的经验，以前瞻性的眼光看待未来即将到来的一切，都是有可能的。毕竟开始我就说过，我是60年代人，而那个年代走过来的人，所经历的社会变迁和思想进步的广度和深度，不也曾经是百年未有之经历？

下篇

杨毅：您的创作在近年受到持续关注，《天台上的父亲》《黄河故事》《风中的母亲》等作品广受好评。这些小说回望父辈，将他们从历史深处打捞出来，塑造出个性鲜明而又不同以往的父亲和母亲形象。其实早在此前，您就在不同作品中塑造了父辈群体，但都不像这次集中而深刻地直面我们的父母。为什么您会再次聚焦"父母故事"？您说父亲的故事"在心里活了十好几年，甚至有可能更长"，为什么这样说呢？对于父母故事的讲述给您带来了什么？

邵丽：您说得没错，其实关于父亲母亲，我过去的作品里多有涉及，但因为我并没有把更多的精力集中在他们身上，因此他们看起来面目模糊，甚至身份有点可疑。但即使现在我写这个父亲，我觉得我越是集中精力写他，反而更看不清他。他像我生活中的父亲一样，是犹疑不定的、谨小慎微的，总是一副随时面对打击的颓丧。时代留在他们身上的痕迹太重了！

对于一个处在时代夹缝中，正需要父母尤其是父亲温暖的柔弱的儿女，过早地被他带入政治的泥沼，他不该欠我们一个道歉吗？尽管那是一个时代的悲剧，但是作为父亲，他对政治的忠诚和依附，的确大于亲情。他不是没有一点责任，一直到他去世，我们的关系也没有真正和解，原因也就是我们都不肯真正原谅对方。

我在小说中叙述过，小的时候因随手划破了一张领袖像而造成的父女关系的疏离，一直没有化解开。但那只是问题的一个侧面，或者是一个很小的切口，真正的溃疡都在里面包着，一直没有真正打开并清理过。

但真正深入父母和子女关系的时候，你会吃惊地发现，现实生活中也不仅仅是我，恰如其分地处理这种关系是一个非常大的社会问题，尤其是父子关系。

但更深层次的问题是，由于中国社会传统的"君臣父子"结构，父亲成为一种权力的象征，我们对父亲的反叛，仿佛是成长的标志。我们的失败是父亲压制的结果，我们的成功是反抗父亲成功的结果——这可能就是中国式的"弑父情结"吧！

杨毅：我认为，这三篇关于父母故事的小说，已经不同于你以往的作品，过于关注自我或现实本身，而是一种在现实与想象之间建立起了一种"心灵上的真实"，也就是以小说的方式，在历史进程中回望和审视自己的历史和当下，不回避卑微，不回避苦难，不回避内心的纠结。通过对父亲或母亲的塑造，小说带出了那些物质匮乏年代里的人的精神状况，勾勒出人物在时代变幻中的命运，连接起历史与现实的沟壑。您想做到的是什么呢？为历史留下一代人的心灵轨迹，还是为现实召回从未消失的过去？这是您认识时代与自我的方式？

邵丽：说真的，我是想通过对父亲和母亲的塑造走回过去。这是一种最安全，也是最可靠的方式。他们身上的时代特征，也是最好的路标。这样说起来也许不太好理解，但是如果放在更大的范围来看，就容易看清楚了。比如我的姥姥姥爷，不能说他们没有时代特征，但他们的时代特征，和他们的父辈、祖父辈几乎没有区别——老实巴交、心无旁骛、日出而作日落而息，每天醒来最关心的就是天气，每年最关心的就是收成。而我们的下一代呢？他们关心的是游戏、明星、八卦和时尚。这些东西其实和天气、收成没什么两样，它是中性的，取舍都不关身家性命。但是我的父母呢？他们不是，他们几乎从来不关心天气和收成，也从来不知道世界上还有娱乐这回事儿，他们只关心政治气候和风向。在他们一辈子的生活中，没有比政治更大的问题。如果离开报纸和新闻，他们几乎不知道该怎么生活。

所以在这种环境下，你再去述说那些物质匮乏年代里的人的精神状况，就会有很多意外的发现：所谓的匮乏，只是我们现在的看法。他们觉得什么都不缺，吃得饱穿得暖，那种满满的幸福感，一直延续到现在都没变，甚至他们并不觉得现在比那个时代更好。他们会说，那个年代人的思想多简单啊，什么都不想，都快快乐乐的。所以，当一个作家把自己置身在这样一种历史和现实的交叉之中的时候，你才会明白真正的写作到底是为了什么。为历史留下一代人的心灵轨迹也好，为现实召回从未消失的过去也好，是认识时代与自我的方式也好，我觉得这些问题都包括了，但不限于此。当然这样说可能有点大了，毕竟即使我们多次述说自己的父母，到最后你也会觉得你并不认识他们，而且最为悲哀的是，你会失去认识他们的能力。

杨毅： 作品里的父亲形象实在令人印象深刻。《天台上的父亲》和《黄河故事》都聚焦父亲形象。《天台上的父亲》中，父亲的死清晰地显示出两代人在生活沟通上的障碍，也有作为文化符号意义上的象征性存在。父亲跳楼"唯一可以解释的理由是，不是跟我们的隔阂，而是他跟这个时代和解不了，他跟自己和解不了"。父亲的身上背负了太多的历史和时代的枷锁。《黄河故事》中，无论父亲是否自杀，父亲的死显然与母亲的"恨铁不成钢"脱不开干系。但是，父亲和母亲的"三观不合"说到底还是源于物质匮乏年代里的生存需求，以致父亲的"贪吃"成了"一种恶"。在对父亲形象的塑造中是否蕴含您对历史中的人的认知，以及您对一代人的理解，您对生活和复杂人性的呈现？

邵丽： 这两个父亲其实是有着很大的差异的。《天台上的父亲》里的父亲是因为脱离领导岗位以后，有一种失重感，他已经找不到生活的目的和方向。他已经被格式化了，已经不能重新回到社会中，过一种普通人的日子。所以他除了死，没有任何人或者任何办法可以化解开他心中的忧郁。不过故事如果仅仅如此，也没有什么新奇的。问题是在对待他死的问题上，家人的情绪也发生了质的变化。从母亲一直到孩子们，他们曾经那么热爱过这个父亲，但当他因为"要死"而把大家拖得筋疲力尽时，会不会有一丝"你怎么还不死"这样的念头？否则，他怎么可能死得成呢？我觉得这是我暗含的一个主题，就是说，人性是真的不能认真打量的。

而《黄河故事》里的父亲，从来没有走到过他想去的地方，他一生的梦想就是做一个好厨子。但在那种逼仄的环境里，他的梦想看起来既可笑又可怜。他一生唯一的一次绽放，就是当三轮车夫给人送菜的时候，在路边一个小饭店死乞白赖地当了一次大厨。那是他第一次也是最后一次在饭店做菜，"在父亲的操持下，一时之间只见勺子翻飞，碗盘叮当。

平时蔫不拉唧的父亲，好像突然间换了一个人，简直像个音乐演奏家，把各种乐器调拨得如行云流水，荡气回肠"。所以，他的死看起来更令人伤悲，不管是被母亲所逼还是他忍受不了羞辱，或者更确切说是看不到希望的生活让他灰心。他选择投河而死，他是一个真正的"被侮辱与被损害的人"。

这里面其实也烘托了一个特殊的历史背景——如果人们可以自由迁徙，或者像现在这样可以进城打工，父亲的结局无论如何不会这么悲惨。他的几个孩子都走上做餐饮的道路，其实就是一种反衬。即使没有父亲那样的手艺，如果有好的社会环境，依然能够成功。所以父亲之死的责任，正如您所言"说到底还是源于物质匮乏的年代"，那种对自由的打压所致。

杨毅：在聚焦"父亲"的同时，小说也花了不少笔墨写了"我"这代人的生活经历。他们往往难以理解父辈的历史，和上代人有着明显的隔阂，但各自的生活也大多并不如意，物质条件丰厚的同时往往是婚姻的不幸。您如何看待两代人之间的代际差异？年轻一代的身上是否还保留着"传统"的因素？

邵丽：如果说到"保留"，我觉得没有"破坏"多。这还是要归结到我们60年代生人特殊的成长时期，等我们接受正规大学教育的时候，已经进入80年代了。如您所知，80年代可真是一个开放、自由、舒心的时代，各种各样思想的碰撞和交流，国门洞开带来的新思潮的洗礼，好像突然把我们送入一个崭新的世界。当我们带着过去的记忆和伤痕走入这个时代的时候，更多的是想着怎么更新和重启自己。对传统的反思和摒弃，在那个年代里是一种潮流。

至于我们这一代的"生活也大多并不如意，物质条件丰厚的同时往往是婚姻的不幸"，我觉得没什么大不了的，反而是一种社会进步，而不是失落或者损失。至少我们对婚姻有了选择的自由，合得来则过，合不来则离，不管有多么痛苦，但至少自己有选择的权利和余地。如果当时我的父亲也有自由选择婚姻的余地，我觉得他的悲剧是可以避免的。也许您可以说，当时法律允许离婚，也的确有人离婚。确实有，但更多的是一种说法，现实中离婚的人非常少，而且在大众面前是抬不起头来的。也就是说，即使你有离婚的权利，但是没有离婚的余地。那是一个封闭的时代，封闭到几乎任何人都可以干涉你的私生活。也是一个拮据的时代，一个人辗转腾挪的空间非常非常小。

杨毅：《风中的母亲》塑造了一个与传统乡土作品中勤劳智慧的母亲截然不同的"母亲"形象——不仅对各种家务一窍不通，而且是毫无主张地过了一辈子，可以说是和《黄河故事》中的母亲截然相反。但是，恰恰是这样一个手足无措的"母亲"成了乡土与城市的"剩余物"——她在乡村生活得捉襟见肘，更无法适应城市的生活。小说结尾，"母亲"在风中抽泣的情节令人隐隐作痛，似乎暗示了母亲看似平淡的一生何尝不时刻处于"风中"。您为何要塑造这样一个"反传统"的母亲形象？她蕴含了您什么样的思考？

邵丽：这个故事说起来真的很有意思，首先它有一个真实的原型，其次她这种真实并不荒诞。故事来源于我们家的两个钟点工，前一个是我亲自从58同城家政公司请来的。当时工作人员给我带来了好几个任我挑选，我一眼看上了一个四十多岁的女人。她穿着很得体、漂亮，不太爱说话，两个大眼睛水汪汪的，很有些羞怯。我家的活儿不多，我觉得她这个年龄段的女人做事情应该踏实安宁。结果完全出乎意料，她只会收拾自己，对家务事几乎一窍不通。哪怕家政公司临时培训的一点技能，她都做得顾头不顾脚。我耐心地教她，十几天做同一种饭都应付不了，常常一个厨房弄得像战场一样。后来她干脆把菜买回来等我，她说，你做得快，比我做得好吃，我洗好菜等你算了。她两个孩子，大的是个女孩，已经结婚。我说，你这样不理家事，两个孩子怎么养大的呢？她说，结婚前她妈做，结婚后她婆婆做，她不会呀。她出来打工，是因为在家不当家，老公挣的钱都交给她婆婆管。她有一天意外发现婆婆藏钱的地方，一共有两万多，她拿了钱来到城市租了间房子。她的一个亲戚教她摆地摊。她不会算账，每天都赔钱。后来钱花光了，她不好意思回家，所以想出来做家政。后来换的一个钟点工是个"80后"，人踏实能干，可在工作的过程中，她总是请假回娘家，不是这事就是那事。后来我就问她，你都成家了，娘家怎么那么多事情呢？她就讲起来她的母亲，她父亲不在了，她母亲单纯、懒惰、简单和浅薄。她母亲不干活，也不做饭，天天混吃等喝。孩子们送回去点东西，她就守着那点东西，没有了就伸手要。其实在农村这样的妇女很多，几乎是一代人。要真说起来，她们似乎是最离不开传统的人，因为她们本身就是"家庭妇女"。但事实上，她们跟传统决裂得最彻底，比起母亲那一辈，女红、炊事、农耕……她们什么都不会，是她们不愿意会。男人都出去打工了，他们把钱寄回来。村头有小卖部，煮一包方便面，买几根火腿肠或者几袋饼干和饮料，就能支持她们没日没夜地打牌、搓麻（将）、追剧……

我在基层挂职的时候，计划生育工作还是天下第一难。不知道从哪一天开始，从城市到农村，大家都不愿意再生孩子了。村小学的生源枯竭，几个村学校并在一起，还是五个老师三个学生。都不生孩子，表面上看起来是养不起，其实是人的文化观念和生育观念发生了根本性的变化。人在迷失中找到了自己。她除了生儿育女，她还要自己"快活"。这种思想变化，在中国几千年的历史里都是没有过的。

前面我们曾经说起过关于现代化对乡村的冲击。其实这种冲击不仅仅限于乡村，我觉得城市也面临着这个问题。移动互联网已经造成世界是平的。在这个信息迅速爆炸的时代，人类将面临什么？我们还将怎样走下去？当然，这不是我这篇小说的主旨。但我在写这篇小说的时候，是有这方面的思考的。而且我只是选择了一个这样的母亲，表达出我的这种焦虑和担忧。不仅仅是母亲在风中，我们都在风中。

杨毅： 毫无疑问，您是一位秉承现实主义的作家。文学如何回应时代难题，如何面对不断变化发展的现实，这些都是文学的真正追求，也是一位作家的真正雄心。很大程度上，您二十多年的创作历程也是您面对时代难题不断做出自我调整的历程，体现出作家的时代感和责任感。对您来说，如何认识纷繁复杂的现实？如何有力地揭示出我们所面临的时代难题和人的自身处境？您经常思考的问题是什么？您在创作中遇到的挑战有哪些？

邵丽： 我始终认为现实主义不是一种技术，而是一种写作态度，所以也希望"现实主义"不要滥用。我们活在现实里，也用现实的态度发声，这是一种"道"，而不是"术"或者"器"。当然，认识和反映现实，现实主义并不是唯一途径，也未必是最好的途径。但文学必须面对坚硬的现实，这一点对于我来说始终是坚定不移的。同时我还坚持认为，现实主义不但在今天，甚至在更久远的未来依然有它的价值所在，甚至可以说在今天比以往任何时候更需要它。

我觉得您最后这个问题非常有杀伤力，那就是如何"有力地揭示出我们所面临的时代难题和人的自身处境"。这其实是个非常大的课题，不但文学家要面对，社会学家也要认真面对。同时这也正是我经常思考的问题。对瞬息万变的这个时代，我们的难题到底是什么？它和人的自身处境同题吗？人与人、人与自然、人与社会和时代的关系，从来没有如此复杂过。但我觉得唯一不变、至少是非常难以改变的，是人性和文化。如果说写作也有路径依赖的话，这也就是我们认识和寻找现实主义创作态度最合适的路径。

我写作方面的挑战，主要还是来自对生活、工作和写作的摆布问题。如您所知，身兼作协主席和文联主席，我肯定会受到体制的规约，对我的写作影响还是比较大的。不过话又说回来，社会职务虽然占据了我大量时间，也影响了我的写作，很难有大块时间静下心来写东西。但在这样的平台上，接触的人多了，信息资源也丰富了，同时也会拓宽我的视野，丰富写作素材。前几天我看到《小说月报》对石钟山老师的访谈，他说到一个观点我深表赞同："作家的修为是重要元素。作家写到一定程度后，写的不是文字和技巧，而是胸怀。胸怀是万千世界，是百姓大众苦乐，是对家园的忧思。最好的文学要跨越所有的一切，一部作品如果没有责任担当，不为疾苦呐喊，就失去了文学的品质和意义。"

张楚：读了小说集《挂职笔记》，感慨很多，五味杂陈。在本书中，你以沉着的笔调写出了社会转型期人们的心态，写出了困惑和焦虑，也写出了亘古不变的人性光辉。那么我想问一下，当初写这一系列与挂职相关的小说时，是否有一个长远的写作规划？

邵丽：我当时写这些"挂职系列"小说，其实面临着内心的巨大焦虑，就是我的写作要转型，所以这次下去挂职，给我提供了一个极大的契机，让我看到了文学的本质，那就是要面对现实，面对生活。

张楚：你在一篇创作谈中曾提到，对你影响最大的是俄罗斯文学。我想问一下，这些俄罗斯文学对你产生了什么样的影响？

邵丽：我们那个年代的读者，最早接触到的还是托尔斯泰、陀思妥耶夫斯基、屠格涅夫等一些文坛巨匠的作品。20世纪90年代才看了《静静的顿河》《大师与玛格丽特》《日瓦戈医生》。

19世纪以来的俄罗斯那些伟大的作家和他们彪炳千秋的作品，尽管大多数述说的都是苦难，但我们从苦难里看到了希望，看到了更多的对生活的悲悯和对生命的热爱。

张楚：《挂职笔记》中的《刘万福案件》讲了一个富于传奇色彩又天然蕴含着悲剧性的故事。刘万福村里的七十多口人到县委送锦旗，感谢党和政府给了他三次生命。当你深入故事的内核，却发现故事本身的发展逻辑，从而揭开了刘万福"三死三生"的演进过程。

我特别想知道，这个故事真的是在你挂职期间亲身经历的吗？你的笔触描写起刘万福时，既是冷峻的又包含着难以克制的同情与疼惜。作为一名作家，你是如何处理素材和小说之间的关系的？在小说之外，是否还有很多"刘万福"的故事？

邵丽：小说集里的《刘万福案件》和《第四十圈》，都是生活中确确实实发生的故事，我也都看见过当事人或者他们的亲属，所以当时听了这个故事之后，觉得特别震撼。

至于小说和素材的关系，我觉得一个是表，一个是里。小说只是一种表现形式，真正的内里，还是事物本身的逻辑和它的真实性。就刘万福这个案件来讲，我没有更多的演绎，其实我更主要的不是写故事，而是我们面对故事的困惑。在基层，尤其是在乡村，刘万福这样的人物太多了，这也不是让我们最悲哀的，最悲哀的是产生刘万福这样的一种社会氛围、社会环境和人们麻木不仁的态度。

张楚：在《刘万福案件》中，另一条副线也是惊心动魄的，那就是县委书记周启生的境遇，他满怀激情，想做一番大事圆自己的梦想，造福百姓，却铩羽而归。可以说，刘万福与周书记的故事是小说的A面和B面，无论是一介草民还是一方父母官，无论在制度外还是在制度内，都偏离了轨道。如果说刘万福让我们惋惜，周启生则让我们扼腕叹息。

在挂职期间，你如何理解像周启生（周书记）这样的父母官？

邵丽：我挂职的时候接触了很多县委书记，因为写作的需要嘛，我到很多县都去过，像周启生这样的县委书记也很多，他们有理想，有抱负，也干了很多事儿。看看这么多年城乡的快速发展，我觉得这就是答案。

张楚：《刘万福案件》这篇小说的节奏很有新意，没有平铺直叙或倒叙,而是几条线同时展开巧妙交织,形成了多元化叙事。当代中国小说写作经历了20世纪90年代的先锋文学洗礼后,写作技术、写作技巧方面有了革新,但近些年,似乎又都老老实实地回到写故事本身,对小说叙事学的追求越来越窄化,你怎么看待这个问题?

邵丽:至于写作技巧,我还没有认真地去想过这个事。当时《刘万福案件》出来之后,有人觉得写得太直了,因为我是第一次写这样的作品。所以,在《第四十圈》呢,我就开始考虑一些技巧,考虑如何"藏"的问题。其实我不是一个技巧性的作家,也不是不注重技巧,而是觉得技巧不能大于作品本身。

张楚:问个题外话,如果让你到县里做一个县委书记,你觉得自己会是一个好书记吗?

邵丽:县委书记我可做不了,那不但是一个智力活儿,其实还是一个体力活儿。一个县委书记的工作量大到你无法想象,我的身体肯定不行。

张楚:近几年我最喜欢的中篇小说有两个,一个是《世间已无陈金芳》(石一枫),一个是你的《第四十圈》。《第四十圈》没有脱离你的小说谱系,但无论从结构、叙述还是语言上都达到了完美的统一。每个人都在生活的"炼狱"中苦苦追求着他们所理解的幸福,这才是真正属于中国人自己的故事。能给我们讲一讲这篇小说的缘起吗?它是成形于你内心深处最真实的想法吗?

邵丽:我只是想通过《第四十圈》这个作品,描写社会和每一个人物的复杂性,很难把一个人贴上好人或者坏人的标签。其实更多的时候,发生突发事件的时候,我们每个人都是被裹挟进去的,可供自己选择的余地也不是很大,大众看到的真实和真实的真实,其实也并不一定是一码事儿。

所以他们说雪崩的时候,每一片雪花都有责任。这个话是对的。社会环境是每一个人创造的，谁都不能逃脱自己的责任，也并不能轻易地去评判和指责别人。说着容易，做着难。《第四十圈》这个故事的悲哀在于，每个人都不知道做错了什么，做对了什么。是非标准太模糊了，这是一个极大的悲哀。

张楚：我个人觉得《第四十圈》是一部长篇的架构，里面人物众多，形形色色，意味繁复斑驳，既是社会学的，又是哲学的，对当代中国发展中出现的问题既有陈述又有诘问。关于文学作品的影视改编，你是如何理解文学与影视的关系的？

邵丽：《第四十圈》本来就是想写成长篇，但是因为时间关系没有完成，我确实也很遗憾。至于拍电视剧，也有很多人在谈，但是也不好下手拍。

张楚：《北区的河》《城外的小秋》是对当代中国农业文明向工业文明发展过程中产生的裂隙以及故乡陷落的真实描摹，因为我从小生活在农村，对于乡村文明失落的过程深有体会，你是如何看待这一问题的？

邵丽：我非常留恋昔日那些自然的袅袅炊烟的村落，可是农村现代化的进程也是不可阻挡的。记得一次去一个县里搞调研，我说了我的观点，那个县的县委书记问我，那样的村庄，你偶尔来参观一下觉得是美的。让你住上三天没有自来水、没有电，也没有排水系统，苍蝇蚊子漫天飞舞的村落，你能吗？

这就是我们要面对的一个矛盾、痛苦、尴尬的发展过程。对乡村牧歌式的回忆，大部分都是想象出来的，即使是真正的农村，现在也在城市化。这个过程是不可逆转的。当然，我们要通过文学这种方式，把我们这种对乡村怀念的情绪表达出来。

张楚：你的小说语言既精练又复杂，既冷静又幽默，既有男性的粗粝又有女性的柔美。你觉得语言是一篇好小说的必要条件吗？

邵丽：我对小说的语言相对来说还是比较看重的，但我更重视那种原汁原味原生态的语言,当你跟那些基层的人民在一起的时候,才能感受到他们的智慧、幽默。中国几千年来,苦难都是靠这种智慧和幽默消解的。这是中国灿烂文化的一部分,你不能轻易否定它、批判它,它无所谓高级或者低级,也无所谓对与错,它对中国的文化、中国的文明有帮助。所以我们要正视它、重视它,这就是我们的文化之根。

《金枝》:"虚置的父权",使父亲的角色无比尴尬

——澎湃新闻+邵丽

澎湃新闻:你是河南籍作家。河南籍作家在当代中国作家当中有非常突出的表现,先后出现了九位茅盾文学奖的获得者(截至2021年),比如李洱、李佩甫、周大新等人。你是怎么看待河南作家这个群体的呢?河南这片土地对你的创作又曾经产生过怎样的影响?

邵丽:最近这几年,评论界喜欢用"中原作家群"这个称呼,我比较喜欢。河南的作家群体很有特色,从作品内容来看,中原特色比较鲜明,有态度,有担当,有天下意识。毕竟中原地区文化积淀深,天下意识有历史传承,所以更容易有以天下为己任的站位。

作为我个人来讲,其实这种意识开始是很淡薄的,后来下去挂职锻炼,触摸到基层百姓的真实心理和情感需要,才有了很大改变。当然,每个河南作家都是不一样的,任何个性都不能完全被包括在共性之中,这才构成一个独特的群体。相对而言,我关注城市比较多,对真正的农村,尤其是底层生活还比较陌生。但是,在这个大的环境和氛围里生活和写作,包括上述这些作家在内的河南作家,以及河南的地域文化特色,对我还是有很大影响。

澎湃新闻:你最近连续出版了两部长篇:《金枝》《黄河故事》,都以表现家庭关系为核心,探究平凡生活、琐碎日常下的人性纠葛,主题相近但小说面貌却完全不同,你是怎么在短时间内

设计、架构这两部作品的？你自己的经历和生活，在这两部小说创作中发挥了什么作用？

邵丽：认真说来，虽然这两部作品都是疫情期间写出来的，但是酝酿的时间不一样。当然，从狭义的角度也可以说是短时间内设计、架构和写作这两部作品的。但《金枝》在我心里已经被反复创作了很多遍，实事求是地说，它是我的一部家族史。作为一个作家，我觉得这是一个好故事，而且把它呈现出来，也是我的责任。因为在我们这个家族背后，有很多历史的必然。

而《黄河故事》是为了延续我写作《天台上的父亲》而作，我觉得关于父亲，我有很多话要说。当然这是另外一个话题了。其实，在《金枝》里，我主要说的还是父亲，不过是从"审父"的角度出发的。

我们这个家族的历史，既有自己独特的演进脉络，也有不可躲避的历史碾轧。我觉得更应该把大历史放在家族这个小切口中解剖和审视。我们与父亲的隔阂，更多的是大历史裹挟造成的。他一直采取"躲"的办法，但他不知道，躲是躲不过去的。作为一个职业革命者，他选择的余地非常之小。对父亲的"审理"，一定要廓清他所生活的时代、土地、文化和人心，否则就是草率的、不负责任的。

澎湃新闻：《金枝》中所表现出来的亲情与爱情的矛盾冲突，似乎是中国传统家族的共性问题。你觉得这是时代的产物，还是人性使然？

邵丽：中国的宗法制度，几乎给所有的亲情关系设定了边界，并注入我们的血液里。所以我们的亲情也好，爱情也好，都像是在戴着镣铐跳舞，这就是中国传统家族的共性问题。但在这个大的概念之下，每个人的不幸又是独特的，不尽相同。当然，在传统的、儒教的、小亚细亚式的农耕文化的熏陶下，人性也很难直视。但能把这样的人性写出来，我觉得是作家应尽的责任和义务。

澎湃新闻：在《金枝》中，"父亲"对待他先后两个家庭，态度是冷漠和逃避的。这样的故事在今天还会发生吗？

邵丽：这样的故事发生在今天，会有选择的余地，或者说选择的余地会多一些，但我觉得很难有本质的不同。而这，仍要归结到文化的根脉上去。中国虽然说一直是父权社会，但归根结底，父权是虚置的，真正决定一个家庭发展方向和面貌的，往往是母亲。这就让"父亲"的角色异常尴尬。一方面，在家庭的矛盾旋涡里，他处于中心位置，承担主要责任。另一方面，因为权力的表面化，他在处置这种矛盾的时候更要左顾右盼，实际上他是弱势群体。这就是为什么一个女人要想脱离家庭很容易，而一个男人要想脱离，难度则要大很多。

澎湃新闻：姜文在一篇访谈中说，他和父亲之间真正的和解发生在父亲去世以后。在《金枝》中，主人公周语同的父亲也曾经对她有过非常深的伤害。所以你写道："父亲的死成了我一辈子无法抵达的去处，或许我也不想抵达。"你觉得，在有隔阂的父子、父女之间，能否实现真正的和解？

邵丽："和父亲之间真正的和解发生在父亲去世以后"，我觉得也只是说说而已，毕竟"他"已经不在了。可以说是理解，但不是和解。和解是双方的，不是单方面的。我在作品中也表达了同样的观点：我看到父亲的死，觉得回来晚了。如果回来早一点，我们之间会和解。但这件事的悲哀在于，如果父亲不死，那和解根本不会抵达，这也就是我所谓"不想抵达"的缘由。

澎湃新闻：可以理解为，《金枝》中的"我"周语同其实就是现实中的邵丽本人吗？周语同的创伤是否就是你本人的创伤？这些创伤被治愈了吗？

邵丽：我乐于承认周语同就是我本人，而且作品中所涉及的"创伤"也有我本人的影子。很有可能事件在我记忆中不断幻化，像儿时握在手心里的一个雪球，它滚动着，不但没有融化，反而在岁月里逐年变大。

其实如果不是去写这部作品，对于过去的创伤我几乎是假装遗忘了。为什么我用"几乎"这个词呢？其实那些东西，你是根本忘不了的，只是它被掩盖了而已。

一个人的童年经历很可能会决定他的一生，创伤也是你成长的一部分，把创伤从你的生命中择出来我觉得是不可思议的。就像一棵树一样，我们很难说清楚决定这棵树成长的到底是哪一种因素在起作用。当然，土地、阳光、空气和雨水都是必需的，但它的弯曲来自一场风暴，它的挺直则来自人类的修剪……我们与其讨论个人的创伤，倒还不如去关注创伤形成的社会环境。我相信，没有一个真正的父母，会想着给孩子留下创伤，这是他们最不愿意发生最不愿意看到的。如果与父亲和解的话，这应该是基点。

澎湃新闻：在《金枝》中，祖母是包办婚姻的始作俑者，而这样的家长，在当下的生活中依然存在。还有网络上经常讽刺的"七大姑大八姨"们，他们继续扮演着旧社会传宗接代思想的旗手，成为新一代催婚、催孕的有生力量。这事实上造成了非常多的年轻人现实的烦恼。作为作品中承上启下的人物，你能理解他们吗？你与你家族中的下一代是怎样相处的？

邵丽：我觉得我还是蛮理解的。传统的力量非常强大，不仅仅因为它是传统，而是它具有一定的现实合理性，说到底是市场决定的——这样说可能有点泛泛而谈——因为社会保障网络的缺失，即使个人的经济能力能够保障自己的正常生存，但它也不能一劳永逸。"意外"对我们的打击是很难预测的，看看现实中的那些失独家庭的境况，可能对我们理解这个问题有所帮助。

我与家族中的下一代的相处也反映在我的作品里，而且实事求是地说，我有强迫症，总觉得下一代正在脱离我们，而且是飞奔而去。即使事实很多次证明他们是对的，但总是找不到他们对的理由。相反，倒是我的强迫，让孩子回到了既有的轨道上，比如结婚，比如生子。所以这个事情不能脱离开具体的人和事谈对错，也可能我们一说就错了。

澎湃新闻：在作品中，主人公把自己童年的缺憾一股脑地向女儿身上灌输，却忽视了她自己的思想和自主权。现实中，很多父母确实也是这样，这导致了子女在很大程度上不愿意面对父母。现在的80后、90后很多都做了父母，你对他们有什么经验可以传授？

邵丽：其实这也是我最大的困惑。我们对子女苛刻的教育方式，又被子女用到他们的子女身上。像上一个问题一样，没有对错，只有合适与否。当然，这是很大一个题目，我们很难一时说清楚，同时我也没有什么现成的经验可以传授给下一代。道理上对的东西，现实中很可能是错的。

澎湃新闻：在旧社会，妇女忠于父权、忠于夫权。比如穗子，她争了一辈子的，依然是周家的名分。而母亲保全了一辈子的，也恰恰是周家的儿女。当时代变化了，你希望女性在婚姻家庭中应当发挥什么样的力量呢？

邵丽：我在讨论"父亲""母亲"的时候，很少想到性别问题。即使我自身，尤其是写作时，我也很少考虑性别问题，至少没有明显的性别意识。其实就我父母那一辈而言，社会是刻意淡化男女差别的，提倡同工同酬，男女都一样。实事求是地说，我关注的问题，也不是非常女性化的。这可能与我的家庭背景和工作经历有关。我的家庭从父辈开始都是公务员，后来我也踏入公务员队伍。长期体制内的训练，会形成某种固定的看问题的方式方法，这种方式方法的确屏蔽了性别。其实，即使体制外，中国人的性别意识并不强，这可能与中国的传统文化有关。

至于像穗子和"我母亲"这样的故事，我是持强烈的批判态度的，但同时我也相信在中国还是有很大的市场。如果我们脱离了城市视角，用更阔大的视野打量现实社会，这个问题真是不容乐观。我之所以这样说,与我在基层挂职两年的经历有关。中国太大了,情况太复杂了,很难一言以蔽之。

澎湃新闻:从"审父"的意义上说,从现代的视角看过去,"父亲"抛弃了拴妮子母女,是否应当受到批判?穗子呢?她可不可以有更加"正确"的选择?

邵丽:在父亲那一代革命者里面,像"抛弃了拴妮子母女"这样的故事情节,恰恰是一个壮举,从五四以来的小说和戏剧里,包括现实当中,尤其是"革命文学"里,都能找到。而且在这一点上,我非常赞赏父亲的决断和决绝。但非常可悲的是,父亲又把他的遭遇,完整地复制到了自己的孩子身上。至于穗子和拴妮子的关系问题,我觉得比较复杂。如果退回到当时的历史环境里,她其实是有选择余地的。就社会的容忍度而言,她可以走,也可以留下。我之所以没有批判父亲且为她辩护,恰恰正是她的"留下"给我造成了很大的"伤害"。如果你没有问起这个问题,我觉得这本不是一个问题。但既然你问起来了,我不得不说在这一点上,我是自私的。如果再重新写这个故事,我觉得应该给穗子发言的机会。而且我相信我会这么做。

澎湃新闻:《金枝》里面还有一段巧妙的设置,是插入了雁来写自己父亲的桥段。她之所以这么做,是担心周家的后代曲解她的姥姥和忽略她的父亲。你可否解释下为什么要如此安排?

邵丽:这个问题还真不好回答,当时就这么想了,也就这么写了。其实把雁来拉出来,我是颇踌躇的。雁来是个非常自尊的孩子,但那种自尊会让你特别生气,也特别悲哀。她就是与你非常的"隔",怎么样努力都不能贴近。实际上这个人物是有故事的,但她又不能占很大的空间和时间。所以这种想法算是一种补救,或者是一个补丁吧!

澎湃新闻:说说周庆凡这个人物吧。他是非常喜欢穗子的,给她当牛做马了一辈子,但是到死都没有高攀上这个"金枝"。这当然是属于时代的悲剧，也是庆凡的性格使然。是什么使你花了很多的笔墨，在自己的家族史中去书写一个像土块一样平凡的农村汉子的形象？

邵丽：庆凡是一个真实的人物，在我们家也有原型，但结局比书中要好。这样平凡且忠诚的农村汉子，如果你看他的人生，几乎是乏善可陈。但如果你细细地想想，又觉得惊心动魄。一个人也可以这样过一辈子！他们就是这样过一辈子，无风无浪，无欲无求，不管他们哪一天死去，也都是可以死去的年龄。其实这正是我一旦写到他，就放不下笔的原因。

澎湃新闻：转眼又快过年了。因为疫情，很多外地的年轻人无法回家和父母团聚。你对飘零在外的异乡人有什么忠告或者祝福？

邵丽：这两年，还是不说过年了吧！不管在哪里，心有所归、心有所安就是一切皆好！我父亲去世时，我似乎被突然袭击，完全没有做好准备。我曾经发誓，我不会再让陪伴母亲成为遗憾。可是，我现在最大的心结，仍然是陪伴的缺失。"子欲养，而亲不待。"在外的游子，一定要给父母多说说话，这非常非常非常重要。我相信不管在哪里，父母最放不下的都是你们。娘肚子里有儿，儿肚子里也得有娘啊！

陈曦： 是什么原因促使你写《金枝》这本书，决定去揭开一段家族秘史？

邵丽： 说起来话长。一次采风的路途中，我接了孩子的一个电话。可能是声音和肢体语言太夸张了，让我旁边的一个同行看得目瞪口呆。于是我便故作轻松抱歉地笑了一下，说是家里的事儿。谁知他打破砂锅问到底，也极有可能是我想说，于是一路上我就聊起家族的事情来。谁知他听了之后，半天没吱声。车程快结束时，他认真地对我说，这是一个好小说，一个非常好的中篇故事。如果写出来，对上辈人和下辈人都是个启示。

其实这也是我的心病，写一写家族这些事，早已是个念想。父母亲和上一代老人都逐个老去，若不把他们写出来，等我们这一辈人写不动时，一切都将消失殆尽。只是内心涌动的情感越多，越找不到合适的点。我用了两个月写出了《黄河故事》，给了《人民文学》的责编马小淘老师。想不到《收获》的责编吴越老师看了非常喜欢，深感遗憾。我就承诺说反正这些日子有时间，可以再写一个。原本是想写个中篇，写到十万字没收住，索性写到了十五万字，就是这本《金枝》。本来起名《阶级》，后来可能太敏感，就被程永新老师改名《金枝》。金枝玉叶，可不是每个家族的梦想？只是没有那么多人把它写出来。这不是个秘密，更谈不上家族秘史。出这访谈题目的是小女孩子,看什么都是传奇故事哈。

陈曦:《金枝》里的周语同曾是父亲的宠儿,但在特殊时代犯了错,差点害了父亲,因此失宠,长期遭到漠视。这是你本人的经历吗?这个心理创伤后来修复了吗?你和父亲最终达成和解了吗?

邵丽: 小说就是小说,很可能会有现实的影子,但不能把小说当自传。对此我不想过多地解释,说得太多了。假作真时真亦假,我的强项就是能把虚构写得貌似真实。至于我们那个年代的父母和子女的关系,可能因为历史和政治的原因,大部分都是隔膜的,极度缺少沟通。家家都是一群儿女,父母没有精力关注孩子们的所思所想。而子女一直到父母老死也不会知道他们想些什么。这个创伤是时代的伤疤,也许连"和解"这个词语都过于矫情。现实很粗粝,作家自身又常常过于敏感,实际上把真实的生活给遮蔽了。

陈曦:《金枝》中的周语同可以视同现实中的邵丽本人吗?

邵丽: 虽然我会说,每一部作品都脱离不了作家自身的经验,但我还是愿意承认很多方面有我的影子。

陈曦: 现实中的父亲有着怎样的经历?

邵丽: 看完这部小说,我的另一个责编和闺密与我通了一个多小时的电话。她的父亲是一个很著名的作家,也是一个地方作协的领导。她说,你写得太让我震惊了!写的分明就是我们家,是我父亲与他前妻和儿子的故事。书出来之后,又有一个年轻的女市长给我打电话,说你写的就是我姥爷,我姥爷是个南下干部,我姥姥就是那个穗子。

书中的父亲只是"我"父亲,与他那代人中的许多人有着相似的经历。

陈曦: 小说的真诚打动了我,我在阅读过程中能够感受到强烈的喷薄欲出的情绪,也许正因为代入了作家个人的真实经历。这些往事和情绪曾经深深地困扰过你吗?你在写作这本书时,需要费力气去处理这些个人的情绪吗？你是如何做到冷静、克制的？

邵丽： 其实，随着时间的流逝，我所否认的"和解"早已冰雪消融，至少表面上波澜不惊了。也谈不上什么克制，当你回望自己的过去，曾经那么活泼泼地生活过，你觉得连伤痕都值得抚摩和怀念。时间是最好的医生和药剂师。我写作时总是被感动追逐着，内心满怀着悲悯。我爱我笔下的每一个人物，他们是我的亲人。也许我还宽容不到包容所有的事物，但我会善意地处理上一代留下的疤痕，尽力把它们抚平。

陈曦： 小说中拴妮子和穗子的形象很饱满，相比之下，母亲朱珠的形象似乎单薄了些，只是善良和忍耐，都是女儿周语同充当"恶人"去与穗子母女做斗争。在写母亲这个人物时，你是不是有着不忍下手的顾忌？

邵丽： 恰恰相反，我觉得我写母亲是最用力的。如果单薄的话，那是我的笔力不济，或者说，是我们很难看懂她。我最近在写关于《金瓶梅》的评论，我觉得吴月娘这个人不得了，她以不变应万变。她看到的不是一时一地之得失，而是全局和结局。她活得一点也不精彩，但就是笃定。这就是她比其他女人卓越的地方，她有眼界和见识。我觉得完全可以站在这个角度看待书中的母亲，她可能压根儿就未曾怨怼过。中国式的母亲大多是隐忍的，她们承受所有人生的份额，好的和不好的。母亲就是这样的母亲，她宽阔得像一个大平原，又微弱到做我们的母亲都做得孜孜矻矻。如果家族是一本厚重的书，母亲在书中只是一个影子，无所不在，却又若隐若现。她没有精彩的故事，也没有坚不可摧的原则。她不为玉碎宁为瓦全，她的所有智慧、能力和温情只够默默维系着一个家。母亲朱珠是家庭的定心丸，亦是一本无字的书。

陈曦： 你在接受采访时曾说到，父亲抛弃原配另娶，在一代革命者当中，恰恰可以被称为壮举，而穗子其实有选择的余地。这是不是在以今人的眼光去看当时的人，尤其是当时的女性？因为直到今天，男性的自由度都是大于女性的。那个时代，朱安式的悲剧人物有很多。

邵丽：那个时代是个非常割裂的时代，一方面强调"时代不同了，男女都一样"，一方面"三从四德"的影响也非常深。有些地方女性再婚非常普遍，而有些地方离婚女人一直到死都不会再嫁。很多因素取决于个人而不是社会环境，也就是说，像穗子这样的女人是有选择的自由度的。但她没有选择，在幼年的"我"看来就是一种"恶"。我丈夫大伯的前妻，三十多岁就离婚了，守寡到九十多岁。我曾经问过她为什么不再找一个？她说，哪兴啊？回娘家咋抬头见人啊？

陈曦：革命是壮阔神圣的，但底部也律动着个人的理想、野心和欲望。将父亲抛妻弃子的行为视为壮举，是否有一种站在个人立场的美化之嫌？那个时代，有抛弃朱安的鲁迅，但也有和江冬秀过了一辈子的胡适。

邵丽：当时的很多革命者，与家庭决裂的标志就是冲破包办婚姻的牢笼。投奔延安的青年男女，有很多这样的例子。所以他们那个时代的婚姻，更多的是一种象征意义。当然无可否认，这种"解放"是给旧时代妇女扣上的另一副枷锁，但那就是"革命"的意义之所在。其实它并不是排斥所有的包办婚姻。感情的舒适度取决于自身的感觉，有的父母之命是自己愿意的。深山出闺秀，各花入各眼。江冬秀大约恰恰是胡适喜欢的适合他的妻子。但是那一代念过洋学、受过新思想洗礼、后来投身革命的新青年，你再强迫他回老家和一个不识字的小脚女人生活，对双方都不是真正的公平。因为公平来自平等。

陈曦：你觉得父亲对穗子母女有过真正的愧疚吗？还是仅仅认为她们是个避之不及的麻烦？

邵丽：我觉得"父亲"对穗子母女的愧疚从来没有停止过，他的逃避本身就很能说明问题。而母亲对穗子母女的顺从和忍让，恰恰是读懂了父亲的心思。"父亲"那时毕竟是个十五岁的孩子，开始的冲天一怒，会随着时间的推移被尴尬和愧疚所取代。即使是一个职业革命者，他仍然有善良的底色和人性的底线。所以他的苦痛是最复杂的，也是他最无能为力的。想躲避而不能，想面对而无力，他一直活在这种无穷无尽的纠结当中。

陈曦：你为穗子这个人物注入了强大的精神力量，并且安排她的孩子们都有了更大的成就。这在原配文学形象里，是没有过的。现实中的"穗子"和她的孩子，真是如此吗？

邵丽：河南很多地方都是革命老区，在老区这样的事例真不鲜见。我写的基本是原型人物，真事虚写，否则就不能称其为小说了。在中原地区，这样的母亲大有人在。老根据地参加革命的男人多，穗子还算是幸运的，有的女人怀上孩子就再也没见过丈夫，一个人带着遗腹子支撑了一辈子，我们老家那地方称其为寡妇熬儿。我所熟悉的一个领导干部，祖母生下遗腹子，一辈子守寡，一个人把他父亲拉扯大，开枝散叶生了一大群孙子孙女，几乎个个成才。不管是现实生活，还是文学作品，都不乏这样的坚强母亲。

陈曦：小说通过拴妮子女儿周雁来的自述，写出了与"我"眼中完全不同的穗子形象。但你说"如果再重新写这个故事，我觉得应该给穗子发言的机会"，你觉得穗子这个人物还有哪些可以挖掘的？她还有哪些话没有说出来？

邵丽：其实我是觉得，至少应该有一部分是从穗子的角度来讲这个故事。当然，如果这样说的话，至少也应该有父亲母亲的角度。但问题远没有那么简单。穗子是一个反复被生活碾轧的人，是一个真正被侮辱被损害的人，但又是一个横亘在父母和"我"、拴妮子中间的一个矛盾制造者。她怎么考量自己的人生？她到底想得到什么？我们无从知道。她是一个狠角色，也是一个被大而化之的角色。

陈曦：周语同成年以后，承担起了整个家族的使命，对子侄悉心栽培,不惜代价,各种帮扶。现实中你也是这样的一个人吗?你和后辈是如何相处的?

邵丽:这个问题我觉得可以不回答,与作品无关。

陈曦:有评论者将《金枝》放在寻根文学或反思文学的谱系里看,你怎么看?

邵丽:我觉得都可以。其实寻根也是一种反思。我记得好像是上大学的时候,读过一本美国的小说《根》。它写的虽然是黑人从非洲被贩卖到美洲的寻根故事,其实挖掘的是黑人百折不挠地为自由而战的精神。

陈曦:你生于1965年,与李洱、艾伟是同龄人,他们曾表达过一个观点,60后作家可能是最后一代具有历史感的作家。而《金枝》和李洱的《花腔》、艾伟的《风和日丽》,也都涉及对革命经验尤其是革命者私人生活的书写。你是怎么看待你们这代人的写作的?处理革命的、历史的经验是你写作的一个重要方面吗?

邵丽:这两个作家的家族背景我不是很清楚。我的家族更可以贴上"革命家族"的标签,因此家族史在更大程度上也是革命史。但处理类似题材并不是我的强项,我很难从个人感情上超拔出来看待当时的历史。说是只缘身在此山中也好,说是理论的储备不足也好。反正我在写这段历史的时候,情感往往把思想给淹没了。

陈曦:《金枝》写得很顺,半年就完成了,但你自觉"谋划得不到位""写得有些仓促"。你有进一步修改扩充的计划吗?

邵丽:没有修改扩充的计划。我写过的东西,自己几乎很难再沉进去。我觉得那是别人的故事,写过了就过了。但我会另起炉灶,从另一个方向重新进入。

陈曦:如果重写,你会以更加超脱的立场去写父亲的两个家庭、去看待两个家庭之间的矛盾纠葛吗?

邵丽:这个很难讲,一旦进入写作,作家是很难自己当家做主的,要看作品里的人物带着你往哪里去。但主观上是这么想的,祖辈父辈都渐渐地老去,而且自己随着年龄的增长,也会更客观更公正地审视历史,打量自己的亲人。至少我觉得,"亲人"这个称谓,已经将过去的矛盾和纠葛稀释得差不多了。

陈曦: 近年来你写作了很多父母题材的小说,为什么对上代人这么有兴趣?

邵丽: 有人说我在"审父",就算是吧。在我还有能力的时候,如果不从我这里开始,将来谁会对孩子们讲一讲他们的先辈?莫非所谓的先辈,就剩一个名字和牌位吗?饶是如此,先辈的过去,就是我的今后。我不忍心。那一代人平凡而又奇崛的人生,不能似孩子口中的口香糖,嚼一阵子就给吐了。

陈曦: 现在有哪些新的写作计划?最近在看什么书?

邵丽: 对于下一部写什么还没有认真谋划。先休息一阵子吧,从身体到精神都需要充电了。

书写女性，不是我的初衷

当我们提起"原生家庭"

潮新闻：《黄河故事》中，兄弟姐妹们的亲情让人感动。其中有一个细节，"我"从深圳回到郑州，为了父亲墓地的事跟二姐见面。二姐的日子并不好过，但我"回到深圳时才发现咸菜下面整整齐齐压着15万块钱"。书中兄弟姐妹几个，在深圳开饭店的"我"是混得最好的，二姐一家似乎因病从中产坠入到底层，勤劳勇敢却未必能致富，过上轻松的日子，但他们活得有尊严，看重亲情。二姐代表的是您心目中大部分普通中国人的样子吗？

邵丽：也可以这么说吧。说起这个话题，可能又会扯到中国传统道德——如您所知，道德是文化的重要组成部分——文化的生命力是最顽强的，不管经受多大的政治经济或者其他方面的冲击，它都能存活下来。大部分中国人骨子里的道德教化，是信奉仁义礼智信的。这是让我们值得安慰的事情。这种文化的坚持，越是在艰难困苦的时候越是能彰显它的光芒。这是人性的光芒。

潮新闻：我们现在看到很多说法，都会说"原生家庭"如何如何。很多人说，要用一生来治愈童年，您认为呢？一个人一生是否最终能摆脱原生家庭带来的影响，成为一个新的人？

邵丽：从主观上来讲，可能意识到这个问题的人并不是很多,主动纠正或者摆脱的则更少。从客观上讲,一个人基于童年所塑造的性格,很难在后来的社会实践中有所改变;即使有所改变,也可能是表面现象,骨子里的东西很难改变。但这并不是说所有的人都不会成功,随着时间、环境和际遇的不同,每个人都有可能成为一个新的人。

潮新闻: 您在《黄河故事》中,写到了"我"到深圳打工之后遇到的任老板一家。"在小瑜身上,不,在他们这个家庭也学会了很多东西,那是在我那个家庭根本体会不到的,那种亲人之间的爱和默契,那种充满善意的做事风格,那种待人处世的谦恭,都对我以后的人生产生了极大的影响。在他们家,我对财富、对富人有了全新的认识。穷不一定都是好,富也不一定就天然地带着恶。"这一段借人物之口的广义,是您想告诉读者的一种关于富人阶层的认知吗?

邵丽: 我觉得富不是罪恶。当年小平同志提出"让一部分人先富起来",是极富战略眼光的。毕竟作为我们升斗小民来说,有恒产才能有恒心。改革开放这几十年的社会实践也证明了这个事实,正是因为大部分人都富起来了,慈善事业才能有如今的长足发展。富不是罪恶,富人也不等同于坏人;只要获得财富的方式合法,他就是一个值得尊重的人。

潮新闻: 中国经历了一个独生子女的阶段,现在人口红利快没了,老龄化严重了,又开始鼓励二胎三胎,但从 80 后到 00 后,很大一部分人都是独生子女环境。您写《金枝》、写《黄河故事》时,有没有想过独生子女一代的读者读您的作品时,会产生一种怎样的"代感",您的写作是否有诉求,让独生子女们更能读懂一个多子女家庭结构的中国社会,这个家族结构关联着中国的过去,也关联着中国的未来?

邵丽: 还真没想过这个问题。我写作的时候很少考虑给谁看,而更多考虑的是我想说。独生子女和人口红利、老龄化,是一个非常庞大的问题,不能一言以蔽之。

半个身子在城市，半个身子在农耕文明里

潮新闻："后来的事实也证明了，没什么，真的没什么。我一个身单力薄的小女孩子，随着建筑大军进入城市，而且直接去了深圳。那不是一道窄门，她所给我的生命的力量，比父母给我的更坚实，也更坚定"，这段话是否说明了，在特定的时代，城市化的浪潮中，有些东西的影响力是可以超越中国传统的家庭亲情的影响力的？这是否就是现代化给一个人带来的命运嬗变？

邵丽：现代化也好，城市化也好，其实就是拓展人的生存空间。这个空间既是物理上的，也是心理上的。城市化对人的影响是巨大的，它在集约社会资源的同时，也叠加了人的智力发展，使各种思想、智慧和智能在碰撞中积聚了更大的发展动能，也为人自身的发展提供了各种可能。也就是说，人要改变自身的命运，还是要依靠城市。所以从根本上讲，传统的家庭影响力与现代化的影响力是不可同日而语的。通俗一点讲，一个已经深入并依附城市的人，是很难再回到传统家庭了。

潮新闻：从熟人社会，"七大姑八大姨"的乡土中国，到大都市的陌生人社会，我们每个人的内心环境也会随之改变，郑州从地缘上来说，是一个四通八达的大都市，但河南作为中原大省，给人地缘上的指向，又指向乡土中国，于是我们在您的小说中看到了二元对立：小说中的人物，他们夹在现代、城市与乡土、亲情之间，他们因此灵魂有挣扎，他们无法忘却过往，无法真正逃离亲情羁绊，他们又要拥抱新的时空新的生活，他们是否得抛弃一部分旧的，才能迎接新的？那么，他们又该如何放下呢？

邵丽：其实不只是郑州，也可以说我们整个国家都面临着这种两难选择——半个身子在城市里，任由市场冲击，半个身子陷在农耕文明带

给我们的安全和舒适区里。知识分子可能对这种漂泊感更敏感一些,这就是大家所谓的"乡愁"。其实我在上面已经回答了这个问题,我们已经深入城市之中,事实上已经回不去了。所谓放下与放不下,也只是一个苍凉的手势而已。

潮新闻:您说过,"当你懂得了一条大河,你就懂得了世事和人生",您是否从小就生活在黄河边?黄河这条母亲河,对您的写作主题,还有写作风格,有没有潜移默化的影响?

邵丽:我是考上大学才来到黄河边的。不过,我是出生在另一条大河边上——沙颍河。它是淮河的重要支流。而且我的老家就在黄泛区,所以我跟黄河有着不解之缘。黄河对中原人的性格和文化塑成有着重要影响,我也不例外。您提出一个很有意思的问题,如果我们细究起来,黄河岸边的作家群体,从陕西、山西到河南、山东,这些地域的作家的确有着某些文化和认知的相似性。

潮新闻:从我一个江南人看过去,您小说中的人物,活得都特别带劲,有力度,能折腾,大开大合,这或许是我理解中的"黄河调性"。换句话说,所谓一方水土养一方人,相比之下,江南人物确实要"温暾"许多,您觉得不同的地域性真的能造就不同的人吗?

邵丽:没错。北方人有吃苦耐劳的狠劲,但大多懒惰。我的小说,总是想有一个引领的、带动的启示。也许,我只是痴人说梦。南方人温润,也勤勉。比如很大一部分浙江人,能把生意做到极致,可真是"上穷碧落下黄泉"了。我始终认为,地域决定文化和文化取向。

潮新闻:深圳是否因为是改革开放的前沿,与郑州这个中国的"中心"形成一种空间上的对照,而成为您几部小说中的一个重要故事现场?黄河代表的是农耕文明,深圳代表的是海洋文明,看了一些您的小说,似乎黄河和深圳都在您的记忆里,从黄河边到在大海边的深圳,生命现场在切换着,这样的"两地书"在您的小说中是一种特定的地域象征吗?

邵丽：这个说起来很有意思。第一次知道深圳，还是我刚刚参加工作的时候，那时说它是"开发区"，很多人还把它读成"深川"。后来在《中国青年报》上读到一篇报道，说深圳的很多年轻人已经不用手绢了，用餐巾纸……第一次进深圳，是20世纪90年代中期，它已经成为现代化大都市。它确实令我很震撼，感慨良多。所以您说农耕文明和海洋文明，这种对比我确实思考过，也曾经与人认真讨论过。不过我更多地叙述深圳，主要是缘于我父母退休后一直跟着我小妹一家在深圳生活，作为成年的子女，父母在哪儿，哪儿就是家。很多年里，我的节假日都是在深圳度过的，所以我对这个地方有了更多的了解和亲近感。

潮新闻：小说中的"我"，虚报了三岁年龄，说是十八岁其实十五岁就去了深圳打工，吃了很多苦，但后来成了城市中产阶级，还读了电大，过上了好日子。我知道当时确实有很多在深圳的年轻人打工自学上电大夜大的，他们把握时代的机遇，努力上进，改变了命运。作为女儿的"我"的强势，和母亲的强势，完全是不一样的，而母亲给人一种"人强，强不过命"的悲凉之感，"我"却兜住了整个家庭。您在写作时，有没有特别考虑过，将母女两代女性的命运，做一个对照？

邵丽：这个对照是有的，不只是母女，其实也包括父子父女。我在一篇创作谈里也说到这个问题，对于我们这些渺小的个体而言，时代与命运是息息相关的。遇到不好的时代，曹曾光即使一身本事，也只能捉襟见肘徒唤奈何；而如果遇到好的时代，曹家的孩子们都能变身老板。

关于父权、关于爱情婚姻观

潮新闻：在《黄河故事》中，故事是围绕父亲之死、死后的墓地等问题展开的。父亲这个人物始终在背面，先被描述成一个窝囊废，很没用，自杀，后来又不确定父亲是不是自杀的。我们看到了极为强势的甚至不讲理的母亲,后来才看到,父亲是一个知书达理、懂得不少东西的人,他甚至还"懂得黄河的水性",父亲的形象似乎在"反转",最后被"正名",他依然是"体面"的。那么,您觉得他是一个好父亲吗?《黄河故事》收录在您的新书《天台上的父亲》中,是最后一篇。在《金枝》中,所有当下纠缠着的家庭问题也都来源于父亲。似乎您的写作中,对父亲、母亲的书写有一种持续的专注和激情。您执着于塑造"父亲",那么您又是如何理解"父亲"这个词的?您如何看待我们父母一辈的困境?

邵丽:这个问题我曾经在一篇创作谈里专门讨论过。最近一个时期,我的很多作品都有"审父"的倾向。就问题的本质而言,父亲既是真实的存在,又是极具象征性的一个符号。人类社会是一个男权社会,无论在公共领域还是家庭这个私密领域,父亲都代表着权威。但父亲的权威因为过于程式化,实际上反而被虚置了。说起来父亲是权力的化身,或者是权力本身,但在一个家庭的实际生活中,真正组织和管理家庭的基本上都是母亲。一方面是父亲无处不在,另外一方面,父亲永远都是缺失的。

潮新闻:《黄河故事》中,我们看到您给女主人公安排了一桩梦幻般的婚姻,她太幸运了,遇上"高富帅",得到了跨越年龄、文化、阶层的真爱,说实话看到这里我有点晕,人们一向说的"门当户对"呢?这种幸运是不是偶然?您是20世纪60年代生人,也可以说生在一个承上启下的时代,您成年之时,正是中国进入改革开放新时代之年,能否谈谈您的作品,谈谈你们这一代人的爱情观是什么样的?您觉得自己身上,传统的东西是否受到随之而来的时代大潮的冲击,有了巨大的观念的改变?

邵丽:其实就爱情婚姻观而言,越是进入新时代新世代,我的观念反而越发保守。这可能与我的原生家庭有关。在我们家,除了我是自由恋爱的，我的两个哥哥和一个小妹，都是凭父母之命媒妁之言结的婚，而且婚后生活都非常幸福。很多年前我看到一个资料讲，自由恋爱结婚的离婚率，比别人介绍的婚姻离婚率高三倍多。所以即使现在，有很多东西我还看不透，对爱情婚姻观也没有做出改变的理由。再者说，主人公的婚姻虽然浪漫但并不能算梦幻，在改革开放初期是有不少原型人物存在的。"我"已经是一个成功人士，而故事中的乔大桥，也只是一个受姑姑资助的、高学历的穷书生而已，称不起"高富帅"。那个特殊年代，大学毕业生能找到一个城市户口的女孩成家，就是成家立业的典范。往前追溯，我的第一部长篇小说《我的生活质量》会有更具体的展现。

兜兜转转，发现一切都始于土地

潮新闻：《金枝（全本）》出来了，它仍然着墨于《金枝》中的周氏家族。《金枝》上部写作时，您说过一开始想直接命名小说为"阶级"，就是一个家族内也有不同阶级，或者说不同阶层。《金枝（全本）》中，您表达的核心是什么？

邵丽：《金枝》下部的写作本来就在计划之内，原来是想写成姊妹篇，但我改变了初衷，写下部，给了姐姐拴妮子一个正脸。上部主要是用妹妹周语同的眼光看待这个家庭，貌似站在批判的高点；下部是用姐姐拴妮子的眼光来描摹，她的存在和坚持同样是占据道德上风的。一个事物的一体两面，会出现截然不同的观感。我的写作起源于一个家庭，但不单纯是一个家族故事，它所反映出来的是一个乡土中原，一个古老的村庄，它的道德伦理，它在近百年历史中的沧桑巨变。写作往往是这样，最终的结局与你的设想千差万别。本来我很想细致地剖析一个家庭内部矛盾，一个家庭的两个阶级，但是写着写着，就走到和解与回归的路子上去了（和解的、温馨的、光明的结局是我始终的方向）——你本尘土，最终也归于尘土。但不是消极的宿命论，而是一种积极的回归。这也可以看作是上面问题的补充回答——在两难选择中，有时候向土地的回归成为首选。

潮新闻：我看到您的《金枝》等小说中有一个词：体面。应该说我们每个人生而为人，一生都在追求着"体面"。在您心目中，怎样的人算得上是体面的人？

邵丽：自尊，自爱，自立，自强。

潮新闻：评论家孟繁华说，《金枝》让他印象很深的是女性书写。他看了《金枝》以后，觉得女性主义还真是问题。特别是在《金枝》里面，奶奶、母亲和拴妮子，这三个人的命运在家族宗法制度里面的悲惨性，和男性比较起来她们更压抑。他说在过去的女性写作里面强调的都是女性的主体性、女性的解放、女性的个人主义等，但《金枝》中不是这样，家族宗法制度对女性的压迫表达得非常充分。这让我想起最近大火的女性主义者上野千鹤子，现在又是一个女性主体性得到声张的时代，而且《金枝》这个书名其实也很女性主义，让我想到形容尊贵女性的词"金枝玉叶"。评论家贺绍俊说，金枝玉叶实际上意味着女人都把自己的希望和梦想寄托在城市文明中。对此您有什么要说的吗？

邵丽：为女性书写或者女性主义，都不是我的初衷，而且我也没有这样的主观努力。我这样写她们，是因为她们就在那里，就是这样生活的。她们受压迫，但也得到尊重。这是中国文化很奇怪的地方。"多年媳妇熬成婆"，这不是一个简单的问题，难道它不就是我们所谓的"阴阳"吗？不是八卦里的否极泰来吗？所以将任何世界观念植入中国，就会有水土不服的问题。但不能否认，这也是一个很有意思的问题。

潮新闻：《金枝》中的周庆凡和拴妮子，按大众眼光看，他们是"不体面"的人，但小说深入到命运的深处，让我们知道了是什么让他们变得不体面的，是什么让他们贫穷的。因为被遗弃，因为得不到资源，他们在一个特殊的逼仄的境遇中渐渐成为"不体面"的人，就像您说的，"我和拴妮子不过是一体两面"，那么写作者到底对"不体面"持什么态度呢？或者说，我们到底有没有资格去评判一个人是否"体面"呢？

邵丽：这是一个好问题。其实从我的写作初衷来看，我是极力塑造周庆凡的体面的。他一生沉默，但忠诚不贰。他忍辱负重，但并没有低三下四。他更符合中国传统文化里的好人。至于拴妮子，我更是想用她开始的不体面，来衬托她后来的体面。

李勇：邵老师您好！非常感谢您接受访谈。对您的印象和认识，我有两个极大的反差。以前看您照片，后来见到本人，都是文静秀丽的样子，便总疑惑：这样的女子，怎么会写出《刘万福案件》《第四十圈》这样的作品？这是第一个反差。第二个反差是，写小说的邵丽表达能力如此之强，现实中却那么不善言辞。

邵丽：原来我的写作风格不是这样的，可能跟性格靠得比较近。从去挂职开始，我的写作风格发生了极大的变化。那种生活对我的触动太大了，推动着我不得不改变。后来评论家们把我这一时期的作品称为"挂职系列"，我觉得还是挺准确的。至于说不善言辞，我一直就是这样，我习惯把脑子里的东西写在纸上。不善言表的作家不是我一个人，这不应该是一个问题，作家应该让作品来说话。

李勇：您的个人生活经历和刘万福们的生活应该说离得比较远吧？后来为什么频繁写到这群人？还有像《明惠的圣诞》里的明惠这样的农村进城人群，为什么会关注到他们？

邵丽：其实，恰恰是因为这些人群离我的生活比较远，所以才对我触动如此之大。当时我在县里工作的时候，比较关注这个群体，所以作品对他们的反映比较多。

李勇：其实看您更早的作品，很多便已写到底层人和他们的生活。那么，最初关注到他们

（不仅仅是在文学中）是什么时候？您觉得他们和他们的生活是哪些东西触动了您？

邵丽： 我更早期的作品对底层人群关注得还真不是太多。原来的作品多是"小我"，唯美，着重技巧，表达个人情绪和个人感触多一些。后来有评论家指出这一点，我也刻意做了一些改变，但还是比较"隔"。直到下去挂职，真正接触到这些人，以这些人的思维去考量世界，故事可以设计，人物单靠想象是无法立得住的。有了生活体验，创作才有了根本的改变。作品是要走心的，要想打动读者首先得打动自己。作者感动三天，读者感动三分钟，就应该是好作品。

李勇： 当年决定挂职，您是出于什么考虑？当时想到过要写"挂职系列"这样的作品吗？

邵丽： 挂职是组织的决定，我不是以作家的身份挂职。但作为一个文学工作者，我个人也有生活体验的意愿。下去的目的不是为了写作，但有创作准备，至于写成什么样子，当时还真没有考虑那么细。

李勇： 今天也提倡"深扎"，您觉得这样的活动要真有成效的话，关键是什么？

邵丽： 既然是"深扎"，就要实实在在地沉下去，跟人民打成一片，交心、交情、交友，要把人民群众当成自己的老师。他们真实丰富的生活、特色的语言和鲜活的思想，是我们最应该珍贵的写作宝藏。深入生活我们要从多角度去理解，每个人都有每个人的生活，最好还是写自己熟悉的。当然也不是不能跨界，但你一定要熟悉你写的东西才行。现在有一些作者似乎没搞明白这个道理，她最熟悉的工作是教师，却偏要去写一个护士，去写医院的工作。这样写作的难度就大了，而且效果肯定不好。

李勇： 作家描写小人物往往带有一种悲悯的情感，但是在反启蒙者眼里，这是由上而下的俯视，是知识分子精英立场的显现，是有问题的。

您怎么看?

邵丽：作为一个作家，我很少虚谈理论。作品不能脱离现实，更不能脱离生活，没有脱离生活的理论。在《浮士德》中，魔鬼靡菲斯特说："亲爱的朋友，一切理论都是灰色的，唯生命之树常青。"我觉得这话才是人话。

李勇：不过，作家写作时总会面对自己不是特别熟悉的生活经验，另一方面，文学又有虚构和想象的权力。您如何处理这两者的关系？或者说，艺术真实和生活真实，艺术积累和生活积累，您怎么处理它们的关系？

邵丽：虚构和真实，生活和想象，这确实是一个很古老的话题。不过，理论的东西对写作来讲，总不免有它的虚妄性。具体到我个人的写作过程中，刚刚写作的时候，可能还分得清艺术积累和生活积累，写到一定时候，这些东西是不能区分也无法区分的，它们会变成一个整体。但是，如果一定要在这两者之间做一个区分，我觉得艺术积累更重要。因为从本质上讲，所有的艺术积累都是生活积累，只不过那是别人的生活积累，到你这里就变成了艺术积累，实际上这就是艺术的传承问题了。

李勇：谈到传承，哪些前辈作家和作品对您的影响更大？是中国传统文学还是外国文学？

邵丽：应该说中国传统文学对我的影响还是有的，但不是特别大。至于前辈作家的作品，当然有影响，但也是潜移默化的。而对我影响最大的，前期是俄罗斯文学，后期是拉美国家尤其是拉美文学"爆炸"时期的作品，像马尔克斯、胡安·鲁尔福、略萨等人的作品，对我都有一定的影响。

李勇：再聊聊现实主义吧。20世纪90年代以来，文坛现实主义回归的趋势明显，比如"底层写作""非虚构"等，今天文坛也在大力提倡"现实主义"。您怎么看待这种趋势？

邵丽：现实主义是个常见概念，我只希望现实主义不要被滥用。现实主义也不是一种技术，而是一种写作态度。我们活在现实里，也用现实的态度发声。这是一种"道"，而不是"术"或者"器"。

李勇：您的写作历程中，有一个比较明显的风格变化（或者说转型）过程，对这个变化和转型，有很多人也曾描述过。您觉得他们描述得准确吗？您自己觉得您最主要的变化是什么？

邵丽：确实有很多人谈到过我的创作变化，尤其是写作技术层面的。但我觉得变化最大的其实不是技术，而是人物。前期的作品我更倾向于写事，觉得故事很有意思，至于人物就不那么重要了，甚至我的人物长什么样，穿什么衣服，都没怎么交代。但是后来的作品，写事的成分少了，故事中的人物立起来了，尤其是像《村北的王庭柱》里的王庭柱，以及《挂职笔记》里的诸多人物，应该说还是比较让读者满意的。以人物带动事件，是中国小说的传统，也是小说最难的技巧。但就我个人而言，要把人物刻画好，还有很长的路要走。

李勇：您写刘万福这样的人物时，展现出来一种"哀其不幸"的态度。但中国新文学传统里，启蒙文学并不是把"哀"放在首位的，而是"怒"——怒其不争。比如鲁迅，比如李佩甫，还有阎连科，他们都写过农民身上黑暗、麻木、可憎的一面。您的小说里面，这种启蒙者的"怒"似乎并不明显，"哀"反而更多。为什么会这样？

邵丽：冲天一怒并不困难，但在中国传统文化里，这种怒非常少见，可能更多的是表现在文学作品里，像《水浒传》。中国人更多的是隐忍，是最能忍耐、忍受的民族。唯其如此，更加悲哀。

李勇：《村北的王庭柱》不仅没有启蒙主义式的批判，反而是通过王庭柱的生活态度，试图发掘一种生活智慧和民间文化。王庭柱这样的人在生活中是真实存在的吗？他们也是"被侮辱与被损害的"人吧？您说他们"在苦难里锤炼了信念，在打击面前挺住了尊严，甚至在罪恶里升华了境界",之所以这样塑造他们(或者说写出他们身上的这一面),是想表达什么,或者反驳什么?

邵丽:我们民族的智慧主要是生存的智慧,而不是创造的智慧,这是逼仄的现实规定的。在现实生活中,像王庭柱这样的智者并不鲜见,而且他们还往往是生活的强者。作为一个作家,并不一定要做一个批评家。把王庭柱这样的人、这样的生活表现出来给世人看,我觉得已经足矣。

李勇:不知道您怎么看《老革命周春江》?这个小说极其触动我。我们今天羞于提左翼,但是周春江这个老革命,显然是个左翼,他身上那种理想主义的东西,也是当年左翼革命的东西。今天它是被嘲笑的、被遗弃的(至少在现实生活层面),所以也才有了周春江那种理想主义者的悲哀。我觉得这是个有大境界、大气象的作品,从我个人受触动而言,它强于《刘万福案件》《第四十圈》——后两者是和现实平行的,前者却指向了历史,也让我们思考未来。

邵丽:我并不十分同意您的说法,从某种意义上说,周春江不是左的,他非常右。他有反思和批判精神,甚至可以说是一种觉悟。他在左的环境中成长,是受害者,也是害人者。但最终他觉悟了,这是非常难得的。

李勇:在《老革命周春江》里,有一节叫"剪辑错了的故事",和茹志鹃新时期一个小说同名,茹志鹃那篇小说是"反思文学"的代表作,内容就是像您刚才说的反思和批判性的——反思极"左"路线对干群关系的破坏。您读过那个作品吗?写周春江这篇小说是否受茹志鹃小说影响?

邵丽:读过那个作品,但具体内容已经忘记了。不过,我这个小说并没有受它的影响。

李勇:文坛很多人都挂职、"深扎",但不是每个人都成为邵丽。因挂职而发生创作转型的，我记得还有陈应松，其他人就不是特别了解了。您觉得挂职对创作起到的最关键的作用在哪里？

邵丽：我特别不喜欢把作者或者作品归类，我是我自己，我发现和所要表达的是我独有的感受和感触。挂职能让你触摸到真实的生活、坚硬的现实，感受到无能为力的悲哀，当然也有让人耳目一新的振奋。可能每个人的感受不一样，反映在作品里也千差万别。我觉得挂职对创作起到的最关键的作用，还是让你知道了有这样一种生活，我们不能视而不见。

李勇：谈到生活和现实，您似乎也说过，今天的时代有新的时代现实，所以现实主义应该也是新的。您觉得这种新的现实主义应该是怎样的？

邵丽：前面我其实已经说过了，我的观点是：现实主义是一种创作态度，而不是一种技术，不管是观察体验生活，还是写作本身，莫不如此。

李勇：时代变化，文学观念当然也会有变化。但现实主义作为一种文学传统，其实也是一种强大的精神传统、人文传统，这种基质应该是不会变的。另外，人性和文化也是相对稳固的。这样来看的话，迫切地与现实主义告别，是不是有些仓促了？您觉得传统的批判现实主义在今天是否还有价值？该如何实现？

邵丽：文学有可以改变的东西，也有不可改变的东西。当然，现实主义并不是唯一途径，也未必是最好的途径。个人认为，批判现实主义不但在今天，甚至在更久远的未来依然有它的价值所在。可能在今天比以往任何时候更需要它。

李勇：每个作家在写作过程中，应该都会遇到一些瓶颈。您觉得您遇到的最大的写作瓶颈是什么，又是怎样处理的？

邵丽：对我来讲，最大的瓶颈就是热情大于生活，也大于技术。有时候想起一个题材会一腔热血，真正动笔的时候却无从言说，所以只能丢开。有时候也逼自己写下去，但结果往往不是很好。我想很多作家都遇到过类似问题吧。

李勇：您心目中理想的（或者说伟大的）文学应该是怎样的？

邵丽：在现实中有位置，在历史中也有位置，离伟大就不远了。

李勇："伟大"有时候也许只是外人的评价，而作家本人却有自己的喜好。在您众多作品中，哪一部是您最钟爱的？

邵丽：我有一个短篇小说，叫《北去的河》，这是我最钟爱、也最满意的作品。如果要说一个理由，那就是上帝对我的褒奖，可以说是神来之笔，再也写不出这样的作品了。那种乡土味道，那种城乡之间的张力，那种欲语还休的惆怅，都是不可以复制的。

李勇：您一直推崇俄罗斯文学，托尔斯泰、陀思妥耶夫斯基、屠格涅夫，也推崇《白鹿原》和《生命册》，这都是沉郁厚重的长篇之作。您的长篇并不算多，以后会往这方面倾斜吗？长篇和中短篇写起来到底有何不同？

邵丽：当然计划写长篇，想了很久，也曾经动笔很多次，但效果不是很理想。长篇小说不仅是脑力劳动，还是体力劳动。与中短篇比起来，它的难度要大些。我在做一个作家之前首先是一个文学工作者，我的时间不能被自己支配，这是很痛苦的一件事情。写作需要完整的时间。

李勇：有评论者说您的作品有受李佩甫老师影响的痕迹，是这样吗？

邵丽：好像没有人这样评论过吧。河南作家的共同特点就是关注现实，李佩甫是我非常尊敬的老师，我的作品受他们那一代影响是极有可能的。但我从来没有刻意模仿过谁，我觉得我的作品还是比较有个人特色的。

李勇：近年大家在提"中原作家群"，以前是"河南作家""豫籍作家"。您觉得哪个称呼更好、更恰当？

邵丽：我还是比较喜欢"中原作家群"这个称呼。河南的作家群体很有特色，从队伍方面来讲，老中青作家非常齐全。中原作家群确实是一个非常有担当意识的群体，毕竟中原地区文化积淀深，天下意识有历史传承，所以更容易做到"我为人民鼓与呼"。当然，文学创作是一种更心灵化、个体化的活动，所以文学中的文化意识传承，必然也和作家的个体有关。作为我个人来讲，有这种意识和下去挂职时触摸到基层群众的真实心理和情感需要有直接关联。

李勇：很多人都说，河南作家（包括您）在描写生活残忍面时，都让人难以忘怀。您觉得这跟什么有关？

邵丽：我并未觉得河南作家有这个偏好，甚至觉得河南的作家有点隐忍。即使写一些残酷的东西，也都是生活的真实，没有刻意表达过残忍。

李勇：您小说中写那些苦难，它们必定是一种困扰，是一种郁积。您是如何化解的？或者它们并没有化解？写作是一种化解吗？还是反而加重了它？

邵丽：很多东西，写出来并拿给大家看，会是一种纾解，但有时候也确实会加重它。所以说作家比别人背负的苦难更重，可能就是说的这样一种情况吧。

李勇：看您小说之外的文字，您是个热爱生活，也懂得生活的人。但您的小说却是紧张的、严峻的。生活会缓解您写作的紧张吗？或者说，您会刻意追求这种缓解吗？紧张的缓解是否意味着写作的危机？

邵丽：我享受生活，也能把生活和写作分开。作家进入写作姿态是个很奇妙的过程，这可能就是所谓的灵感吧。有了灵感，会缓解紧张、焦躁。但不能刻意，刻意只会制造紧张。

李勇：省作协和省文联主席的身份、体制的规约，对您的写作影响大吗？真正理想的写作状态，应该是完全自由、不受任何精神束缚的吧？

您是怎么规避这种影响的?

邵丽: 前面已经说过,社会职务确实影响了我的写作,很少有大块的时间可以静下心来写东西。但在这样的平台上,也确实拓宽了视野,丰富了写作素材。慢慢适应吧,我的适应能力还是比较强的。

与任晓雯的姑妄言

邵丽：晓雯，通过阅读，你成了我眼里的"另类"作家。怎么说呢，这种"另类"，却是对"另类"的一个反动。大致上，之前对你的写作有个判断——这是一位创作观念和创作手法都比较前卫的年轻作家，相较于传统写作，可算作"另类"了。但《浮生二十一章》读后，我知道，自己的判断必须修正了。这本集子在艺术上的新颖自不待言，而真正触动我的，更是你对于那些历史，以及沉浮于历史中的细节的还原能力，人物、情景、语言、环境等，真的是让人一边看一边不免产生疑虑，甚而怀疑这怎么可能是一位年轻作家的作品。这就非常了不起了，使得你从普遍的对于年轻作家的"定见"中被区别了出来，所以我说，你成了"另类"之中的"另类"。你的小说语言既一派天成，又有着丰厚的艺术感染力，并且"不事声张"。我想知道的是，作为一个优秀的小说家，这种能力你觉得是更多地得益于天赋还是后天的训练，抑或是日积月累的储备呢？

任晓雯：天赋很重要。写小说可能是我这辈子唯一的天赋。我从小发展过各种兴趣爱好，没一样坚持下来，也没一样做到过出色。我高中读的还是理科班，物理化学都在市、区一级得过奖，但那是靠努力做题得来的。

直到后来，我接触了文学，才知道有天赋是什么感觉。在有天赋的领域，随随便便就上手了，随随便便就能做出点样子。我中学时代没读过什么像样的文学作品，进大学后随便看了点现代诗，就写起诗歌来，各种现代主义风格模仿一遍。很快又开始写小说。还没搞明白小说是怎么回事，就稀里糊涂地发表和得奖了。

那时约莫二十来岁，我沾沾自喜，心高气傲，只喜欢跟古灵精怪的才子才女打交道。现在回头看这些人，有的早就不写了，有的还在写，但也面目平庸了。多可惜啊，才华摆在那里，居然没了下文。而我自己呢，说实在的，天赋也没到多惊人的地步，又因着种种损耗，有那么几年也差点丢弃写作。

总结一下走弯路的教训，很大原因就是自认为有天赋。天赋让人有"一切很容易"的错觉，而世上没有一件事情是容易的。有了天赋，还要专注；有了专注，还得刻苦。年轻时老是以为，没才华才需要刻苦。尤其搞文学的，刻苦仿佛成了平庸的同义词。但其实文学史上的大家，很多是刻苦自律的，只是人们不愿意关注这些无趣的部分罢了。

日复一日做同一件事情，就像在用整个生命跑一场马拉松，若没有保持恰当速度和呼吸的意志力，是到不了终点的。我后悔自己在二十多岁时看不透这个道理，但也庆幸在三十几岁后明白了这个道理。

邵丽：《浮生二十一章》显然是一个充满了中国况味的命名。庄子说"其生若浮，其死若休"，这是典型的东方式哲学，将其兑现为美学的表达，实际上是有很大难度的。因为，让抽象归于具象，就是一个将虚无定下秩序的过程，这很难，但你做到了，我将其视为有自己独特的"写作秩序"。在你的笔下，那些人物所包含着的精神性元素不是浮于表面的，而且也不是孤立的，都呈现出充分的内在感，并且与尘世发生着千丝万缕的缠绕。我觉得，这才是让小说回到了它的本意，小说不是抽象的精神，它必须落脚在尘世的物理与人情。

任晓雯：给您这么一评说，感觉《浮生二十一章》好像确实有点写意画般的东方意味。其实最初酝酿这个系列时，脑中浮现的范本是《米格尔大街》《都柏林人》《小城畸人》之类的。但因字数限制在一篇两千字，没法像一般小说那么铺陈开来，所以只能简笔而成。但在细节处理上，我还是采用了西方小说技巧，也即如你所说的，"落脚在尘世的物理与人情"。

我想这是小说的根本。小说最终呈现的都是具象，不存在抽象派小说。连勇于探索形式的先锋派作家罗伯·格里耶都承认："所有作家都认为自己是现实主义者。从没人说自己是抽象派、印象派、空想派、幻想派……如果所有作家都聚在同一面大旗之下，他们并不会就现实主义达成共识，只会用他们各执一词的现实主义互相厮杀。"（《为了一种新小说》）

从阅读和评论的角度，小说呈现的是某种沉降过程，"让抽象归于具象，一个将虚无定下秩序的过程"。而创作的过程实则是反向的，从具象出发，从细节开始编织。这种编织受到作者观念的引导，从而自然呈现出某种秩序，就是您说的"写作秩序"。我一直很谨慎，不想把观念放到台面上，只是暗暗希望优秀的读者能够读懂它们。

邵丽：以我对你的阅读，可不可以这样认为，《浮生二十一章》所呈现的小说观念，也是你创作《好人宋没用》的起点？

任晓雯：这两本书属于我同一阶段的作品，对语言、文体、主题的观念确实是一脉相承的。

邵丽：读《好人宋没用》是在北京评茅盾文学奖时，一个年轻的女作家，书写得如此老到，如此古风雅韵，的确是令人眼前一亮。这部长篇让人拿起了就很难放下，在我看来，就是有着一种黏附读者的魅力。同样，即使是在这部四十多万字的作品中，你所表达的，依然还是一个"浮"字，这个"浮"，还是基于我们传统的生命况味——人在宏大的时光中漂流，是"这一个"，也是"那一个"，彼此休戚与共，构成了我们对于"人"的整体想象。这种表达，实际上对于写作者的世界观有着极大的考验。

任晓雯：相比《浮生二十一章》，《好人宋没用》笔墨更集中，用四十万字书写一个普通得不能再普通的中国女人。这部小说是一个人的心灵史，探讨了生存和死亡的问题，也探讨了中国人是如何面对苦难的。《浮生二十一章》是写意的，有读者给我留言，说读完了感觉是一声叹息，对人生的况味有诸多感叹，但又说不清楚。相比之下，《好人宋没用》明确得多，主人公的内心层次更丰富，而我作为作者，也愿意更多暗示立场。这可能就是长篇和短篇的区别。

邵丽：和你交流，不免总会多说说宋没用，或者说只要一想起你，我就一定会想到宋没用。怎么说呢？我觉得这个人物死亡的那一段，写得尤为令人记忆深刻——她什么都听不见了，仿佛进入一条黑色甬道，然后是往事蜂拥而至。她领受到某种情感，让她温暖而安全，再没有缺憾，像又回到了最初之地。这是我们文化中对于生死最为达观的想象。你在访谈中说过，你就想写"中国传统妇女"，她们并非所谓的"典型形象"，而是独一无二的"这一个"，她们是生活的配角，往往也是文学的配角，但在你这里，她成了主角。这里面是"特殊性"与"普遍性"的相互斥吸，当你着力于一个具体人物的卑微与朴素时，实际上，在一定程度上也描述出了"文化之下"我们所有人的生命实相，我想，这就是文化的力量。

任晓雯：在写作宋没用的死亡时，我参考了一位美国医生写的书。他采访了一些心脏停止跳动后又被抢救回来的病人，记录了他们的死后感受。他们都提及自己穿过一条黑色甬道，整个人生的回忆迅速涌现，最后看见一团强光。在基督教语境下，回溯人生就是领受审判的过程，那团强光就是耶稣。

当然，死亡是最普世的事件，无论古今东西，人人必有一死。"死亡"这个问题,自始至终贯穿了《好人宋没用》。相比中国传统观念中的"未知生,焉知死",我更认同的是"未知死,焉知生"。在思考死亡之后,关于生命的形而上辨析才能展开。对生命意义的终极追问,和面对死亡的绝望感,是硬币之两面:不能解决死亡的绝望,则难以理解生命的意义。

宋没用是个典型的中国人。她生命里四个重要人物和她们的内心风景,部分构成了中国人在信仰和死亡问题上的精神光谱。她那没有名字的母亲,是个菩萨神仙乱拜一气的角色;婆婆杨赵氏则是天不怕地不怕的无神论者;东家倪路得是基督徒;女儿杨爱华崇拜毛泽东,信仰共产主义。而宋没用自己呢,在我看来,她是仰望者、探寻者,是旷野中的飘荡者。她一辈子在生的困境里逆来顺受地挣扎,死亡对她而言是个悬而无解的问题。这种态度是很"中国"的。在此意义上,可以说宋没用是"这一个",也可以说她是具备普遍性的。

邵丽: 你的小说语言别具美感,让我想到了书法里那种朴拙的力量感,当我们习惯了西式的小说语言后,你的这种语言方式当然是一个令人欣喜的呈现——它具有中国语言的气韵。这样的语言功夫不是一朝一夕可以形成的。那么是不是可以谈谈,你受哪些作家的影响最深?

任晓雯: 每个阶段喜欢的作家不同。我早期写作受到卡夫卡和马尔克斯影响,在写作《好人宋没用》那个阶段,文体上喜欢福楼拜,语言方面则受到《聊斋志异》和《金瓶梅》的影响。我们提及的西式语言,其实换个词就是"翻译体",它在表述意义的时候更严谨,但在做某些描写的时候,不及古语活泼简约。古语,尤其是古诗词,有时候一个字就有一层意境。小说的意境则通常以句子为单位。我试图把古语融合到写作中,很多时候是把小说当诗歌写了,尤其是在《浮生二十一章》这样篇幅短小的作品中。

邵丽: 读了你的作品之后,我对"现实主义"也有了新的思考。每个人对于现实的理解其实是不一样的,你在采访中也提到,作家哈金到马尔克斯的故乡去旅行,发现他书中写的很多东西都是真的。回到你的创作中,那些底层的人间众生一旦进入你的作品里,究竟意欲表达出对于现实怎样的一种态度?承认每个个体的宝贵、独特和意义感,将其打捞起来,这是否也是对一个作家责任感的要求?

任晓雯: 其实我对使用"底层"这个词很谨慎,因为它隐隐有点居高临下的意味。我出生于 1978 年,那是一个具有分水岭般意味的年份。一个被历史捶打成扁平的社会是从那年开始立体起来的。当时我和周围的人都身处同一阶层。虽然在后来几十年的人生赛跑中,有人发了财,有人移了民,有人当了官,有人成了作家,但都是小弄堂里跑出来的人物,都是毛头、沪生、爱娣,以及他们的后代。我的小说就是书写这些人物的。我熟悉他们,怀着理解书写他们。您说的"承认每个个体的宝贵、独特和意义感",在我看来就是理解,有了理解,才会有怜悯。这种怜悯是平视的,是推己及人的。

邵丽: 与《浮生二十一章》和《好人宋没用》相较,说实话,我好像更喜欢《朱三小姐的一生》这个短篇。这个判断也许是非常主观的,因为比起宋没用来,我会顽固地觉得朱三小姐可能离她的写作者更近一些。朱三小姐这个人物更具象征意味,或者是更具宗教情怀。从小说第一句"每个人都在等待朱三小姐死去",到最后一句"朱三小姐没有动。她坐在她的椅子上。她已经坐了百多年,仍将继续坐下去"。这部作品构成了一个完整的隐喻:关于生死,关于因果,关于精神和肉体的辩证,更关于生命本身,如果没有真正的救赎,没有精神的终极出口,生命本身就是一种刑罚。当然,对这部作品的理解,我看网上争论也比较大,这也许恰恰是写作者愿意看到的吧。我相信,你也难以给出一个现成的回答,或者说,它本身就是没有答案的。

任晓雯: 您对《朱三小姐的一生》的解读非常精彩,也更接近我的本意。很多读者觉得这篇写的是苦难。或许也写了苦难，但不仅仅是苦难，而是面对苦难的态度和困惑，这本身是一个形而上的问题。《圣经》中赫赫有名的一卷书叫《约伯记》，主题就是"好人受难"。义人约伯在饱受苦难之后，向上帝提出质疑：为什么有困难。上帝用隐晦的比喻回应他：人类，你太渺小了，你怎能参透苦难的意义。渺小的朱三小姐，因为一个诅咒而陷入永生，犹如西西弗斯一般，没完没了地承受苦难，这当然是一个隐喻，一个关于人类普遍命运的隐喻。

邵丽：读你的作品，令人倍感恍惚，仿佛看着一个人，好像还没长大，就一下子长老了。这种观感，实则便是我们阅读一个优秀作家时那种复杂的心情。我无法妄自揣测你下一部作品将会写什么、怎么写，但我非常有把握地对你充满期待。因为，你已经用自己的作品，证明了自己值得被期待。

任晓雯：我希望自己的下一部作品能够有崭新的气象。希望我能不停改变，超越自己。谢谢邵老师的鼓励，也谢谢您的阅读、评述和提问。